De chocolatiers

Jan Moran

De chocolatiers

Karakter Uitgevers B.V.

Oorspronkelijke titel: *The Chocolatiers*

Vertaling: Hanneke van Soest

Opmaak binnenwerk: -Lein | redactie & vormgeving
Omslagontwerp: Villa Grafica
Omslagbeeld: Shutterstock en Arcangel

ISBN 978 90 452 1676 8
NUR 302, 343

MIX
Papier van verantwoorde herkomst
FSC® C004472
FSC
www.fsc.org

1

San Francisco, 1953

Eén chocoladetruffel had haar lot veranderd. En het was een van Celina's beste creaties geweest: een zachte, met cacaopoeder besprenkelde truffel gevuld met een ganache van donkere chocolade en framboos en gehuld in een *couverture*; een dikke laag chocolade die optimaal smolt bij lichaamstemperatuur.

Nadat ze er een had aangeboden aan een vermoeide donkerharige soldaat die net terug was van het Europese front had hij zichzelf voorgesteld als Tony Savoia, een Italiaanse immigrant wiens familie Cioccolata Savoia had gerund, voordat suiker haast onverkrijgbaar was geworden vanwege de oorlogsrantsoenering. De truffel had zijn ogen doen schitteren. Hoewel ze verder weinig wist van de charmante onstuimige man die haar met liefdesverklaringen het hof had gemaakt, waren ze binnen een paar maanden getrouwd.

'Inderdaad. Cioccolata Savoia in Napels, Italië,' zei Celina tegen de telefoniste van de internationale telefooncentrale terwijl ze de emotie in haar stem probeerde te bedwingen. Ze herhaalde het buitenlandse telefoonnummer van de wereldberoemde chocolatier en hing op. De telefoniste zou terugbellen zodra ze de verbinding tot stand had gebracht.

Een telegram was niet toereikend, niet voor dit soort nieuws.

Celina, die wanhopig graag Tony's vader wilde bereiken, had tot middernacht gewacht om zijn bedrijf te bellen. Ze zat op een houten stoel in de smalle gang van haar kleine appartement in de buurt van Union Square, klaar om meteen op te nemen zodat het schrille gerinkel haar zoontje niet zou wekken. Met de opgezette kraag van haar flanellen kamerjas tegen de kille nachtlucht staarde ze met een briefje in haar hand geklemd door het woonkamerraam naar de verlichting langs de straat die heuvelafwaarts naar de baai voerde. Het felverlichte uithangbord van Ghirardelli, de chocolatier die de afgelopen honderd jaar in San Francisco chocolade had geproduceerd, verlichtte de Golden Gate Strait. Hoe vaak had ze niet gekeken naar dat bord, een baken voor wat zijzelf door hard te werken zou kunnen bereiken? Maar nu leek haar toekomst even schimmig als de mist die over de stad hing.

Maanden geleden had Celina de familie van haar man in Italië geschreven om hen op de hoogte te brengen, ondanks zijn gespannen verhouding met zijn ouders. Zoals hij had voorspeld, hadden ze nooit gereageerd. Hadden ze haar brief überhaupt ontvangen? Ze voelde zich verplicht om hen te informeren en om contact te zoeken in het belang van de kleine Marco – haar zoon en hun kleinkind – hoewel Tony elk contact verboden had. Het was zijn enige regel geweest.

Ze streek een trillende hand over haar voorhoofd. Zes maanden. Hoe kon het waar zijn? Elke dag had ze haar verdriet moeten onderdrukken om de dag door te komen. Ze voelde zich verloren zonder haar man, een echt thuis of familie. Door het open raam hoorde ze misthoorns loeien in de verte, als een waarschuwingssignaal dat ze in haar herinneringen zou kunnen verdrinken.

De tweede brief die ze aan Tony's ouders had gestuurd, was vorige week geretourneerd. 'Verkeerd adres. Onbestelbaar.' Ze had zich zelfs afgevraagd of zijn ouders nog leefden, al wist ze dat het familiebedrijf na de oorlog de productie in Italië had hervat. Onder chocoladekenners was Cioccolata Savoia beroemd. Van Torino tot Amalfi werd de legendarische chocolatier geroemd om het samensmelten van de fijne subtiele smaak van Criollo-chocolade met de citroenen van Sorrentino en Amalfitano. Chocoladeliefhebbers over de hele wereld hadden de heropening gevierd.

Toen het telefoontoestel aan de muur begon te rinkelen, griste Celina haastig de hoorn eraf. 'Hallo?' Ze hoorde het klikken van de telefoonlijn.

'Wie is dit?' vroeg een boze mannenstem. 'Wie belt er zo laat in de nacht?'

Celina was blij dat ze überhaupt een telefoon had, al moest ze de lijn delen. Ze hoorde haar zoon zachtjes jammeren en dekte haar mond en de hoorn af om het geluid te dempen.

'Meneer Albertson, dit is mevrouw Savoia,' zei ze zacht. 'Het spijt me, maar ik moet naar Italië bellen.' Zijn vrouw hing zoveel aan de telefoon dat Celina nauwelijks kon bellen als dat nodig was. 'Gaat u alstublieft terug naar bed.'

'Kunt u dat niet overdag doen? Sommigen van ons moeten slapen.'

Meneer Albertson mompelde nog iets wat Celina verkoos te negeren. Als Tony er nog was geweest, was hij meteen voor haar in de bres gesprongen. Maar het was zinloos om ruzie te maken.

'Neemt u me niet kwalijk,' zei de telefoniste. 'Ik kan u nu met Italië verbinden.'

Celina klemde de hoorn steviger vast. 'Meneer Albertson, hangt u alstublieft op, dit is belangrijk.' Toen ze een klik hoorde slaakte ze een zucht van opluchting.

'Blijft u aan de lijn, alstublieft. Ik verbind u door met uw gesprekspartner in Italië.'

Terwijl de telefoniste de trans-Atlantische lijnen met elkaar verbond, hoorde Celina een reeks klikken. Even later galmde een blikkerige stem haar tegemoet.

'Pronto? Cioccolata Savoia. Pronto?'

'Posso parlare con il Signor Savoia, per favore,' zei Celina, met geheven stem de woorden op het briefje in haar hand oplezend waarmee ze haar schoonvader te spreken vroeg. *'Sto chiamando dagli Stati Uniti.'* Ik bel uit de Verenigde Staten. Ze was naar de bibliotheek gegaan en had een Italiaans woordenboek gebruikt om haar boodschap te formuleren. Ze had geoefend hoe ze het afschuwelijke nieuws moest brengen in een taal die haar niet makkelijk afging. Als ze Italiaans had gesproken had Tony vaak gelachen – liefdevol, dat wel – om haar inspanningen.

'Si, si. Un momento per favore.'

Celina hoorde gerommel en haastige voetstappen. Ze stelde zich voor dat de secretaresse op zoek was naar Tony's vader. Ze haalde diep adem om haar zenuwen te bedwingen. Dit was een telefoontje dat geen enkele ouder wilde ontvangen.

'Lui non è qui.'

Ze liet haar ingehouden adem uit haar longen ontsnappen. Hij was er niet. Ze voelde zich half gefrustreerd, half opgelucht. Dit was ook een telefoontje dat niemand wilde plegen.

'Qual è il tuo numero di telefono, per favore?'

Langzaam gaf Celina haar telefoonnummer op. De vrouw zei nog iets anders dat Celina niet begreep. *'Mi dispiace, non capisco.'*

Na gedag te hebben gezegd legde ze de hoorn terug op de haak en staarde uit het raam.

Non capisco. Ze begreep nog steeds niet waarom Tony haar was afgenomen. Het was een herhaling van gebeurtenissen uit haar jeugd, maar stilstaan bij dat spijtige toeval zou hem niet terugbrengen. Haar zoon was afhankelijk van haar, zijn enige ouder. Ze had de luxe van haar kindertijd niet meer dat ze zich druk kon maken over haar prestaties in de balletles, of toonladders op de piano kon oefenen, zoals ze had gedaan voordat haar vader was overleden en haar moeder was gaan werken. Nu wist ze hoe haar moeder zich moest hebben gevoeld. Resoluut stond ze op om zich klaar te maken om naar bed te gaan.

Ze was diep in slaap toen de telefoon opnieuw rinkelde.

Toen ze de beltoon van haar gedeelde lijn herkende, sloeg ze het dekbed van zich af en rende ze naar de telefoon; haar voeten kletsten op de eikenhouten vloer. Marco begon te huilen toen ze zijn kamer passeerde, maar ze kon niet stoppen om hem te troosten.

'Hallo?' Ze streek haar verwarde blonde haren uit haar gezicht, blootsvoets rillend in de vochtige ochtendlucht van de baai die door haar dunne katoenen nachthemd drong. De maan verlichtte het vertrek en wierp grillige schaduwen van de bomen de gang in. '*Pronto*?' Ze hield haar adem in. Griezelige schaduwpartijen wiegden heen en weer als ijle kransen in een stille maandans. Ze wendde zich van het raam af, sloeg een arm om haar middel en leunde met haar voorhoofd tegen de muur. 'Hallo?'

De lijn kraakte, en vanaf de andere kant van de wereld echode een diepe mannenstem door de verbinding heen. 'U spreekt met Lauro Savoia. Wat kan ik voor u doen?'

Hij sprak Engels met een Italiaans accent, maar zijn diepe tenorstem deed Celina onwillekeurig naar de houten stoel grijpen.

'Ik heb eerder gebeld.' Ze wreef in haar ogen, in een poging haar slaap te verjagen.

'*Mi dispiace*, het klinkt alsof ik u heb gewekt.' Hij aarzelde. 'U belt vanuit New York, niet?'

'San Francisco.'

Er volgde een korte stilte. '*Sono le cinque di mattina*. Neemt u me niet kwalijk, het moet daar vijf uur in de ochtend zijn. Ik bel u later wel terug. Het is te vroeg om zaken te doen.'

'Dit is geen zakelijk telefoontje,' flapte ze eruit. Ze kneep haar ogen dicht om haar zelfbeheersing te bewaren. 'Ik bel over uw zoon, Tony.'

De lijn werd stil, en Celina dacht dat de verbinding verbroken was.

'Bent u er nog?'

'*Sì*. Ik ben Lauro Savoia. Bedoelt u Antonino? Hij is mijn broer...'

Broer? Tony had nooit over broers of zussen gesproken. Maar misschien was dit wel beter. En hij sprak Engels. 'Ja, Antonino.' Tony was de bijnaam van haar man. Maar voordat ze kon verdergaan klonk Lauro's stem door de lijn.

'Ik kan u niet helpen,' zei hij. 'Antonino is aan het eind van de oorlog vermist geraakt.'

'Nee, dat klopt niet. Hij was in Amerika.' De woorden stroomden als een spraakwaterval uit haar mond. 'We zijn getrouwd. We hebben een zoon. Maar er is iets vreselijks gebeurd, en ik vond dat zijn familie dat moet weten.' Celina zweeg even, voordat ze de woorden uitsprak waarvan ze wist dat die zijn hart zouden breken, net als ze het hare hadden gebroken toen ze op die mistige avond dat telefoontje had gekregen.

'Schiet op, meid.' Aan de andere kant van de vitrine met handgemaakte bonbons knipte een mollige vrouw in een wollen mantel met haar vingers. 'Ik heb niet de hele dag de tijd.'

Celina schrok op uit haar gedachten en knipperde tegen de bazige kokkin voor haar. Mevrouw McCloskey, die voor de oudste zoon van de familie Davis werkte, tikte met de punt van haar paraplu op de Franse tegelvloer van La Maison de Chocolat. De winkel besloeg een gebouwenblok en mocht zich verheugen op een aristocratische Nob Hill-clientèle. Celina sprak zichzelf vermanend toe en probeerde de ellendige gedachten die ze dag in dag uit had uit haar hoofd te zetten. Ze schoot er niets mee op.

'Ja, mevrouw,' zei ze, en ze richtte haar aandacht op de schaal bonbons met romige vruchtenvullingen. De geur van frambozen en abrikozen drong haar neus binnen. Behendig en met zorg legde ze de zijdezachte delicatessen naast elkaar in een kartonnen doosje.

Celina was opgegroeid in een huis dat geurde naar chocolade. Voor de oorlog was haar moeder als jonge vrouw in een opwelling bij een chocolatier in Parijs gaan werken, en ze had Celina geleerd handgemaakte bonbons en truffels te maken en de in een vorm gegoten of gerolde chocolade te voorzien van overheerlijke vullingen, zoals gekarameliseerde hazelnoot- of amandelpasta. Voor haar eigen creaties koos Celina meestal vullingen van abrikoos, kers, gezouten karamel, likeurcrème, of welke vulling op dat moment haar voorkeur had. De laatste tijd had ze geëxperimenteerd met de subtiele smaak van groene thee die ze in de Chinese wijk van San Francisco had gevonden.

Ze sloot het deksel van de kartonnen doos en rolde een streng touw uit. Misschien zou ze vandaag iets lekkers voor de kleine Marco meenemen, maar niet een van deze bonbons. Een van de minikonijntjes die ze deze ochtend had gemaakt zou hij vast graag lusten. Nu hij geen vader meer had verwende ze de zesjarige misschien te veel, in een poging een glimlach op zijn ernstige gezichtje te toveren. Zijn verdriet leek zelfs nog groter dan het hare, al had hij minder woorden en manieren om er uitdrukking aan te geven. Zelfs nu hoorde ze hem 's nachts vaak stilletjes snikken. Dan haastte ze zich zijn kamer in om zijn rug te strelen en hem te troosten tot hij weer in slaap viel.

Terwijl ze de schaar pakte, wierp ze een vlugge blik op de drukke winkelstraat en de appartementen boven de winkels. Hun appartement bevond zich op de derde verdieping, totaal onvergelijkbaar met het in vrolijke kleuren geschilderde victoriaanse huis waarin ze tot vorig jaar hadden gewoond en dat ze voor een goede prijs had verkocht. Ze had het niet kunnen verdragen wakker te worden in de slaapkamer die ze met haar man had gedeeld. Het was al moeilijk genoeg geweest om weer te gaan werken in de chocolaterie waar ze Tony had ontmoet, maar de baan voorzag in elk geval in hun levensonderhoud en leidde haar af.

Ze keek omhoog en ving een glimp op van haar kleine jongen door het raam van een van de buren bij wie hij tijdens haar werk verbleef. De aanblik van zijn over een speelgoedvrachtwagen gebogen hoofd vervulde haar met liefde en bracht een glimlach op haar gezicht. Ze leidde niet meer het luxeleventje waarin ze elke dag met Marco naar het park was gegaan of in de baai naar de boten had gekeken, maar ze redden het samen.

Een slungelige tienerjongen op een rode fiets schoot door haar blikveld. Hij reed de stoep op en remde af voor de ingang van haar appartementenblok. Ze keek toe terwijl hij de pet van zijn bezorgersuniform schuin naar achteren schoof en aanbelde.

Zelfs nu, al die jaren na het einde van de oorlog, vervulde de gedachte aan een telegram haar nog met angst. Zoveel van haar ooms, neven en jeugdvrienden waren nooit van overzee teruggekeerd, hun ouders hadden alleen een telegram van het oorlogsministerie gekregen. 'Met diepe spijt...' Onwillekeurig huiverde ze. Tony had de oorlog overleefd, om vervolgens zijn leven te verliezen op de Golden Gate Bridge. Tot op de dag van vandaag begreep ze niet waarom hij die avond nog zo laat op pad was.

Had die man met dat zware New Yorkse accent maar nooit gebeld. Ze had nog altijd geen idee wie hij was.

Het was bijna tien uur 's avonds geweest toen ze had opgenomen, en nadat Tony met de man had gepraat, had hij gezegd dat hij iets moest doen. Toen ze daarnaar had gevraagd, had hij gefronst en gezegd dat het om mannenzaken ging. Wat dat ook betekende.

Celina verdrong haar herinneringen en knipte het touw af.

Mevrouw McCloskey schraapte haar keel. 'Dit zijn de lievelingsbonbons van mevrouw, dus ik wil voor dinsdag en vrijdag dezelfde bestelling tot ze overschakelt op een andere smaak.'

'Natuurlijk,' antwoordde Celina, die haar aandacht weer op haar klant richtte.

De vrouw sloeg haar armen over haar royale boezem. 'Mijn mevrouw haalt haar nuffige neus op voor mijn heerlijke maaltijden en vraagt dan om thee en bonbons. Ik zweer het je: ze leeft van champagne en zoetigheid, en probeert zich dan in kleren te persen die ze voor de komst van de baby droeg. Dat kun je wel vergeten, zeg ik haar. Als je eenmaal je jeugdige slanke lijn hebt verloren, krijg je die nooit meer terug.' Met de griezelige houtgesneden apenkop van de paraplu die ze vast in Chinatown had gekocht wees ze naar Celina. 'Dat zul je ooit wel merken.'

Celina forceerde een beleefde glimlach maar antwoordde niet. Na Tony's dood was het restje vet van haar zwangerschap snel gesmolten, want ze had al haar interesse in voedsel verloren. Ze kookte alleen nog om Marco te voeden en gezond te houden, al had hij ook weinig eetlust. Maar volgens haar baas was het delen van dergelijke persoonlijke informatie met klanten als mevrouw McCloskey streng *interdit*, verboden. Beleefdheden, *oui*. Persoonlijke details of roddels, *non*. Wat Celina prima vond.

Ze legde een vinger op het ruwe touw en maakte een dubbele knoop in de strik. De meeste mensen schatten haar jonger dan ze was, maar tegenwoordig voelde ze zich beslist haar volle dertig jaar, en meer.

Voorzichtig stopte Celina de doos in een tas. Ze hield veel van haar werk. Behalve op de dagen dat haar collega Marge er niet was of meneer Jean-Jacques, de eigenaar, een afspraak had, zoals vandaag, bracht ze het grootste deel van de tijd in de keuken achter de winkel door met het creëren van nieuwe chocoladefantasieën en de lievelingsbonbons van de cliëntèle. Fijne Criollo- of Porcelana-chocolade van cacaobonen uit Venezuela en de grovere Trinitario-chocolade moesten langzaam tot precies de juiste temperatuur worden gesmolten, in vormen gegoten en met de hand versierd.

Sommigen zouden die aandacht voor details eentonig vinden, maar het sprak Celina's artistieke natuur aan. En ze vond het heerlijk om de pure verrukking op de gezichten van de mensen te zien wanneer ze haar creaties proefden. Chocolade delen was liefde delen; in elke bonbon had ze een stukje van haar hart gelegd.

Naast spelen met haar zoon was dit een van de weinige activiteiten waarbij ze zichzelf kon vergeten. Tijdens het werk schoten er beelden door haar hoofd en hoorde ze de waarschuwingen van haar moeder nog even helder als toen ze nog een jong meisje was. 'Hou de chocolade goed in de gaten, lieverd. Hoe hoger het vetgehalte, hoe sneller die smelt.' Celina herinnerde zich haar instructies over de witte verkleuring die soms op chocolade ontstond, lelijk, maar onschuldig. 'Voorzichtig, als je een koude vulling begiet kan er vetbloem ontstaan. Als de lucht te vochtig is, loop je het risico op suikerbloem.' Truffels maken was evenzeer een wetenschap als een kunst. De laatste zes maanden miste Celina haar moeder heviger dan in de tien jaar na haar dood tijdens de oorlog.

'Hier is uw pakketje, mevrouw McCloskey. Probeert u het niet te schudden.' Celina pakte een van de pralines van donkere chocolade met botercrème die ze die ochtend had gemaakt uit de vitrine en legde die op een papieren onderzetter met kantmotief. 'En deze is speciaal voor u,' voegde ze eraan toe, terwijl ze de uitdaging aanging om mevrouw McCloskey een zeldzame glimlach te ontlokken.

De kokkin nam de bonbon aan en stopte die in haar mond. Haar gezicht vertrok in een grimas die Celina interpreteerde als het dichtst bij een uitdrukking van genot als de vrouw ooit was gekomen. De deurbel rinkelde terwijl de kokkin naar buiten beende. Celina perste haar lippen op elkaar. Ze zou de vrouw nog voor zich weten te winnen.

Door het raam zag ze de telegramjongen ongeduldig ijsberen terwijl hij wachtte, en ze vroeg zich terloops af voor wie het bericht kon zijn. In elk geval niet voor haar. Na de oorlog had ze geen familie meer, behalve haar zoontje dan. Misschien was het voor Lizzie Leclerc, de flamboyante jonge actrice die tegenover haar op de overloop woonde en op dit moment een bijrol had in een nieuw toneelstuk in het Geary-theater. Als dat zo was, zou Celina er vast alles over horen. Lizzie kon haar tenminste af en toe aan het lachen maken.

Ze raapte een doek op om het raam schoon te vegen. De deurbel rinkelde opnieuw, en een jong stel kwam binnen om een vitrine te bewonderen. Ze slaakten uitroepen over de fantasievolle creaties.

Ter ere van het begin van de zomer had Celina grote kartonnen figuren van palmbomen en zeilboten uitgeknipt en ze felroze, -geel en -blauw geschilderd, als achtergrond voor de fraai versierde chocolade-eieren die ze had gebaseerd op het originele victoriaanse ontwerp uit Engeland van Richard Cadbury's chocolade-eieren. Koraalrode rozenknoppen, slingerende groene wijnranken, kleine zwaluwen, zeesterren en zeilschepen. Tijdens Pasen had ze vergelijkbare eieren gemaakt die populair waren geweest, maar deze hadden de zomer in San Francisco als thema. Ze had voor een feest zelfs een grote Golden Gate Bridge van chocolade gegoten.

Door de etalage zag Celina de telegrambezorger met Lizzie praten. De platinablonde actrice flirtte met hem en wees over straat naar de chocolaterie. Hoewel Celina nieuwsgierig was, richtte ze haar aandacht weer op het jonge stel.

'Stel je deze op tafel voor tijdens ons feest,' zei de vrouw, die haar mans hand vastgreep. 'De kinderen zouden ze geweldig vinden.'

De man tikte tegen zijn hoed in de richting van Celina en zei: 'Goedendag. We willen een dozijn van deze bestellen.'

'Kunt u een speciale presentatie maken?' vroeg de vrouw.

'Ik kan ze in een picknickmand met een geruit kleed doen.' Toen ze toestemden zei Celina: 'Ik zal de bestelling voor u noteren. Wanneer wilt u ze ophalen?' Terwijl ze hun namen opschreef ging de deur rinkelend open.

'Mevrouw Savoia?' De telegrambezorger had een dunne envelop in zijn hand.

'Inderdaad.' Celina zette haar handtekening voor de ontvangst en haalde wat kleingeld uit haar zakschort voor de jongen, die vervolgens de winkel uit snelde. Nadat ze de bestelling van het jonge stel had opgeschreven ging ze op een kruk achter de toonbank zitten en pakte het telegram. Ze had alle condoleancekaarten die ze had gekregen bewaard. De formulering was altijd hetzelfde. 'Met innig medeleven. In onze gedachten en gebeden.' Ze had diverse verlate kaarten ontvangen van mensen die pas onlangs van Tony's overlijden hadden gehoord. Ze zette zich schrap en opende de dunne envelop.

Toen ze de paar getypte regels op het papier las viel haar mond open van verbazing.

> Onze diepste deelneming. Ouders willen je graag ontmoeten. Kom alsjeblieft naar ons huis in Amalfi met je zoon. Je bent familie en welkom hier. Zal vliegtickets naar Italië regelen. Details volgen.
> Lauro Savoia

De tranen sprongen haar in de ogen, en vol blijdschap drukte ze het telegram tegen haar borst. Zo'n reactie had ze zich geen moment voorgesteld. En nu hadden ze haar uitgenodigd om hen in Italië te komen bezoeken! Per vliegtuig zelfs. Haar hart bonsde van opwinding. Wat had ze voor reden om hier te blijven? Geen enkele. Terwijl ze haar wangen afveegde kwam ze tot een besluit. Marco en zij zouden gaan.

Ze sprong op van de kruk, haar hoofd tollend van de gedachten over pakken en reizen. Hoe snel zouden ze kunnen vertrekken? Breed glimlachend drukte ze een hand tegen haar borst. Sinds Tony's dood had ze zich niet meer zo opgewonden gevoeld. Dit was wat Marco en zij nodig hadden, een andere omgeving, en zelfs de kans om ooit weer gelukkig te worden. Haar zoon verdiende dat.

Ze stond stil en wierp een blik in de spiegel. Met gefronst voorhoofd bestudeerde ze de uitgemergelde vrouw wier golvende haar in een knot was opgestoken. Haar gezicht was bleek en onopgemaakt. Misschien kon Lizzie haar voor haar vertrek helpen met een nieuwe look.

Toen versomberde ze; ze herinnerende zich wat Tony over zijn ouders had gezegd. IJskoud. Zelfvoldaan. Niet te vertrouwen. Hoewel ze geprobeerd had hem uit te horen, had hij koppig geweigerd meer te vertellen. Waren ze net zo mysterieus geweest als haar man? 'Alleen vandaag en morgen doen ertoe,' had hij vaak gezegd.

Als ze haar vingers over de littekens op zijn huid liet glijden had ze begrepen waarom het moeilijk voor hem was om sommige verhalen te delen. Hij had zelden over zijn diensttijd in het Amerikaanse leger verteld, voornamelijk omdat hij bij de inlichtingendienst had gewerkt en zijn werk geheim was geweest. Maar familie was anders. Familie was voorgoed, dat wilde ze tenminste wanhopig graag geloven. Maar hún voorgoed was vroegtijdig afgebroken.

Moet ik me zorgen maken? Ze herlas het telegram. 'Je bent familie en welkom hier.' Het was gestuurd door Lauro Savoia, de broer die Tony nooit had genoemd. Waarom niet? Wie was Lauro, en wat was er tussen hen gebeurd?

Het papier trilde in haar hand toen ze overmand werd door bange voorgevoelens.

Celina stapte achteruit van de kleine spiegel die ze op het bureau had neergezet en boog naar links en rechts om zichzelf te bekijken. Voor de reis had ze een donkerblauw wollen mantelpak aangetrokken, en schoenen met verstandige hakken. Naast de spiegel lagen de tickets die de familie Savoia haar had gestuurd. Morgenochtend zouden Marco en zij een trans-Atlantische vlucht naar Rome nemen. Ze kon nog steeds niet geloven dat ze gingen. Turend naar haar spiegelbeeld draaide ze zich opzij om haar profiel te bekijken. De rok was haar veel te wijd. Ze had een veiligheidsspeld door de stof gestoken om hem in te nemen.

Ze moest het ermee doen. Nerveus ademde ze in. Binnenkort zou ze Tony's ouders en broer ontmoeten, en zouden de wonden weer openen van het verdriet dat voelde alsof het nooit zou overgaan. Ze maakte zich zorgen om Marco en het effect dat het herbeleven van de begrafenis op hem zou hebben.

Met haar hand tegen haar bonzende hart gedrukt probeerde ze zich te concentreren op de positieve kanten van de reis, Marco zou zijn enige nog levende grootouders ontmoeten. Hopelijk zouden ze aardig voor hem zijn, al vroeg ze zich onwillekeurig af hoe ze zich voelden over het feit dat ze hem pas nu te zien kregen.

Achter haar klonken tikkende voetstappen. Lizzie plofte neer op de katoenen sprei en vervlocht haar vingers achter haar platinablonde krullen. Dieprode matte lippenstift benadrukte haar volle pruillippen. 'Ga je in díé outfit naar Italië?'

'Wat mankeert eraan?'

'Niets, als je naar een begrafenis gaat.'

Celina keek om naar haar buurvrouw en zuchtte.

Lizzie sloeg een hand voor haar mond. 'O, het spijt me, was dat...'

Celina streek haar mouw glad. 'Om je de waarheid te zeggen ben ik zelfs in dit mantelpak getrouwd. Met een witte geborduurde blouse en een boeket rode rozen.' Er waren zoveel herinneringen verweven met deze stof.

'Je maakt een grapje, toch?'

Celina wierp haar buurvrouw een ontstelde blik toe. Lizzie

was pas eenentwintig en was opgegroeid op een boerderij in Iowa. Soms kon hun leeftijdsverschil van tien jaar zoveel uitmaken. 'In die tijd was alles gerantsoeneerd. Zijde dragen werd als onvaderlandslievend beschouwd, niet dat we het überhaupt konden krijgen.'

'Een meelzak zou beter zijn geweest.'

Celina grimaste en onderdrukte haar emoties. Ze liet het jasje van haar schouders glijden, hing het naast een lichtgrijs mantelpak in de smalle kledingkast en stroopte de rok af over haar onderbroek. Terwijl ze over het donkere wollen kamgaren streek sloeg ze haar ogen neer om haar opwellende tranen weg te knipperen. De laatste keer dat ze dit mantelpak had gedragen had ze toegekeken hoe de liefde van haar leven in de kille januari-aarde was gezakt. Na afloop had ze het nooit meer willen dragen, maar nu zou ze ter ere van zijn ouders opnieuw door het rouwproces heen moeten.

Lizzie ging overeind zitten en sloeg haar armen om haar in een zwarte kousen gehulde knieën. Ze was net terug van de repetities en droeg een tutu met een zwartleren jas eroverheen. 'Heb je niets in die kast waarmee je indruk op ze kunt maken?'

'Dit is geen vakantie.' Celina voelde zich saai en kleurloos vergeleken met haar buurvrouw. Ondanks haar verdriet glimlachte ze naar Lizzie, en ze stelde zich voor hoe het zou voelen om weer zo zorgeloos te zijn. Acteurs, kunstenaars, musici, Lizzies woning was een toevluchtsoord voor vrijdenkers met verschillende levensvisies en unieke manieren om zich uit te drukken.

'Probeer in elk geval na afloop een beetje plezier te maken... Weet je, waar ik ben opgegroeid hielden we ouderwetse waken die tot zonsopgang doorgingen. Met onvoorstelbaar veel drama tussen alle familieleden.' Ze veerde overeind, alsof ze een plotselinge ingeving had. 'Ik ben zo terug.' Ze snelde de kamer uit.

Celina keek haar na. Lizzie was als de jonge zus die ze nooit had gehad. Haar vriendin had Tony en zijn uitbundige lach en gulle glimlach nooit gekend, dus ze kon de omvang van Celina's verlies niet begrijpen. Marge was de enige die ze in vertrouwen kon nemen, want zij had Tony vanaf hun eerste ontmoeting bij La Maison de Chocolat gemogen, maar zelfs een goede vriendin krijgt een keer genoeg van verdriet. Rouw was een oneindig juk uit het verleden, en Celina was er zelf door uitgeput.

Ze stapte uit haar schoenen en trok een geborduurde jurk aan die ze in Chinatown had gekocht. Toen liep ze de gang in om naar Marco te kijken, die wel erg stil was in zijn kamer. Hij was dol op tekenen, en ze had Tony gesmeekt voor Kerstmis tekenspullen voor hem te kopen. Zijn kerstcadeau was een glanzende fiets geweest, en op eerste kerstdag had Tony Marco op het zadel geholpen en naast hem meegerend op de stoep voor hun oude huis.

Die laatste gelukkige dagen stonden haar nog steeds haarscherp voor de geest. Nadat ze de kalkoen had bedropen, de aardappels tot puree had gestampt en voor elk van hen een afzonderlijke chocolade *pot de crème* voor het kerstdiner had gemaakt, had ze de smaragdgroene zijden jurk aangetrokken waarmee Tony haar had verrast en net als op dit moment vanuit de deuropening toegekeken, zonder zich te kunnen voorstellen dat het een van de laatste keren zou zijn dat ze de twee zo samen en gelukkig zou zien.

Marco keek op van het kleine dennenhouten bureau dat Tony voor hem had gemaakt. Ze liep de kamer in en gluurde over zijn schouder. Hij had weer een tekening van hen drieën gemaakt. Zijn papa was in elke tekening, en elke keer dat hij haar zijn werk liet zien, brak haar hart.

Ze stond stil en onderdrukte een golf van emotie. Elke dag verdrong ze haar gevoelens in een poging net als iedereen te blijven functioneren. 'Dat is een mooie tekening, schat.'

Hij beet aarzelend op zijn onderlip en keek naar haar op. 'Papa's ogen waren blauw, toch?'

'Net als de jouwe.'

'Ik begin te vergeten hoe hij eruitzag.'

Nog een dolksteek in haar hart. Ze omhelsde Marco en wiegde hem, en hij klemde zijn armen om haar nek. 'Je hoeft hem niet voor je te zien om je te herinneren hoeveel hij van je hield.'

Al zouden visuele souvenirs wel helpen, wist ze. Had ze er maar op gestaan foto's te nemen. Maar Tony was altijd weggedoken voor de camera. Hoe kon zo'n zelfverzekerde man zo overgevoelig zijn om gefotografeerd te worden? Zijn littekens waren een deel geweest van wie hij was, maar niet wat ze had gezien als ze naar hem keek.

'Ik heb een berg hiervan,' riep Lizzie, terwijl ze de gang in stormde. 'En kijk eens wie ik op de trap tegenkwam.'

Celina kuste Marco op zijn wang en liet hem los, zodat hij verder kon gaan met tekenen. Toen ze de gang in stapte, zag ze Marge hijgend op zich afkomen.

'Ik zweer het je, die meid heeft energie voor ons tweeën.' Marge streek een grijsbruine haarlok van haar voorhoofd, liet een verweerde bruine leren koffer op het bed vallen en opende die. Ze droeg nog altijd een donkerblauwe katoenen jurk, haar werkuniform bij La Maison, maar had haar hagelwitte schort afgedaan. 'Je mag deze koffer wel hebben. Die moet nodig op reis en doen waarvoor hij gemaakt is. De hemel mag weten dat ik voorlopig nergens heen ga.'

'Bedankt.' Celina omhelsde de oudere vrouw die als een moeder voor haar was geweest. 'We zijn maar een paar weken weg.'

'Neem iets Italiaans voor me mee, zoals een knappe man.' Marge zuchtte. 'Maar chocola is ook goed.'

'Dat beloof ik.'

Lizzie kwam de kleine slaapkamer binnen, met een stapel bonte satijnen en zijden stoffen in haar armen. 'Het feest kan beginnen.'

'Hemel,' riep Celina uit. 'Wat is dit allemaal?'

'De kostuumdame heeft oude kostuums opgeruimd.' Lizzie gooide een witte veren boa de lucht in. 'Ik heb een berg gekregen. Er zit vast iets feestelijks voor je tussen. Het is tenslotte Italië.'

'Lizzie, ik kan echt niet...' begon Celina, maar ze moest toegeven dat sommige jurken schitterend waren. Een vuurrode Charlestonjurk, een nauwsluitende zwarte jurk met wijde paarse satijnen mouwen en klokrok, een katoenen zomerjurk met vrolijke opdruk van de rode klaprozen en een musketierjasje met gouden franje vielen uit de berg kleding. Een verzameling shawls fladderde op het bed.

Marge streek over de rafelige franje van een zijden amethisten en smaragdgroene jacquardshawl. 'Deze is prachtig. En gemakkelijk herstelbaar.'

'Perfect voor haar.' Lizzie sloeg de shawl om Celina's schouders. De bijna tot op de grond hangende franje zorgde voor een dramatisch effect. 'Voilà!'

'Oogverblindend,' zei Marge. Met grote ogen keek ze toe terwijl Lizzie Celina's haren hoog opstak.

'Je bent een ster,' zei Lizzie. 'Dus gedraag je ernaar.'

'Moet je jou horen. Je zult het snel tot regisseur schoppen.' Celina keek in de spiegel. Bij de aanblik van zichzelf in haar Chinese jurk met die theatrale shawl barstte ze in lachen uit. Marge en Lizzie deden mee, en weldra zaten de drie vriendinnen samen te schateren.

Het was de eerste keer sinds nieuwjaar dat Celina zich herinnerde te hebben gelachen.

'Ik heb niet veel ruimte in die koffer,' zei ze, terwijl Lizzie een aantal kledingstukken opvouwde en de shawl van haar hals trok. 'Waar moet ik zoiets dragen?'

'Je zou de trein kunnen nemen en samen met Marco de stad kunnen verkennen,' zei Marge. 'Italiaanse vrouwen zijn erg stijlvol.'

'De mannen ook,' voegde Lizzie eraan toe. Ze klemde haar lippen opeen. 'Misschien kom je wel terug met een knappe vent.'

'Ik heb de eerste optie op die vent,' zei Marge.

'Wauw, deze moet je meenemen.' Lizzie haalde Celina's smaragdgroene jurk uit de kast.

'Maar niet die boa.' Celina trok de berg veren uit de koffer.

'Zeg, deze kleur is beeldschoon,' zei Marge, die eerbiedig over de weelderige zijden stof streek. 'Je moet de jurk meenemen. Ik vouw hem wel voor je op.'

Zwijgend keek Celina toe terwijl Marge voorzichtig de jurk opvouwde die Tony haar had gegeven en die ze alleen die ene dag had gedragen. Ze protesteerde niet. Het was wat Tony gewild zou hebben. Hij zou het fijn hebben gevonden dat ze zijn laatste cadeau droeg tijdens haar eerste ontmoeting met zijn ouders.

Of niet?

Onwillekeurig werd ze overmand door een ongemakkelijk voorgevoel, en stond ze strak van de zenuwen.

2

San Francisco, 1945

'Daar komt je Italiaanse man.' Marge draaide het volume van de radio hoger om mee te zingen met het recentste nummer van The Andrews Sisters, wat ze altijd deed als meneer Jean-Jacques er niet was. De oudere vrouw werkte al bij La Maison de Chocolat sinds meneer tien jaar geleden de zaak had geopend, en sinds het overlijden van Celina's moeder had ze de taak op zich genomen Celina te koppelen aan elke knappe man die de winkel in kwam.

De winkel lag in de buurt van Union Square, dus er waren zat mannen, maar Celina wist dat de meeste in matrozenpakken of legeruniformen gehulde jonge mannen op doorreis waren en wachtten tot ze de trein konden nemen naar hun geliefden thuis.

Celina keek op vanachter de vitrine, waar ze versgemaakte bonbons op papieren onderzetters met kantpatroon plaatste. Ze hadden goede zaken gedaan vanwege de legertroepen die via de haven van San Francisco uit de Grote Oceaan terugkeerden. Achter in de winkel stonden torenhoog opgestapelde kratten met versierde geschenkdoosjes die wachtten om gevuld te worden met bonbons als herenigingscadeau voor geliefden en families.

De lucht was zwanger van de geur van chocolade en andere smakelijke ingrediënten. Vanille, suiker... frambozen, abrikozen... amandelen, pistachenoten, pecannoten... kaneel, nootmuskaat, kardemom, cayennepeper. Celina ademde diep in. Ze was dol op de geuren van haar ambacht.

Deze baan was alles waar ze ooit van had gedroomd, en haar moeder zou trots op haar zijn geweest. Stella Romano had haar dochter alles bijgebracht wat ze voor haar huwelijk tijdens haar studie in Parijs over het maken van verrukkelijke en prachtig gevormde bonbons had geleerd. Celina bezat al haar oude recepten en had bovendien zelf veel nieuwe versies gecreëerd.

'Celina, help jij ze maar,' fluisterde Marge, die een paar grijsbruine lokken terugschoof in haar knot. 'Die lange is enorm aantrekkelijk. Gedistingeerd. Een professor, misschien.' Marge hield ervan om mensen hun beroep te raden.

'Hij komt voor de chocola.'

'O, doe me een lol. Elke dag?' Marge sloeg haar ogen ten hemel alsof Celina naïef was.

Celina wuifde haar weg. De meeste mensen waren naïef vergeleken met Marge, die als serveerster in een nachtrestaurant bij de havens had gewerkt. Ze begon vaak een verhaal met de woorden: 'Hier zullen je oren van gloeien.'

'Ik wil wedden dat hij je elke dag om een afspraakje vraagt. Kijk, hij heeft een vriend meegenomen ter ondersteuning.'

De man leek Celina geen type ~~die~~ morele ondersteuning nodig had om een vrouw te vragen of ze met hem uit eten wilde of een kop koffie wilde gaan drinken. Ze zou geen van beide afslaan, ook al wist ze zijn naam niet eens. Eén keer had hij een heel uur in de winkel doorgebracht en haar uitgehoord over haar favoriete vullingen en smaken, over hoe ze de chocolade smolt en over allerlei details die de meeste mensen niet interesseerden.

Ze vermoedde dat hij voor de oorlog chef of leraar was geweest, misschien banketbakker of zelfs een collega-chocolatier, al vertelde hij nooit iets over zichzelf. Maar de manier waarop hij haar aankeek was bijna griezelig. Zijn blik was intiem, maar niet seksueel, alsof hij haar van vroeger kende. Of misschien was hij een kunstenaar die haar gelaatstrekken analyseerde.

De bel aan de winkeldeur rinkelde terwijl Marge door de korte klapdeuren de keuken in verdween, waar Celina het grootste deel van haar tijd doorbracht. Toen de man twee weken geleden vragen was gaan stellen over Celina's truffels had Marge de gelegenheid voor een koppelpoging aangegrepen en Celina uit de keuken gehaald om hem te ontmoeten.

Sindsdien kwam deze hoffelijke man met zijn vriendelijke ogen bijna elke dag naar de chocolaterie. Celina glimlachte hem toe. Misschien zou het vandaag gebeuren. 'Goedemiddag.'

'*Buongiorno*,' zei hij. Zijn diepe stem galmde door de winkel en weerkaatste tegen de muren en de tegelvloer, en deed haar denken aan een magistrale zanger die ze ooit samen met haar moeder bij de opera had gehoord. De man wendde zich tot zijn vriend. 'Deze jonge vrouw maakt de beste bonbons in heel San Francisco. Ze heeft de ziel van een echte chocolatier en gebruikt alleen de beste chocolade.'

Celina voelde haar gezicht gloeien. Op een dag had hij haar ondervraagd over haar kennis van ingrediënten, en ze hadden de waarde van diverse soorten cacaobonen uit Midden- en Zuid-Amerika besproken. Zijn lievelingsbonen kwamen uit Venezuela, maar hij hield ook van die uit Ecuador en sprak vol eerbied over de cacao uit een specifiek gebied van Peru.

'Ik heb een nieuw frambozentruffelrecept uitgeprobeerd.' Ze pakte twee perfect handgerolde truffels uit de vitrine, legde ze op een witpapieren onderzetter op een kleine zilveren schaal en hield ze de twee mannen voor. 'Wilt u proeven?'

'Frambozen, ja?' vroeg de lange man aarzelend. 'Geen aardbeien?'

'Inderdaad,' zei Celina.

De gedrongen vriend van de man accepteerde haar aanbod gretig. '*Grazie.*' Er verscheen een warme, aanstekelijke grijns op zijn gezicht, al reikte die niet tot aan zijn vermoeide ogen. Ondanks de vuurrode littekens van zijn slaap tot aan zijn kaak was hij duidelijk een knappe man geweest, en hij had nog altijd iets intrigerends. Ze beantwoordde zijn gulle glimlach. Er waren veel mannen en vrouwen met zichtbare littekens uit de oorlog teruggekeerd.

Toen hij een hapje nam, begonnen zijn met donkere wimpers omrande ogen te stralen van verrukking en transformeerde hij voor haar ogen alsof haar truffel een magisch ingrediënt bevatte. Grijnzend sloeg hij een arm om de langere man heen. 'Je hebt gelijk, Doc. De lekkerste truffel die ik ooit heb gegeten. En de knapste chocolademaker.'

'Ik ben geen chocolademaker, maar chocolatier.'

De gedrongen man grijnsde. 'Wat is het verschil?'

'Chocolademakers verwerken cacao tot chocolade door een fermentatieproces,' zei Celina. 'Chocolatiers zijn de ambachtslieden die met die chocolade gegoten en handgevormde bonbons maken.' Terwijl ze sprak keek ze verlegen op naar de lange man. Doc. De bijnaam paste bij hem. Hij had inderdaad de zachtaardige manier van doen van een arts. Ze vroeg zich af of hij opgeroepen was voor het leger, of een praktijk had in de stad. Misschien allebei.

'Slimme vrouw.' De gedrongen man lachte bewonderend. 'Je hebt me echt op mijn nummer gezet.'

Celina moest wel glimlachen om zijn aanstekelijke lach.

'Je moet haar niet testen, Tony,' vermaande Doc zijn vriend lachend. 'Ze weet wat ze doet.'

Doc proefde de truffel en nam bedachtzaam de textuur en smaak in zich op. Celina hield haar adem in, in afwachting van zijn oordeel. Hij wist zoveel over haar ambacht, en ze vertrouwde zijn mening. Uiteindelijk bracht hij duim en wijsvinger naar elkaar en legde die tegen zijn lippen. 'Voortreffelijk. Dit is uw meesterwerk.' Hij glimlachte. 'Tot nu toe dan. Maar u zult nog zoveel meer bereiken.'

Celina's wangen brandden, maar ze probeerde haar grote voldoening te verbergen. 'Dank u. Ik werk vandaag aan een ander recept. Misschien wilt u dat morgen komen proeven.'

'Ik kan hier niet blijven.' Doc schudde zijn hoofd, en zijn ogen stonden verdrietig. Hij pakte haar hand in de zijne, voor de eerste keer ooit. 'Ik vertrek morgen uit San Francisco.'

Zijn aanraking was magnetisch, en Celina voelde een rilling door zich heen gaan, bijna als een visioen. Knipperend met haar ogen hield ze zichzelf voor dat deze man, net als zoveel andere mannen die in de winkel kwamen, op weg was ergens anders naartoe. Niets meer dan een toerist. Nee, hij was niet de man die haar leven zou veranderen, zoals Marge zich had voorgesteld. Hoe onnozel om dat te denken. Ze slikte de brok in haar keel weg. 'Ik ben blij dat u onze chocolaterie heeft gevonden. Het was een groot genoegen om u te ontmoeten.'

'Ik kom zeker terug,' zei Tony met een brede grijns, haar aandacht proberend te trekken. 'En ik wil graag een doos van je beste bonbons.' Met een gretige blik op de chocolade in de glazen vitrine vroeg hij haar om een keuze te maken, en Doc bestelde hetzelfde om mee te nemen.

Terwijl Celina haar keuze verpakte, een satijnen lint om de dozen bond en daar behendig een strik in legde, leunde Docs vriend tegen de glazen vitrine en volgde nauwgezet al haar bewegingen. Toen ze hem een vluchtige blik toewierp, zag ze dat hij om zijn hals een zilveren hanger droeg van Sint Christopher, de beschermheilige van reizigers.

'Sorry dat ik je heb uitgetest,' zei hij met diepe hese stem. 'Ik kan goede chocolade ook enorm waarderen.'

'Echt waar?' vroeg ze, terwijl Marge met meer cadeauverpakkingen de keuken uit kwam. Blijkbaar had ze het gesprek opgevangen, want ze inspecteerde Tony uitgebreid. Celina onderdrukte een lach. Ze had zelfs roze lippenstift opgedaan en haar haren gladgestreken. Marge verspilde geen tijd als het erom ging een nieuwe potentiële vrijer voor haar te vinden.

'Absoluut,' antwoordde Tony, terwijl hij een poging deed oogcontact te maken terwijl ze de bonbons inpakte. 'Ik herken en waardeer kwaliteit.'

Marge kwam vlug tussenbeide. 'Dan kom je vast morgen terug om Celina's nieuwe truffelrecept te proeven, hè?'

Nadat de twee mannen de winkel hadden verlaten, gaf Celina Marge met een theedoek een speelse klap op haar schouder. 'Je bent vreselijk brutaal.'

'Nou, waarom niet? Je bent jong, getalenteerd en mooi, en er komen hier zoveel mannen voorbij.' Marge leunde met haar kin op haar handen op de toonbank en keek de mannen na. 'Neem het van mij aan. Doc vertrekt. Als de ene deur sluit, moet je de andere opentrekken. Voordat je het weet is er tien jaar voorbij.'

'Ik weet niet of Tony mijn type is.'

'Ik wil wedden dat je een hoop lol met hem kunt hebben. Weet je niet meer wat lol maken is? Ach, als ik twintig jaar jonger was, zou je geen kans bij hem maken,' zei ze, knipperend met haar wimpers. 'Die man heeft een aardig gezicht, dat kan ik zien. Dat is wat telt. En knap is hij ook. Je moet voorbij die littekens kijken, schat. De meeste jonge vrouwen doen dat niet.'

'Littekens storen me niet.'

Knipogend gaf Marge haar een por in haar ribben. 'Het geeft hem een gevaarlijke uitstraling. Sexy zelfs. Het laat zien dat hij weet hoe hij zich moet handhaven en overleven.'

Celina voelde haar gezicht warm worden. Ze leunde met haar ellebogen naast Marge op de vitrine en legde peinzend haar kin in haar handen. ‘Ik geloof dat elk litteken en elke rimpel een verhaal vertellen. Maar ik weet niet of hij mijn type is.’

Toch was er iets aan zijn levendige donkere ogen en de intense blik waarmee hij haar had aangekeken, precies zoals haar vader naar haar moeder had gekeken. Ondanks haar teleurstelling over Docs vertrek hoopte ze Tony terug te zien.

3

Napels, 1953

'*Napoli Centrale*,' riep een treinconducteur, toen de trein in de drukke stad stopte. Vermoeid van de inspannende reis van het vliegveld in Rome naar het zuidwesten van Italië hing Celina haar handtas over de mouw van haar lichtgrijze mantelpak en fatsoeneerde de chique felrode shawl die Lizzie haar had gegeven. Voorzichtig hing ze een tas met een doos chocolade over haar arm. Ze had voor Tony's ouders haar beste truffels gemaakt.

Vastberaden pakte ze Marco's schouder en stapte uit de trein. Terwijl ze door het drukke station liepen drong de verleidelijke geur van geroosterde espresso en zoete *sfogliatelle* haar neus binnen, vergezeld door het geluid van het malen van koffiebonen. De menigte voerde hen naar buiten, het stationsplein op, waar ze rondkeek, op zoek naar degene die hen zou ophalen.

Met een gehandschoende hand greep ze haar hoed vast tegen een vroege zomerbries. Ze kon nauwelijks geloven dat ze er waren. Ze had vrij genomen van haar werk en haar appartement onderverhuurd aan bevriende collega-actrices van Lizzie die auditie deden voor theaterrollen in San Francisco.

Twee weken geleden had ze zich dit niet kunnen voorstellen. De vlucht over de Atlantische Oceaan was bij tijd en wijle angstaanjagend geweest door de hevige turbulentie, maar de stewardess had Marco op zijn gemak gesteld door hem een klein model te geven van de Boeing 377 waarmee ze vlogen. Hij had er betoverd mee gespeeld totdat hij in slaap was gevallen, na een diner geserveerd op fijn porseleinen servies met zilveren bestek. Pas toen had Celina zichzelf toegestaan een glas wijn te drinken tegen de zenuwen.

Fronsend tegen het felle zonlicht struikelde Marco over een uitstekende kasseisteen en hij begon te huilen. Hij klampte het versleten grijze aapje vast dat Celina uit gebreide sokken voor hem had gemaakt. De felrode hielen vormden een breed grijnzende mond.

'Het valt gelukkig mee,' zei Celina, die bij hem neerknielde om hem te omhelzen en zijn stoffige broek af te vegen. 'Hou Rocky maar goed vast. Hij zou heel verdrietig zijn als je hem zou kwijtraken.'

Ze had hem uit een diepe slaap gewekt. Ondanks de bonkende treinrails en haar opwinding over het prachtige landschap van de Vesuvius tot aan de kust, had de ritmische beweging van de trein haar ook doen wegdommelen. Na de turbulentie in het vliegtuig was ze opgelucht dat ze weer vaste grond onder haar voeten had.

Medereizigers haastten zich voorbij, en overal klonk melodieus Italiaans, de zinnen over elkaar heen buitelend als de golven van de zee. '*Ciao! Come stai?*' Mensen omhelsden elkaar, drukten hun wangen tegen elkaar aan en wisselden kussen uit. '*Benissimo! Che piacere!*'

Celina kuste Marco's wang. 'Luister. Hoor je dat? Er zweeft geluk door de lucht.'

Marco stopte met huilen, en zijn mondhoeken krulden. Tot

Celina's opluchting verscheen er een aarzelende glimlach op zijn gezicht. Met grote ogen keek hij als betoverd rond. Dat was zij ook, moest ze toegeven. De frisse zeelucht en de hartelijkheid om hen heen maakten Napels nu al een balsem voor haar ziel.

Op haar lip bijtend dacht ze aan Tony, en aan hoe graag ze altijd met haar man naar Italië had gewild. Hij had zijn familie nooit meer willen zien, maar ze wáren familie, en ze begreep niet dat hij hen de rug toe had gekeerd. Als onstuimige tiener had ze soms ruziegemaakt met haar ouders, maar het contact met hen verbreken was ondenkbaar geweest. Tony had zelden over zijn ouders gepraat en altijd een excuus gevonden om Italië niet te bezoeken, geen enkel deel ervan.

Bij de aanblik van de schoonheid van haar omgeving had Celina spijt dat ze nooit samen met haar man zijn geboorteland had bezocht.

Had ze maar meer aangedrongen, misschien had Tony dan wel toegegeven. Hoe moest ze dat aan zijn ouders uitleggen? Ze slikte een brok in haar keel weg. Ze zou haar best doen, maar excuses konden haar schuld niet uitwissen voor het feit dat ze hun zoon kwijt waren en dat de kans hem nog een laatste keer te zien hun was ontnomen.

Maar misschien waren zij degenen die hun excuses moesten aanbieden. Ging achter de vriendelijke woorden van het telegram een pijnlijk verleden schuil? Naarmate ze dichter bij hun reisbestemming waren gekomen, was Celina steeds nerveuzer geworden. Zouden zijn ouders haar de schuld geven? Stel dat ze een duister familiegeheim zou ontdekken, zou ze dan wensen dat ze nooit was gekomen?

Een conducteur zette hun leren koffers naast hen neer.

'Grazie,' zei Celina. Ze had wat Italiaans van Tony geleerd, maar ze hadden voornamelijk Engels met elkaar gesproken. Ze was blij dat Tony begonnen was om Marco wat zinnetjes te leren.

In elk geval zouden Tony's ouders het geluk hebben om hun

kleinkind te leren kennen. Wat er ook tussen Tony en zijn ouders was gebeurd, ze wist dat ze er juist aan deed. Zou Tony anders gehandeld hebben als hij had geweten hoe kort hij te leven had?

Ze hadden geen van beiden kunnen voorzien dat Tony op die mistige avond zijn leven zou verliezen. Of dat hun laatste woorden tegen elkaar zo scherp zouden zijn, de zijne zo giftig, de hare zo verwijtend. Die nacht had ze vol berouw wakker gelegen, maar geen enkel nachtelijk gebed of smeekbede om vergeving kon hun laatste boze woorden uitwissen. Ze had gewild dat hij thuisbleef en haar om middernacht gelukkig nieuwjaar zou kussen, in plaats van zich na een mysterieus telefoontje de deur uit te haasten.

Inmiddels leek dat zo onbelangrijk.

Ze zuchtte. Haar moeder had altijd gezegd dat zelfs de beste huwelijken nog ingewikkeld waren. Nu begreep ze dat. Althans, dat probeerde ze.

Na Tony's dood had ze zich voorgenomen alleen terug te denken aan zijn gulheid en sociale karakter, en aan de goede tijden samen. Maar als hij in een sombere stemming was geweest, had zijn woede haar angst aangejaagd, en hadden zijn vernietigende opmerkingen haar zelfvertrouwen ondermijnd en haar diep gekwetst.

Naarmate de jaren na de oorlog waren verstreken, was zijn somberheid afgenomen, maar ze had altijd het gevoel dat er een verborgen deel van zichzelf was waarmee hij niemand vertrouwde. Zelfs zijn eigen vrouw niet. Aannemend dat zijn geheimzinnigheid te maken had met zijn militaire dienst had ze het erbij gelaten. Ze was niet de enige wier echtgenoot zijn dierbaren tegen nachtmerrieachtige herinneringen beschermde. Misschien als hij zijn hart had gelucht… Ze verdrong de gekmakende vragen in haar hoofd.

Knipperend schermde ze haar ogen af tegen de zon. Ze begon te vrezen dat er niemand zou komen om hen op te halen, maar ze moest haar hoofd erbij houden. Hoe attent het gebaar van Tony's ouders ook leek, dit bezoek kon een ramp worden. Maar dan zou ze in elk geval weten dat ze had geprobeerd juist te handelen. En ooit zou Marco begrijpen dat ze hem niet bij zijn vaders familie had weggehouden.

Celina knielde neer en sloeg haar armen om Marco heen. Als Tony zich goed had gevoeld en in vorm was geweest, was hij grenzeloos charmant en toegewijd aan zijn kleine gezin geweest. Ze had nooit aan zijn liefde voor haar of Marco getwijfeld.

Was zijn familie ook zo?

Verderop stond een goed geklede man haar aan te staren.

'*Scusami*, Signora Savoia?'

Celina draaide zich om in de richting van de stem, stond op en schermde haar ogen af tegen de stralende zon achter de man. 'Ik ben Celina Savoia.'

'*Buonasera.*' Hij fronste en staarde haar aan alsof hij haar herkende. Toen hervond hij zijn manieren en zette zijn hoed af, die verzorgd gitzwart haar onthulde. 'Ik ben Lauro.' Hij keek naar het jongetje dat haar hand vastklampte. 'Je zoon?'

'En die van Tony. Dit is Marco. Je neef.' Ze draaide zich iets weg van de zon om Lauro beter te zien. Zijn uiterlijk kwam als een schok, niet door zijn gelijkenis met Tony, maar juist door het totale gebrek eraan.

In zijn antracietkleurige maatpak was Lauro even breedgeschouderd als Tony, maar daar hield de gelijkenis ook op. Hij was langer, en in plaats van Tony's aristocratische gezicht, hoge voorhoofd en grove gelaatstrekken had hij een klassiek gebeeldhouwd profiel. Zijn geprononceerde jukbeenderen waren in perfecte proportie met zijn Romeinse neus en volle onderlip, die ongetwijfeld de aandacht van vrouwen trok. Hij kwam Celina eveneens bekend voor. Waarschijnlijk kwam dat toch door de familieband, al leken de broers op het oog nauwelijks op elkaar.

Lauro was ontegenzeggelijk aantrekkelijk. Bovendien had hij

een ontspannen en kalme, zelfverzekerde uitstraling. Tony had gewoonlijk met vooruitgestoken borst gestaan, een geforceerd zelfverzekerde houding, uitdagend tegenover de wereld, of juist defensief. Vermoedelijk leken ze op verschillende takken van de familiestamboom.

Celina glimlachte en stak hem haar hand toe. Lauro pakte die, maar boog zich ook respectvol naar haar toe en kuste eerst haar ene wang en toen de andere; de traditionele Italiaanse begroeting die Celine goed kende. Zijn lichaamswarmte en kruidige sandelhoutgeur omhulde haar. Tot haar verbazing vond ze zijn nabijheid aangenaam. Hij was beleefd, al leek hij afstandelijk en lag er een verdrietige blik in zijn olijfgroene ogen.

Lauro's telegram had andere verwachtingen bij haar gewekt. Ze had verwacht dat hij meer op Tony zou lijken, die vlot en uitbundig was geweest. Lauro was veel gereserveerder. Misschien had Tony dat bedoeld toen hij zijn familie als ijskoud beschreef.

Lauro stapte achteruit en ging op zijn hurken zitten. Ingespannen bestudeerde hij Marco's gezicht, alsof hij naar een fysieke gelijkenis met zijn broer zocht. '*Ciao.*'

Verlegen wendde Marco zich af en verborg zijn gezicht in de plooien van Celina's dunne wollen rok. Celina streelde haar zoon over zijn rug. 'Normaal gesproken is hij niet zo, maar hij is moe. Het was een lange reis.'

Lauro keek op en staarde haar opnieuw indringend aan. 'Jullie bagage?' Hij gebaarde naar hun koffers. Toen ze knikte tilde hij ze met gemak op en liep naar een glanzende Alfa Romeo met veel chroom die aan de stoeprand geparkeerd stond.

Celina pakte Marco's hand en haastte zich achter Lauro aan. Hij was niet onaantrekkelijk, en zijn blik drong door tot in haar ziel en wekte lang verdrongen herinneringen waar ze niet bepaald op zat te wachten.

Nadat hij de koffers achterin had gedaan opende hij het portier voor haar. Celina zette Marco tussen hen in op de voorbank.

Terwijl ze door de stad reden drukte Marco nieuwsgierig zijn handen tegen de voorruit. Celina volgde zijn blik naar een plaza met een klaterende stenen fontein in het midden. Marco lachte en wees op een paar jongens die elkaar lachend natspatten en achtervolgden. Verderop stonden kinderen rumoer te maken voor een ijswinkel, keken vrouwen in modieuze boetieketalages en zaten mannen op bankjes te praten en te lachen.

Lauro sloeg af, en Celina staarde vol ontzag naar de diepblauwe zee die zich voor hen uitstrekte. Zonlicht schitterde in de golven en weerkaatste op de boten die in de haven voor anker lagen.

Weldra reden ze over een slingerende bergweg en passeerden ze hooggelegen gehuchten. Celina keek bewonderend naar het uitzicht, al deinsde ze terug van de steile afgrond.

'Dit is de kustweg van Sorrento naar Amalfi,' zei Lauro. Met een knikje naar de zee voegde hij eraan toe: 'Il Mar Tirreno. Een prachtige zee die uitkomt op il Mar Mediterraneo.'

Celina had gelezen over de uitgestrekte Tyrreense Zee, die als een reusachtige saffier schitterde in de zon. Opkijkend van de slingerende weg zag ze rotsige terrastuinen.

Lauro volgde haar blik. 'Citroenboomgaarden. In Amalfi groeien de beste citroenen ter wereld.'

Maar hoe ongelooflijk mooi het landschap ook was, ze was geen toerist die voor het uitzicht was gekomen.

'Ik neem aan dat je over Tony wil horen,' begon ze, frunnikend aan haar handschoen.

'Dat kan wachten tot je onze ouders hebt ontmoet. Ze willen dolgraag met je praten. En om meer te weten te komen over wat er gebeurd is. Hoewel mijn broer al in 1945 is verdwenen, overvalt dit alles ons toch.'

'Dit alles. Je bedoelt Marco en mij.'

Lauro keek haar met een frons aan. 'Ik zal nooit begrijpen waarom hij geen contact met ons heeft opgenomen. Of waarom jullie ons nooit hebben geschreven. Praatte hij nooit over ons?'

Daar zul je het hebben, dacht Celina. Ze schraapte haar keel. 'Ik zal jullie alles vertellen wat ik weet.'

Lauro keek naar Marco en trok zijn wenkbrauwen op.

Zodra ze zijn vragende uitdrukking opving, doorgrondde ze meteen zijn gedachten en was ontzet. 'Behalve dat hij het temperament van zijn vader heeft, lijkt Marco op mijn kant van de familie. Met name op mijn vader.'

'En leeft die nog?'

'Mijn vader, die ook Marco heette – Marco Romano – is in mijn tienerjaren aan een hartaanval gestorven.'

'Dat spijt me.' Hij aaide Marco over zijn bol. 'En je moeder?'

Celina schudde haar hoofd. 'Een paar jaar later is ze ziek geworden.'

Zelfs nu vond ze het nog moeilijk om over haar moeder te praten. Stella Romano's verdriet over haar mans dood was zo groot geweest dat haar lichaam in opstand was gekomen tegen de gedachte om zonder hem verder te moeten leven. De zomer voordat Celina zou gaan studeren had Stella een knobbeltje in haar borst ontdekt. Haar arts had de kwaadaardige tumor direct operatief laten verwijderen.

Celina had haar studie een jaar uitgesteld om haar moeder te helpen. Maar tijdens dat jaar was een tweede tumor gevonden, die nog agressiever was, en Celina had haar opleiding in de ijskast gezet om voor haar moeder te zorgen. Maar Stella, die zonder haar echtgenoot niet meer had willen leven, was weggekwijnd. Ze had zelfs geen trek meer gehad in de bonbons die Celina voor haar had gemaakt en waarop ze altijd zo dol was geweest.

Met een gehandschoende vinger veegde Celina langs haar ooghoek. De herinnering deed nog altijd pijn. 'Ze is niet meer bij ons.'

'Heb je nog andere familie?' Lauro's stem vertoonde slechts een zweem van medeleven.

Celina schudde haar hoofd. Haar moeder had zo'n zware

bevalling van haar gehad dat ze daarna geen kinderen meer had kunnen krijgen. Celina was enig kind geweest. Beschermend drukte ze Marco tegen zich aan en wreef over zijn arm. 'We zijn nog maar met zijn tweetjes.'

Lauro knikte bedachtzaam. 'Dus je bent Italiaans. Je familie, waar kwam die vandaan?'

'De familie van mijn vader is een eeuw geleden uit Italië geëmigreerd. Volgens mij hebben we hier geen familie meer. Mijn moeder had Italiaanse, Duitse en Franse voorouders, maar wij zijn Amerikaans.'

'Dat verklaart het.' Hij sloeg een smalle weg bergop in.

Toen ze de top bereikten, werd het landschap aan beide zijden vlak. Het glanzend groene gebladerte en zongele fruit aan weerszijden van de weg omlijstten de azuurblauwe zee in de verte. Celina hapte naar adem bij de aanblik van de uitgestrekte zee en wijde hemel.

Ze draaide zich om naar Lauro. 'Dat verklaart wat?'

Opnieuw wierp hij haar een eigenaardige blik toe. 'Je blonde haren.'

Celina glimlachte weemoedig en wendde haar gezicht af naar het voorbijtrekkende landschap. Haar moeder was blond geweest, en Celina had ook haar goudbruine ogen geërfd. 'Hoelang nog voordat we er zijn?'

'We rijden nu op ons landgoed.' Lauro gebaarde naar de citrusboomgaarden aan weerszijden. 'Het is niet ver meer.' Hij zweeg even. 'Mijn broer heeft je toch wel over onze citroenen verteld?'

'Hij heeft het alleen over de chocolade gehad.' En zelfs dat nauwelijks. Tony had er een hekel aan gehad om over zijn achtergrond te praten, dus ze wist maar heel weinig. Dat zou Tony's familie vast vreemd vinden. Op luchtige toon vroeg ze: 'Is dit allemaal familiebezit?'

'Het landgoed is al vele jaren in de familie.'

Bewonderend keek Celina uit het raam, verbaasd dat Tony

haar niets over dit alles had verteld. Waarom niet? Het was schitterend, met de citroenboomgaarden die de omringende heuvels besloegen. Ze voelde zich buitengesloten. Toen kwam er een afschuwelijke gedachte in haar op.

Misschien was het haar schuld geweest.

Zou Tony zich hebben geschaamd om met een Amerikaanse terug te keren? Een Amerikaanse met een Italiaanse achternaam die als een wild kind struikelde over de taal. Schuldgevoel overmande haar. Waarom had ze niet beter haar best gedaan om het vloeiend te leren spreken? Ze drukte een hand tegen haar blozende wang.

'Hij praatte niet veel over Italië,' zei ze, zich voorbereidend op de stortvloed van vragen die hij ongetwijfeld zou hebben.

Lauro keek haar verbaasd aan. 'De chocolade, de citroenen, de olijfolie, voor de oorlog was dit alles zijn passie. De bedoeling was dat hij de familietraditie zou voortzetten en samen met onze vader het bedrijf zou runnen, met name de *fabbrica di cioccolato*. De chocoladefabriek is ons meest winstgevende exportbedrijf.'

'Waarom heeft hij dat dan niet gedaan?'

Verbeten staarde Lauro voor zich uit. 'Hij is naar Amerika vertrokken.'

'Hij heeft altijd hard gewerkt om voor ons te zorgen en onze toekomst te garanderen,' zei ze verward.

Het was niets voor Tony om verantwoordelijkheid uit de weg te gaan. Hij was de betrouwbaarste man die ze ooit had gekend. Tersluiks keek ze naar Lauro. Wat er ook precies tussen haar man en zijn familie was gebeurd, het moest tragisch voor hem geweest. Achteraf gezien was Tony misschien niet zozeer boos, maar gekwetst geweest. Zich vastklampend aan die gedachte drukte Celina Marco inniger tegen zich aan. Zenuwen overmanden haar. Hoe zouden zijn ouders haar begroeten?

Lauro snoof. 'Onze voorouders waren erg ijverig. Ze hebben diverse ondernemingen opgezet, en we hebben hard gewerkt om die uit te breiden. De mensen hier hebben werk nodig.' Hij keek opzij. 'Na de oorlog hadden we zijn hulp goed kunnen gebruiken. We zijn familie, en in Italië help je elkaar. Hij had naar huis moeten komen. Als hij tenminste bij zijn verstand was.'

'Dat was hij,' reageerde Celina. 'Tony was slim, en hij werkte hard om voor ons te zorgen. We waren ook zijn familie.'

Lauro's toon was verwijtend geweest. Als hij geen Amerikaanse vrouw had gehad... Er ging een huivering door haar heen. Waarom had Tony dit alles voor haar verborgen? Was zijn opvoeding zo vreselijk geweest? Had hij ruzie gehad met zijn ouders?

Lauro lachte droog. 'Jij noemt hem Tony.'

Zijn insinuerende toon beviel haar niet. 'Zo noemde hij zichzelf.' Zouden zijn ouders net zo boos zijn als Lauro?

'Hij heette Antonino, maar voor ons was hij Nino. Dus hij moet in Amerika Tony zijn geworden voor jou.'

'Ik heb hem niet van je familie afgepakt. Toen we elkaar ontmoetten, woonde hij in de Verenigde Staten.'

'Je hebt hem daar gehouden.'

Celina kwam in de verleiding om te zeggen dat Tony niet had wíllen terugkeren en niets dan minachting voor zijn ouders had gevoeld, maar wat zou dat voor zin hebben?

Tandenknarsend wendde ze zich tot Lauro. 'Ik weet dat jullie om hem rouwen. Dat doen wij ook.' Ze sprak zo zacht als ze kon, maar eigenlijk wilde ze gillen: Heb je me daarom uitgenodigd? Om me te ondervragen? Maar dat kon ze niet. Nee, dat wílde ze niet. Ze rechtte haar rug. Zíj had manieren.

Inmiddels wist ze dat rouw vele vormen kon aannemen. Op sommige dagen barstte ze bijna van woede op Tony, omdat hij hen had verlaten. Op sommige dagen voelde ze een grenzeloos verdriet. En op andere werd ze overmand door een duistere depressie.

Maar vandaag niet.

Ze pakte Marco's hand en streelde zijn zachte huid; ze putte kracht uit zijn onschuld en dwong zichzelf compassie op te brengen. Met zijn vaders adorerende ogen keek Marco naar haar op, en Celina glimlachte hem toe. Tony leefde voort in de gulle glimlach van zijn zoon. Het licht en vertrouwen in zijn ogen gaf haar altijd de moed om verder te gaan, en deze dag was niet anders dan andere donkere dagen die ze had getrotseerd.

Ze sloot haar ogen en draaide zich af van Lauro in een poging medeleven voor Tony's familie te voelen.

Lauro zei niets meer totdat hij door de toegangspoort van een adembenemend mooie villa op een bergtop was gereden. Hij parkeerde de auto voor een indrukwekkende dubbele deur met houtsnijwerk. '*Siamo arrivati.*'

Celina en Marco bleven zitten, betoverd door het uitzicht. Citroen- en olijfbomen omringden de enorme zongebleekte gele villa. Het huis had meerdere verdiepingen en een puntig pannendak, met optimaal uitzicht op de prachtige omgeving. Gewelfde ramen en galerijen harmonieerden met de slingerende kust en glooiende heuvels. Aan de ene kant werd het huis geflankeerd door paardenstallen, aan de andere gedijde een moestuin in de zon. Rond een langwerpige glinsterende vijver stonden potten met weelderige roze en paarse hortensia's.

Achter dat alles lag de deinende zee, waarvan de golven onophoudelijk op het zandstrand in de diepte aanspoelden en de branding een ruisende symfonie van de natuur vormde. Celina zat daar en nam de adembenemende schoonheid in zich op. Hoe had Tony dat kunnen achterlaten?

Ze greep Marco's hand. 'Hier is je vader geboren.' Zelfs hij was stil, onder de indruk van de magistrale natuur.

Ongeïnteresseerd opende Lauro haar portier en stak haar zijn hand toe terwijl hij zijn ogen over haar heen liet glijden.

'Grazie.' Ze negeerde zijn vorsende blik en stapte uit. Zijn insinuerende opmerkingen en verplichte beleefdheid stonden in scherp contrast met de warme boodschap van zijn telegram.

Heel even had ze spijt van hun reis, maar ze probeerde het gevoel van zich af te zetten. Dit was belangrijk voor Tony's ouders en voor de kleine Marco, hield ze zichzelf voor. Ze zou het niet door zijn chagrijnige broer laten verpesten.

Inmiddels vreesde ze de ontmoeting met zijn ouders. Als ze ook maar enigszins als Lauro waren, begreep ze Tony's tegenzin om naar Italië terug te keren. Ze zuchtte berustend. Een paar dagen, misschien een week. Ze kon hun tickets omboeken en eerder teruggaan. Lizzies vriendinnen zouden het begrijpen. En in geval van nood konden Marco en zij bij Lizzie op de bank slapen.

Lauro's schoorvoetend toegestoken hand raakte ze amper aan terwijl ze uitstapte. Het grind kraakte onder haar laaggehakte sandalen. Ze tilde Marco uit de auto en zette hem op de grond, en controleerde of Rocky, de grijnzende speelgoedaap, ook meekwam.

Ze liepen achter Lauro aan. Nog voordat ze de voordeur hadden bereikt, zwaaide die open. Een modern uitziende vrouw van begin vijftig zwaaide hen aarzelend toe. Ze droeg een zwarte jurk en had haar donkere haren opgestoken in een dikke knot.

Naast haar verscheen een lange gedistingeerde man, die beschermend een arm om haar schouders sloeg.

Tony's ouders. Celina had zich een ouder, dominanter koppel voorgesteld. Schuldgevoel overmande haar. Ze zagen er niet uit als de monsters die Tony had beschreven, maar wie wist hoe het er in sommige families aan toeging? Lauro was beslist knap, maar zijn gedrag was niet anders dan onaangenaam te noemen. Ze was de weduwe van zijn broer. Ze verdiende een mate van respect. Celina greep Marco's hand vast en trok hem beschermend tegen zich aan. Hij verborg zich achter haar rok.

'Mijn ouders,' stelde Lauro hen met een korte hoofdknik voor.

Celina knikte, en Marco gluurde vanachter haar rok.

Zodra Sara Savoia Marco zag, drukte ze een hand tegen haar

borst. '*Cuore mio*,' riep ze uit. Uitnodigend strekte ze haar armen naar hen uit, en op haar gezicht verscheen een glimlach.

Celina stapte op haar af. Tot haar verbazing pakte Sara haar handen met oprechte hartelijkheid, en haar zilverharige man Carmine was ondanks zijn aristocratische uitstraling beleefd en innemend.

Celina was opgelucht, maar nog altijd op haar hoede. Meteen besefte ze wie het telegram had gedicteerd dat Lauro had gestuurd. Alleen een grootmoeder wilde haar kleinkind zo wanhopig graag zien.

'En dit is Marco, Tony's zoon,' zei Celina met overslaande stem van spijt. Had ze op zijn minst maar babyfoto's gestuurd. Maar ook daar was Tony fel op tegen geweest.

'*Che tesoro, che dolce*.' Sara trok haar rok op en hurkte bij de kleine jongen neer, haar gezicht stralend van verdriet en blijdschap tegelijk. '*Ciao, Marco. Sono tua nonna*.' Toen Marco verward naar Celina keek, voegde ze er vlug aan toe: 'Ik ben je oma.' Uitnodigend spreidde ze haar armen.

Marco aarzelde.

'We hebben een cadeautje voor je.' Carmine Savoia boog zich voorover en hield hem een houten speelgoedtrein voor. 'Die is van je vader geweest.' Geëmotioneerd keek hij op naar Celina. 'In zijn kindertijd was het Antonino's lievelingsspeelgoed.'

Lauro kwam tussenbeide. 'In Amerika noemde hij zichzelf Tóny.'

Knipperend onderdrukte de oudere man zijn verdriet. 'Dat was waarschijnlijk gemakkelijker voor de Amerikanen.'

Met een vragende blik in zijn grote blauwe ogen keek Marco op naar zijn moeder. 'Was die van papa?'

Celina negeerde Lauro's hatelijke opmerking en knikte haar zoon toe, waarna ze hem een zacht duwtje voorwaarts gaf. Ze had hem verteld dat ze naar zijn grootouders gingen, en hij was opgewonden geweest. Hij had nooit het geluk gekend om grootouders te hebben, maar hij voelde dat het om speciale mensen ging, want hij had zijn vriendjes met hun liefdevolle vertroetelende oma's en opa's gezien.

Verlegen glimlachend stapte Marco op Sara af, en ze pakte zijn hand. In haar ogen schitterden tranen. Hevig knipperend overhandigde Carmine Marco het speelgoed.

Stralend van vreugde keek Sara op. '*Mille grazie*,' zei ze, haar hand op haar hart leggend. 'Ik kan je niet genoeg bedanken voor je komst. Marco is ons enige kleinkind.' Ze omhelsde Marco, en hij sloeg gewillig zijn armpjes om haar heen. Tranen van dankbaarheid stroomden over Sara's wangen. Ze sloot haar ogen en wiegde hem verrukt heen en weer.

Sara's blijdschap was voelbaar. Celina zag de verwondering op het lieve gezichtje van haar zoon bij de ontdekking van zijn grootouders' liefde voor hem. Haar terughoudendheid verdween, en ze voelde tranen branden in haar ogen.

Ze vroeg zich af wat er was gebeurd tussen Tony en deze schijnbaar lieve zorgzame mensen. Had hun familieband hen niet over hun woede en gekwetstheid heen kunnen helpen?

Naast haar kuchte Lauro in zijn hand en hij wendde zich af.

'Ik zou alleen willen dat we eerder waren gekomen,' zei Celina, en haar berouw klonk door in haar stem. Op dat moment wist ze dat ze er juist aan had gedaan om te komen, al had Lauro's gedrag haar eerder doen twijfelen. Wat er ook was gebeurd waardoor Tony met zijn familie had gebroken, zijn moeder was duidelijk gebukt gegaan onder zijn verdwijning, besefte Celina terwijl ze naar Sara en Marco keek. Als moeder voelde ze met Sara mee, al kon ze zich de omvang van haar wanhoop over het verlies van haar kind niet werkelijk voorstellen. Dat ze nu haar zoon met Sara deelde en de oudere vrouw de kans gaf om tijd met haar kleinkind door te brengen kon dat gemis nauwelijks compenseren. En dat speet haar oprecht.

'Ik hoop dat jullie me kunnen vergeven dat ik niet eerder contact heb gezocht om jullie over Marco te vertellen,' zei Celina. Tony de schuld daarvan geven was ongevoelig ten opzichte van zijn nagedachtenis.

'We waren inderdaad geschokt door je telefoontje,' zei Carmine. 'We hebben zoveel jaar hoop gehouden. Dit is niet wat we verwacht hadden, maar we zijn blij dat je gekomen bent.'

Sara legde een hand op haar mans schouder. 'We weten in elk geval dat hij voor zijn dood de vreugde van een gezin heeft gekend.'

Carmine was zo fijngevoelig om niet te vragen waarom ze niet eerder moeite had gedaan om contact op te nemen. Dat zouden ze zich ongetwijfeld afvragen en ooit ook vragen. Deed het er nog toe wat er tussen hen was gebeurd, nu Tony niet meer leefde?

Lauro draaide zich naar haar toe. 'Zoals je je kunt voorstellen hebben mijn ouders veel vragen over mijn broer. Ze vragen zich af waarom hij niet naar huis is gekomen, maar teruggegaan is naar Amerika.'

Daar was de vraag.

Een blos steeg op vanuit Celina's hals. Lauro nam duidelijk geen blad voor de mond. 'Tony zei dat Amerika zijn thuis was. Hij heeft me niet verteld waarom hij nooit is teruggegaan.' Hulpeloos keek ze van Lauro naar zijn ouders. Ze wenste vurig dat Tony haar iets had verteld wat ze met hen had kunnen delen.

Wrok overmande haar en ondermijnde de goede herinneringen aan haar man die ze probeerde vast te houden.

Had hij zijn familie ten minste maar geschreven. Ze begreep niet waarom hij dat niet had gedaan, zelfs niet één keer om ze te laten weten dat hij nog leefde. Waarom had Tony deze situatie in stand gehouden? Zijn familie leek al even perplex en boos als zij over zijn nalatigheid, dacht ze naar Lauro kijkend. Carmine en Sara reageerden weliswaar beheerster dan Lauro, maar ze dachten vast hetzelfde. Tony had zich toch wel kunnen voorstellen hoeveel pijn hij zijn familie daarmee deed?

'Oorlogsstress heeft op iedereen een andere uitwerking,' zei Sara tegen Lauro. Ze stond op en wendde zich tot Celina. 'Laten we naar binnen gaan.' Nadat ze vol warmte Celina's handen had vastgegrepen, voegde ze eraan toe: 'Jullie zijn vast hongerig en moe van jullie lange reis.'

Celina pakte Marco's hand en volgde Sara het huis in. Ze kwam in een koele hal met terracotta tegelvloer en muren in verschillende tinten hemelsblauw, aardebruin en lichtgeel. Het hoge plafond was versierd met fresco's, en op een ronde antieke tafel stond een vaas met geurende gele rozen. De ruime kamers achter de hal waren luxueus maar comfortabel, met veel Italiaans antiek, prachtige dessins en hoge ramen die een spectaculair uitzicht boden.

'Dit is niet hoe Nino zich zijn ouderlijk huis herinnerd had,' zei Sara, die Celina's blik volgde. 'We zijn net klaar met de herinrichting van dit deel van de woning.'

'Mijn overgrootvader heeft Villa Savoia gebouwd als vakantiehuis aan zee voor de familie,' zei Carmine. 'Zijn vrouw is ook in deze omgeving geboren. Oorspronkelijk is hij zijn chocoladebedrijf begonnen in Turijn, maar hij hield zo van de zee dat hij de zaak hierheen heeft verhuisd.'

'Kom mee,' zei Sara. 'Dan laat ik jullie je kamers zien, zodat jullie kunnen ontspannen.'

Celina en Marco volgden Sara door een gewelfde gang met bakstenen plafond naar een gastenvertrek met kamers en suite. Lauro liep mee met hun bagage.

'Ik hoop dat het jullie hier zal bevallen,' zei Sara, terwijl ze de rustieke deur opende en een uitzicht op de zee in de verte onthulde.

Een bries verkoelde Celina's gezicht en de vitrage wapperde zachtjes voor de ramen. Ze draaide zich om naar een hemelbed met nachtkastjes met marmeren blad. Aan de ene kant van het bed stond een kledingkast, aan de andere kant bevonden zich openslaande deuren naar een balkon. Lauro zette hun koffers neer en liep weg.

Onder de indruk van de prachtige omgeving stapte Celina het balkon op, dat uitkeek over een terrastuin met fruitbomen. 'Het is hier zo mooi.' Ze ademde in en snoof de geur van de fruitbomen beneden op. 'Wat voor fruit verbouwen jullie?'

'Voornamelijk citroenen,' antwoordde Sara. 'Maar ook olijven, grapefruit, sinaasappels, vijgen en granaatappels. Bij ons gematigde klimaat gedijt bijna alles.'

Celina tuurde over de reling van het balkon. Aan de ene kant dook een steile klif af naar zee, en aan de andere strekte een terras zich uit over de heuveltop. Felroze bougainvilles en sneeuwwitte jasmijn slingerden zich om met wijnranken begroeide bogen die het uitzicht op de glinsterende zee omlijstten.

Terwijl ze de zeelucht opsnoof, die zachter en zoeter was dan in de baai van San Francisco, bewonderde Celina het spectaculaire uitzicht dat kunstenaars waarschijnlijk jarenlang had geïnspireerd.

Hoe kon Tony dit magische zeelandschap achter zich gelaten hebben?

Sara pakte een zilveren fotolijst van een nachtkastje en veegde het stof eraf. 'Je kunt vast wel raden wie dit is,' zei ze weemoedig.

'Tony?' Celina ging naast Sara staan om de sepiafoto te bekijken.

Twee jonge jongens keken ernstig in de camera.

Sara streek over het glas en knikte. 'Met Lauro.' Glimlachend streelde ze de omtrek van hun gezichten. 'Het was zo'n gelukkige tijd. Dit is een geweldige plek voor jongens om op te groeien.' Ze draaide de foto naar Marco toe, en hij staarde er nieuwsgierig naar. 'Dit was je papa, Marco. Hij is hier opgegroeid.' Ze woelde door zijn haren en trok hem tegen zich aan. 'Je doet me zo aan hem denken.'

Celina was ontroerd dat Sara Tony's foto in hun kamer had gezet en bedankte haar voor het attente gebaar.

'Ik heb meer foto's die ik jullie later nog wil laten zien.' Sara wees op een lijstje op het nachtkastje aan de andere, meer schemerige kant van het bed. 'Die is vlak voor zijn vertrek genomen. Het is de laatste keer dat we hem hebben gezien. Ik dacht dat je het misschien fijn zou vinden om die tijdens je verblijf naast je bed te hebben.'

Celina streek zachtjes over haar hand. 'Hij staat gewoonlijk naast jouw bed, hè?'

Sara omhelsde haar. 'Je bent erg scherpzinnig. En ik ben zo blij dat jullie er zijn.'

Carmine verscheen met een glas witte wijn en een schaal zelfgebakken brood, olijven en flinterdunne plakjes Parmezaanse kaas. 'Ik dacht dat je wel een *apertivo* zou lusten terwijl je ontspant.'

'Grazie,' zei Celina, terwijl ze dankbaar de lichtgekoelde wijn aannam. Toen ze het boeket opsnoof kwam een herinnering boven. 'Ik herken deze geur,' zei ze, en Carmine en Sara glimlachten verheugd naar elkaar. 'Het was een van Tony's lievelingswijnen, en de mijne ook.' Hij was ervoor naar een kleine wijnimporteur in de Italiaanse wijk van San Francisco gegaan.

'Het is onze Falanghina-wijn, een specialiteit van Campanië, onze regio,' zei Carmine vol trots. 'Licht en verfrissend op een warme dag. Vanavond drinken we een speciale Piedirosso-wijn die we hebben bewaard,' voegde hij eraan toe, zijn vrouw nadrukkelijk aankijkend.

Celina ving hun blikwisseling op en vroeg zich af wat die betekende.

'En voor Marco is er verse *limonata* met biscotti,' voegde Sara eraan toe, naar de tafel gebarend.

'Ik heb ook iets voor jullie meegenomen.' Uit haar tas haalde Celina een doos met haar met zorg ingepakte, beste chocolade. 'Iets zelfgemaakts waarvan ik dacht dat jullie het misschien lekker zouden vinden.'

'Wat attent,' zei Sara, haar wang tegen die van Celina drukkend. 'Ik weet zeker dat we ervan zullen genieten. Maar nu laten we jullie alleen om je op te frissen.'

Nadat Sara en Carmine vertrokken waren, pakte Celina hun kleren uit en trok ze Marco een schone katoenen geruite blouse en keperbroek aan. Tony's ouders waren zo lief geweest om de kleinere kamer in te richten met speelgoed dat ongetwijfeld van hun zoons was geweest, dus Marco was druk bezig met het onderzoeken van de treintjes, auto's en houten blokken.

Terwijl hij speelde, waste ze haar gezicht en borstelde ze haar haren. Knabbelend op de amandelkoekjes voelde ze haar energie terugkeren. Ondertussen nipte ze aan de wijn en verkleedde ze zich van haar reisoutfit in een jurk die ze net naar een nieuw Vogue-patroon had genaaid uit een stof die ze bij de opening van Britex Fabrics in Geary Street had gekocht. De glanzend donkerblauwe katoenen jurk had een modieuze wijde rok en een strak lijfje. Ze trok het bijpassende bolerojasje met driekwart mouwen aan en stapte in pumps met open tenen. Vervolgens boog ze zich naar de schuine spiegel toe en hing ze haar geliefde medaillon in de hals van de jurk.

Ze nam nog een slok wijn en bestudeerde de foto die Sara haar had getoond. Ook van dichterbij kon ze de jongens nauwelijks uit elkaar houden. Ze leken op elkaar, en ze schatte dat Lauro slechts een paar jaar jonger was. Dichter bij haar leeftijd waarschijnlijk. Als ze niet beter had geweten, had ze Tony niet in deze jonge jongen herkend. Ze glimlachte bij de gedachte aan hoe dat magere joch zo'n brede gedrongen man had kunnen worden. Ze zette de foto terug en liep om het bed heen naar de lijst op het andere nachtkastje.

'Mama,' riep Marco. 'Ik heb honger. Wanneer gaan we eten?'

'Zo direct,' antwoordde ze. Marco had vandaag zo'n eetlust. De snack die Carmine zo attent had gebracht had hij meteen verorberd. Celina pakte de lijst op en tuurde naar de schemerige foto.

'Mama, kunnen we nu gaan?'

Celina streek met haar duim over de lijst. 'Nog heel even.' Ze bedacht hoe dankbaar ze was dat ze contact had gezocht met Tony's familie. Ze hield van haar man, al was hun huwelijk door de jaren heen emotioneel ingewikkeld geworden, maar goed, niet meer dan vele andere huwelijken. De oorlog had van veel mannen en vrouwen zijn tol geëist. Ze hadden moeite gehad zich weer aan het gewone leven aan te passen, Tony ook.

Celina veegde langs haar ooghoek. De warmte van haar mans liefde leek nog sterker in het huis waarin hij was opgegroeid. Met een zucht bracht ze de foto dichter naar haar gezicht, hunkerend naar het beeld van de man die ze had gekend.

Ze knipte een nabije lamp aan. Haar geliefde Tony, een man die soms getroebleerd, maar altijd liefdevol, hartstochtelijk en goedbedoelend was geweest. Haar man, de man die zo charmant kon zijn.

Fronsend leunde ze naar achteren. Ze liet zich op bed zakken, nam een slok wijn, draaide de lijst en tuurde gefrustreerd naar de foto. Ze kon met geen mogelijkheid de gelijkenis ontdekken die ze had verwacht. In een poging beter te zien hield ze het beschermende glas op tegen de lamp, totdat ze een scherper beeld had.

Toen een onbekende Tony haar aankeek, werd ze overvallen door een akelig gevoel. Zijn uiterlijk was drastisch veranderd, maar goed, hij moest heel jong zijn geweest toen de foto was genomen. Ze probeerde het aantal jaren te berekenen. Waarschijnlijk was de foto in 1940 genomen. Dertien jaar geleden. Een man kon enorm veranderen in die tijd.

Of niet? Ze knipperde terwijl ze intens geconcentreerd naar het zwart-witbeeld tuurde. Zonder het litteken van zijn slaap tot aan zijn wang zag Tony er zo anders uit, had ze hem niet herkend als dezelfde man. Een koude rilling ging door haar heen toen een plotselinge gedachte bovenkwam. Ze hapte naar adem. De lijst gleed uit haar hand en viel kapot op de tegelvloer.

Marco kwam de kamer in gerend. 'Mama, is alles goed?'

'Stop. Er ligt glas op de vloer.' Ze hield haar rok op en knielde neer.

Tegen de deurpost geleund keek Marco toe terwijl Celina de glasscherven opraapte en in de vuilnisbak gooide.

'Heb je je pijn gedaan?'

'Nee,' antwoordde Celina verdwaasd.

'Waarom huil je dan, mama?'

'Huil ik?' Ze veegde tranen van haar wangen. Haar hoofd tolde, maar ze onderdrukte haar emoties. 'Mama is zo klaar. Ga nog maar even spelen.'

Marco aarzelde. Toen draaide hij zich om en liep terug naar het speelgoed in de zijkamer.

Met trillende handen probeerde Celina een glasscherf uit de fotolijst te wrikken. 'Au,' riep ze, haar hand wegtrekkend.

Bloed druppelde van haar wijsvinger op de foto. 'O nee,' prevelde ze. Ze depte het bloed weg met haar onderrok, maar er bleef een kleine vlek achter op de hals van haar man. Zuigend op haar schrijnende vinger wiegde ze geagiteerd heen en weer. Wat had ze gedaan?

Haar hart bonsde terwijl gedachten door haar heen schoten. Heel even had ze gedacht dat deze man met geen mogelijkheid Tony kon zijn. Maar dat was idioot, toch? Ze schoof de foto van zich af en nam een slok wijn om haar zenuwen te bedwingen.

Natuurlijk is het Tony. Haar ogen schoten opnieuw over de foto. Zo had hij er voor zijn verwondingen uitgezien.

Wat dwaas van me, dacht ze, zichzelf vermanend. Dat gebeurde haar wel vaker: net als ze dacht dat ze haar verdriet de baas was, verloor ze opnieuw haar zelfbeheersing. Ze wierp nog een blik op de foto. Bovendien: wie kon het anders zijn?

4

'Je hebt ons nog niet verteld hoe Antonino en jij elkaar hebben ontmoet.' Sara glimlachte begripvol en gaf Celina nog een schoon servetje voor Marco, die vanaf het puntje van zijn neus tot aan de onderkant van zijn kin van de chocoladetaart genoot, zoals alleen een zesjarige dat kan.

Carmine grijnsde naar Marco, terwijl Sara haar sierlijke handen ineensloeg en verwachtingsvol afwachtte. Lauro was niet veranderd; hij was nog steeds stil en nors.

Ze waren net klaar met eten op het terras met uitzicht op zee. Een briesje dat af en aan waaide bracht de geur van jasmijn mee, als een zoete *digestivo* van de natuur. Kaarsen flakkerden en belichtten de scherpe interesse op de gezichten van degenen die zich hadden verzameld rond de rustieke houten tafel, waarover een azuurblauw-met-kornalijnrode doek was gedrapeerd.

Wachtend op haar verhaal dronken ze een rijke, robijnkleurige Pedirosso; de laatste wijn die Tony samen met de familie in de nabijgelegen wijngaarden had geoogst. Carmine vertelde haar dat ze die hadden bewaard voor zijn terugkeer. Het was een mooie wijn, die goed paste bij de pure chocola die op tafel stond.

Terwijl ze moed verzamelde, knaagde een gedachte aan haar. De terrasvormige citroentuinen, de chocolade, de olijfolie. Alles wat ze maakten en exporteerden naar landen over de hele wereld. Waarom had Tony het daar nooit over gehad?

Terwijl Sara haar vol verwachting aanstaarde, antwoordde Celina: 'Ik werkte in San Francisco, en hij kwam de winkel in.'

Met een servet depte ze een veeg chocolade van Marco's kin. Hoewel hij meestal een kieskauwer was, had hij vanavond met smaak gegeten zodra hij was begonnen. Hij had de antipasto, ziti en salade verslonden en at zich nu een weg door een stuk Torta Caprese heen, een amandelcake met pure chocolade en een smeuïg binnenste. De kleine jongen smoorde een geeuw. Het was al laat voor hem, en het tijdverschil had zijn gewoonlijke dagritme in de war geschopt. Uit gewoonte streek Celina de lichtbruine kuif op zijn kruin glad en wendde zich toen tot Sara.

'Een vriend van Tony nam hem een keer mee naar de winkel. Hij stond erop dat Tony iets probeerde uit zijn favoriete chocolaterie in San Francisco.'

'*Cioccolato*?' vroeg Sara geïnteresseerd, met haar hoofd een beetje schuin. 'Beroepsmatig? Is dat wat je doet voor de kost?'

'Ik heb een van de truffels geprobeerd die ze ons heeft gegeven,' zei Carmine. 'Die smaakte uitstekend.'

'Ik hoop dat je er een paar voor mij hebt overgelaten,' zei Sara.

Carmine gaf zijn vrouw een porretje. 'Dan zul je eerst moeten vinden waar ik ze heb verstopt.'

Celina besefte dat ze hun niet veel over zichzelf had verteld. Ze hadden verhalen gedeeld over Tony – of Nino, zoals zijn moeder hem noemde – ten behoeve van Marco, die geïntrigeerd leek door de dolle streken die zijn vader als jongen had uitgehaald. Door de grappen die Lauro en hij met elkaar hadden uitgehaald, de oogsten bij zonsopgang, de pret die ze galopperend over het platteland hadden gehad. Tot haar grote opluchting spraken

Sara, Carmine en Lauro dankzij hun jarenlange zakelijke relaties in Engeland allemaal goed Engels.

'Mijn moeder heeft me opgeleid tot chocolatier,' zei Celina. 'Ze heeft het vak in Parijs geleerd.'

'Is ze Frans?' Sara leek erg geïnteresseerd in alles.

'Amerikaans, met Italiaanse en Franse voorouders, en een snufje Duits. Ze bezocht Parijs, werd verliefd op de stad en ging daar in de leer.'

'En die vriend die Nino bij zich had,' merkte Lauro op, 'wie was dat?'

'Ook een soldaat die terug was uit de oorlog.' Celina hield haar toon luchtig, al stak zijn opmerking haar. Lauro stelde haar de hele maaltijd al op de proef, over Tony, waar ze hadden gewoond, wat hij deed, over alles. Ze was even stil om grip op haar ergernis te krijgen. Hij had immers verdriet. 'Hoezo?'

Met gefronste wenkbrauwen wierp Lauro haar een blik toe. 'Zodat we achter de ware reden kunnen komen waarom hij nooit meer contact met ons heeft gezocht.'

'Doe niet zo onbeleefd,' zei Sara. 'Daar kunnen we het later wel over hebben,' voegde ze eraan toe, met een blik in Marco's richting.

Celine vond de toon die Lauro aansloeg niet prettig. Hij leek haar ergens van te willen beschuldigen – ze had geen idee waarvan – maar ze had slechts één waarheid te vertellen. 'Ik ga Marco in bed stoppen. Daarna kunnen we praten.' Ze excuseerden zich, en Celina nam Marco mee naar hun suite. Ze knielde voor haar zoon neer en knoopte zijn hemd open. 'Het is een lange reis voor je geweest, jongeman. En je hebt een nieuw deel van je familie ontmoet.'

'Ik vind ze heel leuk,' zei hij, in zijn ogen wrijvend. 'Zij missen papa ook. Ik wou dat hij nog hier kon zijn. Kunnen we hem ooit opzoeken in de hemel?'

Celina's hart kromp ineen. 'Ooit zijn we allemaal weer samen.'

'Wanneer?'

'Nog heel lang niet. Jij hebt eerst nog een hoop opgroeien en een lang leven voor de boeg.' Het lukte haar te glimlachen, en ze tikte tegen zijn neus.

'Ik wou dat ik weer met hem kon praten.'

'Dat weet ik, liefje. Ik ook.'

Hij bewoog even onrustig. 'Ik voel me naar. Ik ben vergeten hoe zijn stem klinkt.'

'Onthoud gewoon hoe zijn liefde voelde.' Met pijn in haar hart nam ze hem in haar armen en kuste ze zijn wang. Het enige waar hij naar snakte was precies datgene wat ze hem niet kon geven. Kracht puttend uit haar emotionele reserve, waarvan bijna niets meer over was, knipperde ze haar gevoelens weg en kuste hem op zijn voorhoofd. 'Je ziet er slaperig uit. Wat zal dit bed lekker liggen, of niet?'

Marco was zo uitgeput en vol van het avondeten dat hij geen drukte maakte. Het lukte haar amper hem zijn pyjama aan te trekken en zijn tanden te poetsen voordat hij indutte. Ze tilde zijn dode gewicht op en droeg hem naar bed. Marco was lang en slungelig voor zijn leeftijd, en voor haar al best groot om te dragen. Tony had hem altijd als een zak meel over zijn schouder geslingerd, waar het jochie onbedaarlijk om had moeten lachen.

Ze legde haar zoon op haar bed en zette Rocky naast hem neer. Marco gooide een arm over de glimlachende pluche aap heen. Aaiend over zijn rug bedacht ze of ze hem wel in een vreemde kamer zou achterlaten, zonder haar. Wat nou als hij wakker werd en zij er niet was?

Alsof haar vraag werd beantwoord, klonk er een klop op de deur. Celina dekte Marco toe met het donzige dekbed en stond op om open te doen. Daar stond een gezette vrouw. Haar grijze haar was tot een knot gedraaid, en haar gezicht was een en al glimlach.

‘*Buonasera, signora,*’ zei de vrouw. ‘*Mi chiamo Matilde.*’

Met een paar woorden kwam Celina al snel te weten dat Sara haar huishoudster had gestuurd om bij Marco te blijven, zodat het makkelijker voor haar zou zijn hem alleen te laten. De familie had nog veel meer vragen voor haar, en zelf wilde ze ook graag alles delen wat ze wist.

‘Grazie,’ zei ze.

Matilde ging voorzichtig op een stoel zitten en trok een streng blauw garen op haar schoot, terwijl Celina Marco nog eens instopte.

Celina was onder de indruk van de schijnbaar moeiteloze manier waarop Sara het huishouden organiseerde. Had ze die vaardigheid uit noodzaak ontwikkeld? In de laatste tien jaar tijdens de oorlog waren veel vrouwen in de Verenigde Staten in mannenbanen gestapt. Ze waren in fabrieken gaan werken en hadden boerderijen gerund.

Celina dacht terug aan haar parttimebaan bij de bibliotheek van San Francisco, waar ze geld had ingezameld om duizenden boeken naar overzees militair personeel te sturen. Na de laatste wapenstilstand hadden de meeste vrouwen de rol van huisvrouw en moeder weer op zich genomen. Celina had nu niet de luxe dat ze kon kiezen, maar goed, ze had altijd graag gewerkt.

Ze zou alleen willen dat andere vrouwen haar niet zo’n schuldgevoel aanpraatten. Eén nieuwe buurvrouw had haar zelfs belachelijk gemaakt omdat ze werkte en haar zoon een parttimeweeskind genoemd, totdat Lizzie haar op haar nummer had gezet door haar over Tony’s dood te vertellen.

Al snel klikten Matildes breinaalden zachtjes op het ritme van Marco’s gesluimer. Celina bukte zich om hem nog een kus te geven en liep toen op haar tenen de kamer uit.

De familie zat nog op het terras. Nog voordat Celina naar buiten stapte om zich bij hen te voegen, hoorde ze Lauro bulderend een of andere tirade afsteken. Niet dat ze zulk rap Italiaans kon volgen, maar zodra ze haar naam hoorde vallen, wist ze wat de kern van zijn ongenoegen was.

Aarzelend bleef ze in de deuropening staan. Met een kracht net zo groot als zijn woede voelde ze haar twijfels terugkomen. Er trok een kilte door haar aderen. Trillend drukte ze haar vingers tegen haar slapen.

Tony had gelijk. Dit is de reden waarom hij me probeerde af te schermen.

Er kwam een gedachte bij haar op. Misschien was het probleem niet zijn ouders, maar zijn broer. Ze stapte net de schaduw weer in, toen Sara haar zag. Lauro's moeder maakte een scherp handgebaar naar Lauro. Abrupt stopte hij met praten.

Carmine gebaarde dat ze moest komen. '*Perdonalo, scusaci*,' zei hij terwijl hij opstond uit zijn stoel om de hare voor haar uit te schuiven. Ze ging bij hen zitten, en hij voegde eraan toe: 'Het is een tragedie om een broer te verliezen. Vergeef onze zoon alsjeblieft.'

Lauro sloeg zijn armen over elkaar en liet zich tegen de rugleuning van zijn stoel vallen.

Celina zat op het puntje van haar stoel, klaar om de benen te nemen mocht Lauro als de Vesuvius ontploffen, zoals Tony soms had gedaan. Wat jammer. Met een andere houding had Lauro een knappe man kunnen zijn. Geen wonder dat hij geen vrouw had. Ze had genoeg van dat akelige gedrag meegemaakt bij Tony, vooral vlak na hun huwelijk, al was dat voornamelijk te wijten geweest aan zijn militaire dienst. Ze accepteerde het niet van een man die ze nauwelijks kende. In feite van geen enkele man. Ze hief haar kin naar hem. 'Ga door. Ik kan het net zo goed horen.'

'Mijn zoon heeft verdriet.' Sara vouwde een van Celina's handen tussen die van haar. Haar ogen zochten verzoening in Celina's ogen. 'Hij begrijpt niet waarom we je zo graag in onze familie willen hebben.'

'Ik begrijp niet wat je bedoelt,' zei Celina.

Sara's ogen glansden. 'Als jij dat wil, zouden we heel graag willen dat je hier blijft en echt een deel van ons wordt.'

Dat aanbod raakte Celina diep. 'Wat grootmoedig van jullie...'

Met een snuivend geluid kapte Lauro haar af. 'Hoe weten we nou of ze is wie ze zegt dat ze is?'

Meteen kreeg Celina een gespannen gevoel in haar borst. Ze stond op en beende terug naar haar kamer.

5

Santa Monica, Californië, 1945

'Is de zonneschijn niet heerlijk?' In de cabriolet gooide Celina haar hoofd in haar nek en liet de wind door haar haren waaien, die ze met een paisleyshawl onderaan haar nek had samengebonden zoals ze van haar moeder had geleerd.

De branding bulderde op het glinsterende zandstrand. Pelikanen en aalscholvers doken de witte schuimende golven in om vis te vangen, en kleinere strandvogels trippelden heen en weer over het zand.

'Het voelt goed om weer een volle benzinetank te hebben en te kunnen rondrijden,' zei Tony, met één arm over de rugleuning en één hand aan het grote stuur van de Chevrolet. Ze reden over de Pacific Coast Road en de motor brulde onder de enorme motorkap. 'Ik wist dat je deze trip geweldig zou vinden,' voegde hij eraan toe terwijl hij haar in een witte met rijggaten katoenen blouse gehulde schouder streelde.

'O, ja,' zei ze, glimlachend om zijn vederlichte aanraking. De warmte van zijn vingers deed haar huiveren. De dag nadat

Doc was vertrokken, was Tony naar de winkel gekomen en had hij haar uitgenodigd voor een biertje in de bistro om de hoek. En daarna was hij elke dag langsgekomen om haar te zien. Een maand later had hij haar mee gevraagd naar Santa Monica. Ze was niet van plan geweest om te gaan, maar Marge had erop aangedrongen.

'Hij is nu je vriend,' had ze stellig gezegd, al had ze Tony laten zweren dat hij een aparte kamer voor haar zou betalen.

Mijn vriend, dacht Celina, de formulering overpeinzend. Waarschijnlijk was het zo; ze was erg gehecht geraakt aan Tony. Hij had werk in de bouw gevonden waarvoor hij contant werd betaald, en begon 's ochtends vroeg al. Na een lange werkdag ruimde hij op en haalde hij haar bijna altijd na haar werk op om haar mee te nemen naar een Italiaans restaurant in North Beach of een havenrestaurant dat verse zeevruchten serveerde. Ze deden zich tegoed aan in knoflook en olijfolie gebakken krab, vissoep met versgebakken zuurdesembrood of rauwe oesters die regelrecht van de vissersboten aan de pier kwamen.

Tijdens het eten lachte ze om zijn vele idiote grapjes en wilde hij alles over haar weten. Hij had grote ambities en praatte vaak over het beginnen van een huizenbouwbedrijf voor de buitenwijken waar veel nieuwe families naartoe trokken. Hij leek goed opgeleid, en toen ze had doorgevraagd vertelde hij dat hij voor apotheker had gestudeerd, maar zijn enthousiasme voor het vak had verloren.

Celina had de afgelopen week lange dagen gemaakt om de voorraad aan te leggen die de winkel in haar afwezigheid nodig zou hebben. Terwijl ze over de kustweg reden bestudeerde ze Tony's profiel, de kant van zijn gezicht met minder littekens dan de andere, en somde in gedachten zijn eigenschappen op. Aantrekkelijk, aardig, attent. Een goede broodwinner. Haar hart bonsde. Haar vriend. Hij had Marge beloofd zich tijdens de trip als een heer te gedragen, en Celina vertrouwde hem. Maar was hij de ware?

Celina wreef met haar wijsvinger over haar plotseling bonzende slaap. Marge had erop aangedrongen dat ze zou gaan. Het was tijd dat Celina zou nadenken over trouwen en een gezin stichten, had ze gezegd. Hield ze van Tony? Hoe moest ze dat weten? Leefde haar moeder nog maar, om haar het advies te geven dat ze wanhopig miste en zo hard nodig had.

Nadat ze de mistige kille baai van San Francisco achter zich hadden gelaten en de zon door de wolken was gebroken, had Tony in Carmel de auto aan de kant gezet om het beige dak terug te klappen.

'Dit schatje is een Special DeLuxe uit 1942,' had hij gezegd, en hij had vol trots over de glanzende carrosserie gestreken. 'Insigneblauw. Wat een schoonheid.' De benzinerantsoenering was opgeheven, en Tony vertelde haar dat hij de vorige dag eindeloos in de rij had gestaan om de tank van zijn auto te vullen voor de reis.

Ze waren al sinds zonsopgang onderweg, en Celina vond alles wat ze had gezien prachtig; van de scheefgewaaide cipressenbomen van het Monterrey-schiereiland tot de wilde rotskliffen die ten slotte plaatsmaakten voor gladde zandstranden. Haar maag knorde, en ze legde een hand op de taille van haar lichtroze rok. Ze waren gestopt bij een klein strandrestaurant om aan een houten picknicktafel onder weelderige mimosabomen rauwe garnalen te eten, maar dat was uren geleden geweest.

'We zijn er bijna.' Ze ging met haar vinger over de map in haar handen. Ze waren door Malibu heen gereden en waren bijna bij Santa Monica. Tony had haar de navigatie toevertrouwd, en ze had de moed niet gehad om te zeggen dat ze nog nooit kaart had gelezen. Ze was opgegroeid in de stad. Als kind was ze meestal met haar ouders naar hun bestemming gelopen, of hadden ze een tram of taxi genomen. Haar vader had een oude Ford-pick-up gehad waarmee hij soms had gereden en waaraan hij graag sleutelde, maar na zijn dood had haar moeder die verkocht, omdat die meer moeite opleverde dan hij waard was. Toch was Celina erin geslaagd een redelijke kaartlezer te zijn. Ze waren maar één keer verdwaald.

'Moet je dat landhuis zien!' Tony wees op een enorme witte strandvilla. 'Dat is Ocean Beach. Van Marion Davies. Hearst, de steenrijke krantenmagnaat, heeft het voor haar laten bouwen. Onze herberg is even verderop aan het strand. Misschien zien we nog filmsterren.'

'Ik heb over dat huis gehoord,' zei Celina. 'Marge volgt Marion Davies in de Hollywoodbladen, maar ik heb nog nooit een film van haar gezien.'

'Er worden hier vast grote feesten gehouden.'

Celina kon nauwelijks geloven dat ze in Santa Monica was met Tony. Een onbekend tintelend gevoel verspreidde zich door haar lichaam, en ze huiverde.

Hun kleine herberg was onvergelijkbaar met Ocean Beach. De Sunset Poppy Inn was een keurig wit gepotdekseld huis dat verbouwd was tot een pension. Gele madeliefjes, roze hortensia's en paarse lantana's bloeiden langs het gebleekte stenen tuinpad, en een koperen windklokkenspel tingelde in de zeebries. Toen ze naar binnen stapten moest Celina onwillekeurig glimlachen. Waar ze ook keek zag ze bontgekleurde schilderijen en fleurige katoenen bloemendessins die om aandacht schreeuwden.

Tony liep naar de receptiebalie, die beschilderd was met oranje klaprozen. 'Ik heb een reservering op naam van Savoia,' begon hij, Celina's hand vasthoudend.

De magere vrouw van middelbare leeftijd achter de balie vouwde haar handen over het gastenboek en bestudeerde hen. Haar ogen rustten op Celina's linkerhand. 'Misschien,' antwoordde ze hooghartig. 'Voor u en uw vrouw?'

'Ik heb gebeld over twee kamers,' zei Tony vlug. Hij bloosde.

Celina keek de kamer rond. Een schilderij van een schedel met bloemen deed haar naar adem happen.

De pittige grijsharige vrouw negeerde Tony en richtte zich tot Celina. 'Het schilderij dat je bewondert is geschilderd door een Mexicaanse kunstenares die Frida Kahlo heet. Ik ben zelf kunstenaar, en ik verzamel schilderijen van vrouwelijke collega's.' Ze wees op een ander felgekleurd schilderij van een vaas met seringen. 'Dat is van Mary Cassat. Het is een van haar weinige stillevens.' De vrouw hief haar kin en bekeek Celina met samengeknepen ogen. 'En wat doe jij? Je hebt toch wel een beroep, hoop ik?'

'Ik ben chocolatier.' Uit haar ooghoek zag Celina Tony staan, met een verdwaasde uitdrukking op zijn gezicht. Door zijn adremheid en extraverte karakter was hij gewend het middelpunt van de aandacht te zijn. Niet dat ze dat erg vond, want ze was zelf bedachtzamer. 'Mijn moeder heeft het vak geleerd in Parijs en Brussel en haar kennis aan mij doorgegeven, en ik werk in een chocolaterie in San Francisco.'

Alsof de zon was doorgebroken op haar gezicht maakte de strenge uitdrukking van de vrouw plaats voor een goedkeurende glimlach. 'Dan ben je een voedselkunstenaar. Welkom.' Nu ze had vastgesteld dat ze de moeite waard waren, opende ze het gastenboek. 'Ik heb dit huis gekocht nadat mijn man me heeft verlaten,' vertelde ze, terwijl Celina en Tony hun naam in het boek schreven. 'Het is mijn thuis, en ik ontvang alleen interessante mensen.' Ze zweeg en las hun namen. 'Savoia. Toevallig familie van de Savoia-chocolatiers in Italië?'

Tony aarzelde, alsof hij discreet wilde zijn. Toen zette hij zijn borst op. 'Jazeker. Het bedrijf is van mijn ouders. Maar ik praat er niet vaak over.'

Celina keek naar hem op. 'Ik durf er nauwelijks van te dromen om op zo'n schaal te werken.'

'Celina is niet zo ambitieus,' zei Tony.

Met een ruk keek ze hem aan. 'Hoe kom je daarbij?'

'De meeste vrouwen van jouw leeftijd willen toch trouwen en kinderen krijgen?' Tony glimlachte haar betweterig toe.

‘Misschien de vrouwen met wie jij uitgaat.’ Toen ze zijn teleurgestelde uitdrukking zag, voegde ze eraan toe: ‘Ik zei niet dat ik nooit kinderen wil. Alleen niet meteen. Ik hou enorm van mijn werk.’

De vrouw sloeg hun woordenwisseling gade. ‘Er is geen reden waarom je niet allebei kunt doen, lieverd.’ Over de balie schoof ze hun twee sleutels toe. ‘Zo te horen hebben jullie een hoop te bespreken.’

‘Dat hebben we zeker.’ Tony grijnsde de vrouw schaapachtig toe en betaalde hun kamers contant.

Tony opende de deur voor Celina. Hij tilde hun kleine koffers op en droeg ze met groot gemak in één hand, alsof ze leeg waren. Haar koffer was dat zeker niet. Omdat ze niet had kunnen kiezen wat ze wilde aantrekken, had ze er diverse jurken en schoenen in gepropt. Ze hing haar make-updoos aan haar pols, en Tony pakte haar andere hand. Ze liepen over een tuinpad naar hun kamers.

Tony schraapte zijn keel. Dat deed hij wel vaker als hij zenuwachtig was, had ze gemerkt. Ze vond het vertederend. Hoe kon zo'n grote, sterke man ergens zenuwachtig over zijn?

‘Ik hoop dat je het naar je zin hebt,’ zei hij.

‘Enorm,’ antwoordde ze.

‘Ik wilde deze reis speciaal maken.’

‘Dat is hij al, Tony. Ik ben met jou.’

‘Je zegt het, hè, als je iets wil.’ Met een bezorgde frons keek hij haar aan.

Ze lachte luchtig. ‘Beloofd.’

Zand knisperde onder haar beige espadrilles, en ze snoof de zilte zeegeur in. Het strand was heel anders dan de stranden in San Francisco. Het goudkleurige zand strekte zich mijlenver uit, net als in de films die op deze plek waren gedraaid, en de zon verwarmde haar gezicht en schouders. San Francisco kon zelfs zomers nog koel en bewolkt zijn.

Sinds haar moeders dood had ze zich niet meer bij iemand zo

thuis gevoeld, en het was verbazend geruststellend. Terwijl ze zo naast hem stond, zich verbonden voelend met zijn levensenergie, had ze het gevoel dat alles goed was in de wereld. Haar moeder zou hem hebben gemogen, besloot ze. Marge mocht hem in elk geval zeker.

Verlegen glimlachend keek Celina naar Tony op. Hij sloeg een arm om haar heen en drukte haar tegen zich aan. Zijn hartslag was krachtig en snel. En de hare ook, besefte ze.

Ze kwamen als eerste bij haar kamer. Een klein eenpersoonsvertrek dat in diverse blauw- en wittinten was geschilderd. Het behang boven het bed was versierd met blauwe klaprozen, en de kaptafelspiegel met madeliefjes. 'Ik vind het prachtig,' verzuchtte ze.

'Maak het je gemakkelijk en ga je opfrissen.' Vlug voegde hij eraan toe: 'Niet dat je dat nodig hebt. Ik ga me verkleden.'

Nadat ze in haar knusse kamer haar spullen had uitgepakt en zich had verkleed in een glanzende katoenen jurk met ronde hals, werd er op de deur geklopt. Ze liep over het pijnhouten parket langs het bed met chenille sprei en handgeschilderde bloemenkussens.

Tony was duidelijk verrast. 'Wauw, je ziet er beeldschoon uit. Zelfs nog mooier dan gewoonlijk. Als een echte Hollywoodfilmster.'

Ze was blij met zijn opmerking. Ze had tot laat in de avond aan haar nieuwe jurk gewerkt en die een half dozijn keer gepast om te zorgen dat die precies goed zou zijn. De ivoorkleurige stof accentueerde de highlights in haar haren en sloot flatterend om haar heupen. Ze had een Butterick-patroon als basis genomen, handgemaakt kant van haar grootmoeder voor de mouwen gebruikt, de rok ingekort en een ceintuur toegevoegd.

Na de dood van haar moeder was ze veel afgevallen, en het ontbrak haar aan eetlust om het gewichtsverlies ongedaan te maken, zelfs nu ze elke dag met chocolade werkte. Volgens Marge paste haar nieuwe slanke figuur bij haar en leek ze op een mannequin. Om haar mening kracht bij te zetten had ze Celina naar Woolworth's meegenomen om make-up te kopen.

Celina voelde haar gezicht gloeien van Tony's compliment. Ze ving een glimp van zichzelf op in de kleine spiegel bij de deur. Rode lippenstift en roze rouge gaven haar gezicht kleur, en haar zorgvuldig aangebrachte mascara accentueerde haar goudbruine ogen.

'Jij ziet er ook erg mooi uit,' zei Celina.

'Op deze na dan, hè?' Hij streek met een vinger langs het vuurrode litteken op zijn gezicht.

'Ach nee, helemaal niet.' Zijn onzekerheid verbaasde haar. Hij was een knappe man, dat viel niet te ontkennen, en hoe meer tijd ze met hem doorbracht, hoe minder zijn littekens haar opvielen. Misschien was hij wel net zo nerveus als zij.

Tony glimlachte breed en leunde tegen de deurpost. Hij had zich verkleed in een fris gestreken overhemd en zijn haren achterovergekamd. De geur van aftershave steeg op uit zijn hals en deed haar aan haar vader denken.

'Ik dacht dat we op de pier konden eten,' zei hij.

'Dat lijkt me leuk.'

Hand in hand wandelden ze over het strand, naar een lange houten pier vol souvenirwinkels en etenskraampjes. Een achtbaan torende hoog boven hen uit. Volle voertuigen raasden over de rails, en boven de branding was opgewonden gegil te horen.

Celina was blij dat ze naar de pier gingen. Er zou genoeg te doen zijn als ze geen gespreksstof meer zouden hebben. Tijdens de autorit hadden ze naar de radio geluisterd. Als ze een zender hadden kunnen vinden tenminste. Behalve bij het kleine plaatsje San Luis Obispo waren er van Carmel tot Santa Barbara nauwelijks radiostations op de lange kustweg te ontvangen geweest.

Tony pakte opnieuw haar hand en leidde haar mee. De warmte van zijn zelfverzekerde greep verspreidde zich door haar lichaam en kalmeerde haar zenuwen. Terwijl ze naar de pier slenterden zagen ze een band zich klaarmaken om te spelen.

'Hou je van dansen?' Celina besefte hoe weinig ze van hem wist.

Grimassend tikte hij tegen zijn knie. 'Vroeger wel, maar nu...'

'O!' riep ze uit. 'Dat wist ik niet. Het spijt me heel erg.' Hoe had ze zo onnadenkend kunnen zijn?

Hij fronste. 'Ik wil geen medelijden, en al helemaal niet van jou. Zat mannen zijn er veel slechter aan toe dan ik.'

Ze beet op haar lip. Wat moest ze daarop zeggen? Ongemakkelijk wendde ze haar blik af naar de wilde branding.

Tony legde een vinger onder haar kin en draaide haar gezicht naar het zijne. Bij het zien van haar zorgelijke uitdrukking dwong hij zichzelf vriendelijker te kijken. 'Hé, blondje, het geeft niet. Ik ben over mijn zelfmedelijden heen.'

Dat was gemakkelijker om te zeggen dan om te voelen, wist Celina, al knikte ze instemmend. De meeste teruggekeerde soldaten hielden zich groot, maar ze wist wel beter.

Na haar moeders dood hadden haar vrienden hun medeleven betuigd, maar na een paar weken waren ze verdergegaan met hun leven. Ze waren haar vergeten, of misschien had ze het hun ongemakkelijk gemaakt door hen aan hun sterfelijkheid te herinneren. Na de dood van haar vader had haar moeder ooit gezegd dat Amerikanen niet goed waren in rouwen. Celina kneep in Tony's hand. 'Ik begrijp het.'

Door zijn brede glimlach vlamde een vonkje hoop in haar op.

'Dit is mijn tweede kans in het leven.' Hij liet zijn hand over haar arm glijden en op haar schouder rusten. 'Misschien wel voor ons allebei.'

Ze hoorde de hunkering in zijn stem. 'Woont je familie in San Francisco?'

Tony schudde zijn hoofd.

'Waar dan?'

Hij keek haar aan alsof hij zorgvuldig over zijn antwoord nadacht. 'Italië.'

'Zie je ze ooit?'

Hij sloeg zijn ogen neer. 'Nee, het is ingewikkeld.'

'Wanneer heb je ze voor het laatst gezien?' Ze kon zich niet voorstellen om vervreemd van haar familie te zijn.

'Schat, dat is het enige onderwerp waarover ik niet graag praat. Aan het verleden kun je niets veranderen.' Fronsend versnelde hij zijn pas.

Celina paste zich aan, en tegen de tijd dat ze bij de pier aankwamen was zijn sombere stemming voorbij.

Tony ontdekte een hotdogkar. 'Moet je dat zien! Net zo een als we in New York hadden. Lust je er een?'

'Ja hoor. Heb je in New York gewoond?'

Hij haakte zijn arm door de hare. 'Ja, een tijdje.' Toen hij een draaimolen zag, begonnen zijn ogen te schitteren. 'Hé, kijk daar eens. Laten we dat als volgende doen. Kom.'

Terwijl ze over de pier wandelden, naar mensen keken en muziek luisterden, riepen marktkraamkooplui hen toe. Tony was net een groot kind. Hij gaf haar een voetje een draaimolenpaard op, spoot een royale laag mosterd op hun hotdogs en vermaakte iedereen om hen heen met zijn grappen. Celina kon zich niet herinneren ooit zo'n zorgeloze, vrolijke avond te hebben gehad.

'Vers handgedraaid ijs!' riep een verkoper.

'Wat is je lievelingssmaak?' vroeg Tony.

'Raad eens.'

Lachend sloeg Tony tegen zijn voorhoofd. 'Chocolade, hè?'

Celina schudde haar hoofd en drukte giechelend haar hand tegen haar mond, terwijl hij alle smaken opsomde.

'Chocolade niet dus, en vanille zeker niet. Banaan, kers, perzik, aardbei...'

'Die, ja!'

'Echt? De mijne ook.' Tegen de verkoper zei hij: 'Twee hoorntjes met elk twee bollen aardbeienijs.'

Later op de avond, nadat ze hadden gedanst op de muziek van de band en nog een keer in de draaimolen waren geweest, leidde hij hen naar een uitbundig verlicht reuzenrad. Het was al laat, en er waren nog maar weinig klanten. Tony zei iets onverstaanbaars tegen de oude man die de attractie beheerde en schudde vervolgens zijn hand.

Ze klommen in een compartiment, en Celina hield zich aan Tony vast. Boven aangekomen stond het reuzenrad stil, en hun kleine coupé bungelde in de lucht. Genietend van de zeebries legde Celina haar hoofd in haar nek, naar de sterrenhemel kijkend. Ze voelde zich geliefd. Als ze naar de sterren keek dacht ze altijd aan haar moeder, want haar naam Stella betekende ster in het Italiaans.

'Wat een prachtige avond,' zei ze terwijl ze zich tegen Tony aan nestelde. 'Ik zou hier eeuwig boven kunnen blijven.'

'Het hoeft niet voorbij te zijn.' Tony pakte haar hand en kuste die.

'Hoe bedoel je?'

'Vanavond. Jij en ik. Zo kan het voor altijd zijn. Dat beloof ik.' Tony hief haar kin en drukte een vederlichte kus op haar lippen.

Ze had zich afgevraagd hoe het zou voelen. Zijn lippen waren zacht en warm, en ze beantwoordde zijn kus, om aan te geven dat het oké was. Toen die inniger werd voelde ze een eigenaardige tinteling door zich heen gaan, alsof ze onder stroom stond. Warmte laaide op in haar lendenen, en ze voelde een fysieke reactie die ze nog nooit had ervaren.

Na een tijd verbrak Tony schoorvoetend de kus. 'Ik zou je kunnen opvreten,' zei hij, zijn lippen tegen haar hals drukkend. 'Ik heb me nog nooit zo gevoeld over een vrouw, Celina.'

Zijn stem klonk vreemd, rauw en geëmotioneerd. Ze liet haar

handen over zijn brede borst glijden. 'Dat betekent veel voor me, Tony.'

'Volgens mij heb je geen idee hoe belangrijk je voor me bent. Ik ben verliefd op je, Celina. Dat wist ik al vanaf het eerste moment dat ik je zag. Misschien kwam het door je glimlach, of door die chocoladetruffel, maar wat het ook was, het heeft me compleet van mijn sokken geblazen. Ik ben nog nooit eerder verliefd geweest. Maar dit klopt, dat weet ik gewoon.'

Glimlachend legde Celina een vinger tegen zijn lippen. 'Wat lief, en ik geef ook om jou.' Ze voelde haar wangen gloeien. Dit moest liefde zijn. Dit moest zijn waar alle liedjes en films over gingen. 'Ik... Ik geloof dat ik ook van jou hou, Tony.'

'O, lieverd,' riep Tony uit, en hij bedekte haar gezicht onder de kussen. 'Hier heb ik van gedroomd. Jij en ik, lieveling.' Hij kuste haar opnieuw en tastte in zijn zak. 'Ik draag deze al een tijd bij me, bang om het je te vragen.' Hij hield een fijne zilveren ring op met een kleine diamant die schitterde in het licht van het reuzenrad. 'Ik weet dat je elke vent kunt krijgen die je wilt, maar ik zal je trots maken, dat beloof ik. Ik zal tot mijn dood van je houden.'

Celina staarde naar de smalle ring en de steen die haar toe flonkerde. Tony's ogen waren vochtig en smekend, en er lag zo'n aanbiddende blik in. Hoe kon ze hem teleurstellen? Dit was liefde, toch? Dat je je uiterste best voor iemand wilde doen en het beste ter wereld voor diegene wilde. Zo voelde ze zich ten opzichte van hem.

Hij was zo dichtbij dat ze zijn hartslag kon voelen, die net zo intens was als de hare. Om zo dicht bij iemand te zijn en zich zo beschermd en geliefd te voelen was het heerlijkste gevoel dat ze ooit had gekend. Een gevoel dat ze nooit meer wilde loslaten. Het was als thuiskomen.

Ze sloeg haar ogen naar hem op. 'Dat zou ik fijn vinden, Tony.' Ze stak hem een trillende hand toe.

'Eh, de verkeerde,' zei hij.

Lachend wisselde ze van hand, en Tony schoof de ring om haar vinger. Terwijl ze die bewonderend bekeek werd ze overspoeld door een overweldigend gevoel van thuishoren en verbondenheid. Ze hief haar lippen naar de zijne, en hun hartstochtelijke kus bezegelde hun gelofte, al merkte ze dat Tony zich inhield.

'We trouwen zodra je wil,' zei hij hees, toen ze de kus ten slotte hadden verbroken. 'Heel snel, hoop ik, maar het is aan jou. Moet ik voor jou nog eerst met iemand praten?'

'Praten?'

'Een oom of een opa?'

Celina glimlachte. 'Jij bent de enige man in mijn leven, Tony Savoia.' Op dat moment zette het reuzenrad zich sidderend in beweging, en weldra draaiden ze weer rond en verkoelde de zeebries hun gloeiende huid, maar niet hun prille hartstocht voor elkaar.

'Aangezien we geen van beiden familie hebben, zullen we ons eigen gezin moeten stichten.' Tony drukte haar dichter tegen zich aan. 'Stel je voor: je zult mijn echtgenote zijn. Ik ben de gelukkigste man op aarde. Vanaf nu is het wij samen tegen de wereld.'

Vol blijdschap en hoop voor hun toekomst kuste ze hem opnieuw en voelde ze de tranen op zijn wangen versmelten met de hare. Nu zou alles voor altijd goed komen in haar wereld, hun wereld.

Toen het reuzenrad stilhield stapten ze uit. Tony zag een fotoautomaat. Lachend greep hij haar hand en rende erheen. 'Ik heb een foto van je nodig.'

'Hoezo?'

'Anders zullen de mannen me nooit geloven.' Hij viste wat munten uit zijn zak en trok het gordijn van het hokje opzij. 'Hup, naar binnen.'

Lachend poseerde ze met haar linkerhand op haar hart. Klik. In een opwelling greep ze Tony's hand en trok hem mee naar binnen. 'Kom op, jouw beurt.'

Hij protesteerde en verborg zijn gezicht achter zijn haren. Ze glimlachte in de lens. Klik.

'Ik wil er ook een van jou.' Ze probeerde zijn gezicht naar de camera te draaien, maar hij verzette zich.

'Ach, toe nou.' Ze dook opzij, zijn gezicht vrijmakend voor de camera.

Met een ruk draaide hij zich om. 'Niet doen!' riep hij, plotseling woedend.

Klik.

Briesend van woede rukte Tony zich los en stormde het fotohokje uit. 'Ik doe niet aan foto's.'

Verbijsterd bleef Celina achter. Hoe kon hij in een fractie van een seconde zo veranderd zijn?

Twee tienermeisjes schoven het gordijn opzij. 'Zijn jullie klaar?'

Verdoofd van schrik stapte Celina naar buiten. Tony stond met zijn rug naar haar toe en streek door zijn haren.

Ze liep op hem af en raakte zijn schouder aan.

Hij pakte haar hand, die nog trilde van zijn uitbarsting. 'Hoor eens, het spijt me. Je wist het niet.'

'Maar waarom?'

'Ligt dat niet voor de hand?'

'Ik vind je enorm knap.'

'Ik ben nooit graag op de foto gegaan. Dwing me nooit meer, oké?'

Celina knikte, nog altijd verontrust door zijn gedrag.

Het volgende moment omhelsde hij haar en kuste hij haar op de mond. 'Hé, hadden we niet iets te vieren?' Voordat ze verder liepen, trok hij de strip met zwart-witfoto's uit de automaat. 'Die eerste van jou is goed.'

'De tweede is ook niet slecht. Ik kan je achterhoofd tenminste vrij goed zien.' De laatste twee waren vaag en onherkenbaar.

Tony scheurde de eerste foto af en stopte die in zijn portemonnee. De andere drie gooide hij in een vuilnisbak naast het hokje. Verderop ontdekte hij de herentoiletten. 'Wacht je hier op me?'

'Tuurlijk.'

Zodra hij weg was haalde ze de weggegooide foto's uit de vuilnisbak. Ze scheurde de foto af die ze wilde hebben en stopte die in haar handtas.

Nadat Tony de toiletten uit kwam kocht hij een paar biertjes bij een kraam, en ze dansten op de muziek van de band en een crooner die op Bing Crosby leek. Na afloop wandelden ze over het strand en praatten bijna tot aan de zonsopgang, het incident met de fotoautomaat bijna vergeten.

Nadat Tony haar welterusten had gekust overdacht ze in bed de gebeurtenissen van de avond, van Tony's aanzoek boven in het reuzenrad tot het plezier waarmee ze hadden gedanst. Ze herinnerde zich hoe woedend hij was geworden over haar poging een foto van hem te nemen, en het verontrustte haar. Maar als de situatie omgekeerd was geweest, had ze zich vast hetzelfde gevoeld.

Gapend schoof ze haar hand met de verlovingsring onder haar kussen en kroop onder de dekens. Het geluid van de branding in de verte maakte haar slaperig, maar haar gedachten waren nog steeds in beslag genomen door zijn verontrustende reactie. Ronddraaiend in bed bedacht ze dat ze hem nog nooit boos had gezien.

Was dit een eenmalig incident, of moest ze zich zorgen maken?

6

Amalfi, 1953

Celina verliet de eettafel en stormde de slaapkamer binnen, waarmee ze de huishoudster deed opschrikken die zich net had geïnstalleerd om op Marco te passen. Verbaasd liet de oudere vrouw haar breiwerk zakken.

'Het is in orde, Matilde.' Celina beende naar Marges bruine koffer, die op een bank aan het voeteneind van het bed lag.

Met een warme glimlach pakte Matilde haar breiwerk weer op.

Celina glimlachte en knikte naar Marco. 'Grazie.' Ze opende de koffer en rommelde kokend van woede door hun bezittingen. Lauro Savoia was onuitstaanbaar. Hij had een plezierig familiediner verpest. Ze had nooit gedacht dat ze zou moeten bewijzen wie ze was. Hoe vernederend. Met een verbeten trek om haar lippen haalde ze een map tevoorschijn.

Dit zou zeker genoeg zijn.

Nadat Celina weer aan de eettafel was gaan zitten schoof ze Lauro een bruine map met papieren toe. 'Als je bewijs wil, dan heb je het hier.'

In de folder zaten haar trouwboekje en de geboorteaktes en paspoorten van haarzelf en Marco. Voor de reis had ze alle belangrijke documenten meegenomen die ze wellicht nodig zouden hebben.

'Dat was echt niet nodig...' begon Sara.

'Nou, dat is het wel,' onderbrak Lauro haar. Vooroverbuigend ging hij verzitten, pakte de documenten en begon ze te bestuderen.

Celina stak een hand in haar zak en haalde er een massieve ketting met een metalen plaatje uit waar Tony's naam en serienummer in geponst stonden, het identificatieplaatje dat hij in het leger had gedragen. Ze overhandigde het aan Carmine. 'Hij zou hebben gewild dat jullie deze krijgen.' Ze zweeg even. 'De andere heb ik voor Marco gehouden.'

Met een ernstige trek om zijn lippen nam Carmine de versleten ID-hanger aan. Met tranen in zijn ogen bracht hij het metalen plaatje naar zijn lippen en kuste het.

Toekijkend besefte Celina dat Carmine en Lauro allebei even hartstochtelijk en emotioneel waren als haar man was geweest. Ze waren natuurlijk familie.

Sara streek vol eerbied over het metalen plaatje. 'Hij was zo'n knappe jongen toen hij vertrok. Heb je foto's bij je?'

Dit was de vraag die Celina had gevreesd.

Ze greep naar haar gouden medaillon en legde die in haar handpalm. 'Ik heb er hier een.' Nadat ze haar ketting had afgedaan vond ze het groefje aan de zijkant van het medaillon dat ooit van haar moeder was geweest en opende het. Het bevatte een van haar dierbaarste bezittingen. 'Nadat in de Verenigde Staten de benzinerantsoenering was opgeheven, hebben Tony en ik met de auto een trip naar Santa Monica gemaakt. Er was een fotoautomaat op de pier. Hij hing de clown uit...' Ze viel stil en dacht terug aan haar pogingen hem op de foto te krijgen. Had ze maar meer aangedrongen. Zijn gezicht was bijna volledig verborgen achter zijn haren.

Sara tuurde naar de foto, en er verscheen een droevige glimlach op haar gezicht. 'Ik kan hem niet zo goed zien, maar het lijkt erop dat jullie het naar je zin hadden.' Ze aarzelde. 'Wat is dat op zijn gezicht?'

Celina sloot haar ogen en zuchtte bij de gedachte aan het grillige rode litteken van zijn haarlijn tot aan zijn kaak. 'Een litteken. Mettertijd is het vervaagd.'

Sara fronste en beet op haar lip. Carmine legde zijn hand op de hare, maar Sara vermande zich en vervolgde: 'Is hij gewond geraakt?'

'In de oorlog.' Celina probeerde haar woorden met zorg te kiezen. 'Dat is wat hij me verteld heeft.'

Zijn moeder drukte een hand tegen haar mond. 'Dat heeft hij ons nooit verteld...' Carmine sloeg een arm om zijn vrouw heen en drukte haar tegen zich aan.

'Heb je nog andere foto's?' vroeg Lauro.

'Dit is de enige die ik heb.' Celina sloeg haar ogen neer. Na verloop van tijd had ze de littekens op Tony's gezicht niet meer gezien. Door zijn gulle, sociale karakter nam hij mensen voor zich in, zodat ze verder keken dan de nare herinneringen aan het verleden en met hem mee lachten. Ze was blij dat hij zoveel gelachen had in zijn leven. Hij was in alles mateloos geweest – vooral in de liefde. Als ze één ding zeker wist, was het dat Tony met heel zijn hart van haar en Marco had gehouden. 'Hij hield er niet van om op de foto te gaan.'

'Dat kan ik me niet van hem herinneren.' Lauro sloeg zijn armen over elkaar.

'Heb je ooit een foto van jezelf verscheurd omdat je jezelf lelijk vond?' vroeg Celina. Ze moest haar best doen om haar stem niet te verheffen. 'Zo voelde hij zich over alle foto's.'

Instemmend knikkend liet Sara de foto aan haar zoon zien.

Lauro tuurde ernaar. 'Ik kan niet zien of hij het is. Heb je geen andere?'

‘Dat zei ik toch.’ Luisterde hij überhaupt wel naar haar? Met een verontschuldigende blik keek ze naar Sara en Carmine. ‘Hij ging niet graag op de foto vanwege zijn littekens.’

‘Had hij er meer dan... deze op zijn gezicht?’ vroeg Sara, haar stem nauwelijks meer dan een fluistering. Ze beroerde de foto opnieuw, voordat ze het medaillon teruggaf aan Celina.

‘Een paar op zijn armen.’ Celina tilde de gouden ketting over haar hoofd en liet het medaillon terugvallen in haar decolleté. En zijn bovenlichaam en benen, dacht ze, maar nu ze hun reactie had gezien kreeg ze de woorden niet over haar lippen. Ze keek omlaag om het medaillon goed te hangen en knipperde de brandende tranen in haar ogen weg. ‘Door zijn persoonlijkheid vergaten de meeste mensen zijn fysieke gebreken. En mettertijd zijn de littekens vervaagd. Hij was nog steeds een aantrekkelijke man, en iedereen was dol op hem.’ Zoveel waren de littekens niet vervaagd, maar Sara keek zo geschokt.

Sara glimlachte opgelucht en beroerde haar hand. ‘Dus je hebt hem – zijn gezicht – nooit gezien zoals hij op de foto in je kamer staat.’

‘Nee.’ Celina zou de diverse operaties waarover hij had verteld niet ter sprake brengen, noch de pijnlijke reconstructie of het feit dat hij voor het verlaten van het ziekenhuis opnieuw had moeten leren eten en praten, of hoe drastisch zijn uiterlijk volgens hem veranderd was. Dat kon ze later wel vertellen, of misschien wel nooit. Waarom hun pijn nog groter maken?

Gelukkig vroegen ze niet naar het ongeluk. Het identificeren van haar mans lichaam was het gruwelijkste, huiveringwekkendste wat ze ooit had moeten doen. Zonder haar buren – de ene had die avond op Marco gepast en de andere had haar naar het mortuarium gebracht – had ze niet geweten wat ze had moeten beginnen. Zonder familie was ze ineens afgrijselijk verloren geweest.

Ze slikte de brok in haar keel weg en bestudeerde met haar kin in haar hand de gezichten rond de tafel. Ze kon zich niet voorstellen om zo gewond te zijn geweest als Tony en geen troost of steun te hebben willen zoeken bij familieleden. Zelfs niet bij één.

Had ze zijn familie in die lange, eenzame dagen na zijn dood maar kunnen bereiken. Haar buren hadden gezinnen en banen gehad. Ze had het zo vervelend gevonden om hun medelijdende gezichten te zien, dat ze het zelfs niet had kunnen opbrengen om buiten de was op te hangen. Ze was alleen naar buiten gegaan om de melk op te halen en zich vervolgens snel terug te trekken in haar donkere huis en onder haar dekbed te kruipen. Maar dat was geen leven voor Marco geweest. Dus had ze afscheid genomen van het huis en van alle toekomstplannen die ze daar hadden gehad.

'Hoe is hij gewond geraakt?' vroeg Carmine zacht.

Celina schudde haar hoofd. 'Daar weigerde hij over te praten.' Zelfs als ze het had geweten, betwijfelde ze of ze het verteld zou hebben. Sara's uitdrukking was zo gekweld.

Carmine kuste zijn vrouw op de wang en drukte haar tegen zich aan. Toen liet hij haar los. 'Wie lust er nog wat wijn?' Hij gebaarde naar Lauro. 'Wil jij nog een fles uit de kelder halen? Je weet welke.'

Zwijgend stond Lauro op.

Toen hij de kamer had verlaten, wendden Sara en Carmine zich tot Celina. 'Oordeel alsjeblieft niet over Lauro op basis van zijn gedrag van vanavond,' zei Sara.

'Ik weet niet waar zijn manieren zijn gebleven,' voegde Carmine er hoofdschuddend aan toe. 'Zo heb ik mijn zoons niet opgevoed. Antonino gedroeg zich nooit zo.'

Sara schudde haar hoofd. 'Onze jongens zijn allebei hartstochtelijk, of waren.' Ze haalde een zakdoek uit haar zak en veegde de tranen op haar wangen weg. 'Zoals hun vader soms.'

Dat begreep Celina maar al te goed. 'Tony was inderdaad erg hartstochtelijk.'

'Lauro heeft een dubbel verlies geleden,' zei Sara. 'Zijn broer en de vrouw van wie hij hield.' Ze keek Celina aan. Op zachte toon voegde ze eraan toe: 'Isabella leek zelfs veel op jou.'

Carmine hapte naar adem.

Sara wierp een blik op haar man. 'Jij ziet het toch ook?'

Celina zag een gespannen blikwisseling tussen de twee. 'Zijn vrouw?'

'Hij wilde met haar trouwen,' antwoordde Sara. 'Hij praat er niet graag over.'

'Lauro is nooit over haar heen gekomen,' zei Carmine. Zijn ogen schoten naar de deur waarachter Lauro was verdwenen. 'Daarom gedraagt hij zich soms zo.'

Celina vroeg zich af wat er met Isabella was gebeurd. Wat was de reden dat hun verloving was verbroken? Wat het ook was, Lauro had ook geleden.

'Het is goed om Antonino te gedenken,' zei Sara, het onderwerp afsluitend. Vastberaden haalde ze adem. 'Maar het is aan ons om een toekomst te creëren voor onze familie. Voor Marco.'

Sara streek over Carmines schouder. 'God verricht wonderen op het moment dat we die het minst verwachten. We zijn Nino kwijt, maar in zijn plaats heeft hij ons gezegend met een kleinzoon.' Met tranen in haar ogen strekte ze haar armen uit naar Celina. 'En zijn prachtige moeder. Je bent nu een deel van onze familie. Dat menen we.'

'Dank je,' mompelde Celina terwijl ze zich overgaf aan Sara's omhelzing. 'En in plaats van mijn man heeft God me een familie gegeven.'

Een jaar of zelfs maar een maand geleden had ze zich niet kunnen voorstellen dat haar leven zo zou uitpakken. Na het verlies van haar ouders en man had het geleken alsof het leven haar wilde leren voorbereid te zijn op het onverwachte. Maar dit keer leek het onverwachte veel aangenamer, een opluchting zelfs. Celina hoopte dat ze het niet mis had. In gedachten hoorde ze nog steeds Tony's woorden, maar mensen konden veranderen, toch?

Of zou wat er tussen hen was gebeurd ook gevolgen voor haar hebben?

Sara glimlachte. 'Weet je, ik zou hier best wat hulp kunnen gebruiken.'

Liefdevol stootte Carmine zijn vrouw aan. 'Laat haar zelf beslissen, *cara*.'

'O, blijf hier bij ons, Celina. Voor een tijdje tenminste. We willen je graag beter leren kennen.'

Dat zou Lauro niet bevallen, wist Celina. 'Nog een extra week misschien.'

Sara's gezicht klaarde op. 'Er is zoveel te doen. Niet alleen hier, maar in heel Italië. Het land bloeit op, en de economie groeit.' Met een armgebaar omvatte ze het omliggende landgoed, rijk aan bloeiende, vruchtbare citrusbomen, de heuvels die hen omringden en de azuurblauwe zee in de verte.

'Ik wil graag helpen,' zei Celina, al wist ze zeker dat het eerder andersom was.

'Dat is een begin.' Sara glimlachte stralend. 'Ik begrijp het, maar stel je voor: is dit geen geweldige plek voor je zoon om op te groeien? Marco zal zijn grootouders in de buurt hebben, en veel nichten en neven om mee te spelen. Je zou je nergens zorgen over hoeven maken.'

Sara had een punt. Met Tony's familieleden om hen heen zou Marco geen sleutelkind meer zijn dat overdag bij de buren moest blijven. Hij zou familie hebben in zijn leven. Mensen die van hem zouden houden als een van hen. Was dat niet wat haar zoon verdiende?

Celina beet op haar lip; de gedachten tolden door haar hoofd. Plotseling leek hun leven in San Francisco zo eenzaam. Maar wat moest ze ervoor opgeven? Het land dat ze kende. Een vertrouwde cultuur die ze begreep. En ze zou haar Italiaans moeten verbeteren.

Duizelingwekkende vragen schoten door haar heen. Zou ze van Italië kunnen houden? Wat voor kansen zou Marco in dit land hebben? Zou hij op oudere leeftijd terug willen naar de Verenigde Staten? Zou zíj terug willen?

Celina streek met een hand over haar voorhoofd. Het was haar te veel om over de toekomst na te denken. En als ze iets van het verleden had geleerd, dan was het dat de toekomst ondanks de meest doordachte plannen volkomen onvoorspelbaar was. Was Tony er nog maar... Ze verdrong de gedachte. Ze moest een pad voor hen uitstippelen, en het zou nog een paar weken duren voordat de school weer begon. Ze keek van Sara's gretige gezicht naar dat van Carmine en beloofde wat ze kon. 'We kunnen tot het einde van de zomer blijven.'

'Uitstekend,' riep Sara uit. 'Je zult verliefd worden op Italië. Dat voel ik gewoon.'

Lauro kwam terug met een fles wijn. Het viel Celina op dat zijn ogen roodomrand waren, alsof hij had gehuild. Misschien heeft hij toch een hart, dacht ze.

Nadat hij de fles had ontkurkt schonk hij in. Ze keken allebei toe terwijl de robijnrode wijn haar glas vulde.

'Grazie,' zei ze, naar hem opkijkend.

Lauro's hartstochtelijke blik ontmoette even de hare. Toen wendde hij zich abrupt af en vulde hij zijn moeders glas bij.

'Hadden Nino en jij een huis in San Francisco?' vroeg Sara.

Celina knikte. Ze registreerde de manier waarop Lauro de wijn inschonk, zijn vlugge polsbeweging, de wijze waarop hij de fles ophield. Misschien leek hij toch op Tony in manier van doen. Ze richtte haar aandacht weer op Sara en zei: 'We hadden een eigen huis, maar ik wilde daar niet wonen zonder hem. Dus heb ik het verkocht en een klein huurappartement voor ons gevonden tegenover de chocolaterie. Ik ben onlangs weer gaan werken.'

Sara knikte. 'Je bent graag bezig.'

'Ik hou van mijn werk. Ooit wil ik weer een eigen huisje voor ons.' Ze liet de wijn rondwalsen in haar glas, tilde het naar haar neus en snoof de warme, aardse geur op. Terwijl ze een slokje nam zag ze Sara en Carmine een blik wisselen.

Lauro zette de fles op tafel en ging tegenover haar zitten terwijl hij haar door samengeknepen ogen opnam. 'Marco moet naar school, toch?'

Verzittend onder zijn doordringende blik keek ze hem aan. Toen hief ze haar kin. 'Hij begint in de herfst.'

Lauro knikte en er verscheen een glimlach om zijn mond.

Daar is hij blij om, dacht ze. Dan hoeft hij ons alleen deze zomer te tolereren.

'We hebben een goede school in het dorp,' zei Sara. 'Hij heeft de zomer om Italiaans te leren.' Haar gezicht begon te stralen. 'Morgen stel ik jullie voor aan mijn nicht Adele en haar man Werner, die uit Duitsland komt. Ze hebben elkaar tijdens de oorlog ontmoet en zijn verliefd geworden. Ze zijn lange tijd gescheiden geweest, maar liefde vindt altijd een weg. Hij had haar beloofd terug te komen, en dat heeft hij gedaan. Ze zijn een aantal jaar geleden getrouwd en hebben kinderen van Marco's leeftijd, dus volgens mij hebben jullie veel gemeen.'

'Dat zou ik leuk vinden.'

Terwijl Lauro haar een boze blik toewierp, speelde Celina in gedachten met het idee van een toekomst in Italië en onderzocht het alsof het een exotische stof was waarvan ze een nieuwe jas kon maken om aan te passen. Een nieuw leven voor ons, dacht ze. Zelfs met wat losse draadjes was het een aanlokkelijk idee.

Maar hoe zou het zijn om steeds aan Tony herinnerd te worden door de gulle glimlach van zijn moeder en de volle lach van zijn vader? Ze was niet egoïstisch, maar ze was nog jong, en ze had nog steeds behoeftes. Zou ze ooit in staat zijn verder te gaan met haar leven en te hertrouwen, zelfs als ze dat zou willen?

Of zou ze voorgoed gevangenzitten in de rol van de weduwe Savoia in een klein dorp in Italië?

7

'Deze wijn waarvan we vandaag gaan genieten, is gemaakt van druiven die met de hand zijn geoogst door mijn broer, de man wiens leven we vandaag eren.' Staand op het terras, in de schaduw van de bougainville aan een lange handgemaakte tafel die glad was geschuurd door de kus van gezouten lucht en jarenlang gebruik, ontkurkte Lauro voorzichtig een fles goed gerijpte Piedirosso. De muskusachtige geur van oud fruit verspreidde zich door de lucht.

'Antonino Savoia had de beste smaak van iedereen die ik ooit heb gekend.' Hij schonk de robuuste wijn in de wachtende glazen van familie en vrienden die zich op het terras van het huis van de familie hadden verzameld na de herdenkingsdienst voor Nino, die was gehouden in de Duomo in het dorp. Nino, die uitzonderlijk kunstenaarstalent altijd had kunnen waarderen, had de oude Byzantijnse toren van de kathedraal vaak getekend.

Terwijl de wijn in de glazen kolkte, deelde Lauro herinneringen aan de broer van wie hij had gehouden en die hij zelfs een poosje had gehaat.

'Nino vertelde me dat dit de beste Piedirosso uit Campanië was die hij ooit had geproefd,' zei Lauro. 'Hij vertelde me dat deze wijn een mooie aanvulling zou zijn op onze chocolade, als hij de kans had gekregen te rijpen. Ik denk dat we het er allemaal wel over eens zijn dat Nino een savant-achtige kennis had als het chocolade, wijn, olijfolie en citroenen betrof. Alsof hij alle kennis had geërfd die onze voorouders over dit land hadden vergaard.'

Rond de tafel mompelden Nino's geliefde familie en vrienden hun goedkeuring, en ze brachten hun glas naar neus en lippen.

In zijn jeugd had Nino zijn smaak met behulp van de landbouwspecialiteiten van de regio verfijnd. De wijngaard die deze wijn voortbracht grensde aan hun landgoed en was eigendom van een verweduwde nicht. Hij had altijd tijd gemaakt om haar te helpen met de oogst.

En toch had hij voor zijn eigen leven iets anders gewild.

Lauro nam een slokje en knikte in zichzelf. 'De wijn heeft lucht nodig om de randjes glad te strijken, maar Nino had gelijk. Inderdaad: pure chocolade.' Hij schoof een glas naar Celina toe. 'Op Nino,' zei hij, en hij hief zijn glas.

Aan het andere einde van de tafel schitterde het met zilver doorschoten haar van zijn vader in het schuin vallende zonlicht, terwijl ook hij zijn glas hief.

'Op onze geliefde zoon, man, broer, vader en neef,' zei Carmine met dikke stem. Hij toostte met zijn vrouw en Celina, voordat hij iedereen afzonderlijk bedankte voor hun aanwezigheid en vertelde wat ze voor zijn zoon hadden betekend.

Toen zijn vaders stem haperde, ging Lauro door. 'We zijn allemaal een beter mens geworden doordat we Nino in ons leven hadden. Hij was de beste broer, de beste vriend die we allemaal hebben gekend. Meer nog: door mijn broers encyclopedische kennis en stille volharding is ons ambacht naar een hoger niveau getild.' Tijdens de zomervakanties van school had hij gedurfde, unieke nieuwe smaakcombinaties met chocolade geïntroduceerd en het proces verbeterd om chocolaatjes met de hand en machinaal te maken. Hij had zelfs een verfijndere citroensoort gekweekt om met chocola te combineren en limoncello van te maken.

En toch was dat voor hem niet genoeg geweest.

Rond de tafel zeiden de familieleden: 'Op Nino.'

Lauro hief zijn gezicht naar de eindeloze hemel, waar hij zich voorstelde dat Nino's ziel vrijelijk rondzweefde en neerkeek op de familiebijeenkomst.

Deze rouw voelde onwerkelijk. Hij zou het verlies van zijn broers ziel toch meer moeten voelen, er zeker van moeten zijn dat die de vaste grond had verlaten? Hij had mensen horen zeggen dat ze precies wisten wanneer hun geliefde was overleden, waar ter wereld ze ook waren. Toch had hij niets gemerkt. Geen plotselinge leegte, geen ontreddering, niet eens een plotselinge pijnscheut. Ooit hadden Nino en hij een heel hechte band gehad, maar dat was vóór Isabella geweest. En het was nog verbijsterender doordat hij de aanwezigheid van zijn broer nog voelde.

Nu voelde hij alleen verdriet, omdat de hoop dat Nino zou terugkomen verdwenen was. Aan die hoop had hij zich jarenlang vastgeklampt.

Nadat Isabella en Nino hem hadden verlaten, had Lauro zijn levenslust voelen verschrompelen. Behalve zijn ouders waren de twee mensen met wie hij alles had gedeeld opeens verdwenen. Nu runde hij de *fabbrica di cioccolato* voor zijn vader en was hij zijn ouders zo toegewijd als hij zou moeten zijn. Maar zijn leven leek leeg zonder een eigen gezin, zoals zijn andere vrienden bezig waren te stichten. Toch hield hij zich vast aan de hoop dat dat op een dag zou veranderen.

Hij wierp een blik op de gezichten rond de tafel, op de familie en vrienden die hij zijn hele leven al kende – op twee nieuwe gezichten na – en stelde zich voor dat Nino's ziel hen omringde. Uit de oude bomen die de veranda schaduw boden barstte een kakofonie van gefluit en gekweel los. Zelfs de mussen en woudzangers leken Nino's lof te zingen.

'Wat is dat?' Glimlachend beschermde Celina haar ogen tegen de zon. 'O, roodborstjes. Kijk eens hoe mooi ze zijn, Marco.'

'*Pettirosso*,' zei Lauro met een hoofdknik naar de kornalijnrode vogels die onder een lentegroen bladerdak glansden in de zon. 'Hij moet Italiaans leren.'

'Dat doet hij ook.'

Celina's reactie had een defensief randje. Schaamde ze zich er zelfs niet een beetje voor dat Nino's zoon amper hun taal sprak?

Lauro reikte naar brood in het mandje dat voor hem stond, trok er een stuk af, doopte het in olijfolie en bood het Marco aan. '*Pane e olio*?' Marco pakte het en knabbelde eraan. Zijn ogen weerspiegelden zijn verrukking.

'Wat zeg je dan?' vroeg Celina.

'Dank je wel,' zei Marco tussen happen door.

'Grazie,' corrigeerde Lauro hem.

Marco grijnsde. 'Graa-tsie-jè.'

Terwijl neven en nichten, tantes en ooms herinneringen aan Nino ophaalden, liet Lauro zijn donkere jasje van zijn schouders glijden. Zonder te vragen nam hij antipasti van een schaal vol olijven en artisjokken en ook versgebakken brood uit een mand die zijn moeder op tafel had gezet. Doordat hij druk was geweest met de laatste details had hij vandaag alleen nog maar *caffè* gedronken, waardoor hij zich gespannen voelde.

Al etend keek hij naar de kleine Marco. De jongen zat op zijn knieën bij zijn moeders stoel in zijn eigen wereldje te spelen. Met zijn behendige vingers wrikte hij de wieltjes van de ene treinwagon los om ze op een andere te zetten. De gesprekken van volwassenen wervelden om hem heen op het terras, maar hij leek vast van plan de treinwagons te renoveren. Lauro herinnerde zich dat hij als jongen hetzelfde had gedaan. Toen Marco de nieuwe wielen op de tegels uitprobeerde, maakte hij locomotiefgeluidjes als begeleiding van het geratel van de wielen.

Hij had een zoon van die leeftijd kunnen hebben. Die gedachte vervulde hem met smart.

Was dat echt zijn neefje? De jongen leek helemaal niet op Nino en amper op zijn moeder. Anders dan zijn ouders, die zagen wat ze wilden zien, vond hij het moeilijk te geloven dat Marco een bloedverwant was. Gelukkig zouden de jongen en zijn verontrustende moeder al snel teruggaan naar de Verenigde Staten en zou het leven weer normaal worden.

'Maria, Gino, hebben jullie je nieuwe neefje al ontmoet?' Adele, Lauro's nicht, stuurde haar kinderen naar Marco toe. Nieuwsgierig naar de nieuwe jongen gingen de twee kinderen naast hem zitten.

Adele was de pittige van de familie. Als kind was zij de avontuurlijke geweest, altijd de eerste die op haar paard de leiding nam of de steilste afdaling koos, wanneer hun ouders met hun gezinnen naar hun *nonno's* chalet in de Alpen iets ten noorden van Turijn waren gegaan om te skiën. Toen hij ouder en sterker werd, had hij natuurlijk algauw de leiding genomen, maar Adele was slim en hield hem scherp.

Ze had ook nieuwe ideeën over de plek van de vrouw in huis. Ze had bij de kathedraal een modeboetiek geopend voor toeristen die Amalfi bezochten en dorpelingen aan de Sorrentijnse kust.

Adeles man, die met een arm om haar heen naast haar zat, leek ook trots op haar prestaties. Werner was een man die genoeg zelfvertrouwen had om zijn vrouw de vrijheid te geven te doen wat ze wilde. Hij noemde hun huwelijk een partnerschap, wat Lauro heel modern vond klinken. Dat mocht hij wel. Misschien zou hij ooit een relatie hebben zoals die van hen.

'Marco lijkt een goede ziel, net als Nino,' zei Adele, glimlachend om de makkelijke omgang van de jongen met haar zoon en dochter.

Een goede ziel, net als Nino. Dat was waar, moest Lauro met tegenzin toegeven. Hij hield zijn blik op de jongen gericht. Waarom zou Nino zijn jonge gezin bij hen hebben weggehouden? 'Daarmee eindigt de gelijkenis ook wel,' mompelde hij.

Met gefronste wenkbrauwen porde Adele hem in zijn zij. 'Wat is er met jou aan de hand? Natuurlijk lijkt Marco op zijn vader.'

Bij het horen van zijn naam stond Marco op en sloeg hij zijn armen om zijn moeder heen. 'Ik vind het leuk hier in papa's huis,' zei hij. Een onschuldige glimlach verlichtte zijn gezicht.

'Ik ben blij dat je plezier hebt, lieverd.' Celina streek over het haar van haar zoon. Ze wierp een blik in Lauro's richting.

Had ze zijn opmerking gehoord? Niet dat het hem iets kon schelen als dat zo was.

'We zijn aan het spelen,' zei Marco, die over het speelgoed heen sprong om terug te gaan naar zijn nieuwe speelkameraadjes.

Adele glimlachte. 'Marco, wist je dat ik vroeger zo met je papa speelde?'

Weer glimlachte de jongen verlegen, en hij draaide zijn gezicht naar Lauro toe.

Achterneven, dacht Lauro, kijkend naar hoe de jonge Maria en Gino met de nieuwe jongen speelden. Marco had lichtbruin haar, maar dat gold ook voor veel van hun uitgebreide familie in het noorden. Terwijl hij Marco's gezicht aandachtig bekeek, merkte hij dat de jongen toch op zijn moeder leek.

Lauro wierp een steelse blik op Celina. Haar donkere wimpers en wenkbrauwen vormden een opvallend contrast met haar goudbruine ogen, die mysterieus leken te gloeien.

Hij wendde zijn blik af en nam meer olijven. Een afleiding, dat is ze. Nino was vast als een baksteen gevallen voor die betoverende ogen. Hij had altijd van mooie vrouwen gehouden.

De kinderen richtten hun aandacht weer op het uit hout gesneden speelgoed waarmee Nino en hij als kinderen hadden gespeeld. Terwijl de kinderen zich vermaakten, rekenden Adele en Celina uit dat de kinderen ieder een jaar van elkaar verschilden: Maria was een jaar ouder dan Marco en Gino een jaar jonger.

'Ze kunnen zo goed met elkaar opschieten,' zei Adele tegen Celina, en haar gezicht lichtte op van moedertrots. 'We moeten echt tijd met elkaar doorbrengen.'

'Ik kan Marco met de kinderen mee uit vissen nemen,' voegde Werner eraan toe.

'Dat zou hij leuk vinden.' Celina's volle lippen krulden zich tot een flauwe glimlach.

Adele neeg haar hoofd. 'Sara heeft me verteld dat Marco en jij hier gerust mogen blijven. Ik hoop dat jullie dat zullen doen.'

Sara mengde zich in het gesprek. 'We proberen haar over te halen. Marco lijkt zo sterk op zijn vader,' voegde ze eraan toe. 'En op mijn oom Enzo.' Ze liet haar hand langs Marco's schouder glijden, toen hij op zijn handen en knieën met een drietal wagons naast zich langsschoot.

Lauro zag hoe gelukkig zijn moeder Marco nakeek. Sinds de komst van de jongen was Sara nauwelijks van zijn zijde geweken. Nu hij zag hoe ze naar haar pas gevonden kleinzoon toe trok – als hij dat ook echt was – en hem overlaadde met liefde, voelde hij zich diep schuldig omdat hij nog niet was getrouwd en zijn ouders nog geen kleinkinderen had geschonken. Maar zelfs na al die jaren klonk Isabella's lach nog steeds in zijn oren. Hij probeerde de brok in zijn keel die hem al de hele dag dwarszat weg te slikken.

Terwijl Sara naar haar kleinzoon keek die met Adeles kinderen speelde, verzachtte haar gezicht. 'Marco is ons kostbare geschenk uit de hemel.'

Lauro liet zijn wijn door zijn glas walsen en luisterde. Hij was er niet helemaal zeker van waar Marco vandaan kwam. In zijn ogen zag de jongen eruit als de speelse jonge Amerikaan die hij was, al zou hij wel van Italiaanse afkomst kunnen zijn. Wat hem verwarde, was dat hij geen gelijkenis zag met de familie Savoia of zijn moeders familie.

Zijn vader stak zijn armen naar Marco uit. '*Vieni qui, figlio,*' zei Carmine. Toen de jongen niet reageerde, herhaalde Carmine zijn verzoek in het Engels. 'Kom hier, jongen. Ik heb iets voor je.'

Marco's gezicht lichtte op door een verlegen glimlach, en hij haastte zich naar zijn opa toe.

Lauro kneep zijn ogen tot spleetjes. Het verontrustte hem dat de jongen hun taal niet kende. Hij boog zich naar voren en ving Celina's blik. 'Waarom spreekt je zoon geen Italiaans?'

Zijn moeder wierp hem een blik toe. 'Marco kent wel een beetje Italiaans,' zei ze om haar kleinzoon te verdedigen. Ze wendde zich tot Celina. 'Volgens mij verstaat hij het beter dan hij het spreekt, of niet?'

'Volgens mij wel,' zei Celina, die een blik op haar zoon wierp.

Lauro tikte met zijn vingers op de tafel. 'Het verbaast me dat Nino niet heeft gezorgd dat zijn zoon zijn familietaal spreekt.'

'Dat heeft hij natuurlijk wel geprobeerd.' Celine haalde een van haar slanke, in een sterk getailleerd donker jasje gehulde schouders op. 'Maar we wilden zorgen dat hij zijn letters kende en een voorsprong had met Engels lezen en schrijven voordat hij aan school begon.' Starend naar de witte zakdoek waaraan ze in de kerk had zitten frunniken, voegde ze eraan toe: 'We dachten dat we er meer dan genoeg tijd voor zouden hebben. Ik heb zijn schoolwerk niet zo goed bijgehouden als ik had moeten doen. Er is gewoon zoveel te doen geweest sinds...' Haar stem stierf weg.

Snel bedekte Sara Celina's hand met die van haar. 'We begrijpen het. Marco zal vast net zo snel Italiaans leren als Nino zijn talen leerde. Hij is tenslotte de zoon van zijn vader.'

Celina knikte. 'Tony sprak goed Engels. Bijna alsof het zijn moedertaal was.'

'En ook Frans,' zei Sara trots. 'Beter dan ik.'

Toen Celina perplex leek, vroeg Lauro: ‘Hoeveel talen sprak jouw Tony ook weer? Dat ben ik vergeten.’

Zijn vraag leek Celina onzeker te maken. ‘Nou ja, naast Engels en Italiaans had hij in de oorlog wat Japans geleerd.’

‘Dat is nou typisch Nino.’ Zijn vader lachte hartelijk. ‘Altijd de bescheidene van de familie. Hij was ook de beste van zijn klas met Duits.’

Sara’s gezichtsuitdrukking verzachtte. ‘En hij sprak ook heel mooi Spaans, hè?’

‘Ik ook, maar thuis spraken we Engels.’ Een blos verspreidde zich over Celina’s hals en gezicht. ‘Ik ben bang dat het mijn schuld is.’

Het gesprek nam een andere wending, en Lauro leunde achterover. Hij wilde zien hoe Celina met zijn ouders en andere familieleden omging die na de mis van de priester in de kerk met hen waren meegenomen.

Hij kon nauwelijks geloven hoezeer hun leven de afgelopen paar weken was veranderd, en dan niet ten goede. Vanaf het moment dat hij dat vreemde telefoontje uit Amerika had ontvangen en zijn ouders had verteld over Celina Savoia – of wie ze ook echt was – was het leven van zijn familie bijna onvoorstelbaar anders geworden.

Zijn moeder had het huis klaargemaakt alsof ze royalty verwachtte. Slaapkamers waren gelucht en geschilderd, oude speeltjes waren uit dozen gehaald en kinderfoto’s waren ingelijst en overal in huis neergezet. Sara had zich in de traditionele zwarte kledij gehuld ter nagedachtenis van Nino, maar wel met een hart vol gespannen afwachting van hun pas ontdekte kleinkind.

Het idee dat hij een kleinzoon had, had ook zijn vader vervuld met trots. Tijdens een scheerbeurt bij de kapper had Lauro hem tegen zijn vrienden bij de *barbiere* waar zijn vader al jaren kwam horen vertellen dat hij een nieuwe kleinzoon had. Met tegenzin moest Lauro tegenover zichzelf toegeven dat het idee zijn vader nieuwe kracht leek te geven. Carmine had zelfs een schommel opgehangen aan een van de hoogste, stevigste bomen op het terrein. Hij was nooit te moe om de kleine Marco hoog de lucht in te duwen, beiden vervuld met vergeten blijdschap.

Lauro had het grootste deel van de dagelijkse verantwoordelijkheid in de fabriek op zich genomen, maar sinds Celina's komst was zijn vader amper nog op kantoor geweest.

Wat hem betrof had Celina geen goede invloed op de productiviteit van zijn familie.

Ondanks de verrukking van zijn ouders zag Lauro Nino niet terug in de jongen. En hij kon beslist niet door de vingers zien dat Nino al die jaren niets van zich had laten horen.

Nu Nino er niet meer was, zou *zíjn* kind het eerste kleinkind moeten zijn. Lauro droeg nu de plicht om de familielijn voort te zetten, en hij had zichzelf beloofd dat hij op een dag die verantwoordelijkheid ook zou nakomen. Was Isabella maar niet zo vurig en onstuimig geweest, al was dat een van de vele dingen die hij leuk had gevonden aan haar. Tot op de dag van vandaag was hij niet moedig genoeg haar in zijn hart te vervangen. En anders dan Nino was hij niet iemand die zich aan zijn plicht onttrok.

De spontane lach van de kinderen borrelde door zijn gedachten heen. Het was alsof Marco voelde dat Lauro's aandacht op hem gericht was, want hij keek op en grijnsde naar hem. Door de zonnige onschuld op het gezicht van de jongen loste het strakke gevoel op dat hij al sinds die ochtend in zijn borst voelde.

Meteen voelde hij zich schuldig om zijn houding. Wat Celina ook had gedaan om Nino van zijn familie te vervreemden of nu van plan was te doen, feit was dat de jongen zijn vader had verloren. Als Marco echt zijn neefje was, zou hij dan niet opgelucht moeten zijn dat Nino de last van het krijgen van kinderen uit zijn leven had weggenomen?

Nippend van zijn wijn bekeek Lauro Celina aandachtig. Hij moest toegeven dat ze aantrekkelijk was en zag wel waarom zijn moeder haar in haar armen sloot. Celina's stem had een unieke toon, iets fluweelzachts wat betoverend was, en ze sprak op de openhartige manier die haar Amerikaanse opvoeding weerspiegelde. Zijn moeder hield van mensen die zich durfden te uiten. Zoals Isabella. Maar voor iemand die zei dat ze met chocola werkte, was Celina merkwaardig mager. Slank was er het modewoord voor, veronderstelde hij, zoals een Parisienne. Of een atletische Amerikaanse. Haar benen waren mooi gespierd.

Niet dat het hem echt opviel. Hij wendde zijn blik af en dronk van zijn wijn.

Sara klopte voor hem op de tafel. 'Ga je onze gast niet iets te eten aanbieden?' Ze gebaarde met haar hoofd naar de schaal met antipasti.

Schaapachtig schoof Lauro de schaal en de broodmand naar Celina toe.

Sara schudde haar hoofd naar hem. 'Je gaat er toch niet dood aan haar te bedienen? Ze is je schoonzus.'

Omdat hij zijn moeders blik in zich voelde prikken, schepte hij een paar olijven en artisjokken voor Celina op een bordje. 'Er is meer, mocht je willen.'

Met een lichte hoofdbuiging nam Celina het van hem aan. 'Grazie.'

Die lippen krulden zich weer. Lachte ze hem uit? Zijn moeder had hem berispt alsof hij een kind was.

Haar telefoontje had de nog gapende wonden van de familie geïrriteerd. Na de oorlog waren zijn ouders en hij blijven hopen dat Nino snel naar huis zou komen. Jaren daarvoor had hij hun een korte brief gestuurd met de mededeling dat hij Amerikaans staatsburger was geworden en met het leger naar de Pacific werd verscheept. Ze hadden contact opgenomen met het leger in de VS, alleen klopten de gegevens die ze daar hadden niet. Ze hadden zijn vader verteld dat Nino niet meer in dienst was. Als dat zo was, zou hij contact hebben gezocht met zijn familie. Misschien was hij gewond geraakt of gevangengenomen, of werd hij ergens verzorgd door een goede Samaritaan. Er was iets heel erg mis; daar waren ze zeker van.

Er deden wonderbaarlijke overlevingsverhalen de ronde, en als iemand een wonder verdiende, was het Nino wel. Had hij niet ooit overwogen priester te worden? Had hij zich niet ingezet voor behoeftigen, van de oogst van een verweduwde buurvrouw organiseren tot de wapens opvatten voor zijn tweede vaderland?

Maar goed, Nino was een onafhankelijk denker. Geen van hen had zich kunnen voorstellen dat hij echt naar Amerika zou verhuizen of in het leger zou gaan. Nino was veranderd; dat was waar. Lauro streek over zijn kin. Had hij zijn broer eigenlijk wel gekend?

Lauro liet zijn blik rond de lange tafel gaan van de familie die zoveel te verduren had gehad. Hier waren ze dan, om de ziel van de broer te ruste te leggen tegen wie hij zijn hele leven had opgekeken. Zijn ouders hadden erop gestaan overlijdensaffiches in het dorp op te hangen, zoals gebruikelijk was. Als gevolg daarvan lagen er condoleancetelegrams in een mand in het halletje en stonden alle oppervlakken in de keuken en de eetkamer vol bloemen en eten.

Hij merkte dat Celina zijn bord met antipasti wel had aangenomen maar niet aanraakte.

Hun vrienden en familie waren ook nieuwsgierig naar haar. De meesten leken haar te accepteren en dol te zijn op Marco, vooral zijn moeders zussen en Adele.

Hij veronderstelde dat de outfit die Celina droeg bescheiden genoeg was voor een begrafenis, maar wat ze ook gedragen zou hebben, ze zou toch wel nagekeken zijn. Wanneer ze dacht dat niemand naar haar keek, bewoog ze zich gracieus, bedaard, als op het ritme van muziek in adagio. Of in een kwiek allegro-tempo, zoals toen hij haar buiten had zien spelen met haar zoon. Met haar elegante figuur had ze een voordeel op velen, en toch droeg ze haar lengte met zelfvertrouwen.

De afgelopen paar dagen had ze shawls om haar dikke, koperblonde haar gedragen, dat in golven tot op haar schouders viel, maar die dag niet. Ze had haar haar uit haar gezicht geborsteld en in een wrong in haar nek vastgezet. Zo waren haar krachtige jukbeenderen en hoekige kaaklijn goed te zien. Ze gaven haar een vastberaden uitstraling, in tegenstelling tot de soms afwezige blik in haar ogen.

Nino had een uitstekende smaak; dat stond vast. Lauro bracht zijn wijn naar zijn lippen en nam een grote slok.

Áls ze tenminste echt getrouwd was geweest met zijn broer.

Goed, Celina had de juiste documenten. Die had hij zorgvuldig bestudeerd. Maar had ze die niet kunnen laten maken? Tijdens de oorlog was het vervalsen van documenten tot een kunstvorm verheven.

Lauro vroeg zich af wat ze van hen wilde. Waarschijnlijk steun voor haar zoon. Ze leek beschaafd, alsof ze uit een familie met een zekere standing kwam. Maar velen in Amerika waren bij de beurskrach of in de oorlog vermogen kwijtgeraakt.

Of ze was een verdraaid goede toneelspeelster. Hoe dicht lag San Francisco bij Hollywood?

Te dichtbij. Ook al leek ze het type niet.

Waarom had ze een halfjaar gewacht met het telefoontje over Nino's overlijden? Ze zei dat ze brieven had gestuurd, maar zij hadden niets ontvangen.

Goed, soms raakten brieven kwijt in de internationale post.

Terwijl hij naar Celina staarde, leek ze zijn blik te voelen. Ze keek op. Haar amberkleurige ogen met gouden vlekjes waren zo lichtgevend en beangstigend als die van een tijger die zijn prooi bekijkt. Hij verschoof bij haar plotseling kritische blik.

'Wat is er?' Zonder met haar ogen te knipperen keek ze hem aan.

'Moet je niet terug naar je werk?' Meteen besefte Lauro hoe

bruusk hij klonk. Vanuit een ooghoek zag hij zijn moeder vermanend haar lippen tuiten. 'Of naar je huis in San Francisco?'

'Ik heb verlof genomen. Maar ik mis het bezig te zijn.'

'Wij kunnen je wel bezighouden,' zei Carmine. Lauro's vader ging achter hem staan en klemde een hand om zijn schouder. 'Lauro, je zou Celina de fabbrica di cioccolato eens moeten laten zien.'

Dat was wel het laatste wat hij met haar wilde doen. 'Ik kan me niet voorstellen dat ze daar interesse in zou hebben. Ons proces is heel anders dan hoe ze het in Amerika doen.'

'Toch zou ik de fabriek graag zien.'

Uiteraard, dacht hij bij zichzelf.

Stralend keek ze naar Sara en Carmine. 'Ik zou ook graag meer van de streek willen zien.'

'Dat moet je doen!' Sara klapte in haar handen. 'Lauro, waarom neem je niet een paar paarden en laat je haar de boomgaarden zien?'

En dat was het op een na laatste wat hij met haar wilde doen. Zijn ouders keken hem vol blije verwachting aan. Net als Celina, met die grote, stralende ogen van haar.

'Ik heb niet veel tijd,' begon hij.

'Doe niet zo gek. Natuurlijk heb je wel tijd,' zei Sara. 'Celina is niet alleen onze gast, ze is familie. Je moet haar morgen mee uit nemen. En wees aardig.'

Lauro knikte instemmend, al kon hij niet om het gevoel heen dat hij zich op gevaarlijk terrein begaf.

8

Celina liep in de richting van de schuur en draaide zich om om naar Marco te zwaaien, die in de deuropening van de villa stond en de hand van zijn nonna stevig vasthield. Haar zoon stond te popelen om de dag door te brengen met zijn nieuwe neefje en nichtje, Adeles kinderen, Maria en Gino, die naar de villa kwamen. Terwijl Lauro en zij paardreden was Sara van plan de kinderen mee te nemen naar de boomgaard en de tuinen om fruit en groente te plukken. Celina glimlachte. Ze had haar zoon al heel lang niet meer zo gelukkig gezien.

Nadat ze hun huis in San Francisco had verkocht, had Marco getreurd om het verlies van zijn speelkameraadjes uit de buurt. Ze had zich vaak afgevraagd of ze wel het juiste had gedaan. Het was zwaar voor een jongen om zowel zijn vader als zijn vriendjes te verliezen. Het was haar schuld; ze kon het niet verdragen in het huis te blijven, omringd door herinneringen aan Tony en de liefde die ze nu kwijt was.

Celina keek hoe Sara neerknielde en Marco zijn armen om

haar nek sloeg en haar wang kuste. De moeder van mijn lieve Tony. Als hij had geweten hoe gelukkig zijn zoon en moeder zouden zijn, zou hij toch wel van gedachten zijn veranderd over een bezoek? Kon hij dit maar zien. Zou hij zich dan niet hebben bedacht?

Ze slikte, want haar keel zat ineens dicht, en drukte met een knokkel tegen haar lippen om het intense gevoel van verlies te onderdrukken dat haar soms nog steeds overmande, vaak wanneer ze het het minst verwachtte. De aanblik van Marco met zijn nonna maakte de reis in elk geval de moeite waard.

Die ochtend was Sara de belofte niet vergeten die ze Lauro gisteren bij de herdenking had weten te ontlokken.

Lauro had bezwaar gemaakt, maar Sara stond erop. 'Mijn zoons zijn op paarden opgegroeid. Rij jij ook paard?'

'Tony en ik gingen vaak paardrijden op de ranch van een vriend.' Dat was waar. Haar man was een goede ruiter geweest, al had ze geen idee gehad dat hij als kind had leren rijden. Maar goed, ze had er niet aan gedacht hem ernaar te vragen.

Of wel? Net als Marco was ze bang dat haar herinneringen aan hem vervaagden. Toch voelde ze op andere momenten zijn aanwezigheid nog, zij het niet meer zo sterk sinds ze hun huis had verkocht. Omdat ze daarvan was geschrokken, was ze herinneringen gaan opschrijven in een dagboek, zodat Marco ze kon lezen wanneer hij wat ouder was. Zodra ze was begonnen, waren haar herinneringen teruggekeerd en kon ze niet snel genoeg schrijven. Ze had al gauw nog een dagboek nodig gehad.

Ze liep door naar de stallen, waarbij de hoge leren laarzen die Sara haar had gegeven om te dragen knerpten op het grindpad. De rijbroek die haar schoonmoeder haar had geleend, paste ook precies. 'Ik zou willen dat ik daar nog in paste,' had Sara gejammerd. Celina had tegen haar gezegd dat ze er nog steeds fit en slank uitzag.

Die ochtend had Celina haar haar naar achteren geborsteld en het vastgezet met een zilveren clip, al had de lichte ochtendbries een paar plukjes rond haar gezicht losgemaakt. Het kon haar niet echt schelen hoe ze er vandaag uitzag, maar ze was vastbesloten te genieten, zelfs als Lauro in een norse bui was.

'Hallo?' riep ze, en ze vroeg zich af waar Lauro was. Vanuit de stallen renden twee grote honden op haar af. Ze verstijfde, totdat ze hun verwelkomende gekef hoorde. Lange oren flapperden vrolijk tegen hun wit-met-oranje gevlekte vacht.

'Wat een welkom,' zei ze grinnikend. Ze sprongen voor haar uit, opgetogen bij het zien van een nieuwe kennis. 'Jullie zijn belabberde waakhonden, of niet?'

Vanachter de stallen doorsneed een scherp gefluit de lucht. 'Rubino, Bellina! *Giu*!'

'Rubino en Bella, hè?' Celina lachte.

Gezeten op een slank paard reed Lauro de open plek op. Hij steeg af en beende naar haar toe. Op zijn commando hielden de honden op met springen en begonnen ze om haar heen te lopen, snuffelend aan haar laarzen. '*Seduti*!'

Celina bukte om ze op hun kop te krabbelen. 'Seduti. Seduti.'De twee honden luisterden naar haar en gingen bij haar voeten zitten. 'Wat zijn ze vriendelijk.'

'Niet altijd,' zei Lauro. 'Maar ze mogen jou.'

'Wat voor ras is het?' Toen de kleinste haar snuit tegen haar aan duwde, streek ze met een hand over haar zijdezachte oren. 'En wie is dit?'

'Dat is Bellina. Ze is een *bracco*, een Italiaanse pointer. Haar maatje hier is Rubino.'

Celina keek hoe Lauro op een knie ging zitten om op de flanken van de grotere reu te kloppen. Met de honden in de buurt leek hij te ontspannen.

'Rubino en Bellina,' zei ze. 'Wat een mooie namen. Ze klinken als een stel liefhebbers van Shakespeare.'

Lauro wierp een snelle blik haar kant op. 'In zekere zin zijn ze dat ook. Ze zijn vernoemd naar een stel honden van een van onze voorouders. *Il marchese.*'

Rubino krabde Lauro met een poot om meer aandacht te krijgen.

'Zijn dit hun nakomelingen?'

'Misschien wel. Dat was meer dan vierhonderd jaar geleden. De markies van Mantua, Ludovico Gonzaga, had zo'n speciale band met ze dat hij Rubino na zijn overlijden in een kist begroef en ter ere van hem een praalgraf liet bouwen. Hij deed hetzelfde bij Rubino's maatje, Bellina, die tijdens een bevalling stierf.'

'Dat is nog eens toewijding, hè?' Celina zag Lauro's gespannen gezichtsuitdrukking verdwijnen. Terwijl hij met zijn handen stevig over Rubino's nek wreef en het verhaal vertelde, zag hij eruit alsof een dichte wolk als reactie op een hardnekkige zonnestraal uiteen was geweken.

'Je kunt de graven nog steeds zien op het terrein van het paleis. De Gonzaga's fokten jarenlang bracco's, en deze twee stammen waarschijnlijk rechtstreeks van ze af. Mijn familie kocht ze toen ze vanuit Piemonte naar deze regio verhuisden.'

'Waarom verhuisden ze?'

'Mijn overgrootmoeder kwam uit Amalfi. Na haar huwelijk kreeg ze heimwee, en in het noorden leed ze aan hooikoorts. De frisse zeelucht en het sap van citroenen deden haar goed. Samen breidden ze de citroenproductie van haar familie uit door veel van de citroentuinen die je nu ziet terrasgewijs aan te leggen. De boomgaarden, waar we gaan paardrijden, kwamen later.'

'En de chocoladefabriek?'

'Die verhuisde mee vanuit Piemonte. We hebben wel nog steeds een fabriek in Turijn.'

Celina streek met haar handen over de vacht van de honden. Zoveel had Lauro sinds haar aankomst nog niet tegen haar gezegd, en hoewel hij nog steeds een beetje stuurs keek, leek hij best vriendelijk. 'Wat is hier veel geschiedenis,' zei ze. 'Vierhonderd jaar geleden was Amerika niet meer dan een enorm, grotendeels niet-gekoloniseerd land. Niet gekoloniseerd door Europeanen, in elk geval.' Toen ze ophield wreef Bellina met haar kop langs Celina's schenen, smekend om meer aandacht. 'Ik zou graag meer van Italië zien zolang ik hier ben.'

Lauro was even stil. 'Je vertrekt nog steeds aan het einde van de zomer?'

Celina hoorde de spanning in zijn stem, en het licht in zijn ogen werd dof. 'Marco begint dan in groep een, en ik moet weer aan het werk.' Dat leek hem te kalmeren, en de schaduw verdween van zijn gezicht. 'Zullen we gaan?'

Lauro richtte zich op. Met een gebaar en een commando stuurde hij de honden op een drafje terug naar de stal.

Celina volgde hem naar het oude stenen gebouw, dat onderdak bood aan een tiental paarden. De geuren van hooi, leer en mest vermengden zich met die van de zee en bleven in de lucht hangen, waardoor het fris en aards rook in de stal. Een stalknecht controleerde het zadel op een glanzende kastanjebruine merrie, terwijl de andere paarden in aangrenzende boxen hinnikten.

'*Lei è docile*,' zei de stalknecht, en hij aaide de hals van het paard.

Lauro draaide zich naar haar toe. 'Ik wist niet hoe goed je kon rijden.'

Ze streek met een hand over de krachtige hals van de merrie omlaag en keek in haar nieuwsgierige ogen. Het paard spitste de oren. 'Zij is prima.'

Lauro hielp haar opstijgen, en ze reden weg. Achter Lauro aan zocht ze voorzichtig een weg over een steil pad dat zich uitstrekte naar de top van een heuvel.

'Vanaf de top heb je een mooi uitzicht,' zei Lauro over zijn schouder. Sinds ze de stallen hadden verlaten had hij amper nog iets tegen haar gezegd, hoewel hij de hele weg in het Italiaans tegen zijn paard had gemompeld.

Of misschien vervloekte hij haar wel binnensmonds.

Ze slaakte een zucht. Anders dan zijn ouders maakte hij overduidelijk dat hij haar aanwezigheid niet op prijs stelde.

Celina klakte met haar tong om haar paard aan te sporen. Boven aangekomen trok ze de teugels aan. Op dit uitkijkpunt had ze het gevoel dat ze op de top van de wereld stond. Ver onder hen smeet de zee zich tegen eeuwenoude rotsen aan, die in de loop der tijd glad waren geschuurd, terwijl aan de andere kant boomgaarden zich loom uitstrekten in de zomerzon.

Ze ademde de geur van citroenbloesem in, geïnspireerd door hoe hun citruszoetheid zich vermengde met frisse zeelucht. Met gesloten ogen liet ze het puntje van haar tong over haar lippen gaan, en ze proefde een lichte zoutigheid in de vochtige bries. Ze stelde zich voor hoe donkere, rijke chocolade met een frisse citroenvulling en bestrooid met grof zeezout zou smaken. Heerlijk, besloot ze.

Ineens besefte ze hoe erg ze haar werk in de keuken miste, omringd door de ingrediënten die ze gebruikte om chocoladefantasieën te creëren die een glimlach van verrukking op het gezicht van anderen toverden. Snel opende ze haar ogen, net op tijd om Lauro met een merkwaardig geïnteresseerde gezichtsuitdrukking naar haar te zien staren.

'Wat doe je?' Zijn stem had een scherp randje.

Ze betwijfelde of hij echt iets over haar te weten wilde komen, laat staan haar diepste gedachten. Woordeloos spoorde ze haar paard aan door te lopen om zijn directe blik te ontwijken. Met zijn gevoelsvermogen, dat varieerde van koud tot op zijn best lauwwarm, was hij beslist de irritantste man die ze ooit had ontmoet.

Haar paard bleef in de schaduw van een olijfboom staan. Slanke, zilverachtig groene bladeren ontsproten aan een oude, knoestige stam en boden schaduw aan een overvloed aan gladde groene olijven die aan de takken hingen.

Celina herinnerde zich iets wat Tony ooit had gezegd. Tony was kieskeurig geweest als het om olijfolie ging. Dat moest toch wel een veilig gespreksonderwerp zijn, al kon het haar zo langzamerhand niet meer schelen. Marco en zijn grootouders konden goed met elkaar opschieten, en dat was het enige wat belangrijk was voor haar.

'Maken jullie olijfolie hiervan?' vroeg ze.

'We verbouwen het grootste deel van het voedsel dat in de villa wordt gebruikt.' Lauro wees met een duim naar het perceel dat zich onder hen uitstrekte. 'Olijfolie, groente.' Hij draaide zich om in zijn zadel, gebaarde naar een andere schuur en voegde eraan toe: 'Ook eieren en melk. Fruitbomen daar. En daar: *nocciola*. Die gebruiken we in onze chocola.'

Ze glimlachte in zichzelf. Hij was in elk geval beleefd als hij over eten praatte.

'Hazelnoten. Jullie maken dus een pasta, *gianduja*,' zei Celina, verwijzend naar het mengsel van chocolade en hazelnoten waar Italië om bekendstond. 'Voor *gianduiotto*.'

'Ken je dat?'

Ze trok haar wenkbrauwen naar hem op. 'Ik ben ook chocolatier.' Dacht hij dat ze haar ambacht niet kende? Toch had ze nog nooit een echte hazelaar gezien, maar dat ging ze hem niet vertellen.

'Dat zeg je, ja.'

Daar had je het weer, de uitdaging in zijn stem. Ze trok de teugels aan en negeerde zijn opmerking.

'Zoals ik me herinner werd cacao tijdens het regentschap van Napoleon moeilijk te verkrijgen,' zei ze. 'Daarom maalde een ondernemende chocolatier in Turijn, Prochet genaamd, hazelnoten uit Langhe om zijn voorraad aan te vullen. In het midden van de negentiende eeuw maakte Caffarel gianduiotto. Al snel bleek die zo populair dat hij een kenmerk werd van de Italiaanse chocoladeproductie.' Lauro staarde haar zo verbaasd aan dat ze een voldane grijns niet kon weerstaan. 'Dus ja, ik heb ervan gehoord. Ik ga ze eens van dichterbij kijken.'

Een van zijn mondhoeken ging omhoog. Sommigen zouden het een glimlach noemen, maar zij wist onderhand wel beter.

Zonder te reageren klakte Lauro met zijn tong, en zijn paard begon te lopen.

Nieuwsgierig reed Celina in handgalop langs hem heen, want ze wilde de bomen heel graag bekijken. Een breed, groen bladerdak boog zich over meerdere stammen heen en filterde het zonlicht dat als feeën om hen heen danste op het pad. Ze bleef naast een boom stilstaan en reikte omhoog om een tak naar zich toe te buigen. Een schutblad van groene, gekartelde blaadjes omhulde de hazelnoten.

Terwijl ze de geuren van de natuur die haar omringde opsnoof, bleef ze staan. Ze vroeg zich af waarom haar man zo'n mooie plek had gemeden, waar zij acceptatie, een welkom en liefde had gevonden. Ze verschoof op haar zadel en tuurde achter zich. Nou ja, bij iedereen behalve Lauro.

Celina hoorde zijn paard achter haar draven. Ze draaide zich om en keek met een hand boven haar ogen naar de naburige heuvels met rijen wijnstokken die in keurige, sierlijke lijnen over opgehoopte aarde liepen. Was Lauro de reden waarom Tony was weggebleven? Haar paard maakte een hoofdbeweging. 'Wat weet jij, vriendinnetje?' mompelde ze tegen de merrie, die als antwoord alleen maar snoof. Ze streek met een hand over haar zijdezachte nek.

Lauro bracht zijn paard naast haar tot stilstand. Hij had een grote citroen met een rimpelige schil in zijn hand. 'Dit is een *sfusato amalfitano*. Ze zijn uniek voor ons gebied.' Hij haalde een zakmes tevoorschijn en sneed er een plak af, die hij aan haar gaf. 'Toe maar,' voegde hij eraan toe. 'Ze zijn zoet.'

Celina aarzelde. Nadat Lauro in het fruit beet, proefde ze er voorzichtig van. Ze was verrast; de vrucht was veel zoeter dan de citroenen die in Californië werden verbouwd. 'Lekker.' Ze at de rest in stukjes op.

Toen ze klaar waren, gooide Lauro de schillen terzijde en verschoof op zijn zadel. 'We moeten doorrijden. Je wil vast weg.'

Celina wierp hem een blik toe. 'Dat zijn jouw woorden, niet die van mij. Ik geniet van de rit en het uitzicht.'

Toen hij als reactie zijn schouders ophaalde, draaide Celina zich naar hem toe. Ze was zijn houding beu. Aangezien ze had besloten hier te blijven totdat Marco naar school moest, was het tijd om een einde te maken aan de spanning die tussen hen in hing. Ze tuitte haar lippen en hief haar kin naar hem. 'Je mag me niet, en dat geeft niet. Maar ik heb wel het recht te weten waarom.'

Lauro staarde haar aan alsof hij haar reactie wilde peilen, voordat hij iets zei.

'Nou?' Ze raakte geïrriteerd. 'Heeft het met Tony te maken?'

'Níno deed wat hij wilde,' kaatste Lauro terug. Hij wierp alle schijn van beleefd gedrag af. 'Vaak had hij een afwezige blik in zijn ogen, zelfs als kind al. Hij was er nooit helemaal bij, altijd in gedachten verzonken.'

'Dat was Tony. Zo ben ik niet.'

Lauro negeerde haar opmerking. 'Je hebt geen idee hoeveel verdriet het mijn moeder deed toen Nino Italië verliet en naar Amerika verhuisde. Hij koos ervoor zijn leven te leiden zoals hij dat wilde, maar wij leiden het onze. En ik hoef zijn… buitenissigheden niet te verwelkomen.'

'Een vrouw en kind zijn dus buitenissigheden in Italië?'

'Je weet wel wat ik bedoel. Jij bent een Amerikaanse.'

'Van Italiaanse afkomst.'

Geërgerd blies Lauro zijn adem uit.

'Is dat de reden waarom ik hier niet welkom ben? In het telegram dat je stuurde stond iets heel anders.' De wrok die ze tegenover Lauro voelde borrelde in haar op. 'Wat er ook tussen

Tony en jou speelde, ik had de plicht de familie van mijn man op de hoogte te stellen. Je ouders hebben ons beslist welkom geheten.'

Lauro boog zich naar voren. 'Wie heeft dat telegram gestuurd? Wie heeft jullie opgehaald van het treinstation? Ik heb alles gedaan om jullie welkom te heten.'

'Behalve aardig tegen me zijn. De weduwe van je enige broer.' Ze zweeg, want haar wrok en gekwetstheid veranderden in woede.

Lauro gooide een hand in de lucht, schudde die naar haar en barstte uit: 'Het voorstel in de villa te blijven was een beleefd gebaar van mijn ouders naar jou toe.' Zijn ogen fonkelden onder donkere, gefronste wenkbrauwen. 'Maar je hoort niet bij deze familie. Neem hun aanbod niet aan.'

Celina lachte. 'Is dat een dreigement?'

Lauro spreidde zijn handen en leunde achterover. 'Ik bedreig vrouwen niet.'

'Ik hoor misschien niet bij jouw familie, maar Tony's zoon wel.' Haar paard stapte achteruit, blijkbaar geagiteerd door hun woordenwisseling. 'Je moeder vertelde me dat ze Carmines gezicht al jaren niet meer zo heeft zien oplichten als wanneer hij bij Marco is.'

Hij liep rood aan van frustratie en spuugde op de grond. 'Dat is het nou juist. Wat nou als je je zoon gebruikt om bij mijn ouders te komen?'

'O nee. Waag het niet.' Met een ruk draaide ze haar paard naar hem toe en kwam dichterbij. 'Je gaat hun relatie niet bezoedelen. Het zoontje van je broer, dat net zijn vader is verloren en al maanden om hem rouwt, heeft recht op een relatie met zijn grootouders. Net als zij het recht hebben hun verdriet over hun zoon te verzachten en een deel van die liefde in hun hart over te dragen op zijn zoon. Als je dat niet leuk vindt, kun je maken dat je bij ons wegkomt.'

Heel even zag hij eruit alsof ze hem had geslagen. Hij mompelde: 'Gezegd als een echte Amerikáánse.' Zijn lippen krulden zich, alsof hij het woord zelf walgelijk vond. Hij stuurde zijn paard dichter naar haar toe, richtte zich op en keek haar boos aan. 'Wat wil je van ons? Steun voor je zoon? Voor jezelf? De chocoladefabriek? Misschien denk je wel dat je dit alles zult erven,' voegde hij er met een weids handgebaar aan toe.

'Helemaal niets.' Celina snoof in zijn gezicht, verontwaardigd dat hij zich zoiets ook maar in het hoofd haalde. De idiotie van de man. Lauro leek helemaal niet op Tony. Hoewel haar man misschien niet zo beschaafd was geweest als zijn broer, was zijn hart zo groot dat het uit elkaar was gespat van liefde. Hij was niet omgekomen bij het ongeval, maar door een hartaanval die hij net voor de klap had gekregen. Hoe dúrfde Tony's broertje haar van zoiets te beschuldigen. 'Dat kun je toch niet denken?'

'Ik kijk dwars door je heen,' mompelde Lauro, en hij schudde zijn hoofd. '*Non capisci una fava.*'

Celina hief haar kin naar hem. '*Tu sei una fava*,' kaatste ze terug. Hij was degene die niets wist.

'Niemand noemt mij dom.' Lauro greep de teugels van haar paard beet en trok ze met een ruk naar zich toe, waarbij hij zijn gezicht vlak bij dat van haar bracht.

'Bewijs dan dat je dat niet bent. Je kunt onmogelijk geloven dat ik daarom hier ben.' Hij was zo dichtbij dat ze zijn adem op haar lippen voelde. Ze was ontsteld bij het idee dat hij deze gedachten met zijn ouders had gedeeld. Ze keek hem met een mengeling van minachting en droefheid aan en hield zijn doordringende blik vast, die tot in haar ziel leek door te dringen.

In een flits gleed Lauro's hand om haar nek. Zijn lippen zweefden dicht bij die van haar en hun warme adem vermengde zich. Hij was zo dichtbij dat hij haar had kunnen kussen. In plaats daarvan beet hij op zijn lip om de emoties binnen te houden die door hem heen raasden. Zijn ogen werden donker en zijn gezicht drukte gekwelde lust uit, alsof hij zich tot haar aangetrokken voelde en zich daar hevig tegen verzette.

Met een kreet rukte ze zich los, en ze gaf hem een klap in zijn gezicht, waar zij net zo erg van schrok als hij. 'Waag het niet me ongepast te bejegenen.' Ze draaide haar paard met een ruk om en drukte haar benen tegen het lijf van het dier. Wat had hem bezield te denken dat hij het recht had haar zo vast te pakken? Tranen van boosheid brandden op haar wangen en vlogen onder het rijden in haar haar.

Terwijl haar paard snelheid kreeg, keek ze achterom en zag ze Lauro met gebogen hoofd voorzichtig over zijn gezicht wrijven.

9

Amalfi, 1939

'Misschien trouwen we in de lente,' zei Lauro tegen vrienden van zijn ouders. Hij keek de drukke salon rond, op zoek naar Isabella.

De familie Savoia was met haar beste vrienden samengekomen in de villa van zijn ouders voor het traditionele kerstavondfeest van de zeven vissen. Geurige aroma's van gebakken vis, schelpdieren en oesters kwamen uit de keuken. Na de hele dag te hebben gevast – de traditie tot na de nachtmis – was Lauro uitgehongerd.

'Wat een verrassing,' zei de vrouw van het echtpaar. 'Heb je haar een aanzoek gedaan?'

'Niet officieel,' bekende Lauro nerveus. 'Maar haar vader heeft me er zojuist toestemming voor gegeven.'

De grote salon was verlicht door flakkerende kaarsen, en van buiten klonk de betoverende harmonieuze doedelzakmuziek van de *zampognari*, de lokale herders. Lauro zag Isabella aan de overkant van de kamer staan met Adele. Ze fluisterden en lachten, vermoedelijk om een geheim of roddel. Toen hij haar blik opving, glimlachte ze hem stralend toe.

Lauro bracht zijn vingertoppen naar zijn lippen. Hij was nog nooit zo gelukkig geweest.

Zijn familie en die van Isabella waren net terug van de nachtmis in de kathedraal. Tot Lauro's enorme opluchting had Isabella's vader hem goedkeuring gegeven om haar een aanzoek te doen, al had hij Lauro wel ruim twee weken op zijn antwoord laten wachten.

Isabella's vader, Rocco Guardino, was een rijke, machtige industrieel. Zijn bedrijf legde wegen en bruggen aan door heel Italië. Hij was even bewonderd als gevreesd, vermoedde Lauro. Nadat hij Lauro deze ochtend vroeg in zijn reusachtige werkkamer had ontvangen, had hij hem laten beloven tot aan zijn dood voor Isabella te zorgen en haar te beschermen met zijn leven. Wat Lauro natuurlijk ook van plan was. Maar signore Guardino had tijdens hun ontmoeting niet één keer geglimlacht.

Lauro tastte naar de ring in zijn zak. Voor zijn gevoel droeg hij die al eeuwig bij zich. Maar nu was hij opgetogen. Isabella Guardino zou binnenkort zijn bruid zijn, als ze zijn officiële aanzoek accepteerde. Hij had er al naar gehint, en ze had koket terughoudend gereageerd. Maar voordat haar vader zijn definitieve goedkeuring gaf, moest ze hem nog een directe toezegging doen.

'Isabella is nogal temperamentvol,' zei de vriend van zijn vader, Lauro's aandacht opeisend. De man was in de veertig, ongeveer zijn vaders leeftijd.

Zijn vrouw voegde eraan toe: 'Misschien hebben jullie volgende kerst wel een kleine *bambino*.'

'Zo snel misschien niet.' Lauro nam een teug van de Franse champagne die signore Guardino in grote hoeveelheden had ingekocht voor deze speciale avond.

Zijn gezicht gloeide, en hij keek opnieuw naar Isabella, nauwelijks in staat zijn geluk te geloven. Alsof ze zijn blik voelde, draaide ze zich naar hem om. Haar levendige, vrolijke blauwe ogen ontmoetten de zijne, en haar door roodblonde haar omlijste wangen bloosden van opwinding. Ze blies hem een kushandje toe en liep heupwiegend op hem af, waarbij haar hulstrode rok wervelde om haar fraaie benen.

Lauro glimlachte toen het echtpaar verderliep. Baby's. Ze waren allebei jong, en hij wist niet of hij al klaar was om vader te worden, maar hij wilde wel een gezin. Alleen wilde hij Isabella nu nog voor zichzelf hebben.

Toen hij omkeek ontdekte hij zijn vader in een hoek van de kamer, in gesprek met die van Isabella. Hun ouders kenden elkaar zowel sociaal als zakelijk, want Cioccolata Savoia was de afgelopen twintig jaar een groot exportbedrijf geworden, en de rijkdom van de familie was meegegroeid. Eerst Duitsland en Oostenrijk, toen Engeland en Rusland. En in de toekomst Noord-Amerika.

Naarmate het bedrijf groeide, was ook het aantal moeders toegenomen dat hun dochters aan Lauro en Nino wilde voorstellen. Na de bruiloft zou dat tot het verleden behoren, in elk geval voor hem. Nino zou nog steeds met de koppelaarsters te stellen hebben. Tot dan toe had Nino een huwelijk vermeden, onder het mom dat hij meer tijd nodig had voor zijn universitaire studie dan Lauro. Nino was afgestudeerd in biologie, maar hij had besloten verder te willen met geneeskunde, dus werkte hij in het familiebedrijf tot het begin van het nieuwe studiejaar.

'Jij bent de oudere broer,' had Lauro afgelopen zomer tegen hem gezegd, zodra hij wist dat hij met Isabella wilde trouwen. 'Jij zou als eerste moeten trouwen.'

'Ik heb belangrijk werk te doen voordat ik een huwelijk aanga,' had Nino geantwoord, al sprak zijn gekwelde uitdrukking zijn woorden tegen. 'Weet je vriendin wie onze familie is?'

'Waarom zou ze dat niet weten?'

Nino schokschouderde. 'Ik wil een vrouw die met me trouwt om wie ik ben, niet vanwege mijn familie of onze bezittingen.'

Lauro begreep hem niet. 'Maar dat is wie we zijn.'

Nino schudde zijn hoofd. 'Jij misschien, broer.'

'Wat wil je daarmee zeggen?'

'Dat als je de vrouw van je dromen hebt gevonden en dat zeker weet, je haar niet moeten laten gaan. Bij ons is het huwelijk voorgoed.'

Lauro had vaak teruggedacht aan dat gesprek, maar het zei hem niets. Hij was eenentwintig, afgestudeerd en klaar om aan zijn volwassen leven te beginnen met een beeldschone vrouw aan zijn zijde. Hij zou samen met Isabella oud worden en nooit op haar uitgekeken raken zoals sommige mannen op hun echtgenotes. Die mannen waren getrouwd met totaal andere vrouwen dan Isabella.

Isabella's familie bezat een villa in het naburige Positano, en ook nog een landhuis in Rome. Alles wat Rocco Guardino deed was groots en bedoeld om indruk te maken, of te intimideren.

Oorspronkelijk had Lauro zijn aanzoek voor oudejaarsavond gepland, maar hij kon gewoon niet meer zo lang wachten. Isabella Guardino was de enige vrouw voor hem.

Hij begreep nog steeds niet hoe zo'n verrukkelijk wezen met hem zou willen trouwen, maar hij was als een blok voor haar gevallen vanaf hun eerste ontmoeting, een paar maanden geleden tijdens een zomerfeest in Positano. Isabella en haar nicht hadden aan de tafel naast hem gezeten.

Hij had haar de andere vrouw horen vertellen dat haar vriend in Rome het had uitgemaakt – wat hij onbegrijpelijk vond, want voor hem was Isabella een stralend licht in de duisternis, dat overal waar ze kwam mensen aantrok – en ze was er kapot van geweest.

De volgende dag had hij haar uitgenodigd om met hem en zijn vrienden naar Capri te zeilen, en binnen een week had hij geweten dat zij zijn toekomstige bruid was. Hij had zijn uiterste best gedaan om aarzelende glimlachjes aan haar gekwelde gezicht te ontlokken.

Zijn hart kromp ineen toen hij terugdacht aan hun stiekeme kussen op Capri, terwijl haar oudere broer – en chaperon – achter een meisje aan zat dat hij in een café had ontmoet. De wanhoop die hij bij hun eerste ontmoeting in haar ogen had gezien was algauw weggespoeld door de golven van de zee, en haar verrukkelijke lach had door de lucht geklaterd. Aan het einde van de week was hij opgetogen geweest dat hij een gelukkige uitdrukking op haar gebruinde gezicht had weten te toveren. Hoe had hij níét verliefd op haar kunnen worden?

Toen Isabella voor hem stond, wreef ze haar wang langs de zijne, waarop ze uitdagend haar ogen neersloeg en met het puntje van haar tong langs haar volle lippen likte. Hij sloeg een arm om haar middel.

'*Bella*,' fluisterde hij terwijl hij speels in haar heup kneep. 'Je bent een ongenadige flirt.'

'Wie flirt er?' Ze trok een pruillip en streelde zijn gladde kaak.

Lauro kreunde. 'Misschien moeten we de bruiloft vervroegen.'

Ze lachte. 'Je hebt me nog niet eens een aanzoek gedaan. Trouwens, het zou mama en papa een verkeerde indruk geven. *Pazienza, amore mio*.'

Lauro bracht haar hand naar zijn lippen en kuste die. 'Je vader maakt zich te veel zorgen.'

Isabella pakte een champagneglas van een dienblad waar een jonge man mee rondging en nam een slok, zonder haar blik van hem af te wenden. Met bruisende bubbeltjes op haar lippen gaf ze hem een vlugge kus en reikte hem het glas aan.

'Hm, champagnekussen.' Hij nam het kristallen glas van haar aan en vlijde zijn lippen tegen haar hals. Zijn geduld nam met de dag af. 'Denk aan het plezier dat we gaan hebben, liefste.'

Toen signore Guardino werd weggeroepen, voegde Lauro's vader zich bij hen. Carmine sloeg een arm om zijn zoon. 'Jullie zien eruit alsof jullie een geheim hebben.'

'Voor u nooit.' Lachend drukte Isabella haar wang tegen die van zijn vader.

Lauro kietelde haar. 'Vraag het mijn vader. Hij zal beamen dat ik niet de geduldigste in onze familie ben. En jij ook niet.' Ze lachten allebei, maar Lauro respecteerde haar wensen. Het laatste wat hij wilde was haar vader voor de bruiloft tegen zich in het harnas jagen.

'Nee, dat is je broer,' zei Carmine. Toen richtte hij zich tot Isabella. 'In onze familie is Lauro vermaard om zijn ongeduld.'

Lauro porde zijn vader in diens zij. 'Pap, verpest mijn kansen nou niet.'

Isabelle lachte klaterend. Ze pakte Lauro's hand en legde zijn arm om haar middel. 'Ik kan niet wachten om meer feestdagen samen door te brengen. Volgend jaar moeten jullie naar mijn ouders komen. Mijn vader nodigt altijd de beste chefkoks uit om een luxe gastronomische maaltijd te bereiden. Vorig jaar hadden we een officieel diner voor meer dan honderd mensen.'

Lauro merkte dat zijn vader niet op haar woorden inging. Hij wist hoeveel waarde zijn vader hechtte aan kerstavond, waarop alles om familie draaide. Later op de avond kwam er nog meer familie langs, sommigen bleven eten, anderen waren op weg naar andere familie en vrienden. Hij zag zijn jongere nichten en neven uitgelaten de clown uithangen en zoete *struffoli*-balletjes in elkaars mond stoppen. Hoe kon hij dit missen? Maar goed, daar zouden ze het na de bruiloft wel over hebben.

Vol verwachting keek Carmine het feestelijke gezelschap rond. 'Over je broer gesproken, ik hoorde iemand zeggen dat hij is aangekomen. Heb jij hem gezien?'

'Nog niet,' antwoordde Lauro. Sinds Nino vorig jaar voor zijn vervolgstudie was teruggekeerd naar Rome hadden ze hem weinig gezien. Lauro was al klaar met zijn studie. Nino werkte nog wel bij Cioccolata Savoia in Rome, waar hij hun chocolade aan de man bracht bij winkels, restaurants en hotels, terwijl Lauro in Napels was gebleven om in hun hoofdfabriek te werken.

'Wie is die mysterieuze broer van jou?' vroeg Isabella. 'Iedereen heeft het over hem, maar volgens mij is hij een spook.'

'Eerder een godheid,' zei Lauro. 'Altijd de populairste en de beste van de klas.' In zijn jongere jaren was Lauro soms jaloers geweest op Nino's talenten, maar nu hij niet langer in de schaduw van zijn broer stond had hij meer zelfvertrouwen en vaardigheden ontwikkeld. En nu zou hij zelfs eerder dan Nino trouwen. Het was het enige wat hij ooit sneller had bereikt dan zijn oudere broer.

'Ik heb twee getalenteerde zoons,' zei Carmine, die Isabella's hand pakte. 'Ben ik niet de gelukkigste man op aarde? Binnenkort hoop ik prachtige schoondochters te hebben, en weldra ook *bambini, no*?'

Isabelle knipperde gespeeld verlegen met haar wimpers, al was ze allesbehalve verlegen. Ze was de meest begeerlijke en hartstochtelijke vrouw die hij kende, en hij kreeg geen genoeg van haar bedwelmende parfum. Hij verlangde ernaar 's ochtends naast haar wakker te worden en zijn vingers door haar zijdezachte goudblonde haar te strijken. Ze bruiste van levenslust, en zelfs zonder haar aan te raken kon hij haar energie in de kamer voelen. Ze was als een ultrasterke radiozender, en hij was haar hulpeloze, gewillige ontvanger.

Ze had zich ooit beklaagd dat haar vorige vriend te serieus en stil was, al was ze er kapot van geweest toen hij het had uitgemaakt. Haar vader had geprobeerd een huwelijk voor haar te arrangeren, maar Isabella had zich verzet.

Lauro was een goede student geweest, maar hij had volkomen andere interesses dan Nino, waarmee hij niet bij de universiteit terechtkon. Hij wilde met nieuwe machines werken en contact leggen met detailhandels over de hele wereld, vooral in Amerika, waar je in korte tijd een fortuin kon maken. Hij zou hun chocolade wereldberoemd maken. Ooit zouden Isabella en zijn vader trots op hem zijn.

Lauro keek op en zag signore Guardino op hen afkomen. Vlug nam hij discreet afstand van Isabella, al hunkerde hij meteen naar de warmte van haar aanraking.

'Laat me niet los,' jammerde Isabella in protest. Ze trok hem weer tegen zich aan en nam een gulzige slok van zijn champagne.

'Isabella, je vader komt onze kant op,' zei hij zacht terwijl hij met pijn in zijn hart afstand probeerde te bewaren.

Grimassend pakte ze zijn champagneglas uit zijn hand. 'Hier, die drink ik wel voor je op.' Na een vlugge slok verborg ze het glas achter haar rug.

Het zweet brak Lauro uit, net als op de dag dat Isabella's vader hem had gesommeerd te komen praten over zijn verzoek om zijn dochters hand te mogen vragen.

Met een vlugge beweging liet ze haar hand over zijn rug glijden en kneep in zijn billen.

'Je wordt nog eens mijn dood,' fluisterde hij, terwijl hij zijn best moest doen zijn verraderlijke fysieke reactie te onderdrukken.

Signore Guardino begroette Lauro met kussen op zijn wangen. De oudere man rook naar knoflook en grappa en had champagne achterovergeslagen alsof het water was. 'Carmine, Lauro, vermaken jullie je?' De statige man straalde succes uit, van zijn goedverzorgde kapsel tot aan de gouden ring om zijn pink. Zijn zorgvuldig gecultiveerde gevaarlijke reputatie dwong eerbied af bij mensen. Signore Guardino richtte zich tot Lauro's vader. 'Je zoon vertelde me dat hij in je bedrijf werkt. Is hij je assistent?'

'Hij is het productieproces aan het leren,' antwoordde Carmine met onmiskenbare trots.

'Ik hoop dat je hem ook de kans zult geven zijn eigen baas te zijn.'

'Natuurlijk. Binnenkort krijgt hij de leiding over de chocoladefabriek hier en in Turijn,' antwoordde Carmine vlug, met een blik op Lauro.

Lauro knikte plechtig, al was dit nieuws voor hem. Nino was altijd de aangewezen opvolger bij Cioccolata Savoia geweest. Lauro vroeg zich af wat zijn vader van gedachten had doen veranderen.

Isabella's vader maakte zich lang. Hij was een halve kop groter dan Lauro. 'Als je gaat reizen, moet je Isabella meenemen. Ze wordt niet graag alleen gelaten.'

'Pap!' protesteerde Isabella. 'Je neemt al aan dat we gaan trouwen.'

Signore Guardino keek zijn dochter strak aan, en ze sloeg vlug haar ogen neer.

Lauro nam zijn woorden ter harte. 'Ja, meneer.' Tegen Isabella voegde hij eraan toe: 'We zullen veel reizen, amore mio.' Hij zag een zweem van trots op het gezicht van signore Guardino. Hij zou veel moeten doen om het respect van de man te verdienen, maar dit was een begin.

Hij zou beslist de leiding van de chocoladefabrieken overnemen, als zijn vader dat wilde. Lauro wilde dolgraag de export van Savoia-chocolade uitbreiden, iets wat signore Guardino vast zou begrijpen.

Lauro schraapte zijn keel. 'Ik wil onze export over de wereld uitbreiden,' zei hij gewaagd. 'De Verenigde Staten zijn een enorme markt, en onze chocolade is uniek, veel beter dan die van Hershey's. In de nabije toekomst zal ik naar New York gaan, en Macy's en Gimbles zullen vechten om onze chocolade. We zullen een fortuin verdienen.'

Isabella's vader pakte Lauro's gezicht tussen zijn handen en klapte op zijn wangen. 'Doe dat,' zei hij – wat eerder bevelend klonk dan aanmoedigend – voordat hij verderliep naar een andere gast.

Lauro wreef over zijn schrijnende wangen.

'Voor pap is dat een compliment.' Isabella liet haar hand in die van Lauro glijden en kuste zijn rode gezicht. 'Ik moet met Adele praten, voordat haar vriend aankomt.'

Hij was blij dat Isabella en Adele zulke goede vriendinnen waren geworden. 'Heeft Adele een vriend?'

'Werner Graf. Zijn familie komt uit Duitsland. Een paar jaar geleden hebben ze de oude Rosso-villa gekocht.' Isabella liep vlug naar Adele toe.

Hunkerend keek Lauro haar na.

Zijn vader schoot in de lach. 'Die blik van jou. Zo voelde ik me ook over je moeder toen ik haar ontmoette,' zei Carmine. 'En nog steeds.' Hij keek naar zijn vrouw, die stond te praten met Isabella's moeder, een breekbaar uitziende societyvrouw. 'Ze ziet eruit alsof ze wel een glas champagne kan gebruiken. Ik ben blij voor je, mijn zoon, maar onze vakanties zullen nooit meer saai zijn.'

'Niet dat ze dat ooit waren.'

Carmine keek op zijn horloge. 'Waar zou Nino blijven?'

'Ik ga hem wel zoeken, pap.' Lauro wurmde zich voorbij familieleden en goede vrienden en liep naar buiten.

Nino's elegante rode cabriolet, een Lancia Astura Spider, stond voor de deur geparkeerd. Lauro riep zijn broer.

Nino stapte uit de schaduw van een olijfboom vlak bij de klifrand. Hij had zijn handen in zijn zakken en leek diep in gedachten verzonken. De zeebries blies zijn haren uit zijn ernstige gezicht.

Ze omhelsden elkaar. Lauro had Nino al maanden niet gezien; Isabella en het dagelijkse werk met zijn vader hadden al zijn tijd opgeslokt.

'Fijn om je te zien, Nino.' Lauro kon zijn enthousiasme nauwelijks bedwingen. 'Heeft pap je over Isabella verteld?'

Nino knikte. Zijn gezicht stond bezorgd. 'Lauro, we moeten praten.'

'Later.' Hij gaf een stomp tegen Nino's arm. 'Pap zoekt je. Kom mee.' Ondanks Nino's protest trok hij zijn broer mee naar de villa.

Bij de voordeur zette Nino zich schrap. 'Nee, wacht.'

Lauro bestudeerde zijn broer. 'Zo te zien ben je al vroeg aan het feesten geslagen.'

'Dat is het niet, het is… Isabella.'

'Ze is beeldschoon. Ik kan niet wachten om je aan haar voor te stellen.'

Nino grimaste gekweld. 'Lauro, ik…'

De voordeur vloog open, en enkele jongere neven en nichten kwamen lachend en elkaar aanstotend naar buiten. Door de geopende deur kon Lauro Isabella zien praten met Adele. Hij trok Nino mee naar binnen.

Een van hun tantes omhelsde Nino, en andere familieleden volgden haar voorbeeld.

Isabella draaide zich om en liep op Lauro af. Hij strekte zijn hand naar haar uit. Achter hem maakte Nino zich los van hun ooms en tantes.

'Lauro, ik kan niet blijven…'

Hij greep Nino's arm. 'Maar je moet Isabella ontmoeten…'

'Dit is niet het moment…'

Toen Isabella twee stappen van hen verwijderd was, betrok haar gezicht. Haar vrolijke uitdrukking maakte plaats voor een verwarring, pijn en woede die Lauro nog nooit bij haar had gezien. Hoofdschuddend sloeg ze een hand voor haar mond, en haar ogen werden groot alsof ze een spook zag.

Wat mankeert haar, flitste door Lauro heen, net voordat hij haar hand pakte. Hij hield nog altijd zijn broers arm vast toen hij zei: 'Isabella, ik wil je voorstellen aan mijn broer, Nino.'

Met vragende ogen keek ze Nino aan. 'Riccardo?'

'Ik kan het uitleggen, *cara*,' begon Nino op gedempte toon terwijl hij zijn handen spreidde.

Cara. Op het moment dat Lauro zijn broer liefdevol dat kooswoord hoorde uitspreken, stortte zijn wereld in.

'Ik heb gewacht.' Isabella's knappe gezicht was vertrokken van verdriet. 'Je bent nooit gekomen.'

'Isabella?' bracht Lauro schor uit in de hoop dat ze hem weer in de armen zou vallen, maar ze rukte zich los. De gedachte aan Isabella met Nino was als een stomp in zijn maag die hem de adem benam.

Om hen heen viel iedereen stil, en de spanning was om te snijden. Isabella en Nino staarden elkaar strak aan.

Nino streek over zijn voorhoofd. 'Je bent beter af met Lauro.'

Als in een trance stapte Isabella op Nino af en legde een slanke hand tegen zijn wang. 'Ik hield van je,' fluisterde ze, haar andere hand om haar zachte buik leggend. 'We hebben samen… leven verwekt.'

Buiten zinnen gaf Lauro Nino een duw, in een wanhopige poging de band tussen de twee te verbreken.

Gemompel steeg op onder de familie en vrienden om hen heen. Lauro's nek gloeide van de giftige mengeling van schaamte en razernij die door zijn aderen joeg en hem van top tot teen verzengde. Verderop, achter Isabella, zag hij haar vader staan, wiens gezicht vertrokken was van nauwelijks verhulde woede.

Lauro twijfelde er niet aan dat signore Guardino Nino zou vermoorden. Isabella was zijn kostbaarste schat.

En ook die van Lauro.

Nino strekte een arm naar haar uit. Zijn smekende blik onthulde alles wat er tussen hen had bestaan. 'Ben je…'

Isabella schudde haar hoofd, maar alle pijn en verdriet die Lauro met zoveel moeite had weggekust stond opnieuw in haar gezicht gekerfd. Plotseling was ze weer zo kwetsbaar dat Lauro voelde dat ze er nooit meer overheen zou komen. Nino was te dichtbij.

Lauro duwde zijn broer opzij, maar Isabella en Nino bleven elkaar als aan de grond genageld aanstaren.

'Isabella, ik smeek je,' mompelde Lauro wanhopig. 'Laten we weggaan, nu meteen.' Als hij haar uit dit moment kon losscheuren, zou er misschien nog een weg terug zijn en zou alles weer als voorheen worden.

Maar hij had het mis. Isabella werd onweerstaanbaar naar Nino toe getrokken, alsof hij, Lauro, haar geliefde, niet meer bestond. Zijn wanhopig bonzende hart en gonzende oren overstemden al het andere geluid in de kamer – zelfs het melodieuze 'Astro del Ciel' – behalve dat van hen drieën.

'Riccardo…'

Lauro bezweek bijna onder zijn pijn. Zo hartstochtelijk had ze zijn naam nooit uitgesproken. Hij sloeg zijn armen om haar middel en drukte haar tegen zich aan, maar ze voelde ijskoud, als een dode, en bleef Nino aanstaren over zijn schouder.

Hij was haar kwijt.

Ze had nooit echt van hem gehouden, besefte Lauro met een schok. Niet zoals van Nino. En dat zou ze ook nooit doen. Kon hij daarmee leven? Hij moest het proberen…

'Isabella, ik hou nog steeds van je,' prevelde hij in haar sierlijke oor. Hij zou nooit van een andere vrouw kunnen houden.

'Ik kan het niet, Lauro…' Met betraande wangen rukte ze zich los. Haar voorhoofd parelde van het zweet, alsof ze ontwaakt was uit een nachtmerrie. Met een woedend gebaar naar Nino draaide ze zich om en stormde weg, haar vuurrode jurk wapperend achter haar aan.

10

Amalfi, 1953

De zon stond hoog aan de hemel, en Celina had haar dunne jas uitgetrokken om de warme stralen op haar schouders te voelen. Ze had een paar uur te paard de omgeving verkend in een poging Lauro's hinderlijke gedrag uit haar hoofd te zetten. Hij was beslist de meest onuitstaanbare man die ze kende. Hoe durfde hij te denken dat hij het recht had om haar zo intiem aan te raken? Ze liet haar merrie vertragen en keek rond naar het onbekende landschap.

Ze was er in volle galop vandoor gegaan, verblind door woede over Lauro's onverklaarbare gedrag en zijn beschuldigingen. De ene boomgaard had plaatsgemaakt voor steeds weer de volgende. Ze klopte op de hals van haar paard, woedend over zijn houding en haar eigen reactie. 'Waar zijn we, meisje?'

Ze stopte bij de beek die ze hadden gevolgd en leidde haar paard naar het kabbelende water. Aan de oever stapte ze af, en terwijl het paard dronk bekeek ze haar omgeving. Achter zich ontdekte ze een kleinere villa, omgeven door olijfbomen en weelderig bloeiende roze bougainvilles.

Ze spoelde haar handen af in het koele water en streek die over haar verhitte gezicht. Hoe had Lauro kunnen denken dat ze het goed zou vinden dat hij haar zou kussen? Al had hij zich op het allerlaatste moment ingehouden. Hij is gestoord, dacht ze.

De meeste mensen in Italië waren demonstratiever dan in de Verenigde Staten, had ze gemerkt. Tony was dat zeker geweest. Hier was het gebruikelijk om familie en vrienden op de wang te kussen. Haar moeder was aanhankelijk geweest, dus Celina was het gewend.

Maar een kus op de mond betekende nog altijd iets anders.

Tony. De laatste man die ze had gekust. Af en toe vroeg ze zich af of ze ooit nog een andere man zou hebben. Maar ze had geen haast. En voor haar zoon was het ook beter om de tijd te nemen. Op dit moment was ze alleen beter af. Huiverend door de koele beek sloeg ze haar armen om zichzelf heen.

Maar het is wel eenzaam, dacht ze.

Toen ze om zich heen keek, leken de bomen op haar af te komen. Eenzaamheid. Waar kwam die gedachte ineens vandaan? Ze plensde meermalen water in haar gezicht, alsof de kou alle herinneringen aan vandaag en de afgelopen zes maanden zou kunnen verjagen.

Plotseling hoorde ze takken achter zich ritselen. Ze schrok. Was Lauro haar gevolgd? Met een ruk draaide ze zich om, gespannen als een veer, en klaar om te vechten.

'Celina?' Met een verwonderde uitdrukking liep Adele op haar af. 'Wat doe jij hier?'

Celina lachte, opgelucht om Tony's nicht te zien. 'Volgens mij ben ik een beetje verdwaald.'

'Jij arme.' Adele omhelsde haar en drukte haar wang tegen die van Celina. 'Kom binnen. Ik heb net limonata gemaakt. Je ziet eruit alsof je moet uitrusten. En we gaan ook wat eten.'

Overmand door opluchting besefte Celina hoe hongerig ze was. Ze pakte het paard bij de teugel en liep met Adele mee.

'Je kunt je paard hier laten,' zei Adele terwijl ze de teugels overnam en aan een houten paal vastbond. 'Lauro heeft je in elk geval de makke merrie gegeven.' Ze aaide de hals van het dier, dat hinnikte ter begroeting.

Binnen leidde Adele haar naar de keuken, die was ingericht met een knus allegaartje van kookgerei, bloemen en boeken. Aan een rek boven een enorm fornuis hingen glanzende koperen pannen. Op het gas pruttelde een tomatensaus, een tomatenjus, verbeterde Celina zichzelf, net als Tony vroeger had gedaan. De geur deed haar terugdenken aan de eerste keer dat hij voor haar had gekookt.

'Ga zitten.' Adele gebaarde naar een tafel midden in het vertrek. 'Werner is naar de stad. Het is zo stil als hij weg is. Ik ben blij dat je er bent.'

Voorzichtig liet Celina zich op een versleten houten stoel zakken. Ze wreef over een pijnlijke spier in haar heup. 'Hoe ver ben ik van de Villa Savoia?'

Lachend schonk Adele limonade in grote gekoelde glazen die ze uit het vriesvak had gehaald. 'Met de auto is het niet zo ver, maar je hebt een flinke rit gemaakt.' Ze garneerde de glazen met takjes verse basilicum, zette ze op tafel en keek haar met een schuin hoofd aan. 'Het verbaast me dat je er alleen op uit bent gegaan.'

Celina voelde dat ze bloosde. Zou Adele haar geloven als ze haar vertelde over Lauro's ongepaste gedrag? De familie Savoia was inderdaad ingewikkelder dan ze had verwacht, en het laatste wat ze wilde was de relatie tussen haar zoon en zijn grootouders in gevaar brengen. Maar misschien wist Adele meer over de breuk tussen Tony en zijn familie. 'In eerste instantie was ik met Lauro.'

'Wat is er gebeurd? Heeft hij je achtergelaten?' vroeg Adele ontzet.

'Nee, ik was zo enthousiast de omgeving aan het verkennen

dat ik een pad in ben geslagen en hem ben kwijtgeraakt.' Het was gedeeltelijk waar, tenminste. Ze wilde Adele eerst beter leren kennen voordat ze kwaadsprak over haar neef, al verdiende die het. Adele en Lauro leken zo hecht als broer en zus. Hun moeders waren zussen, en de kinderen waren met elkaar opgegroeid.

'Ik snap niet dat hij je alleen heeft gelaten.'

'Ik heb hem weinig keus gegeven.' Dankbaar dronk Celina haar ijskoude limonade. 'Al geloof ik niet dat hij mijn gezelschap erg op prijs stelt.'

'Hoe kom je daarbij?'

'Hij daagt me voortdurend uit.'

Peinzend roerde Adele in haar limonata. 'Lauro heeft onder grote druk gestaan om Carmine en Sara te helpen bij de wederopbouw en uitbreiding van hun chocoladebedrijf. Ze voelen zich verantwoordelijk voor het creëren van banen voor onze gemeenschap, maar ze zijn zelf in de oorlog bijna alles kwijtgeraakt. Behalve hun land en vastberadenheid.' Haar gezicht klaarde op. 'Sara vertelde me dat je misschien blijft. Ik hoop het. Is het zo?'

'Sara en Carmine zijn zo gul geweest, maar als ik blijf, moet ik ook een baan vinden.'

'Je zou in de chocoladefabriek kunnen werken. Ik weet zeker dat Lauro je hulp kan gebruiken.'

Alles behalve dat, dacht Celina. Ze schudde haar hoofd. 'Eerlijk gezegd heb ik altijd mijn eigen chocolaterie willen beginnen. Ik heb wat spaargeld dat ik als startkapitaal kan gebruiken.' Ze had de winst van het huis apart gezet. Het was niet veel, en zeker niet genoeg voor een eigen winkel in San Francisco, maar met de huidige valutakoers zou haar geld in Italië misschien verder reiken.

Ze had zich voorgenomen niet aan haar spaargeld te komen, tenzij ze hun toekomst ermee zou kunnen garanderen. Haar werk in de bonbonwinkel in San Francisco had haar veel geleerd over hoe je een onderneming voert, en ze kende haar ambacht door en door. Beter voorbereid om haar eigen onderneming te beginnen kon ze niet zijn. Celina keek uit het raam naar de adembenemende weelderige natuur met de bergen op de achtergrond.

Waarom niet hier? Ze mocht best dromen hebben. Haar handen vouwend boog ze zich naar Adele toe. 'Weet jij een goede buurt voor een chocolaterie?'

'Wil je dan blijven?' Adele streek een donkere haarlok uit haar gezicht. Haar ogen schitterden opgetogen.

'Ik weet het niet. Misschien. Het is zo mooi hier.' Het idee begon vorm aan te nemen in haar hoofd.

'Er staat een ruimte leeg naast mijn modeboetiek in Amalfi, aan de Piazza del Duomo; de hoofdstraat vlak bij de kathedraal. Het zou geweldig zijn als je je daar zou vestigen.'

De Duomo. De prachtige Sant'Andrea-kathedraal in het centrum, bovenaan een zestig treden tellende trap vanaf het piazza. Celina was betoverd geweest door de Byzantijnse façade en het hoge interieur. Het was een perfecte locatie.

'Denk je dat die duur is?'

Adele schudde haar hoofd. 'Volgens mij niet. De winkel heeft een opknapbeurt nodig. O, Sara zou zo blij zijn als je bleef. Stel je voor wat Nino ervan zou hebben gevonden. Ik weet zeker dat hij het fijn zou hebben gevonden dat jij en zijn zoon hier zijn.'

Met een ruk keek Celina naar haar op. 'Echt waar?' Zelf betwijfelde ze het, maar Adele leek oprecht. Wist ze van het conflict tussen Tony en zijn familie? 'Hoe was Tony – Nino – toen jij hem kende?'

Adele kreeg een afwezige uitdrukking. 'Hij was zo'n goed mens.'

Celina knikte. 'Vond je hem anders?'

'Anders?' vroeg Adele.

'Dan Lauro en zijn ouders, bedoel ik.'

'Nino was altijd...' Adele zweeg, op zoek naar het juiste woord. 'Afwezig. Het verbaast me niet dat hij is vertrokken. Hij heeft de reislust geërfd van onze voorouders, die de wereld over zijn gevaren voor zijden en specerijen. Amalfi was eeuwen geleden een belangrijke havenstad.' Ze lachte zacht. 'Nino was dol op zeilen. O, we hebben zo'n plezier gehad, met de hele familie zeilend naar Capri, of skiënd in de Alpen.'

Terwijl Adele herinneringen aan hun kindertijd ophaalde, luisterde Celina stilletjes. Ze had niets van dat alles geweten. Tony had nooit over skiën of zeilen gepraat. Maar goed, hij had vaak last van zijn been gehad. Een granaatscherf, had hij gezegd. Daarom had hij nooit gedanst. Dus het was geen wonder dat hij het nooit over skiën had gehad. Waarschijnlijk had hij dat niet meer gekund. Bij de gedachte kromp haar hart ineen. Sinds ze in Italië was en meer over Tony's verleden had gehoord, besefte ze hoeveel hij achter zich had gelaten en hoeveel hij in de oorlog had meegemaakt. Het had hem gedwongen een ander mens te worden.

'Zeil jij?' vroeg Adele glimlachend.

Celina keerde terug naar het heden en nam een slok limonade. 'Nee, maar Tony keek graag naar de zeilboten in de baai van San Francisco. Op zondag gingen we vaak picknicken aan de kust.'

Adele keek verrast. 'Zeilde hij niet meer?'

'Hij was gewond geraakt aan zijn been. Zijn evenwicht was niet zo goed meer.' Zou dat een rol hebben gespeeld? Bij het zien van Adeles verwarde uitdrukking voegde Celina eraan toe: 'We hadden geen geld voor een zeilboot. We hadden gespaard voor een eigen huis, en na de koop hebben we veel geld geïnvesteerd om het naar onze zin te maken.'

Adele zuchtte. 'We hebben allemaal volwassen moeten worden.' Haar kin ondersteunend leunde ze met haar elleboog op tafel. 'Hij was een goed mens, maar dat weet je. Ik vind het zo erg voor je.'

Celina knipperde haar tranen weg. 'We hielden enorm veel van elkaar.'

Adele legde haar hand op die van Celina. 'We missen hem allemaal.'

'Wij ook.' Celina nam nog een slok en slikte hevig om de brok in haar keel weg te krijgen.

Ze keek naar Adele, wier donkere ogen vol medeleven stonden onder haar lange zwarte wimpers. Wat was ze een prachtige vrouw, dacht Celina, vanbinnen en vanbuiten. Ze moest uitvinden wat er hier met Tony was gebeurd. Anders kon het een schaduw op de relatie tussen Marco en zijn grootouders en andere familie blijven werpen.

'Adele, weet jij iets van een conflict tussen mijn man en zijn familie?'

Adele leek iets te willen zeggen. Toen bedacht ze zich en schudde ze haar hoofd. 'Doet het er nog toe?'

'Voor mijn zoon misschien wel.'

Adele sloeg haar ogen neer en overpeinsde Celina's woorden. Toen schudde ze opnieuw haar hoofd.

'Had het iets met Lauro te maken?'

Adele haalde diep adem. 'Celina, echt, dat is zo lang geleden.' Ze wilde opstaan uit haar stoel.

Celina greep haar hand. Adele wist iets, en Celina zou niet rusten totdat ze had uitgevonden wat.

'Sara en Carmine hadden Marco en mij niet hartelijker kunnen ontvangen, maar Lauro is een mysterie. Als moeder ben ik vooral bezorgd om mijn zoon. Dat begrijp je, toch?'

'Natuurlijk,' zei Adele zacht.

'Alles wat Tony – Nino – betrof, zou ook gevolgen voor mijn zoon kunnen hebben. Stel dat we hier zouden blijven, zou Marco het dan van iemand anders te horen krijgen? Zou het hem kwetsen? Als dat zo is, zeg het me dan alsjeblieft. Dan kan ik voorbereid zijn.'

Aarzelend kauwde Adele op haar onderlip.

'Mijn zoon heeft al genoeg tragedie in zijn leven gekend.'

Celina boog zich dichter naar Adele toe. 'En mij zul je er niet mee kwetsen. Niets kan meer pijn doen dan het verlies dat ik heb geleden.'

'Volgens mij ben je sterker dan je lijkt, hè?'

Celina knikte aanmoedigend.

Ongemakkelijk ging Adele verzitten. 'Het is zo lang geleden, maar volgens mij hebben Lauro en Nino elkaar nooit vergeven.'

Wat had Sara gezegd? Lauro rouwt nog steeds. Ze kneep in Adeles hand. 'Ging de ruzie over Isabella?'

Adele wendde haar blik af. 'Dan weet je het.'

'Sara heeft alleen haar naam genoemd.'

Terwijl ze Adele nerveus aan haar jurk zag frunniken, kwam er een zeer onwelkome vraag bij haar boven. Toch moest ze die stellen. Als ze zou blijven, moest ze weten waarom Lauro zich zo tegen haar gedroeg.

Celina ademde in, in een poging zich haar echtgenoot voor te stellen als jonge man, lang voordat ze elkaar hadden ontmoet. Tony, Lauro, Isabella…

Een gedachte drong zich op. 'Was mijn man verliefd op Isabella?'

11

Met haar hoofd in haar nek draaide Celina rond in de leegstaande winkel en staarde vol ontzag naar de caleidoscopische sterren op het hoge plafond boven zich. Geroerd door de handgeschilderde sterren stelde ze zich voor hoe leuk haar moeder deze plek zou hebben gevonden. Stella. Wat wilde ze graag dat zij dit kon zien. Om haar heen dansten stofdeeltjes op het rustige ritme van een betoverende adagio-melodie die uit het koffietentje ernaast binnen zweefde.

'Wat heeft hier gezeten?'

'Het meest recent een winkel voor babykleertjes,' zei Adele, die voorzichtig een ragfijn spinnenweb omzeilde dat zich van een kroonluchter naar een kledingrek uitstrekte. 'De laatste huurders, een jong stel, waren heel succesvol. Omdat dit pand te klein werd, zijn ze naar een grotere winkel verhuisd.' Ze duwde gordijnen open, zodat er zonlicht over de verlaten vitrines viel.

'Waarom is het zo lang gesloten geweest?'

'De verhuurder heeft geen haast met de verhuur en is kieskeurig. Dat kan hij zich permitteren. Maar ik heb een reservesleutel.'

Celina bukte zich om een bruine pluche beer te redden die vastzat onder een van de vitrines. 'Hallo, daar.' Ze stofte hem af en zette hem op een plank neer. Eerder die ochtend had Adele haar opgepikt bij de villa. Ze had zich er echt op verheugd haar het lege pand naast haar modeboetiek te laten zien. Sara had Celina gesmeekt Marco bij haar te laten, met de mededeling dat ze hem wat van zijn vaders oude speelgoed en spelletjes wilde laten zien.

'Interessant,' zei Celina. 'Maar ik heb een keuken nodig.'

'Er is er een beneden. Hoewel ik hem nog niet gezien heb, ben ik bang dat hij niet zo modern zal zijn als je in San Francisco gewend bent.'

'Wij hebben ook veel oude gebouwen, hoor.' Ze snoof de lucht op. Nou ja, misschien niet zo oud.

'Er moet hier flink schoongemaakt worden,' zei Adele, die een stofnies smoorde. 'Maar er lopen veel mensen langs deze plek.'

'De koffietent hiernaast... Is het daar druk?' La Maison de Chocolat in San Francisco lag dicht bij een populair restaurant, waarvan de winkel altijd veel aanloop had gekregen.

'Altijd. Met de dorpelingen en alle toeristen erbij moeten mensen vaak wachten op een tafeltje.'

Dat was bemoedigend, dacht Celina. Misschien kon ze zelfs wel chocolaatjes leveren aan het Grand Café. Terwijl ze rondliep, bleef haar hak achter een gebroken tegel haken.

Adele greep haar arm beet. 'Er moet hier ook wel het een en ander worden gerepareerd.'

'Hoe staat de verhuurder daar tegenover?'

'Het interesseert hem niet.' Adele haalde haar schouders op. 'Werner heeft al het werk voor me gedaan voordat ik hier introk, en hij doet het onderhoud voor me.'

'Ik moet me wel druk maken over de staat van het pand,'

zei Celina met gefronst voorhoofd. Ze mocht Adele, maar haar nieuwe vriendin had geen idee hoe het voor een vrouw in haar eentje was.

Pas na Tony's overlijden had Celina beseft hoezeer Tony haar had beschermd. Een paar weken na zijn dood had een van zijn werkvrienden aangeboden haar te helpen met reparaties in huis. Hij was zonder gereedschap bij haar aangekomen, maar wel met een maand aan wasgoed en een gezonde trek in avondeten, en in haar, ook al sliep Marco in de kamer ernaast toen hij haar aanrandde. Nadat ze had gedreigd de politie te bellen om te zorgen dat hij wegging, had hij hun vrienden verteld dat ze een slet was die hem aldoor bleef bellen. En dan was er de bejaarde huismeester van haar flatgebouw, die bleef volhouden dat ze wel eenzaam moest zijn. Ze had nooit opengedaan wanneer hij laat op de avond bij haar had aangeklopt. Nadat ze op een dag uit haar werk was gekomen, had ze haar keurige lingerielade in complete wanorde aangetroffen.

Celina klemde haar kaken op elkaar. 'Ik kan de schoonmaak en het verfwerk wel aan.' Ze tikte op de gebroken tegel. 'En het tegelwerk ook. Misschien zelfs de elektriciteit.'

'Mijn man kan wel wat vrienden aanbevelen om je te helpen.'

Ze wierp Adele een behoedzame blik toe. 'Dat zou erg helpen. Het mogen alleen geen versierders zijn.'

'Ik zal ze persoonlijk screenen.'

Celina wierp een blik omhoog op het sterrenplafond en stelde zich vitrinekasten voor vol hemelse chocolaatjes in de vorm van sterren en manen, zeeschelpen en dolfijnen, gerangschikt om haar truffels die bestrooid waren met zeezout en gevuld met het fruit uit de regio. Ze zou de vergulde kristallen kroonluchter poetsen, de tegelvloer boenen en misschien iets op de muren schilderen, een muurschildering van San Francisco of een weergave van de bergen die dit gebied omringden. Hoe vaak hadden Tony en zij niet naar de fonkelende sterren boven de baai gekeken?

'Het zou schitterend kunnen worden,' zei Celina.

'Hoe zou je het noemen?'

Celina hief haar blik naar het sterrenplafond. 'Mijn moeder heette Stella, dus Stella di Cioccolato.' Ze mijmerde over het idee en stelde zich haar moeders blije, liefdevolle omhelzing voor.

'Met die naam kun je veel doen. Ik zie chocoladesterren in je toekomst.'

Celina stelde zich een thema met glinsterende zilveren en gouden sterren voor, misschien tegen een diep donkerblauwe achtergrond. Of iets moderners, zoals zilveren sterren en roze stippen. In haar hoofd gonsde het van de duizelingwekkende mogelijkheden.

Haar blik viel op een trap achter een laag muurtje. 'Kom, dan gaan we de keuken bekijken.'

De stenen trap was heel solide, gebouwd om de tijd te weerstaan. Beneden knipte Adele de lichten aan.

Hoewel alles was bedekt met een dikke laag stof, was alle apparatuur aanwezig. Kookplaat, ovens, aanrecht en werkbladen. De apparatuur was oud, maar bruikbaar. Er was ook ruimte voor de gespecialiseerde apparatuur die ze nodig zou hebben. Hoge ramen zouden licht binnenlaten, zodra ze de planken had verwijderd waarmee ze nu waren afgedekt. Ze zou hier veel tijd doorbrengen. Ze zou een bel aan de deur moeten maken of extra hulp moeten inhuren voor in de winkel, net als bij La Maison de Chocolat. Ze vroeg zich af wat hier de gangbare lonen waren.

'Wat vind je ervan?' Adele leek nog enthousiaster dan zijzelf.

Celina kon nauwelijks geloven dat ze dit echt overwoog. 'Ik denk dat het wel volstaat.'

Ze liepen de trap op. Net toen ze de lichten uit knipten, kwam er een stel langs dat stopte en door de open deur naar binnen keek. Ze herkenden Adele en begonnen lachend en gebarend in rap Italiaans een gesprek.

Celina glimlachte en knikte, maar kon het gesprek op een paar woorden na amper volgen. Ze kreeg een knoop in haar maag. Ze verstond de taal niet goed en snapte de gebruiken hier ook niet helemaal.

Was het een krankzinnig idee om in Italië een chocoladeboetiek te openen?

Absoluut.

Toch zouden Tony's ouders het geweldig vinden als Marco en zij zouden blijven, ook al zou Lauro altijd een probleem zijn. Omdat haar herinneringen aan Tony niet spoorden met die van zijn broer had Lauro besloten dat ze een bedrieger was, waarbij hij over het hoofd zag dat mensen door oorlog en de tijd veranderden.

Wat had ze in San Francisco nou helemaal te verliezen? Lizzie hengelde naar een hoofdrol op Broadway of misschien in films in Hollywood, en Marge wilde zich graag ooit terugtrekken op het platteland. Celina was nog maar dertig. Had ze niet het recht haar leven opnieuw op te bouwen?

Misschien was het wel tijd voor wat krankzinnigheid.

Ze streek met haar handen over sierlijke wijnranken en lieve cherubijntjes in het pleisterreliëf op de muren, ongetwijfeld achtergelaten door een andere huurder en bedekt met lagen verf. Ze vroeg zich af hoeveel winkels er in dit oude gebouw hadden gezeten, hoeveel ondernemers hun passie kunstzinnig hadden uitgedrukt en hun bedrijf hier hadden opgebouwd.

Wat voor kwaad kon het te dromen? Het was verleidelijk.

Meer dan wat dan ook hunkerde Celina er tot in het diepst van haar ziel naar ergens bij te horen met haar zoon. Een thuis te hebben. Het was haar opgevallen dat mensen die familie hadden die vaak voor vanzelfsprekend namen, alsof ze er in het heldere ochtendlicht altijd zouden zijn. Net als zij ooit had gedaan. Beseften anderen wat hun aan de verre kant van middernacht wel eens kon wachten? En als ze dat wisten, kozen ze dan bewust voor het leven? Sommigen misschien wel.

Zij móést wel.

Alleen daardoor was het haar het afgelopen halfjaar gelukt elke ochtend op te staan. En nu lag er een glorieuze, schitterende tweede kans binnen handbereik.

Adele stak een hand naar haar uit. 'Ik wil je aan mijn vrienden voorstellen.'

Hoewel ze niet dezelfde taal spraken, had Adele hun verteld over haar mogelijke plannen.

'Cioccolato,' zei het stel, en ze wisselden een opgetogen blik.

Chocola was een universele taal.

Adele en haar vrienden kusten elkaar op de wangen, en Celina volgde hun voorbeeld. 'Ciao, ciao,' zei ze.

'Ze vinden het leuk om je te leren kennen en hopen dat je blijft,' zei Adele als vertaling van het gesprek.

Voor het eerst in vele maanden voelde Celina dat verlangen haar wanhoop verdrong. Ze vroeg zich af hoelang het zou duren tot ze vloeiend Italiaans zou spreken. Misschien zouden mensen haar haar knullige pogingen wel vergeven. Ze glimlachte in zichzelf. Zo niet, dan zouden ze haar chocola mislopen.

'Kom, dan laten we dit stof achter ons,' zei Adele.

Nadat ze het pand hadden afgesloten, liepen ze naar Adeles boetiek. Langs de wanden hingen handgemaakte jurken met wijde rokken en wespentailles, lichtgewicht truien met kokerrokken en kleurige badmode.

Omringd door kleur – tinten marineblauw, zonnig geel en pioenroze – voelde Celina zich opgemonterd. Ze dacht aan Lizzie en Marge en stelde zich voor hoeveel plezier ze hier zouden hebben.

Adele bekeek Celina's stemmige grijze rok en witte blouse. 'Als je dan toch een nieuw leven uitprobeert, kun je je er net zo goed naar kleden.' Ze pakte een koraalrode linnen zomerjurk en bijpassende geweven sandalen. 'Die zijn zo ongeveer jouw maat. Probeer ze aan.' Ze leidde haar naar achteren en schoof in een hoek gordijnen opzij om een kleedkamer te onthullen.

De bel aan de deur klingelde: een klant. 'Een momentje. Maar ik wil zien hoe die jurk je staat.' Adele trok het gordijn dicht en snelde weg.

Celina trok haar kleren uit. Het linnen voelde koel aan op haar huid, en de rok viel soepel over haar heupen en wervelde om haar kuiten. De koraalrode kleur lichtte haar gezicht op, en de jurk was absoluut een verbetering op wat ze eerder aanhad. Lizzie zou hem beslist goedkeuren. Toen ze had geschreven dat ze de onderhuurders in haar flat een contractverlenging aanbood, hadden die het aanbod enthousiast aangenomen. Kon ze dat leven echt zo makkelijk opgeven?

Misschien wel. Celina zette een paar passen achteruit en keek aandachtig naar de nieuwe kleding aan haar lijf en wat die vertegenwoordigde.

Een ander leven lag sprankelend voor haar – als ze ervoor koos het te accepteren, te omarmen en voor zich op te eisen. Welke uiterlijke kenmerken van het leven om haar heen ook veranderden, ze was oud genoeg om te weten dat ze vanbinnen hetzelfde bleef, alleen misschien wat wijzer was geworden. Maar ze kon niet ontkennen hoe mooi haar omgeving hier was, en hoe warm en goedkeurend het grootste deel van Tony's familie. Ze was ook te oud om perfectie te verwachten. Ze gooide haar haar over haar schouder en duwde het gordijn opzij om voor een grotere spiegel te gaan staan, zodat ze het volle effect kon zien.

'Prachtig,' zei Adele, en ze klapte in haar handen.

Celina keek op om via de spiegel Adeles blik te vangen, maar achter haar stond Lauro, die haar zwijgend in zich opnam. Met een ruk draaide ze zich om. Na het incident tijdens het paardrijden was het haar gelukt hem te ontlopen, en Adele en Werner waren zo aardig geweest haar later naar de villa van de Savoia's terug te brengen. Celina hief haar kin en maakte zich op voor een confrontatie.

Adele wendde zich tot hem. 'Wat vind jij, Lauro?'

In Lauro's berouwvolle ogen was een rauwe kwetsbaarheid te zien. Wat zag hij in haar? En toen herinnerde ze zich wat Sara had verteld, dat ze op Isabella leek.

Was dat wie hij zag?

'Ze ziet er... mooi uit,' zei hij, duidelijk van de wijs.

Een klant gebaarde naar Adele. '*Scusi*,' zei ze, en ze snelde weg om de vrouw te helpen.

Het laatste wat Celina wilde was een herhaling van het paardrij-incident.

Lauro keek haar via de spiegel in de ogen. 'Ik moet je mijn excuses aanbieden.'

Ze had nooit gedacht die woorden ooit te horen. Ze wierp een blik over haar schouder. 'Het kan me niet schelen wat je vindt dat je moet doen, maar inderdaad, excuses zijn hier wel op zijn plek.'

Er trok een rode kleur naar Lauro's hals, en hij verplaatste zijn gewicht van zijn ene naar zijn andere voet. Ze had hem een ongemakkelijk gevoel bezorgd, mooi. Net als hij haar het gevoel had gegeven dat ze was aangerand. Hij leek helemaal niet op zijn broer. Met haar handen op haar heupen draaide ze zich naar hem toe.

Lauro liep een stukje naar haar toe en staarde haar aan. Door de hitte van zijn blik voelde ze haar huid opvlammen. Hij bleef voor haar staan. 'Ik had niks kwaads in de zin.' Hij keek haar zo onderzoekend aan dat het voelde alsof hij in haar ziel kon kijken.

'Wat je deed... dat was niet juist. Tony was je broer.'

Dat erkende Lauro met een lichte hoofdknik. 'Het spijt me echt,' zei hij met diepere stem. 'Maar ik was betoverd door je aanwezigheid. Je ziel straalt van binnenuit en verlicht alles om je heen. Je kunt het me niet kwalijk nemen dat ik in je schoonheid ben getuimeld.'

Haar lippen weken uiteen om hem te berispen; er kwam alleen geen geluid naar buiten. Wie praatte er nu zo? Niemand die ze kende, en weinig mensen die ze ooit had ontmoet. Waar was de norse man gebleven die ze had leren kennen? Ze wist hoe ze met die Lauro moest omgaan. Maar met deze? Met een dichter? Helemaal niet. Ze had het gevoel dat de Poolster was verschoven en de aarde onder haar voeten was gekanteld. Er sijpelde een vreemd licht door een scheur in haar zorgvuldig beschermde wereld.

'Je haat me,' zei ze, zich vastklampend aan de vertrouwde status quo.

Hij rimpelde bezorgd zijn voorhoofd en trok een verrast gezicht. 'Ik had misschien mijn bedenkingen...'

'Dat lijkt er meer op.' Om hem weg te wuiven begon ze zich om te draaien.

'Wacht.' Hij liet snel een hand over haar onderarm glijden. 'Ik... had het mis.'

Bij die aanraking gingen haar nekharen overeind staan, maar ze kon zich er niet toe zetten zijn hand af te schudden. Roerloos bleef ze staan, als gehypnotiseerd. Ze voelde een energie die haar vervulde met een merkwaardig intens gevoel dat haar net zo aantrok als afkeer inboezemde.

Waarom had hij dit effect op haar? Ze was zijn houding tegenover haar gaan verachten. Ze wapende zich mentaal en keek hem in de ogen; vragende poelen van pijn en aanbidding waarin licht glinsterde. Hij ademde moeizaam, en zijn volle lippen trilden van een nauwelijks beheerste passie.

Celina bevochtigde haar plotseling droge lippen. 'Je moet me verzekeren dat...'

'Dat gaat niet,' onderbrak hij haar. 'Maar ik zal het proberen.'

Waarom greep teleurstelling haar ineens naar de borst? Gevoelens die sinds Tony's dood lang begraven waren geweest, schoten naar het oppervlak op zoek naar zonlicht. Ze onderdrukte ze wanhopig en probeerde het oppervlak van haar emoties glad te strijken, emoties die nu rafelig waren door de scheuren in het weefsel van haar bewustzijn. Ze wilde niet dat ze zich ineens zo bewust was van Lauro.

Het zou alles ingewikkeld maken.

Ze deed een stap achteruit om zichzelf te dwingen uit de betoverde ruimte te stappen waarin ze gevangen waren geraakt. De lucht om hen heen leek geladen door een vreemde elektriciteit. Ze voelde zich dronken door het besef dat ze zich aangetrokken voelde tot Lauro. Nee, dat niet. Ze strompelde naar achteren en slaakte een kreet.

Lauro ving haar op voordat ze kon vallen.

Het gevoel van zijn gespierde armen om haar heen benam haar de adem en was bijna meer dan ze kon verdragen.

Waarom reageerde ze in 's hemelsnaam zo op hem?

'Ik... moet me omkleden,' mompelde ze, terwijl ze zich uit zijn armen draaide en het dunne gordijn om zich heen dichttrok. Ze liet de koraalrode schouderbandjes van haar schouders glijden en sidderde van de vreemde, onwillekeurige gevoelens die haar hadden overweldigd. Met haar rug tegen de bakstenen muur probeerde ze haar evenwicht te herwinnen.

Na een paar ogenblikken trok ze haar eenvoudige, stevige kleding weer aan en putte troost uit de vaste vertrouwdheid die haar omhulde en haar scheidde van de krankzinnige droom die heel even in haar hoofd was gekropen. Ze bukte zich om in de oude spiegel te kijken. Haar gezicht was roze en haar haar zat wild. Ze streek met haar handen over haar wangen en haar om de tekenen die haar gevoelens verraadden te beteugelen.

Daarna schoof ze het gordijn opzij.

Lauro was verdwenen.

Godzijdank. Na de verhitte verbinding die ze hadden gedeeld voelde de lucht koel aan op haar huid, en toch kroop er weer een leegte haar hart in. Het is beter zo, zei ze bestraffend tegen zichzelf. Dit is echt.

Toch liet ze in de eenzame uren voor zonsopgang soms haar

hand nog over het laken glijden in de hoop Tony er aan te treffen. Nadat ze wakker werd en besefte dat ze alleen was, daalde een zwaar gevoel neer in haar ziel. Dat was ze gaan verwachten, en ze accepteerde het nu. Het was te vroeg om hem in haar hart te vervangen.

Vooral door Lauro.

Ze zag Adele voor in de winkel staan, waar ze een pakketje nieuwe kleren inpakte die haar klant had uitgekozen. Met de schoenen in haar hand en de koraalrode jurk over haar arm liep ze naar haar nieuwe vriendin toe.

De klant vertrok, en Adele draaide zich naar haar toe. 'Lauro zei dat hij weg moest.'

Celina haalde nonchalant haar schouders op en reikte haar de jurk aan. 'Dank je wel dat ik mocht kijken hoe hij me staat. Ik denk niet dat hij echt mijn stijl is.'

Adele pakte de jurk van haar armen en vouwde hem op. 'Dat heb je mis. Het is precies je stijl voor hier.' Ze was even stil. 'Lauro vond dat hij je leuk stond.'

'Wat hij ervan vindt kan me niet schelen.' Nog terwijl ze hem verloochende, verzamelde hitte zich in haar borst. Ze voelde zich onbehaaglijk.

'Echt niet?' Adele schoof de opgevouwen jurk in een tas, die ze aan Celina gaf. 'Ik sta erop. Dit is mijn geschenk aan jou. Een nieuwe jurk voor een nieuwe vrouw.'

Celina aarzelde. Omdat ze niet onbeleefd wilde overkomen, nam ze hem aan. 'Dank je, maar ik ben niet veranderd,' zei ze, nog steeds geschokt door wat er met Lauro was voorgevallen.

'O nee? Misschien is het wel tijd om te veranderen.' Adeles gezichtsuitdrukking verzachtte door mededogen. 'Ik wil niet bot klinken, maar jij bent niet degene die is overleden.' Met een kingebaar naar de deur voegde ze eraan toe: 'Zelfs als jongen was Nino al serieus, leergierig, vurig. Hij kon nooit op één plek blijven. Maar goed, dat weet je. Lauro was de verantwoordelijke broer, die één vrouw trouw bleef. Hoewel ze in hun jeugd bijna elkaars spiegelbeeld waren, eindigde het daar. Lauro is heel anders. Verwar ze niet met elkaar.'

Elkaars spiegelbeeld? Zelfs zonder zijn littekens had Tony helemaal niet op Lauro geleken. 'Ik zie geen enkele gelijkenis.'

'Tussen Lauro en Nino? Ze liépen zelfs op dezelfde manier.' Verrast trok Adele een wenkbrauw op. 'Op een afstand kon ik ze nooit van elkaar onderscheiden. En het verbaast me niet dat hij je leuk vindt.' Ze sloeg haar ogen even neer en wierp Celina toen een empathische blik toe. 'Ik zou het je echt niet kwalijk nemen.'

'Je hebt het mis.' Celina was geschokt door wat Adele impliceerde. Ze perste haar lippen stijf op elkaar. 'Lauro mag me niet.'

Adeles mondhoeken gingen omhoog. 'Ik ken mijn neef.'

Celina voelde zich verward en wilde graag van onderwerp veranderen. Toch moest ze op de een of andere manier verklaren wat de verschillen tussen de broers waren, al was het alleen voor zichzelf. 'Tony had heel veel littekens... Vooral lichamelijk, maar ook emotioneel. Hij was veranderd. Hij was anders.'

'Zijn littekens...' Adele knipperde met haar ogen bij dat besef en drukte een hand tegen haar mond. 'Sorry. Sara vertelde me dat hij uiterlijk inderdaad was veranderd.'

'Hij heeft veel plastische chirurgie ondergaan,' zei Celina zacht. Meer dan ze tot nog toe had beseft. Dat moest de verklaring zijn. Anders zou haar hele bezoek zinloos zijn. Ze schudde haar hoofd om de verontrustende gedachte te verdrijven.

'Lauro lijkt erg op hoe Nino er vroeger uitzag. Het is een goede man.' Adeles gezichtsuitdrukking verzachtte. 'Je moet weten dat hij ook veel heeft meegemaakt.'

'In de oorlog?'

'Eigenlijk leek dat zijn toevlucht te zijn. Nee, daarvoor. Met Isabella.'

Ze zou niet nieuwsgierig moeten zijn, maar om de een of

andere reden tuimelden de woorden naar buiten. 'Wat is er gebeurd?'

'Het ligt... ingewikkeld.' Adele keek op haar horloge. 'Ik moet gaan. Ik vertel het je later wel.'

Waarom zou het haar kunnen schelen wat Lauro's verhaal was? Celina schudde haar hoofd om de mist weg te krijgen en ook als reactie op Adele. Er kon niets goeds voortkomen uit dat soort nieuwsgierigheid of gedachten.

In alle ernst boog Adele zich over de toonbank. 'Ik zag Lauro's reactie. En ik zag de wilde blik in jouw ogen toen je te paard bij mijn huis aankwam. Dezelfde blik als je nu in je ogen hebt.'

'Het is niet wat je denkt.' Of wel? Ze ving een blik van zichzelf op in de spiegel. Haar haar zat warrig en ze leek confuus. Geen wonder dat Adele zo'n aanname deed.

'Accepteer liefde waar je haar kunt vinden,' zei Adele. 'Die vinden we niet genoeg in dit leven.'

'Dat kan niet.' Celina rilde. Ze kon zich niet voorstellen wat zijn ouders zouden denken als ze vermoedden dat er iets tussen hen speelde.

En dat was natuurlijk niet zo.

Bij die gedachte zwol een hol gevoel op in haar hart.

Ze zou met hem praten, besloot ze, om een mogelijk misverstand recht te zetten. Ze rechtte haar schouders.

Ja, dat was precies wat ze zou doen. Zo snel mogelijk.

12

Celina kwam erachter dat een typische zomeravond in Amalfi inhield dat je onder een sterrenhemel op het terras dineerde, met onder je de zee die bulderend opera-opnamen begeleidde. Vanavond werd er een opname van tenor Enrique Caruso's *Vesti la Giubba* uit *Pagliacci* van Leoncavallo gedraaid. De plaat was zo vaak op de platenspeler afgespeeld dat de krassen onderdeel van de muziek waren geworden, wat niets afdeed aan het verbluffende optreden.

'Er zal nooit een tweede Caruso komen,' zei Carmine na afloop van het lied, toen er een zware stilte in de zwoele lucht hing.

Celina nipte van haar rode wijn en genoot van de aardse tonen. Ze probeerde haar ogen niet op Lauro te laten rusten, wiens blik verontrustend was. 'Ik zag ooit Mario Lanza in een film *The Great Caruso*. Hij is ongelooflijk getalenteerd.'

'En knap,' zei Sara, die haar gezicht koelte toewuifde.

'Hij is niet slecht,' zei Carmine, die geïrriteerd snoof. 'Maar hij is geen Caruso.'

Sara maakte een wegwuifgebaar. 'Toch vind ik hem grandioos.'

Celina begon gewend te raken aan het vriendschappelijke gekibbel tussen de twee. Misschien bleven ze daardoor na zoveel jaren in elkaar geïnteresseerd. 'Caruso bezocht San Francisco, maar nadat hij de grote aardbeving van 1906 had overleefd, nam hij zich plechtig voor nooit meer terug te gaan.'

'De avond daarvoor,' begon Carmine met zijn blik op de verte gericht, 'verscheen Caruso in het Mission Opera House, waar hij de rol van Don José uit *Carmen* van Bizet zong. En je hebt gelijk, hij is nooit teruggegaan, God hebbe zijn ziel. Had je hem maar kunnen zien, Celina.' Hij kuste zijn vingers om zijn woorden kracht bij te zetten.

Celina glimlachte naar haar schoonvader. Carmine en Sara hadden gezorgd dat Marco en zij zich thuis voelden, en ze kreeg het gevoel dat ze deel uitmaakten van de familie. Starend naar de flakkerende kaarsen op de rustieke tafel voor zich ademde ze de frisse zeewind in. Een van de schouderbandjes van de koraalrode zomerjurk die Adele had gegeven gleed van haar schouder, en ze schoof hem snel weer op zijn plek.

Lauro volgde haar beweging, wendde snel zijn blik af en pakte de wijnfles. 'Wil je nog wat?'

'Een beetje.'

Hij schonk een scheut wijn in haar glas. 'Vind je de wijn lekker?'

'Ja.' Ze keek hem achteloos aan en hij keek haar recht in de ogen. 'Hij smaakt wat rokerig. Wat is het?'

'Taurasi, nog een van onze regionale wijnen uit Campanië. Hij wordt gemaakt van onze Aglianico-druiven en vermengd met wat Sangiovese, *sanguis Jovis*, het bloed van Jupiter in het Latijn.' Hij bracht het glas naar zijn neus om het aroma op te snuiven en keek haar ondertussen aan. 'Welke chocola zou je hierbij serveren?'

Met haar tong tegen haar onderlip dacht Celina na. ‘Hm, pure chocolade… met een lichte smaak van rokerige lapsang souchon.’

‘Chinese thee?’ Geïntrigeerd boog Lauro zich naar haar toe.

‘We hebben veel Chinese theesoorten en kruiden in San Francisco,’ zei ze. ‘Ik experimenteer graag met verschillende smaken.’

‘Misschien kun je die hier introduceren,’ zei Sara met een vragende blik in hun richting.

Toen Celina niet reageerde, ging Sara door.

‘Adele vertelde me over je idee een cioccolateria te beginnen.’ Sara gaf een mandje versgebakken olijfbrood aan haar door. ‘Dat klinkt spannend. Lauro vindt het vast niet erg je te helpen met de inkoop van de chocola voor je bonbons.’

Lauro trok een wenkbrauw naar haar op. ‘Ben je van plan hier te blijven?’

‘Dat overweeg ik, ja,’ zei Celina, die zich afvroeg waarom Sara Lauro aanmoedigde. ‘Maar ik red het wel in mijn eentje, hoor. Ik zal de eigenaar van de chocolaterie waar ik in San Francisco heb gewerkt aanschrijven. Hij kan me vast naar leveranciers verwijzen. En ik ben van plan de bonen zelf te branden.’ Ze kon ook kant-en-klare chocola kopen, die door patisseriechefs en de meeste chocolatiers werd gebruikt, maar ze wilde experimenteren met verschillende brandsels.

Celina scheurde een stukje van het brood af en doopte het in olijfolie voor Marco, die met smaak wisselde tussen antipasti van mozzarella, prosciutto, linguini met basilicumpesto en fijne sperziebonen. Voor hun komst hier had ze hem nog nooit zo van eten zien genieten. Hij was ook de hele dag actief, speelde met Adeles kinderen of liep achter Sara aan, wanneer ze elke ochtend de tuinen verzorgde. Hij vond het leuk te helpen om verse groente te oogsten en fruit uit de boomgaard te plukken.

‘Onzin,’ zei Carmine. ‘Het is voor Lauro geen moeite om te helpen.’

‘Ik kan via onze leverancier wel Trinitario voor je regelen,’ zei Lauro.

‘Mijn voorkeur gaat uit naar de zachte smaak van Criollo of Porcelana.’ Ze hield van de Venezolaanse chocola, die ook haar moeders favoriet was geweest. Hij ging goed samen met viooltjes en bergamot; beide zachte smaken, waarmee ze de luchtigste lekkernijen maakte. Voor het grootste deel van haar werk was het dé uitgelezen chocola.

Ze kon Lauro’s gezicht, dat ernstig stond, niet lezen. Ze dacht na over wat Adele in de boetiek over Tony had gezegd. Serieus, leergierig, vurig. Dat was eerder een omschrijving van Lauro dan van Tony. Had haar man ooit soms meer op Lauro geleken? Zo ja, dan moest wat hem was overkomen diepe sporen hebben achtergelaten. Hoewel veel teruggekeerde veteranen zich geïsoleerd hadden gevoeld of hadden geworsteld met nachtmerries, had Tony zijn demonen overwonnen en zich ontwikkeld tot een sociale persoonlijkheid.

Carmine en Sara deelden een vluchtige blik.

‘Zullen wij anders morgen op Marco passen,’ zei Sara. ‘Dan kun jij met Lauro onze chocoladefabriek bezoeken.’ Ze wierp een blik op Lauro alsof ze wilde zeggen: punt uit! ‘Ik sta erop.’

Aan Sara’s toon hoorde Celina dat nee zeggen geen optie was. Laura had dat vast ook gevoeld, want hij kreeg een kleur, maar zei niets.

Marco trok aan haar mouw. ‘Een chocoladefabriek? Mama, ik wil ook mee.’

Sara en Carmine keken elkaar perplex aan. Celina merkte dat ze perfect leken te communiceren in een stille taal van blikken en aanrakingen, net als Tony en zij hadden gedaan.

Carmine woelde met zijn hand door Marco’s haar. ‘Dan gaan we met z’n allen.’

Stralend keek de jongen zijn opa aan. Celina kon niets zeggen. Nu ze de zonneklare aantrekkingskracht en ontluikende liefde tussen Marco en zijn grootouders zag, woog de beslissing die ze binnenkort zou moeten maken nog zwaarder. De zomerweken waren omgevlogen.

Na het eten excuseerde Celina zich. 'Ik heb een verrassing als toetje.' Ze snelde naar de keuken, waar ze een bak verse aardbeien die ze had laten weken in sinaasappellikeur had besprenkeld met pure chocolade. Nadat ze de aardbeien op een schaal had gerangschikt, liep ze terug naar de tafel.

'Ik dacht dat jullie deze wel lekker zouden vinden.' Celina serveerde iedereen rond de tafel een sappige rode aardbei. 'En een speciale voor mijn grote jongen, zonder likeur.'

'Ze zien er hemels uit, en zo ruiken ze ook.' Sara's gezicht lichtte even op van verrukking, voordat ze haar wenkbrauwen licht fronste. 'Mag Marco aardbeien hebben?'

'Jazeker,' antwoordde Celina lachend. 'Hij is er dol op, net als zijn vader. In de zomer maakten ze samen altijd aardbeienijs. Ik moest snel zijn als ik er iets van wilde hebben.'

Marco grijnsde en begon met smaak aan zijn toetje.

'Wat een mooie herinnering.' Er verscheen een bedachtzame, melancholieke blik in Sara's ogen.

Celina keek haar aan en vroeg zich af wat er in haar omging. Herinneringen aan verstreken zomers, misschien. Ze vroeg er niet naar.

Sara schudde haar hoofd en richtte haar aandacht weer op Marco, die de grote aardbei verslond. 'Marco, je bent bevoorrecht dat je ijs kunt maken. We kunnen deze week wel wat aardbeien uit de tuin plukken.' Sara bracht een stukje aardbei naar haar lippen en proefde het. 'Hemels.'

'De chocola heeft een goede smaak,' merkte Carmine op.

Lauro, die tegenover Celina zat, knikte. 'Voortreffelijk.'

'Ik ben blij dat jullie het allemaal lekker vinden.' Celina glimlachte bescheiden. Een nieuw gevoel van opwinding over wat de toekomst in petto zou kunnen hebben, borrelde in haar op.

Toen het gesprek zich richtte op plannen voor het huwelijk van een nicht zag Celina Marco een gaap onderdrukken. Ze excuseerde zich om hem naar bed te kunnen brengen.

Nadat ze Marco had geholpen zijn pyjama aan te trekken en zijn tanden te poetsen, stopte ze hem in.

Terwijl zijn ogen dichtvielen, riep hij uit: 'Waar is Rocky?'

Celina keek onder zijn deken en onder het bed. Gelukkig lag het altijd grijnzende aapje daar. Ze viste hem onder het bed vandaan en stopte hem in naast Marco. Met een voldane zucht en engelachtige glimlach sloeg hij zijn arm om Rocky en sloot zijn ogen.

Terwijl ze zacht zijn rug streelde, bleef ze een paar minuten over hem waken om er zeker van te zijn dat hij in slaap was. Sinds hun aankomst hier sliep hij veel beter dan in San Francisco. Hij was vaak geagiteerd geweest wanneer ze hem bij mevrouw Jackson had opgehaald, en hoewel ze hem wel vroeg wat er mis was, wilde hij het haar nooit vertellen. En wanneer ze het mevrouw Jackson vroeg, haalde de oudere vrouw alleen haar schouders op en zei dat ze geen idee had wat Celina bedoelde. Celina nam aan dat Marco nog steeds om zijn vader rouwde, net als zij.

Toen Marco verschoof en iets mompelde, begon Celina zacht een slaapliedje te neuriën. Ondertussen bedacht ze hoeveel geluk ze hadden dat Tony's familie hen accepteerde.

Ze dacht na over de tijd die ze hier hadden doorgebracht en was blij dat ze had besloten te komen. Marco had een relatie met zijn grootouders, neefjes en nichtjes opgebouwd. Zelfs als er verder nooit iets uit dit bezoek zou voortkomen – al hoopte ze van wel – zou ze blij zijn dat ze Marco had geholpen de familie te ontdekken die zij hem nooit zou kunnen geven.

Sara, Carmine, Adele en Werner zagen haar ook als familie. Zelfs Lauro was bijgedraaid. Mijn nieuwe familie, dacht ze, en haar hart zwol van emotie. Hoewel de omstandigheden rond hun komst op zijn minst ongewoon genoemd konden worden, was het een grote troost voor haar dat ze Marco en haar welkom hadden geheten. Mijn familie. Glimlachend in zichzelf liet ze de woorden zwijgend over haar tong rollen.

Marco's ademhaling werd rustig, en Celina stopte de lichte zomerdeken om zijn lijfje. Ze bukte zich en kuste hem op zijn wang. 'Ik hou van je, moedige jongen van me.' Op haar tenen liep ze de kamer uit, en ze deed de deur voorzichtig dicht.

Zoals vaak de gewoonte was, had ze geleerd, eindigde het diner tegen middernacht. Twee van Carmines broers die ze nog niet had ontmoet kwamen langs, en ze lachten met elkaar en wisselden verhalen uit. Sara had erop gestaan dat Matilde naar bed ging, dus hielp Celina Sara de borden afruimen en ze naar de keuken brengen.

'Je toetje was heerlijk,' zei Sara.

'Dank je. Aardbeien besprenkeld met chocola waren ook een van Tony's lievelingstoetjes.'

'O ja?' Sara leek haar woorden zorgvuldig te kiezen. 'Lieverd, in families is wat er niet wordt gezegd vaak belangrijker dan wat er wel wordt gezegd.'

Celina zette de borden die ze droeg voorzichtig op het betegelde aanrecht. 'Ik kan je niet volgen...'

'Nee, misschien niet.' Sara fronste haar voorhoofd en bracht haar handen naar Celina's schouders. 'Wat er ook gebeurt, ik wil je op het hart drukken dat ik van Marco en jou hou en hoop dat je ons altijd zult beschouwen als je familie.'

'Toen ik Marco instopte, dacht ik hetzelfde.' Celina glimlachte. 'Alleen: wat bedoel je met "wat er ook gebeurt"?'

'Laat maar.' Sara gaf Celina een stevige knuffel. 'Je hebt me het kostbaarste geschenk gegeven: een kleinzoon. We hebben grootse plannen voor Marco, Celina. Je hoeft je nooit zorgen te maken over een universitaire opleiding voor hem of wat dan ook.'

Verrast door haar gulheid ging Celina een stukje achteruit. 'Dat waardeer ik, maar daarvoor zijn we niet hier. Ik zou willen dat Tony eerder contact met jullie had opgenomen. Daar voel ik me erg schuldig over. Ik denk vaak aan alle tijd met elkaar die we zijn misgelopen.'

Sara wuifde met een hand. 'Dat kan me niet schelen. Zien hoe Carmines ogen oplichten wanneer hij Marco ziet en weten dat hij hem heeft geaccepteerd als het kind van onze Antonino is me meer waard dan je je ooit kunt voorstellen. De ziel van mijn man is nieuwe kracht ingeblazen, en die van mij ook. Dat hadden we nodig, Celina. Dus zoals je ziet: we krijgen allemaal wat we willen.'

Celina kon niet helemaal volgen wat Sara bedoelde. 'Ik wilde alleen dat jullie je kleinzoon leerden kennen, en dat Marco jullie zou ontmoeten. Verder verwacht ik echt niets.'

'Natuurlijk niet, lieverd. Het is maar dat we elkaar begrijpen.' Sara gaf haar een klopje op haar wang. 'Wat de reden ook is, ik ben blij dat je bent gekomen, en je mag blijven zo lang als je wil. Voor altijd, hoop ik.' Sara omhelsde haar weer.

Toen Celina later die avond terugliep naar haar slaapkamer dacht ze na over het vreemde gesprek, de ondertonen en wat Sara bedoeld zou kunnen hebben. *Wat er ook gebeurt… beschouw ons altijd als je familie.*

Ja, wat kon er gebeuren? Celina kon zich niet voorstellen waarom ze die avond had uitgekozen voor dat vreemde gesprek.

Ze was te moe om er nog verder over na te denken. Dit was vast weer een of ander familiegeheim van de Savoia's. Zou ze ze ooit allemaal in elkaar kunnen passen?

13

De volgende dag reden Carmine en Sara Celina en Marco naar het hoofdkantoor van Cioccolata Savoia, de centrale fabriek in Napels, waar Lauro werkte. Ze genoot ervan te zien hoe de ochtendzon op de zee schitterde en de bergen verlichtte die om hen heen oprezen.

'Het oude paleis van de Bourbons is ruim tweehonderd jaar geleden gebouwd,' vertelde Carmine toen ze langs een enorm, stoffig, roodbruinkleurig gebouw reden dat werd gerenoveerd. Het twee verdiepingen tellende gebouw, omringd door palmbomen en geflankeerd door parkachtig terrein, had rijen smalle ramen en leek zich eindeloos uit te strekken. 'Het wordt herbestemd tot kunstmuseum van wereldklasse, waar Italiaanse kunst en het fijne porselein dat wij produceren zullen worden tentoongesteld. Er is een hele ruimte ingericht met porselein.'

Celina had vol bewondering het prachtige, sierlijk beschilderde Capodimonte-porselein bij hen thuis bekeken, lampen, theepotten met kopjes en koffieketels.

‘Er zou er ook een gewijd moeten zijn aan chocola,’ zei Sara lachend. ‘De Savoia’s hebben jarenlang chocola geleverd aan de koninklijke familie. Daarom ligt de fabriek vlakbij.’

Carmine reed langs het oude paleis en stopte voor een soortgelijk maar kleiner gebouw dat was genesteld tussen palmbomen. In plaats van een onopvallend bakstenen gebouw was dit een paleisje dat zo in de chicste buurt van San Francisco had kunnen staan. Een zeebries verkoelde het verhoogde gebied, en arbeiders die pauze hadden hingen ontspannen rond en lachten onder de zonnige hemel. Het authentieke gebouw – twee verdiepingen tellend en gelegen op een groen, glooiend terrein bezaaid met karmozijnrode bougainville en weelderige, roze-met-blauw bloeiende hortensia’s – leek in niets op de fabrieken in San Francisco.

Terwijl Carmine de auto langzaam tot stilstand bracht voor een breed stenen portiek snelde een man in keurig pak de voortrap af om hen te begroeten. Hij hielp Sara uit de auto terwijl Celina uitstapte en even op de treeplank bleef staan om de schoonheid van het terrein en het gebouw in zich op te nemen. De man haastte zich om haar zijn hand aan te bieden. Ze stapte omlaag.

‘Signora,’ zei de man, en hij begroette Celina met warmte. ‘Buongiorno. Ik ben Alberto. We hebben ons voorbereid op uw bezoek.’ Hij kuste Sara’s wangen respectvol en boog zich toen naar Celina toe om haar op dezelfde manier te begroeten.

Ineens aarzelde Alberto en knipperde hij met zijn ogen.

Hij herstelde zich en zei: ‘Signora’, waarna hij wat onhandig zijn wang tegen die van haar drukte.

‘Buongiorno,’ zei Celina, die zich afvroeg wat er ineens met hem aan de hand was.

Carmine nam Alberto terzijde en fluisterde iets tegen hem. De man knikte en snelde weg.

Celina draaide zich naar Sara toe. ‘Wat was dat?’

‘Niets.’ Sara leek zich ongemakkelijk te voelen.

‘Blijkbaar deed ik iets verkeerd. Ik ken nog niet alle gebruiken.’

‘Nee, nee, nee,’ zei Sara. ‘Je kwam hem gewoon… bekend voor. Isabella is zijn nichtje.’

Isabella. Alweer. De geesten van voorbije relaties bleven hier in Italië leven.

Sara liep snel naar Carmine toe om even met hem te praten.

Celina sloot haar ogen en ademde in. Uit het gebouw zweefde de rijke geur van chocola, samen met de geuren van vanille, fruit, noten en specerijen, die samenkwamen in een aroma dat ze meteen herkende. Ze was er dol op. Dit was de geur van haar kindertijd, van haar moeders keuken wanneer ze uit school kwam, van haar eerste baan bij La Maison de Chocolat, van de kunst waarin ze helemaal opging, voor liefde, vreugde, afzondering en genezing. Ze glimlachte bij de herkenning en opende haar ogen.

Ze wist natuurlijk wel dat de chocolaatjes van Savoia buiten Italië werden verkocht, maar dit bedrijf was veel groter dan ze zich had voorgesteld. Geen wonder dat Lauro zijn twijfels had over wat ze beweerde. De familie had veel te verliezen.

Een misselijkmakende gedachte trof haar. Hadden andere vrouwen eerder hetzelfde beweerd? Hoewel Tony toen nog leefde, zou niemand hier dat geweten hebben. Of had Tony toch contact gehouden met iemand hier? Misschien met een ver familielid of een vriend… Ze moest meer te weten zien te komen.

Knipperend met haar ogen trok ze zichzelf weer het heden in, en ze hielp Marco uit de auto. Ze wendde zich tot Carmine. ‘Dit is een lange rit om elke dag naar je werk te maken.’

‘Ik meld me één keer per week,’ zei Carmine. ‘Dit is nu Lauro’s domein. En het is maar een van onze bedrijven. We hebben ook nog een fabriek waar olijfolie en ander Italiaans basisvoedsel worden geproduceerd. Voor Italië en voor de export.’ Aarzelend voegde hij er op zachte toon aan toe: ‘Ons plan was altijd dat Nino de fabbrica di cioccolato zou runnen.’

'Dat was alleen niet wat Nino wilde,' kwam Sara tussenbeide; een zachte berisping richting haar man.

'Misschien zou hij ooit van gedachten zijn veranderd.' Carmine trok een schouder op en liet hem weer zakken. 'We distribueren trouwens veel voedingswaren naar Noord-Amerika.' Zijn ogen lichtten op. 'Als je ooit boodschappen hebt gedaan bij de Italiaanse kruideniers in San Francisco, moet je onze merken gezien hebben.'

'Nino heeft ze vast wel eens meegenomen naar huis,' zei Sara. 'Hij was dol op de abrikozen- en vijgenconfiture. Die worden gemaakt volgens het recept van de overgrootmoeder van mijn man. Verschillende generaties van onze familie hebben van dat recept genoten.'

'En de volgende doet dat ook.' Carmine wreef over Marco's schouder.

In verlegenheid gebracht glimlachte Celina naar Marco. Tony had daar nooit een woord over gezegd. Hij had nooit ook maar één chocolaatje van Cioccolata Savoia mee naar huis genomen. Waarom niet?

Met zijn familie naast zich nam ze de pastorale oase omgeven door de drukke stad Napels in zich op. Opnieuw vroeg ze zich af wat er was gebeurd dat zo afschuwelijk was dat hij zijn vroegere leven met zoveel precisie had weggesneden.

Dat niet alleen, hij leek bijna alles aan zichzelf te hebben veranderd of onderdrukt, van de talen die hij sprak en de interesses die hij had tot het eten waarvan hij ooit had gehouden.

Wat er ook was gebeurd, het had een diepe kloof in zijn psyche geslagen. Misschien had hij ook hersenschade opgelopen.

Ze keek op en zag dat Carmine en Sara haar vol vriendelijke, hoopvolle verwachting aankeken; een zwijgende aansporing om een verhaal met hen te delen over hoe Tony zo ver van huis van hun culinaire specialiteiten was blijven genieten en zijn familie nooit was vergeten. Ook al had hij zijn vrouw en zoon het verhaal over zijn familie nooit verteld, misschien had hij toch genoten van het recept van zijn voorouder, een gekoesterde smaak van thuis die hij met hen had gedeeld. Maar ze kon niet liegen. Langzaam haalde ze adem.

'Na zijn verwondingen...'

'Mam, kijk eens!' Marco rende weg over het gazon en maakte onbeheerst radslagen, totdat hij met een harde plof op zijn rug belandde. Roerloos bleef hij op het gras liggen.

Geschrokken rende Celina naar hem toe. Bij hem aangekomen zag ze dat hij naar adem hapte, maar gelukkig niet gewond was. Ze nam hem in haar armen en omhelsde hem.

'Zag je dat?' zei Marco met een grijns. Maria en Gino hadden hem leren tuimelen en radslagen maken.

'Natuurlijk, gekkie.' Celina kuste zijn wang en veegde het gras van zijn kleren, zonder acht te slaan op haar witte katoenen handschoenen. Een tikkeltje buiten adem en vooral opgelucht leidde ze hem de trap weer op, met zijn hand stevig in die van haar.

'Blijf bij ons, jongen,' zei Carmine. 'Je zult veel zoete lekkernijen te zien krijgen die je niet mag aanraken, maar als je je goed gedraagt, heb ik na de rondleiding een speciale doos chocolaatjes voor je.'

Carmine bood Sara zijn arm, en ze liet een gehandschoende hand in de kromming van zijn elleboog glijden. 'Daar hebben we Lauro.'

Celina hield een gebogen hand boven haar ogen tegen de zon. Lauro stond bovenaan de grote stenen trap naar hen te kijken. Hij was gekleed zoals op de eerste dag dat ze hem had gezien, in een elegant donker pak dat op zijn brede bovenlichaam en lange benen was toegesneden. Er trok weer een warm gevoel door haar heen, dat ze probeerde te negeren. Lieve help, dit was de broer van haar man. Wat dacht ze nou helemaal?

Dat was het nu juist. Ze dacht niet na. Dit gevoel kwam voort uit een of andere oerkern in haar, diep vanbinnen. Ze tuitte haar lippen en onderdrukte het. Nee, het kón gewoon niet.

Celina liep met Marco aan de hand de trap op. Toen ze bijna boven was, huppelde Marco de laatste paar treden op, waardoor Celina uit haar evenwicht werd gebracht.

'O,' riep ze, en ze wankelde achteruit. De katoenen jurk die Lizzie haar had gegeven, ving de bries, fladderde omhoog en ontblootte haar dijen.

In een flits stond Lauro naast haar. Met zijn ene arm brak hij haar val, en met de andere tilde hij Marco op.

'Gaat het?' vroeg hij, terwijl hij de opwaaiende rok van haar jurk gladstreek over haar knieën.

Celine voelde dat ze bloosde. Haar gezicht was vast net zo rood als de klaprozen op haar jurk. Zijn attente gebaar verraste haar.

'Met Marco is ook alles goed. Of niet, vriend?' Lauro zette de jongen neer en sloeg een arm om zijn schouder.

'Dank je.' Dat was het enige wat ze kon uitbrengen zonder zichzelf nog meer voor gek te zetten. Door de kracht van Lauro's arm om haar heen bleef ze overeind. Bij de gedachte aan Lizzie met haar toneelopleiding en wat zij in deze situatie zou hebben gedaan, moest ze glimlachen.

'Mooie jurk,' zei Lauro. 'Staat je goed.'

'Dank je.' Was dat het enige wat ze kon bedenken om te zeggen? 'Ik heb hem van een vriendin gekregen. Een actrice. Ik bedoel: niet dat hij echt van haar was, het was een kledingstuk uit het theater, uit San Francisco. De avond dat ik mijn koffer pakte. Ze kwam naar me toe en dacht dat hij misschien wel...' Lieve hemel, waarom ben ik zo aan het bazelen? Iedereen staarde naar hen.

Een sprank van een glimlach verscheen op Lauro's gezicht. 'Ik vind die uit Adeles boetiek ook mooi.' Hij liet haar los en bukte zich totdat hij op dezelfde hoogte was als Marco. 'Klaar voor de rondleiding, kleine man?'

'Ik ben niet klein,' zei Marco verontwaardigd. 'Ik ben zes. Ik ben nu een grote jongen.'

'Dat is waar,' zei Lauro bedachtzaam. 'En ik heb gezien hoe goed je voor je moeder zorgt.'

Stralend keek Marco naar hem op, blij dat Lauro zijn waarde erkende. Terwijl ze naar hen keek leek het alsof haar keel werd dichtgeknepen. Tony zei altijd hetzelfde tegen hem. Wat dat soort dingen betrof leken broers vast op elkaar.

Broers. Ze rechtte haar rug en zei nog een keer tegen zichzelf dat dit Tony's broer was. Marco's oom. Familie.

'Ik kan niet wachten om binnen te kijken.' Ze toverde een glimlach op haar gezicht om de vreemde nervositeit te verhullen die haar telkens leek te kwellen wanneer ze bij Lauro in de buurt was. Had hij in Adeles boetiek maar niet zo, nou ja, welsprekend uitgedrukt hoe hij over haar dacht. 'Je ziel straalt van binnenuit en verlicht alles om je heen. Je kunt het me niet kwalijk nemen dat ik in je schoonheid ben getuimeld.' Niet dat ze met opzet had onthouden wat hij had gezegd; zulke mooie woorden waren nu eenmaal moeilijk te vergeten.

Sara kwam achter haar staan en raakte haar elleboog aan. 'Ik denk dat je veel zult zien wat je bevalt,' zei ze. 'Kom met me mee.'

Lauro, die Marco's hand vasthield, opende de deur voor hen.

Celina liep naar binnen. De heerlijke geur die ze buiten had geroken werd sterker, en voor het eerst sinds haar aankomst had ze het gevoel dat ze thuis was. Ze kon haar moeders geruststellende aanwezigheid bijna voelen.

Lauro liep voorop en vertelde over hun procedé en specialiteiten. Marco leek hevig geïnteresseerd, maar slechts een fractie van wat er over Lauro's mooie, volle lippen kwam drong tot haar brein door. Het melodieuze geluid van zijn rijke bariton en zijn nabijheid vonden de meeste weerklank bij haar.

Toen ze een ruimte in liepen, hing de geur van geroosterde

noten in de lucht. Celina ademde in. 'Hazelnoten. Jullie maken gianduiotto.'

'Het is een van onze belangrijkste producten,' zei Lauro met trots. Hij draaide zich naar Marco toe. 'De brander staat daar, maar wees voorzichtig, hij is heet. Honderdtwintig graden.'

Marco ging op verkenning.

Lauro ging voor hem staan. 'Dat is graden Celsius, Marco. Héél heet in Fahrenheit.'

De jongen deed rap een pas achteruit en huiverde. Lachend woelde Lauro met zijn hand door zijn haar en ging door.

'Dan pletten we de geroosterde noten en voegen suiker, melk en cacao toe. Zo krijg je een pasta, gianduja, die we mengen met cacaoboter.'

Carmine zei: 'Elk jaar breiden we ons machinepark uit om het proces verder te mechaniseren. Dit is het snelst groeiende deel van het bedrijf.'

Een assistent hield hen een bord met gianduiotto voor. Nadat ze haar handschoenen uit had gedaan en in haar handtas had gestopt, nam ze een beetje voor zichzelf en haar zoon.

'Heerlijk,' zei ze, de smaak bewonderend.

In een andere ruimte streek een vrouw met een brede spatel over een groot plateau met ganache van pure chocola om de zijdezachte substantie met sierlijke, deskundige bewegingen glad te strijken.

'We maken uiteraard nog steeds chocolaatjes met de hand.' Lauro richtte zijn uitleg tot Marco. 'Zodra de ganache, de zachtste chocola, is afgekoeld, is hij klaar voor de volgende stap.'

'Glaceren,' zei Celina automatisch. 'Voor truffels.' Ze hief naar neus in de lucht en rook het aroma van zoethout. 'Anisette, hè?'

Lauro's mondhoeken gingen omhoog, en hij knikte. 'Je hebt een goede neus.'

'Heb je al eens amaretto geprobeerd?' Nu haar verbeelding was geprikkeld, wervelde de geur van bittere amandelen, gezoet in een likeur, door haar hoofd.

'Ja, uiteraard.'

'Misschien in een romige karamelvulling,' zei ze met een dromerige blik in haar ogen.

Lauro keek haar aan en hield haar blik even vast, twee breinen die gonsden van creativiteit. 'Melkchocola of pure?' vroeg hij.

'Pure… deze keer. Met sinaasappelzeste als finishing touch.'

'Een beetje abrikoos?'

'O, ja…' Ze kon het op haar lippen proeven.

Marco, Carmine en Sara keken van de een naar de ander, gefascineerd door hun verbinding.

'En vervolgens,' ging ze in een droomachtige toestand door, 'het tempereren om de prachtigste buitenkant te krijgen, de couverture. Caraque-chocola – Criollo – afkoelen tot negenentwintig graden en dan langzaam opwarmen. Graden Celsius, voor de duidelijkheid. Om kristallen te vormen, precies goed…'

'Zodat je een witte uitslag voorkomt,' maakte Lauro haar zin af, als gebiologeerd. 'Ik moet je voorstellen aan onze chef. Ik ben maar een beginneling.' Weer gingen zijn mondhoeken omhoog.

'Hij is te bescheiden,' zei Carmine, die de betovering verbrak door Lauro op zijn rug te kloppen. 'Mijn zoon runt deze fabriek beter dan ik ooit heb gedaan.'

Lauro leidde hen een andere ruimte in, waar een roestvrijstalen mechanisch wonder precies de juiste hoeveelheid chocola afmat om bolletjes ganache te bedekken. Een transportband met perfecte truffels met een verse laag glanzende chocola ruiste langs.

'Deze machine heet een glaceerder,' legde Celina uit aan Marco, die het proces met grote ogen volgde. 'Kijk hoe die de zachte getempereerde chocola over het ganachehart van de truffels giet.'

Met een smekende blik draaide Marco zich naar haar toe. 'Kan ik er een hebben?'

'Mág ik er een, bedoel je?'

Lauro grinnikte. 'Geen zorgen, straks maken we een hele doos met zoete lekkernijen voor je.'

'Maar je moet ze niet allemaal tegelijk opeten, anders word je misselijk,' voegde Carmine eraan toe. 'Ze vallen erg zwaar.'

Lauro drukte een vinger tegen zijn lippen om aan te geven dat wat hij nu ging doen geheim moest blijven. Hij plukte een truffel van het einde van de productielijn en knipoogde naar de arbeider die afgekoelde truffels op een grote roestvrijstalen schaal legde. 'Niet aan de baas vertellen,' zei hij met een hoofdgebaar richting Carmine.

'O, bedankt,' zei Marco, die in zijn handen klapte van vreugde. Hij stopte de hele truffel in zijn mond. Zijn gezichtsuitdrukking was er een van pure gelukzaligheid. 'Mm,' mompelde hij met een mond vol chocola. 'Wanneer ik lief ben geweest, neemt mama die uit de winkel mee naar huis.'

Ze moesten allemaal lachen. Celina zei niet dat het een van de manieren was geweest waarop ze na Tony's dood had geprobeerd zijn neerslachtigheid op afstand te houden. Hoewel chocolaatjes het verdriet van haar zoon niet konden wegnemen, zorgden ze wel voor een zoet respijt. En ondertussen vertelde zij verhalen over hoe elke smaak was gemaakt, waar hij vandaan kwam en de verhalen die erachter zaten, ook al had ze een boel verhalen moeten verzinnen. Glimlachend in zichzelf dacht ze terug aan hun stille avonden na het eten en voor bedtijd, zo anders dan de onstuimige speeltijd met zijn vader, die hem had gekieteld en lachend in de lucht had gegooid. Natuurlijk miste Marco hem. Dat deel van Tony's band met Marco zou ze nooit kunnen vervangen.

Haar hart kromp ineen bij de aanblik van Marco die zijn chocoladehand in die van Lauro liet glijden. 'Wat is er nog meer te zien?' zei hij gretig.

Ze had de simpele, vertrouwde beweging zo vaak gezien toen Tony nog leefde. Het had altijd een glimlach op haar gezicht getoverd. Lauro wierp een blije blik over zijn schouder.

Carmine sloot zich bij hen aan, en de drie generaties Savoia liepen vooruit naar de volgende voorbereidingsruimte. Celina en Sara volgden.

Sara grinnikte bij de aanblik. 'Doet me denken aan de tijd dat Carmine Nino en Lauro als jongens meenam hiernaartoe. We hebben ook een huis hier in Napels. In Vomero. 's Zomers brachten we hier veel tijd door, zodat ze hun vader vaker konden zien.'

'Je familie werkt heel hard.'

'Jij volgens mij ook.' Sara neeg haar hoofd. 'Adele heeft me verteld dat je overweegt een cioccolateria te openen in Amalfi. Haar boetiek doet goede zaken met de toeristen. Dat zou ook voor jou gelden, stel ik me zo voor.' Ze was even stil en draaide zich toen naar Celina toe. 'We zouden het geweldig vinden als jullie blijven.'

Celina beet op haar lip. 'Het is nogal een beslissing.'

'Heb je familie in San Francisco?'

'Nee, niemand.'

'Je lijkt daar een eenzaam leven te hebben. Hier zul je veel hulp hebben met Marco.'

Een eenzaam leven. Ze had altijd een kleine familie gehad. Maar hier, met alle tantes, ooms, neven en nichten, leek het bij elke samenkomst te barsten van de mensen. Wanneer Marco in bed lag, spoorden Sara en Adele haar vaak aan met ze op te blijven en lekker een glaasje wijn, amaretto of limoncello te drinken. Op warme avonden praatten en lachten ze op het terras, met twinkelende sterren boven hun hoofd en de zee die de kustlijn streelde in de diepte.

Wat een verleidelijk leven was dit toch.

Ze ademde weer in, en het aroma van de chocola plaagde haar neus.

Sara raakte haar schouder aan. 'Als je je zorgen maakt over de kosten van het openen van een winkel, weet dan dat wij kunnen helpen. Je bent immers Nino's weduwe. Het zou ons een genoegen zijn, en zo zou hij het ook willen.'

'Dat stel ik op prijs.' Celina was dankbaar voor het aanbod maar aarzelde om het aan te nemen. 'Ik zou me er echter niet goed bij voelen als ik geld van jullie aanneem.'

Sara leek perplex. 'Ik had wel gehoord dat Amerikanen vreemde opvattingen hebben over onafhankelijkheid. Hier zijn we van mening dat familie elkaar hoort te helpen.'

'Ik wou dat ik deel uitmaakte van jullie mooie familie.'

'Dat doe je ook, tesoro. En Marco is ons enige kleinkind. Neem onze hulp dan aan voor hem, als je je daar beter bij voelt.'

Celina streek met een hand over Sara's onderarm. 'Je bent te aardig. Ik zal het zeker in mijn achterhoofd houden, op die voorwaarden. Maar goed, ik heb nog wat geld van de verkoop van ons huis. Ik ben van plan dat te gebruiken.' Hoewel het weken geleden was dat Lauro haar zijn beschuldiging voor de voeten had geworpen, galmde die nog steeds na in haar oren.

Sara schudde haar hoofd. 'Mijn man zou je koppig noemen, maar volgens mij is het je trots, hè? En dat bedoel ik als compliment.'

'Mijn moeder heeft me geleerd voor mezelf te denken en te zorgen. Dat moest ze zelf ook, nadat mijn vader was overleden. Ze kon niet weten dat mij hetzelfde zou overkomen.'

'Marco mag zich gelukkig prijzen. Hij heeft een goede moeder.' Sara wierp haar een blik toe. 'Veel vrouwen zouden op zoek gaan naar hun volgende man in plaats van te overwegen een bedrijf op te richten.'

Sara's opmerking klonk sterk als Marges advies. 'Daar heb ik nog niet eens bij stilgestaan.' Formeel gezien was dat waar. Wat voor onwillekeurige, lichamelijke gevoelens Lauro ook bij haar had opgewekt, dat waren ze: gevoelens, geen gedachten. Op de middelbare school was ze soms verliefd geworden op jongens, en een week later was ze hen alweer vergeten. 'Bovendien heb ik geen haast. Ik mis mijn man. Ik kan me niet voorstellen dat ik hem op korte termijn zal vervangen.'

Voor hen draaide Lauro zich om. Hij schonk Celina een warme glimlach en gebaarde dat ze zich bij hen moest voegen.

Sara zag de uitwisseling en tuitte haar lippen in een tevreden glimlach. 'Ik weet dat het egoïstisch van me is te willen dat Marco en jij blijven. Misschien vind je hier in Italië wel iemand.'

Wat bedoelde Sara daarmee? Haar gezichtsuitdrukking, haar toon... Had Lauro zijn moeder iets verteld? Ze beet weer op haar lip. Wat was er te vertellen? Ze had zijn aandacht vast verkeerd opgevat. Hij was haar zwager. Vleierij was tenslotte praktisch een Italiaanse traditie.

Mannen hier waren complimenteus, ze bewonderden vrouwen en waren niet bang om hun waardering voor schoonheid te uiten. Maar hun woorden, blikken en aanrakingen betekenden niet zoveel als in Amerika, daar was ze zeker van. Ze moest het niet verkeerd opvatten, en ze moest ook niets achter Lauro's of Sara's daden of opmerkingen zoeken. Ze bevond zich gewoon in een andere cultuur, meer niet.

Toen ze bij de laatste ruimte aankwamen, legde Lauro het eindproces aan Marco uit. De ruimte stond vol dozen bekleed met goudpapier en felpaarse linten. Hier en daar stonden geschenkdozen in de vorm van harten, schelpen of sieradenkistjes. Sommige waren bekleed met stof, en andere waren handbeschilderd. Arbeiders stopten aan lange tafels chocolaatjes in dozen en strikten een lint om elke doos.

'Perfectie is hier van het grootste belang,' zei Lauro. 'Van het uiterlijk van het chocolaatje tot hoe het in een geschenkdoos wordt gelegd. Elk chocolaatje is een geschenk: aan familie, vrienden of jezelf.'

'Hoe geef je jezelf een geschenk?' vroeg Marco.

'Is er niet iets wat je altijd hebt willen hebben, iets waarover je niemand ooit hebt verteld? Of misschien heb je dat wel gedaan, maar zijn ze het vergeten. Aangezien je precies weet wat je wil hebben, koop je een geschenk voor jezelf.'

'Of maak je er een?'

'Ja, ja, uiteraard.'

'Wij maken ze graag,' zei Marco. 'Mijn moeder zegt dat handgemaakte geschenken uit het hart komen.'

'Je moeder is wijs. Luister altijd naar haar.' Lauro hief zijn kin naar Celina. Er speelde een lichte glimlach om zijn mond.

Kijkend naar Lauro en Marco borrelde een warm gevoel in haar op. Een snelle beweging vlak achter hen trok haar aandacht.

De vrouwen die achter Lauro de dozen vulden, zaten te fluisteren en keken haar kant op. In een reflex wierp ze een blik achter zich. Toen ze zich omdraaide, waren ze weer aan het werk, al wierpen een paar haar steelse blikken toe.

Sara raakte haar elleboog aan. 'We kunnen beter doorlopen,' zei ze zacht, met haar blik op de arbeiders gericht.

Er kwam een vreemd, koud gevoel over Celina heen. Ze vroeg zich af of het weer de geest van Isabella was. Ze streek met een hand over haar haar. Misschien was het tijd voor een ander kapsel.

Toen ze achter Sara aan de ruimte uit liep, rende Marco naar haar toe. Ze draaide zich om om zijn hand te pakken.

'Wacht, Celina.' Lauro haalde haar in. 'Let maar niet op hen.' Hij wees naar de vrouwen, die haar nakeken.

'Je moeder heeft me verteld dat ik op Isabella lijk. Praten ze daarom over me?' Wie was dat meisje dat Lauro de bons had gegeven? Waarom werd ze overal waar ze ging achtervolgd door de herinnering aan hun verhouding?

Lauro schoof ongemakkelijk met zijn voeten. 'Dat was lang geleden.'

Ze vroeg zich af of ze hiermee te maken zou krijgen als ze zou blijven en voelde een steek van irritatie. Dit was een kleine gemeenschap, die generaties terugging. Niet zoals San Francisco, waar mensen uit alle windstreken binnenstroomden. Ze had maar weinig mensen ontmoet die er daadwerkelijk waren geboren. Nee, dit was een andere cultuur. Het deed ertoe wie je ouders waren, en oude overtredingen werden niet vaak vergeten.

Als ze ooit hiertussen hoopte te passen, zouden mensen haar moeten accepteren zoals ze was, niet omdat ze misschien op iemand leek. Ergernis sijpelde door haar terughoudendheid heen.

'Alles lijkt hier tijden geleden gebeurd te zijn, maar niemand vergeet het.' Celina's woorden hadden een scherp randje; dat kon ze niet helpen. 'Ook al had mijn man contact moeten houden, hij heeft tenminste zijn verleden achter zich gelaten en is doorgegaan met zijn leven.'

Sara wierp haar zoon een blik toe en maakte een snel gebaar.

'We moeten over Isabella praten,' zei Lauro tegen Celina. 'En over mijn broer. Kom je mee?'

'Alberto heeft Marco een verrassing beloofd,' zei Sara, die een hand uitstak naar de kleine jongen. 'We moeten hem maar eens gaan zoeken, vind je niet?'

Celina werd verscheurd tussen de lichamelijke aantrekkingskracht die ze voor Lauro voelde en haar groeiende ergernis over gebeurtenissen uit het verleden.

Marco ging blij met Sara en Carmine mee, en zij bleef alleen achter met Lauro. Hij pakte haar hand beet en leidde haar een gang door.

Misschien zou ze nu wat antwoorden krijgen over Tony.

14

Lauro leidde Celina een commerciële keuken binnen en sloot de deur. ‘Dit is onze testkeuken. Hier kunnen we praten.’

Celina bekeek al het witte porselein en glimmende staal en de vernikkelde apparatuur. Ramen omlijstten het uitzicht op zee in de verte. De aanrechtbladen, muren en vloer waren betegeld met helderwit porselein, waardoor ze het gevoel kreeg dat ze in een zeeschelp dreef.

Zelfs in de koele lucht met het rijke aroma van chocola leek een vleug zeezout te hangen. En toch kon deze setting, zo geruststellend door zijn gelijkenis met haar werkkeuken in San Francisco, de groeiende frustratie niet sussen die ze voelde doordat ze voortdurend werd vergeleken met Lauro’s vroegere vriendin. Inmiddels was die waarschijnlijk allang getrouwd en had ze kinderen.

Of voelde ze zich ongemakkelijk door de nabijheid van Lauro, doordat ze alleen met hem was, net als in Adeles boetiek?

Ze negeerde die gedachten, draaide zich om en ontwaarde

de bron van het aroma. Op een marmeren werkblad stond een kommetje zeezout voor de afwerking. Ernaast stond een blad met chocolaatjes in allerlei vormen. Op elk daarvan glinsterde zeezout.

'Onze chocolateriechef en ik zijn bezig geweest met het testen van gelaagde smaakprofielen van fruit en likeur,' zei Lauro.

Celina trok met haar neus. 'Zoet- of bitterheid in balans brengen met zeezout, dat ook de smaakpapillen stimuleert. Bovendien zorgt het ook mooi voor extra textuur.'

'Je hebt er een vaste hand voor nodig. Te weinig: geen resultaat. Te veel: een ramp.' Hij liet een vinger over haar blote pols glijden. 'Eigenlijk net als liefde.'

'Ik hield heel veel van Tony,' zei Celina zacht, terwijl hitte naar haar hals steeg. Ze moest weten wat hier was gebeurd.

Hij raakte haar arm toen hij zich langs haar heen boog om de chocolaatjes te bekijken. Een siddering deed de haartjes in haar nek overeind staan, en ze voelde haar blos dieper worden. Ze kon zich zo voorstellen dat haar wangen de kleur van de klaprozen op haar jurk hadden.

'Daar ben ik blij om,' zei hij met compassie in zijn stem. 'Waren jullie gelukkig samen?'

Terwijl hij praatte, knipperde ze met haar ogen, want ze voelde een lang sluimerend verlangen in zich groeien, als een zaailing die naar de zon reikt.

Ze zag dat hij wachtte op haar antwoord. 'Heel erg, al hadden we in het begin wel onze problemen. Al zijn verwondingen… Die waren erg traumatisch voor hem.'

'Ik ben blij dat je er voor hem was. We hebben allebei het geluk gehad dat we van hem hebben kunnen houden.'

Lauro draaide zich om, koos twee pure chocolaatjes en gaf er een aan haar. 'Afgelopen week liep ik 's ochtends vroeg een keer door een terrastuin boven de zee en pelde ondertussen een bloedsinaasappel. Het was een Taroco-sinaasappel of *arancia rossa*, vele jaren geleden overgebracht uit Sicilië. Hij heeft een dunne schil met een lichte blos, vruchtvlees met de kleur van de ondergaande zon en hij is zoeter dan welke sinaasappel dan ook.' Met getuite lippen bij de herinnering ging hij door, op een toon waarin diep ontzag en verwondering doorklonken. 'De zilte lucht op mijn lippen gecombineerd met het zoete sap vormde de inspiratie voor deze nieuwe variant. Ik zou graag willen weten wat je ervan vindt.'

Celina bracht de met pure chocola omhulde lekkernij naar haar neus en snoof, genietend van de verschillende aroma's naast elkaar. Toen ze erin beet, smolt een complexiteit aan smaken op haar tong. Het intense aroma van bloedsinaasappel met zijn opmerkelijke zoetheid… een bitter randje pure chocola met een vleug tropische aardsheid… en een scherpe explosie van zeezout, die alle smaken versterkte. Ze likte haar vingers af, genietend van de ganache die was gesmolten en sporen op haar huid achterliet. Glimlachend zag ze dat Lauro met zijn tong over zijn lippen streek om alle laatste beetjes binnen te krijgen.

'Prachtig,' zei ze. Kijkend naar hem voelde ze een vreemd soort pijn in haar borst ontstaan. 'Een intrigerende tweedeling…'

'Volgens mij ben jij ook een kunstenaar.' Lauro ging op een kruk zitten en pakte haar hand. Starend naar haar slanke hand in die van hem streek hij met een duim over haar vingers.

Zijn huid gaf een subtiel aroma van gekruid sandelhout met een zweem zoete vanille en een vleug chocola af. Toen dat zich mengde met zijn natuurlijke geur was het effect puur mannelijk. Zoiets had Celina nog nooit ervaren.

Omdat ze nauwelijks in staat was zichzelf te beheersen, liet ze haar hand uit die van hem glijden. 'Doe dat alsjeblieft niet.'

Hij trok een verrast gezicht. 'Het was niet mijn bedoeling je boos te maken.'

'Het is gewoon…' Ze hoorde haar stem trillen en hoopte dat hij het niet had gemerkt. Hoe kon ze nou uitleggen wat voor gevoel hij bij haar losmaakte? Dit verlangen had ze niet verwacht te voelen, ze had het niet opgezocht, maar ze kon het niet ontkennen. Toch voelde het niet gepast.

Helemaal niet.

Als ze eerlijk was tegen zichzelf moest ze toegeven dat ze zich wel had afgevraagd hoe zijn lippen op die van haar zouden voelen, hoe het zou zijn om zijn armen om zich heen te hebben.

'Ik begrijp het. Ik ben Nino niet.' Lauro ging achter haar staan, streek met zijn handen over haar schouders en masseerde haar stijve nek. 'Ontspan je.'

Dat deed Tony ook altijd. Celina vond het moeilijk kalm te blijven. Zodra hij haar aanraakte besefte ze hoelang ze zich al gespannen voelde. Na een poosje voelde ze haar spieren warm en losser worden onder zijn sterke handen.

'Je zou me over Isabella vertellen.'

'Dat zal ik ook doen. Maar op dit moment hebben jij en deze spierknopen meer aandacht nodig.'

De warmte van zijn handen stroomde door haar lijf en vulde haar met een onbeschrijflijk gevoel, dat haar zorgen zou moeten baren. In plaats daarvan liet ze zich in het gevoel wegzakken, en ze merkte al snel dat dit respijt heel welkom was. Ze liet haar ogen dichtzakken. Deze ene keer, beloofde ze zichzelf. Er was hier verder niemand, en ze moest iets anders voelen dan de beklemmende mantel van rouw die sinds Tony's dood om haar schouders hing. Met elke beweging werden lagen van verdriet afgepeld en werd zij opgetild naar een andere, lichtere levensdimensie.

Liefde. Het voelde sterk als liefde.

Ze boog haar nek naar één kant en zag hoe Lauro haar beweging volgde. Hij liet zijn handpalmen achter de zacht gedrapeerde kraag van haar jurk glijden en streelde haar nek, met zijn vingers in haar haar. Het was maanden geleden dat ze voor het laatst zo was getroost en aangeraakt. Zijn ritmische adem was zacht tegen haar oor, en haar spieren waren zo vloeibaar als warme ganache.

Toen hij naar de andere kant van haar nek ging, smolt nog meer spanning weg. Hij nam de tijd, drukte met zijn duimen op verschillende punten langs haar nek. 'De lijn van je nek, je schouders... Prachtig,' mompelde hij.

Zijn melodieuze bariton weergalmde tot in de diepten van haar hart en verwarmde de kale ruimte die zoveel maanden geleden kil was achtergelaten. Een kreun van herinnering, van verlangen, ontsnapte haar lippen.

'Je essentie gloeit vanuit je hart,' fluisterde hij terwijl hij haar nek streelde en haar meenam naar een wereld waar zachtheid en kracht zich ineenvlochten.

Warmte uit de energie die hij in haar lijf had losgemaakt welde in haar op en stroomde in golven van haar af. Toen dat eenmaal was begonnen, wilde ze niet dat die levenskracht nog stopte, want de volgende keer zou hij haar hart tot stilstand brengen. Er was maar één manier om te zorgen dat dat niet gebeurde.

Ze draaide zich om naar zijn hand, drukte haar lippen tegen zijn handpalm en trok hem naar zich toe. Door haar rug te welven drukte ze zich tegen hem aan. Eindelijk vond ze zijn zachte mond. Toen ze de volle lippen uitprobeerde die haar blik zo vaak hadden gevangen, proefde ze het restje bloedsinaasappel en chocola op zijn lippen. Zoiets had ze nog nooit ervaren.

Ineens verstilde hij, wachtend tot ze doorging. Ze aarzelde maar een ogenblik, en als reactie voelde ze zijn hart bonzen. Daarna verdiepte ze de kus, die hen met zijn kracht en intensiteit omhulde.

Bevrijd van de ketenen van de rouw die haar uitdrukkingsvrijheid hadden beperkt, legde ze haar handen om zijn gezicht en sloeg toen haar armen om hem heen. Het gewicht van zijn lijf tegen dat van haar was heerlijk. Ze stond paf, want dit gevoel, dit verlangen, had ze nog nooit meegemaakt. Ze liet zich in zijn omhelzing wegzakken, verdiepte hun kus en wilde nooit meer weg uit zijn armen.

Kreukend van begeerte tilde Lauro haar op een marmeren werkblad.

De hitte van haar dijen siste door haar dunne jurk heen op het koele blad, benevelde haar brein en deed alle rede vervagen. Ze gaf toe aan haar verlangen naar deze heerlijke man die voor haar stond, die het haar alleen maar naar de zin wilde maken en haar wilde troosten.

Ze wilde hem helemaal. Ze liet haar handen over zijn gebruinde gezicht gaan, verkende zijn brede voorhoofd, gewelfde zwarte wenkbrauwen als ravenvleugels en de hoge jukbeenderen die een tegenwicht vormden tegen een kin met een diep kuiltje. Zo zou een kunstenaar een Romeinse god weergeven, kon ze zich voorstellen, al overstraalde het licht in zijn ogen zijn schoonheid. Het was alsof haar ziel werd weerspiegeld in zijn blik.

'*Amore mio, anima mia.*' Tussen haar kussen door fluisterde Lauro haar naam, samen met woorden die ze had gedacht nooit meer te horen. '*Quanto ti amo.*'

Terwijl ze elkaar verslonden, werden ze gegrepen door een kracht sterker dan hun eigen wil. Het was alsof het lot voorbij grenzen reikte, voorbij ellende, om ze samen te brengen in een vreugdevolle eenheid die geen van beiden zich ooit had kunnen voorstellen.

Achter hen klonk de klik van een deur die openging, gevolgd door de zachte uitroep van een vrouw. '*Mi dispiace, perdonami.*'

Celina liet Lauro los om afstand tussen hen te scheppen, maar besefte dat dat zinloos was. Ze waren betrapt, als een stelletje leerlingen bij een vrijpartij op school.

'Er is telefoon voor u uit Londen,' zei de vrouw. 'Het klinkt dringend.'

Lauro hield Celina's hand vast om haar gerust te stellen. 'Ik kom zo, Mariela.'

Celina keek over haar schouder en ving de blik van een jonge vrouw die steels probeerde de deur te sluiten en ondertussen een glimp op te vangen van de vrouw die bij haar baas was. De vrouw glimlachte verlegen naar haar.

Nadat Mariela de deur had dichtgedaan, blies Lauro zijn adem uit en kuste hij Celina's voorhoofd. 'Het is lang geleden dat ik voor het laatst ben betrapt terwijl ik een meisje kuste.' Hij trok een zakdoek uit zijn jasje en gaf die aan haar. 'Ik denk dat je je beter even kunt opfrissen.'

'Jij ook.' Ze veegde haar rode lippenstift van zijn mond en streek zijn haar weer op zijn plek, terwijl hij zijn jasje rechttrok. 'Ik hoop dat je niet denkt dat ik altijd zo ben,' voegde ze eraan toe. 'Ik liet me meeslepen. Misschien kunnen we beter niet...'

'Het was een verrassing, maar dat betekent niet dat het niet echt is.' Hij nam de zakdoek van haar over, depte haar lippen en gaf haar een luchtige kus. 'Zo heb ik me nog nooit gevoeld.' Hij grijnsde. 'Ik heb vanbinnen in vuur en vlam gestaan voor jou. Dit wilde ik al doen sinds het moment dat ik je voor het eerst ontmoette.'

'Nou, dan heb je me beslist voor de gek gehouden.' Ook al vond ze het nu amusant dat hij dat soort gevoelens achter een stuurs uiterlijk had verscholen, hij had met zijn daden voor veel onrust bij haar gezorgd. Koket sloeg ze haar ogen neer. 'Ben je nog van plan dat goed te maken?'

'Dit is nog maar het begin.' Lauro straalde vreugde uit en zijn gezicht lichtte op van liefde.

Toen ze zich de genoegens in hun toekomst voorstelde, danste een glimlach om haar lippen.

'Kom mee naar mijn kantoor, dan handel ik dat telefoontje af,' zei Lauro, die haar zijn hand bood. Daarbij viel een schaduw van bezorgdheid over zijn gezicht. 'Er is ook iets wat je moet weten.'

15

Amalfi, 1939

'Wacht,' riep Lauro. Zich losrukkend uit Nino's greep rende hij Isabella achterna door zijn ouders' woonkamer. Haar vuurrode jurk schoot als een pijl door de menigte naar zijn doel, de achterdeur, zo te zien.

Nino greep opnieuw zijn arm. 'Laat haar gaan.'

Met een ruk draaide Lauro zich om naar zijn broer. '*Bastardo*!'

'Misschien. Maar we gaan niet om Isabella vechten. Niet hier.'

Nino trok hem mee door een schare ooms – broers van hun vader – die in de buurt hadden gestaan en het hele debacle tussen Isabella en hem hadden gezien.

Andere vrienden en familieleden keken ook naar hen, en Lauro zag Isabella's beschermende moeder een boze blik op haar echtgenoot werpen. Zijn vader liep naar signora Guardino toe om haar te kalmeren, en Sara ging Isabella zoeken. Wat was er aan de hand?

Nino duwde de voordeur open. 'Ik heb geprobeerd het je te vertellen.'

Lauro stormde naar buiten, plotseling razend op zijn broer. 'Wat heb je Isabella aangedaan?'

'Het was voordat jij haar ontmoette.'

'Wanneer?' beet Lauro hem toe, nauwelijks in staat zijn woede te beheersen.

Afwerend zijn handen heffend deinsde Nino achteruit. 'Vorige lente.'

'Was er een baby?'

'Ze heeft een miskraam gehad. Als ik het toen had geweten, was ik met haar getrouwd.'

Gekweld sloot Lauro zijn ogen. De man die Isabella's hart had gebroken was zijn eigen broer. Een gedachte drong zich op, en hij moest het weten. 'Heb je... haar gedwongen?'

'Dat was niet nodig. Ze kan enorm overredend zijn...'

In woeste razernij stortte Lauro zich op Nino, verblind door de behoefte om de man te vernietigen die zijn enige grote liefde had bedorven. Zijn broer bestond niet meer voor hem. Door de klap waarmee hij tegen Nino opbotste, landden ze languit op het grind. Hij gaf een stomp tegen Nino's neus, waar een straal bloed uit spoot.

De klap voelde zo bevredigend dat Lauro zijn broer opnieuw sloeg. Nino schermde zijn gezicht af met zijn armen en krulde zich op, de klappen incasserend.

'Stop!'

Hij had zijn broer nog nooit aangevallen, maar zelfs zijn vaders stem kon zijn uitzinnige vuisten niet weerhouden.

Carmine en twee van zijn broers, Giuseppe en Vito, wisten met moeite tussenbeide te komen en trokken Lauro van Nino af. Hijgend en zwetend viel Lauro achterover in het grind, brullend van woede, zijn knokkels onder het bloed.

'Hoe durven jullie?' Woedend hield Carmine zijn bebloede zoons uit elkaar. 'Op kerstavond nog wel, de heiligste dag van het jaar. Wat bezielt jullie?'

'Nino heeft alles bedorven,' schreeuwde Lauro.

'Hoe kan dat nou? Hij is net aangekomen.' Carmine ging tussen hen in staan. 'Hij belde me vanmorgen en stond erop dat ik zijn positie in la fabbrica di cioccolato aan jou geef. En dit is je dank?'

Hun oom Giuseppe trok Nino in een zittende houding en drukte een zakdoek tegen zijn bloedende neus en kin. Grimassend van pijn duwde Nino hem weg. 'Het is mijn schuld, pap. Ik heb geprobeerd het uit te leggen.'

De voordeur zwaaide open, en Isabella's indrukwekkende vader, signore Guardino, stapte naar buiten. Zijn gezicht was rood van woede, maar zijn giftige blik was ijzig. 'Wat hebben jullie gedaan om mijn dochter zo van streek te maken?'

Kreunend sloeg Lauro een hand voor zijn ogen. Een brandende pijn verteerde zijn ingewanden, en een gekwelde kreet steeg op uit zijn keel. Zijn geliefde Isabella...

Carmine snelde op haar vader af, sloeg een arm om zijn schouder en sprak hem op gedempte toon toe.

Lauro zou nooit weten wat zijn vader had gezegd om signore Guardino te doen omkeren, maar hij wist dat zijn vader ervoor zou boeten. En hij ook.

De deur viel dicht, en Carmine draaide zich met een ruk om naar zijn zoons. 'Jullie hebben dertig seconden om het uit te leggen.'

Nino kuchte in zijn hand. Hij boog zijn hoofd, en zijn stem was bijna onverstaanbaar. 'Ik heb in Rome een relatie gehad met Isabella.'

Meteen wilde Lauro hem weer te lijf gaan, maar zijn oom Vito hield hem tegen. 'Waarom zag ze er dan zo geschokt uit?'

Nino keek schaapachtig. 'We hebben elkaar in een nachtclub ontmoet. En afgesproken onze echte namen niet te gebruiken. Het klinkt idioot, ik weet het... Ik noemde mezelf Riccardo.'

Carmine streek over zijn gezicht en vloekte in zichzelf.

Lauro's woede laaide opnieuw op. Hij greep zijn vaders schouder beet. 'Hij heeft haar geruïneerd,' zei hij gekweld, met moeite zijn stem dempend zodat Isabella's vader hen niet zou kunnen horen. 'Hij heeft het zelf toegegeven.'

Carmine draaide zich om naar Nino. 'Is dat waar?'

Met een berouwvol gezicht knikte Nino.

Lauro beet hem toe: 'Ben je verliefd op haar?'

'Doet het ertoe? Jij gaat met haar trouwen.'

'Maar ze houdt van jou. Waarom kon je niet wegblijven?'

Achter hen klonk commotie. Lauro draaide zich om en zag Isabella en Adele de hoek van de villa om komen.

Isabella's gezicht zag wit van verdriet en woede. Adele probeerde haar te kalmeren, maar Isabella rukte zich los en beende op hen af.

Nino krabbelde overeind. 'Ik heb je nooit pijn willen doen...'

Isabella greep zijn kraag en bracht zijn gezicht dicht bij het hare. 'Ik hield van je.' Ze spuugde in zijn gezicht en gaf hem een klinkende klap die galmde door de stille nacht.

'Isabella,' riep Lauro, die op haar af snelde.

Met een ruk draaide ze zich om, haar gezicht vertrokken van verdriet. 'Ik kan niet met je trouwen, Lauro, snap je dat niet? Ik kan het niet verdragen. Niet met hem in de buurt.'

'Nee!' Lauro omhelsde haar, haar voor zijn broer afschermend met alle liefde die hij in zich had. 'We verhuizen, we gaan ergens anders heen.'

'Ik ga wel weg,' viel Nino in de rede. 'Ik vertrek sowieso naar Amerika.'

'Je weet niet wat je zegt,' zei Carmine tegen Nino. 'Niemand vertrekt. We vinden wel een oplossing.'

Terwijl de tranen over haar verhitte wangen stroomden, klampte Isabella zich aan Lauro vast. Door zijn haren woelend kuste ze hem zo hartstochtelijk dat Lauro inwendig smolt. God, wat hield hij van haar!

'Het kan me niet schelen wat er is gebeurd, Issie, ik hou van je.'

Jammerend sloeg ze haar handen tegen haar voorhoofd. 'Maar ik kan het niet, niet met je broer zo dichtbij. Vaarwel, Lauro.'

Ze maakte zich los uit zijn omhelzing en rende naar de auto's op de binnenplaats, haar verwarde blonde haren en vuurrode jurk achter haar aan wapperend.

Lauro bleef net lang genoeg verstijfd staan om haar een voorsprong te geven. Toen zette hij met een kreet de achtervolging in.

Isabella zag de sleutel bungelen in het contact van een lage rode Alfa Romeo-sportwagen. Ze sprong achter het stuur, startte de motor, gaf gas en reed weg in een spoor van opspattend grind.

Lauro en Nino renden achter de auto aan, maar het machtige voertuig was veel te snel voor hen. Isabella scheurde de weg op en verdween al snel uit zicht.

Huilend zonk Lauro op zijn knieën en viel voorover op de stoffige binnenplaats, zijn hart gebroken. In de verte hoorde hij Isabella met piepende banden schakelen in de bochten.

Buiten adem knielde Nino naast hem neer, om zijn verdriet te delen. 'Het spijt me, Lauro.'

'Blijf van me af,' schreeuwde Lauro. Alleen Isabella kon hem nog troosten, en zij was weg. Lauro spuugde het stof uit zijn mond.

Nino duwde zichzelf overeind en wendde zich af.

Even later werd de nachtelijke stilte doorkliefd door het snerpende schurende geluid van een motor. In de levensgevaarlijke haarspeldbocht vlak onder hun landgoed klonk het gieren van banden, gevolgd door het gruwelijke geluid van verwringend metaal en bloedstollend gegil.

Stilte.

Lauro krabbelde overeind. 'Isabella!' schreeuwde hij door de nacht.

Er volgde een oorverdovende explosie, en vlammen zetten de smalle, donkere weg onder hen in lichterlaaie.

Lauro's hart sloeg over. Hij móést naar haar toe.

Dio mio, had ze het overleefd?

Dit niet, bad Lauro wanhopig. Alstublieft, God, dit niet.

Vlakbij startte Nino de motor van een auto. Hij gooide het portier open. 'Stap in!' schreeuwde hij Lauro toe.

16

Napels, 1953

Nadat Lauro Celina zijn kantoor had binnengeleid, nam hij zijn telefoontje uit Londen aan. Terwijl Celina naast zijn bureau zat, haar hart nog altijd bonzend van hun gestolen kussen in de testkeuken, loste hij vlug het probleem op.

'Geen dank, vriend,' zei Lauro in de hoorn, zonder zijn ogen een moment van Celina af te wenden. 'Je bestelling wordt binnenkort ingeklaard door de douane.' Hij glimlachte haar toe.

Tijdens zijn gesprek keek Celina het kantoor rond, dat was ingericht met antieke Italiaanse meubelen, ingelijste onderscheidingen en foto's uit de vorige eeuw. Een door paarden getrokken goederenwagen, een klein gebouw, een bord met *Savoia e Figli*. Savoia en zoons.

Lauro's secretaresse Mariela had haar een espresso gebracht en verteld dat Lauro's ouders en Marco later op de dag in een Grand Café met hen zouden lunchen.

Toen Lauro haar de directiekamer had binnengeleid, was de jonge vrouw nieuwsgierig en opgewonden geweest om haar te ontmoeten. Terwijl Lauro aan het bellen was, liet Mariela zich ontvallen dat ze Lauro nog nooit met een vriendin had gezien. Celina vermoedde dat Lauro zijn privéleven en werk strikt gescheiden hield.

'Twintig geschenkdozen per kist, ja,' zei Lauro in de hoorn. 'Voor nu tweehonderd per week, en rond de kerst vijfhonderd. Per winkel. Ja, natuurlijk lukt dat.' Hij knipoogde naar Celina.

Terwijl Lauro prijzen opsomde maakte Celina in gedachten een rekensom. Ze had geen idee gehad van de bestellingen die grotere firma's deden, of de bedragen die daarmee gemoeid waren. Bij La Maison de Chocolat had meneer Jean-Jacques de boekhouding niet gedeeld, maar ze had een goed idee van de productiekosten. Marco en zij zouden zelfs van een fractie van het genoemde goed kunnen leven. De sleutel zou zijn om zowel in haar eigen winkel te verkopen als bestellingen aan grotere winkels te leveren. Ze vroeg zich af hoeveel bonbons ze in de keuken onder de winkel zou kunnen maken. Terwijl ze erover nadacht en naar de telefonerende Lauro keek besefte ze dat haar toekomst er een stuk rooskleuriger uitzag dan in lange tijd.

Lauro luisterde naar zijn klant, maar zijn ogen gleden over haar heen, en er lag een glimlach om zijn lippen. Celina blies hem een kushandje toe.

Heel rooskleurig.

Lauro hief een vinger, om aan te geven dat hij bijna uitgebeld was. 'Uitstekend, grazie, vriend.'

Celina's oog viel op een foto op Lauro's ingelegde houten bureau. Nieuwsgierig boog ze zich voorover om die beter te bekijken.

De vrouw in de foto had zijzelf kunnen zijn – of misschien een jongere zus.

Geschrokken liet ze haar vingers over de glanzende zilveren lijst glijden. De jonge vrouw in de foto staarde uitdagend in de camera, met onverzettelijke, ernstige blik. Op de achtergrond waren schuimende golven te zien.

'Mille grazie. Ciao.' Lauro rondde zijn telefoongesprek af en legde de hoorn terug op de haak. 'Bedankt voor het wachten. Dat was een nieuwe klant in Engeland. De zaken lopen als een trein dit jaar.'

'Wie is dat?' vroeg Celina, al vermoedde ze dat ze het antwoord al wist.

'Dat is Isabella.'

'Geen wonder dat je secretaresse en je andere werknemers zo verrast waren.' De gelijkenis was bijna griezelig. Voelde Lauro zich daarom tot haar aangetrokken? Celina likte haar lippen. 'Lauro, ik ben Isabella niet, en dat zal ik ook nooit zijn. Ik ben geen vervanging voor haar, net als jij geen vervanging bent voor Tony.'

Lauro knielde naast haar neer en legde zijn handen op de hare. 'Dat begrijp ik, en ik verzeker je dat het niet zo is. Jij bent vol leven en energiek. Je bent een vrouw, en Isabella was destijds nog maar een meisje. Ten tijde van die tragedie waren we allebei zo jong. Misschien zouden we door de jaren heen hechter zijn geworden, maar we waren toen te jong om te weten wat echt belangrijk is. Nu weet ik dat.'

Zijn geruststellende aanraking deed haar hart sneller kloppen. Ze wendde haar ogen af van Isabella's verontrustende blik. Het voelde alsof de geest van de vrouw in de kamer was, een derde partij in haar relatie met Lauro. Ze moest meer over deze mysterieuze vrouw te weten komen.

Voor de fotolijst stond een glad houten kistje van generfd olijvenhout, niet veel groter dan een pak speelkaarten. Lauro pakte het op en gaf het aan Celina.

'Maak maar open,' zei hij.

Celina haalde diep adem. Het deksel liet zich moeilijk loswrikken, alsof het jaren niet was geopend of zijn geheimen niet wilde prijsgeven.

'Sorry. Het is oud. Mag ik je helpen?'

'Ik heb het al.' Ze had een inkeping aan de zijkant gevonden en drukte die in met haar nagel. Het deksel klikte open.

In het doosje zat een haarlok die bijna net zo blond was als de hare. Eronder lag een platina ring met een diamant.

Een verlovingsring.

Celina hapte naar adem en draaide zich om naar Lauro.

'Ik heb nooit de kans gekregen om die aan Isabella te geven,' zei Lauro geëmotioneerd. 'Wat je ook hoort, ik wil dat je weet dat mijn bedoelingen jegens haar eerbaar waren.'

Celina wist hoe moeilijk dit voor Lauro moest zijn, maar ze moest het van hem horen. Vooral omdat Tony erbij betrokken was, en zij en Marco dus indirect ook. Geruststellend streelde ze zijn gezicht. 'Wat is er gebeurd, Lauro?'

'Het was kerstavond,' begon Lauro. 'We hadden vreselijke...'

'Ruzie?' maakte Celina zachtjes zijn zin af.

'Nee, dat niet, niet echt,' zei hij, naar de juiste woorden zoekend. 'Eerder een vreselijk misverstand. Als twee mensen die verliefd zijn hun diepste gevoelens niet met elkaar delen, kan dat tragische gevolgen hebben. *Profondamente tragico*.' Hij staarde langs haar heen naar de foto.

'Dat begrijp ik,' zei ze, terugdenkend aan alles wat Tony voor haar had verzwegen. Of niet had kunnen vertellen, om welke reden dan ook. 'Je broer had ook veel geheimen. Dat zou tragisch zijn geweest als wij elkaar nooit hadden ontmoet. Maar dat hebben we wel. Wat er ook is gebeurd, we kunnen het overwinnen.'

'Ik hoop het. Na Isabella's gruwelijke ongeluk kon ik Nino zijn vertrek niet kwalijk nemen. In het begin was ik blij dat hij weg was, want ik vond dat ik de enige was die het recht had om te rouwen. Maar er waren veel mensen die van haar hadden gehouden. Ik heb geleerd om haar te delen, tijdens het leven en erna...'

'We weten allebei wat het is om iemand te verliezen.' Celina liet haar vinger over de ring glijden en stopte die toen samen met de haarlok terug in het kistje. Ze zette het terug op het bureau en wendde zich weer tot Lauro. 'Het spijt me dat je dat hebt moeten meemaken.'

'Ik heb mijn best gedaan, maar ik kan de situatie niet veranderen.'

Ze wist zeker dat hij het bonzen van haar hart voelde, dat haar oren deed gonzen en de wereld buiten zijn mannelijke cocon overstemde.

Dit was haar kans om de waarheid te ontdekken. Wat had de kloof tussen haar man en zijn familie veroorzaakt?

'Je broer... Hoe vatte hij Isabella's ongeluk op?'

'Slecht, natuurlijk.' Hoofdschuddend streek hij een haarlok uit haar gezicht en stopte die achter haar oor. Hij legde zijn hand op haar schouder en streelde haar arm.

Celina wachtte af, hem in stilte aanmoedigend verder te gaan.

'Ik had niet gedacht dat ik ooit nog hetzelfde voor een andere vrouw zou voelen. Tot ik jou ontmoette.'

Celina sloot haar ogen. Zodra hij zijn lippen op de hare had gedrukt, was het pure licht van de liefde de duisternis van haar gehavende hart in gesijpeld, en had ze zich herinnerd hoe het ooit had gevoeld.

Maar hij was nog altijd de broer van haar man.

Een broer die ze nooit had gekend. Maar eerst moest ze meer te weten komen.

'Lauro...'

Hij legde een vinger op haar lippen. 'Laat mij alsjeblieft als eerste vertellen. Anders zal ik de wil verliezen.' Hij leidde haar naar een met houtsnijwerk versierde bank, trok haar naast zich en knikte naar de foto. 'Nu begrijp je waarom ik zo geschokt was toen we elkaar op het treinstation ontmoetten.'

'Er is een gelijkenis, maar...'

'Jij bent haar niet. Dat weet ik. Je bent heel anders zelfs. Isabella was onstuimig en zo lévendig toen.' Hij lachte wrang. 'Het leven is ironisch. Ach, wat was ik jong. En nu jij, ik snap waarom mijn broer verliefd op je is geworden. Mijn broer en ik... Onze smaak in vrouwen... is altijd hetzelfde geweest.'

'Hoezo?'

'Voordat ik Isabella leerde kennen, was ze verliefd geweest op Antonino. En hun relatie is niet goed afgelopen.'

Ze was bang om het te vragen, maar ze moest het weten. 'Waarom niet?'

Lauro gaf geen antwoord, maar schudde alleen verdrietig zijn hoofd.

'Wat er ook is gebeurd, het zal mijn gevoelens voor Tony niet veranderen.' Dat hoopte ze tenminste.

Lauro knikte en woog zijn woorden zorgvuldig af alsof het gevaarlijke instrumenten waren. 'Isabella en Nino hadden een kind verwekt, al is ze het verloren. Als Nino het had geweten, was hij met haar getrouwd.'

Celina hapte naar adem. Een kind! Verbijsterd zat ze daar, verkild door Lauro's onthulling.

Hij schudde zijn hoofd. 'Het spijt me. Ik weet dat hij heel veel van je gehouden moet hebben. Hoe kan het ook anders?'

Tony had een kind verwekt? Nu werd het haar duidelijk waarom hij Italië had verlaten. 'Jullie hebben gevochten om Isabella.'

'Inderdaad. Het was mijn schuld. Ik was jaloers omdat ik dacht dat ze meer van hem hield dan van mij.'

'En was dat zo? Hield hij van haar?'

Lauro streelde haar wang. 'Ik weet zeker dat hij nooit zoveel van haar heeft gehouden als van jou.'

Celina was verbijsterd. Veranderde dit haar leven met Tony, of iets anders? Niet echt. Het was allemaal zo lang geleden gebeurd. Tony had van haar gehouden, dat wist ze zeker. Ze zou kiezen om hierboven te staan. Ze moest wel.

En wat deed het er nog toe?
'Ik ben blij dat je het me hebt verteld,' zei ze, en dat meende ze. Nu wist ze tenminste wat er al die jaren aan Tony had geknaagd en waarom hij niet was teruggekeerd naar Italië. Mettertijd zou hij dat vast wél hebben gedaan. Wetend hoe toegewijd hij aan haar en Marco was geweest, kon ze zich voorstellen hoe hij zich moest hebben geschaamd. Bij de gedachte sprongen de tranen haar in de ogen.
'Dat ligt allemaal in het verleden.' Lauro boog zich naar haar toe. 'En jij bent het heden. Je schoonheid en je wezen omhullen je als het verrukkelijkste parfum. Woorden schieten tekort om je te beschrijven, al beloof ik dat ik het zal proberen.'
Celina voelde haar gezicht gloeien. Zelfs Tony, die onbehouwen en uitgesproken was geweest, had zijn gevoelens voor haar nog nooit zo uitgedrukt. Hoewel hij haar vaak had verteld dat hij van haar hield, had hij het poëtische uitdrukkingsvermogen van zijn broer gemist.
'Het is allemaal zo nieuw voor me.' Celina's hoofd tolde van Lauro's nabijheid en van de geheimen die hij had onthuld. 'Heb geduld met me.'
Lauro voelde haar ongemak blijkbaar aan, want hij leunde van haar weg. 'Vergeef me dat ik zo direct heb gesproken. Vooral omdat ik je *cognato* ben, je zwager. Het is niet echt gepast, dat weet ik. Maar ik kan mijn gevoelens niet langer voor me houden. Ik wil dat je weet wat ik voor je voel.'
'Nou,' zei ze, worstelend met Lauro's onthullingen en haar eigen gevoelens voor hem. 'Toen we elkaar voor het eerst ontmoetten, dacht ik dat je me minachtte.'
'Ik had twijfels over wie je was en wat je wilde.'
'Wat heeft je van gedachten doen veranderen?'
'Ik heb ingezien dat een vrouw met jouw kennis en talent ons niet nodig heeft. Je bent een Amerikaanse, en vastberaden. Je kunt je prima zonder ons en ons geld redden. Iedereen weet dat

in Amerika alles mogelijk is.' Hij streelde haar wang. 'Het is eerder andersom. We hebben jou en Marco nodig. De hoop voor de toekomst. Daar heeft onze familie te weinig van.'

Celina was verrast dat ze hem zulke gedachten en gevoelens hoorde uiten. 'Ik heb een tijd gedacht dat je niet wilde dat ik hier bleef.'

'Eerlijk gezegd was ik bang om in die mogelijkheid te geloven.' Hij greep haar hand. 'Blijf je, alsjeblieft?'

Haar hart sloeg over, en ze durfde haast niet te geloven dat dit echt gebeurde. Maar het wás echt. Ze drukte een vederlichte kus op zijn lippen. 'Zelf zou ik Marco nooit de vreugde kunnen geven om omringd door grootouders, neven en nichten en tantes en ooms op te groeien. En nu dit nog.' Ze zweeg en keek naar hun vervlochten vingers. Inmiddels voelde het zo juist. Haar hart liep over bij de gedachte om weer liefde te vinden. Het trillen van haar stem onderdrukkend vroeg ze: 'Hoe gaan we nu verder?'

Hij grijnsde. 'Mijn ouders zijn in elk geval dol op je.'

Hoe verleidelijk hij er ook uitzag, onbewust voelde ze zich ongemakkelijk. 'We hebben natuurlijk de tijd.'

Was dat wel zo? Als ze nu naar San Francisco zou teruggaan, zou hun relatie misschien nooit tot bloei komen. Maar stel dat ze zou blijven? Zouden ze dan even vertrouwd raken als familie en de vonk verliezen die op dit moment tussen hen oversloeg?

'Alle tijd die je nodig hebt. Dat beloof ik.'

'Ik moet aan het idee wennen.' Ze besefte plotseling dat deze nieuwe realiteit veel ingewikkelder kon worden als ze zijn familie over hun gevoelens voor elkaar zouden vertellen. 'We weten allebei hoe belangrijk tijd is. We hebben beiden onze zielsverwanten veel te jong verloren.'

Maar het was meer dan dat. Omdat ze voelde dat ze hem haar diepste gedachten kon toevertrouwen, vroeg ze: 'Hoelang heb je gerouwd om Isabella's dood?'

Lauro's gezicht verbleekte van schrik, en hij fronste verward. 'Volgens mij heb je me verkeerd begrepen.'

'Wat?'

'Ik heb Isabella niet begraven.'

'Ze is toch omgekomen bij dat ongeluk?'

'Nee, nee, nee.' Zuchtend trok Lauro zijn hand uit de hare en sloeg die voor zijn gezicht. 'Ze is die avond niet gestorven. Maar ze is ook nooit meer bijgekomen.'

'Ik begrijp het niet...'

'Ze ligt in een sanatorium in Rome. Ze is al dertien jaar in coma.'

Nu was het Celina's beurt om te schrikken. 'Waarom heb je me dat niet verteld?'

'Ik dacht dat mijn ouders of Adele dat wel hadden gedaan.'

'Waarom zouden ze?'

Gelaten haalde Lauro zijn schouders op.

Het was alsof een ijzige band haar keel dichtsnoerde. Met moeite bracht ze uit: 'Waarom heb je me haar ring laten zien?'

'Om mijn gedrag te verklaren. In mijn hart heb ik me al die jaren getrouwd met haar gevoeld,' zei Lauro langzaam. 'Ik heb gewacht tot ze zou herstellen en ontwaken. Maar jij hebt dat nu gecompliceerd.'

'Ík heb jóúw leven gecompliceerd?' Celina was verward. 'Vanaf de dag dat ik hier ben aangekomen heb je me ongemakkelijk gemaakt. En je hebt me net verteld dat je gevoelens voor me hebt.' Dat had ze toch niet verkeerd begrepen?

Lauro boog zich met een ernstige uitdrukking naar haar toe. 'Ja, dat heb ik. Ik vond dat je het moest weten.'

'Wat wil je van me? Een scharrel aan de zijlijn terwijl je wacht op een vrouw die waarschijnlijk nooit zal ontwaken? De afdankertjes van je broer?' Ze kon zich niet inhouden. 'Is dit jouw verwrongen manier om wraak op hem te nemen?'

'*No, tesoro mio, no*. Maar jij hebt mij als eerste gekust. Ik kon je geen weerstand bieden.'

'Waarom doe je me zoiets aan?' Afwerend hief ze haar handen, terwijl haar fragiele hart opnieuw brak. Dwaas die ze was.

'Zodat je begrijpt wat ik voor je voel, en waarom ik me zo gedragen heb.'

Celina sprong overeind, niet in staat zijn aanwezigheid nog langer te verdragen. 'Ik heb medelijden met je, maar ik begrijp je nog minder dan voorheen. Als je zo toegewijd bent aan Isabella, wek dan alsjeblieft geen gevoelens bij me op. Kijk me niet aan met die blik, raak zelfs mijn hand niet aan. En laat mijn zoon met rust.'

Overspoeld door wanhoop liep ze naar de deur. Daar aangekomen keek ze aarzelend om, vurig hopend dat hij haar naam zou roepen, en opnieuw zijn gevoelens voor haar zou uitspreken.

Stilte.

Lauro ademde in alsof hij iets wilde zeggen, en even voelde ze een sprankje hoop oplaaien.

Toen schudde hij zijn hoofd.

Celina opende de deur. Toen ze naar buiten stapte, keek Lauro's secretaresse haar met een verwachtingsvolle glimlach aan, maar haar gezicht betrok meteen van teleurstelling. Had ze gehoopt dat Celina haar baas van een vreemde onbeantwoorde liefde zou redden?

Nee, dat zou nooit gebeuren.

Celina beende het gebouw van Cioccolata Savoia uit. Ze had niemand nodig om haar leven te veranderen. Dat kon ze zelf wel.

En dat zou ze doen ook.

17

Nadat ze uit een taxi was gestapt, haastte Celina zich een geplaveide trap op om naar Sara, Carmine en Marco toe te gaan. Mariela was de voordeur van Cioccolata Savoia uit gerend om haar de routebeschrijving naar het Grand Café te geven, en die volgde ze nu. Ze veegde boze tranen van haar wangen en negeerde ondertussen de nieuwsgierige blikken van mondaine voorbijgangers. Wel probeerde ze de witte katoenen handschoenen met grasvlekken die ze onder het lopen had aangetrokken niet nog vuiler te maken.

Ook al konden de vreemden die ze in de elegante Via Chiaia voorbijsnelde haar niets schelen, ze hoopte dat het Sara en Carmine niet zou opvallen dat ze van streek was. Alleen al omdat ze het niet wilde uitleggen waar Marco bij was.

'Zo is het genoeg geweest,' zei ze tegen zichzelf, met de snelle spreidbeweging van haar handen die ze Adele en Sara had zien maken. Dat voelde beter, moest ze toegeven.

Ze was vastbesloten alles wat er vandaag bij Cioccolata Savoia was voorgevallen achter zich te laten. Haar hoofd was een wervelende chaos van emoties. Ze berispte zichzelf voor haar ogenblik van zwakheid in de testkeuken, maar meteen daarop herleefde ze het weer.

Gefrustreerd blies ze haar adem uit.

Ze had het alleen aan zichzelf te wijten. Zij was degene die de kus met Lauro had uitgelokt. Hij had alleen maar haar schouders, armen en nek gemasseerd, op een manier die haar zintuigen in vuur en vlam had gezet. Op een manier waarop geen enkele man dat ooit had gedaan, waarvan ze niet had geweten dat die bestond, tenzij je het gezwijmel tussen acteurs en actrices in films meetelde, en dat was toch niet echt.

Lieve hemel! Was ze echt zo kwetsbaar?

Ja. Dat was ze.

Verdorie.

Dat moest veranderen. En wel meteen.

Haar hoge hakken klakten op de stenen onder haar voeten, en elke stap was een blijk van haar vastberadenheid. Toen ze in de etalage van een boetiek een glimp van haar gekwelde gezicht opving, vertraagde ze haar pas en probeerde ze zichzelf onder controle te krijgen. Ze stond er nu alleen voor en moest aan zichzelf en haar zoon denken.

Allerlei mogelijkheden begonnen door haar brein te tikken. Ze kon in Amalfi blijven, waar ze van minder kon leven dan in San Francisco en een winkel kon openen aan de hoofdstraat, bij de Piazza del Duomo. Nu ze Lauro aan de telefoon had horen praten met de inkoper van een winkel in Londen wist ze dat ze hier kon wonen, haar chocolaatjes kon maken en ze aan toeristen kon verkopen. Ze kon haar voorraad in het buitenland verhandelen en een goede boterham verdienen. Ze kwam er wel uit; dat was altijd zo geweest.

Wat haar, luisterend naar Lauro's telefoontje, het meest had verrast was de omvang van de vraag bij grote winkels. Na wat snel hoofdrekenen wist ze zeker dat ze het hier in Italië ver kon schoppen met een bedrijf en dat ze de hulp van de familie Savoia niet nodig zou hebben.

Toen ze het Grand Café op de hoek naderde, ging ze langzamer lopen om op adem te komen. Ze bleef in een deuropening staan om haar haar glad te strijken en haar lippen te stiften. Ze haalde haar poederdoosje uit haar handtas en tuitte haar lippen. Terwijl ze in het spiegeltje naar zichzelf tuurde, hakte twijfel stukjes van haar ontluikende zelfvertrouwen af. Kon ze wat ze zich voorstelde echt wel aan? Of was dit niet meer dan een emotionele reactie op Lauro? Snel smeerde ze een streep rood op haar gezwollen lippen en klikte de dop weer op de lippenstift.

Ja hoor. In Amalfi blijven.

Haar gewonde trots vulde haar hoofd met verheven ideeën. Ze was te oud voor die onzin.

Nee, ze zouden meteen teruggaan naar San Francisco en Marco zou met school beginnen. Omgeven door alles wat vertrouwd was zou ze de mogelijkheden onderzoeken en een beslissing nemen gebaseerd op logica, niet op emotie.

En beslist niet op Lauro Savoia.

Haar zwager, potdorie. Wat haalde ze zich in haar hoofd? Met grote passen liep ze door naar haar bestemming.

Toen Celina bij Gran Caffè Gambrinus aankwam, baande ze zich een weg tussen de goedgeklede gasten door die onder kristallen kroonluchters zaten te lunchen, totdat ze Carmine en Sara aan een zonnig tafeltje op de patio zag zitten. Voor hen stonden een mandje met brood en een karaf wijn. Marco had Italiaanse vruchtenlimonade met prik.

'Waar is Lauro?' vroeg Sara met een blik achter haar.

'Hij komt niet. Hij werd gebeld vanuit Londen.' Dat was in elk geval waar.

Carmine en Sara wisselden een blik, en Sara keek bezorgd.

Wat Celina waardeerde was dat ze niet doorvroeg. Ze wist zeker dat Sara haar er later wel naar zou vragen.

'Je lijkt buiten adem,' zei Sara.

'Ik heb me gehaast, want ik wilde jullie niet laten wachten.' Ze ging zitten en gaf Marco een knuffel. 'Heb je nog meer chocola geproefd?'

Marco grijnsde. 'Nonna heeft een enorme doos gepakt en die gevuld met alles wat ik wilde hebben. Kijk, mam, er zitten chocoladedieren in. Eenden, vissen en konijntjes.' Zijn gezicht lichtte op van verrukking.

'Alleen het beste voor onze kleinzoon,' zei Sara, die al net zo enthousiast leek als Marco.

'Wat een mooi geschenk,' zei Celina. Na wat ze net had doorstaan met Lauro werd ze gekalmeerd door de aanblik van deze drie mensen die genoten van elkaars gezelschap.

'Ze heeft er lang op gewacht een kleinkind te kunnen verwennen,' zei Carmine. 'En ik kan geen enkele jongen bedenken die het meer verdient dan Marco. Hij was erg populair bij het personeel en mocht zelfs helpen bij het maken van chocolaatjes.'

'O ja? Ik ben heel trots op je.'

Marco kroop tegen haar aan, hief zijn gezicht naar haar op en werd ineens heel serieus. 'Mag ik je iets vragen, mama?'

'Natuurlijk. Wat dan?'

De jongen trok een gezicht. 'Ik weet dat de school begint, maar ik vind het hier echt heel leuk. Kunnen we langer blijven? Ik kan hier naar school, zegt nonna. Ze zal me helpen beter Italiaans te spreken.'

Sara glimlachte. 'Ik wil je niet beïnvloeden...'

'Jawel,' wierp Carmine er grijnzend tussen. Hij schonk wijn in een glas voor Celina.

'We zijn heel veel van Marco gaan houden,' zei Sara.

'Alsjeblieft, mama?'

Ook al werd ze omringd door drie verwachtingsvolle gezichten, ze bleef onverstoorbaar. 'Het is een leuk idee, maar ik denk dat we moeten teruggaan naar San Francisco om er nog eens over na te denken.'

Marco's onderlip begon te trillen. 'Ik wil niet weg,' riep hij uit, en hij klampte zich aan zijn oma vast.

Sara's ogen werden wazig, terwijl ze over zijn rug wreef en een kus op zijn kruin drukte. 'Je komt wel terug, kleine man.'

Peinzend tikte Carmine op de tafel. 'Adele heeft ons verteld dat je een winkel in Amalfi hebt bekeken, naast die van haar. We dachten dat je van plan was te blijven.'

'Laat je door niemand van onze familie afhouden van wat je echt wil doen,' zei Sara.

Celina begreep wat ze bedoelde. 'Dit is mijn eigen beslissing. Die is rationeel en logisch. Ik moet ons leven bekijken en besluiten wat het beste is. Wanneer ik terug ben in San Francisco kan ik er helderder tegenaan kijken.'

Sara slaakte een zucht. 'Het is een voordeel familie dichtbij te hebben.'

'Je hebt hier veel kansen,' zei Carmine. 'De economie groeit. Je cioccolateria zou het waarschijnlijk heel goed doen, en het leven is hier op dit moment minder duur dan in Amerika.'

'San Francisco is natuurlijk wel een opwindende plek voor een jonge vrouw,' gaf Sara toe. 'Je hebt daar vast veel vrienden, hè?'

Celina schudde haar hoofd en dacht na over de vraag terwijl ze methodisch elke handschoenvinger lostrok voordat ze haar vuile handschoenen uittrok. Ze zou willen dat ze 'Ja, meer dan genoeg vrienden' kon zeggen, maar haar dagen werden opgeslokt door werk, eten koken en zorgen voor Marco.

Na haar moeders dood had ze zich teruggetrokken in haar werk. Pas toen Tony in haar leven was gekomen, had ze veel mensen ontmoet buiten Marge en Monsieur bij La Maison de Chocolat. Ze had net een paar gezinnen in hun buurt leren kennen, maar nadat Tony was overleden en ze hun huis had verkocht, waren ze langzaam maar zeker uit haar leven verdwenen. Die mensen hadden ook verplichtingen, en ze was een gebarsten theekopje dat niet bij hun sociale theeservies paste.

'Het is een heerlijke vakantie geweest, maar nu moeten we terug naar de echte wereld,' zei Celina, ook al stemde die gedachte haar treurig. Haar leven in San Francisco was veilig en voorspelbaar, maar het was een donkere houtskoolschets naast het soepele aquarelleven hier in Italië.

'Ze hebben daar vast een goed leven,' zei Carmine tegen Sara. 'We moeten haar niet onder druk zetten.'

Marco trok een gezicht en liep vuurrood aan. 'Ik heb geen goed leven,' riep hij. 'Ik vind mevrouw Jackson niet leuk.'

'Waarom zeg je dat nou?' Celina fronste haar wenkbrauwen.

'Omdat dat zo is,' jammerde hij. 'Ze schreeuwt tegen me, en ik moet in een donkere kast gaan zitten wanneer ik te veel vragen stel.'

Er trok een kilte door Celina heen, en ze ademde verschrikt in. 'Waarom heb je me dat niet eerder verteld?'

'Omdat je tegen me zei dat ik naar haar moet luisteren.' Tranen sprongen in zijn ogen, en hij balde zijn handen tot knuistjes om ze weg te wrijven.

'Maar dat is niet goed. Helemaal niet.' Hoe dúrfde die vrouw haar zoon op te sluiten in een kast! Bij het idee werd ze misselijk. Hoe had ze zijn emotionele leed over het hoofd kunnen zien? Ze voelde zich schuldig omdat ze in zo'n verblindend verdriet had vastgezeten.

Ze knuffelde Marco en kuste zijn tranen weg. 'Het spijt me heel erg. Ik wou dat je het me had verteld toen het was gebeurd.' Ze zou beslist met mevrouw Jackson gaan praten en iets anders voor Marco moeten regelen.

'Ik wil niet naar haar terug, en ook niet naar San Francisco,' riep Marco. 'Ik weet dat je er niets aan kunt doen dat papa is doodgegaan, maar ik wil hier bij mijn nonna en nonno blijven.'

Met tranen op zijn wangen keek hij ze smekend aan. 'Ik hou van ze.'

'Maar school...'

'Ik zal me goed gedragen, mama. Ik kan alles leren. Dat zeg je toch altijd tegen me?'

'Misschien een jaartje?' opperde Sara. 'Totdat jullie allebei over de schok heen zijn dat jullie Nino hebben verloren. Daarna kunnen jullie teruggaan, als je wil.'

'Adele, Sara en jij kunnen naar de thermale baden in Ischia gaan, waar je kunt relaxen in de natuurlijke hete bronnen en massages en gezichtsmaskers kunt nemen; hoe heet dat ook weer?'

Sara glimlachte. 'Een gezichtsbehandeling. En in de winter kunnen we gaan skiën. We hebben een chalet in de Alpen, niet ver van Turijn. Dan heb je nog de opera, en er zijn heel veel musea en bezienswaardigheden uit de oudheid die we kunnen bezoeken.'

'Vergeet zeilen niet,' voegde Carmine eraan toe. 'Ah, je zou dol zijn op Capri. In de zomer gaan we er graag zeilen. Veel prima restaurants en ook activiteiten voor Marco.'

Ze bedoelden het goed. Bij de gedachte aan mevrouw Jackson die gemeen deed tegen Marco en het eenzame leven dat hij leidde – nog eenzamer dan dat van haar – kromp ze ineen van schuldgevoel. Hoe kon ze haar zoons smekende blikken nou negeren?

Sara gaf haar man een porretje. 'En ik heb Celina en Marco nog niet eens mee uit winkelen genomen.'

'Zoals jullie het vertellen klinkt het geweldig,' zei Celina. 'Ik zou willen dat we konden blijven.'

Marco keek haar hoopvol aan. 'Alsjeblieft, mama. Een jaartje maar, zoals ze zeiden. Alsjeblieft?'

Carmine sloeg een arm om Sara heen en met z'n drieën staarden ze haar aan, alsof ze haar zo wilden overhalen van gedachten te veranderen. Ze waren met sterke argumenten gekomen, maar meer nog dan dat: de lucht was hier lichter en haar zorgen waren verder weg. Was het wel zo'n goed idee de werkelijkheid onder ogen te zien als ze daardoor unieke avonturen misliepen? Marco en zij konden dit delen en hopelijk ook samen helen.

Ze draaide Marco's gezicht omhoog naar dat van haar. 'Is wat je me over mevrouw Jackson vertelt echt waar?'

Hij knikte. 'Het spijt me dat ik het niet heb verteld. Ik wilde niet dat je boos werd of je zorgen om me maakte.'

'Och, lieverd, dat is de taak van moeders. En ik zou er voor niks ter wereld iets aan willen veranderen.' Celina hield hem vast en wiegde hem, ook al was hij te oud om nog als een baby op schoot genomen te worden. Waar waren zijn peuter- en babyjaren gebleven?

'Hij wordt snel groot,' zei Sara. 'Wanneer hij ouder is en vrienden heeft, kun je niet vaak meer komen. Dat zie ik bij mijn vriendinnen die kinderen hebben in Amerika.'

De gedachte aan alle dagen en jaren die zich voor haar uitstrekten was ontnuchterend. Hun leven was vaak geestdodend saai. Ze werd net zo moe wakker als ze naar bed was gegaan en had weinig respijt. Monsieur klakte met zijn tong en berispte haar wanneer ze tijd vrij moest nemen voor Marco. Eén vrouw had hij al ontslagen, ook al zei Marge dat die vrouw vooruitwerkte en altijd meer dan genoeg voorraad had. Bovendien wist ze dat andere chocolatiers meer geld verdienden dan zij, al waren dat natuurlijk mannen. Dat zou er eigenlijk niet toe moeten doen, want ze vond zichzelf talentvoller dan de meesten van hen. Maar zo was het nu eenmaal als ze voor iemand anders werkte.

Totdat ze een eigen winkel zou openen zou ze nooit vooruitkomen. Hoeveel jaar zou het duren om het geld bij elkaar te sparen dat ze nodig had om in San Francisco op een goede locatie een zaak te openen? Ze wierp een blik op Marco. Hij zou dan waarschijnlijk al op de middelbare school zitten.

Celina veegde met een hand over haar gezicht. Eerlijk gezegd was ze uitgeput door alles. Waarom zou ze ooit nog terug willen naar San Francisco, wanneer ze hier zoveel had?

Eén jaar zouden er meer worden, of het nou hier was of in San Francisco. Hoewel ze van haar mooie stad aan zee hield, had ze amper tijd gehad om ervan te genieten. Zou ze dat hier wel doen? In Italië leken mensen de tijd te vinden om meer van het leven te genieten. Het leven had een ander ritme.

En wat het openen van een winkel en het runnen van een bedrijf betrof: dat was een opwindende, verleidelijke gedachte. Ze dacht aan wat de familie Savoia had opgebouwd. In Lauro's kantoor had ze de foto's van hun bescheiden begin gezien. Waarom zou zij niet hetzelfde kunnen doen? Ze was overtuigd van haar talent en wist dat ze de antwoorden die ze nodig had wel kon vinden.

Ja, het was tijd voor een beetje krankzinnigheid. Ze was dertig en werd er niet jonger op. Indien nu niet, wanneer dan wel?

Celina glimlachte naar alle gretige gezichten om haar heen. 'Goed dan. Eén jaar.'

Marco schreeuwde het uit van verrukking en Sara kuste Celina op haar wang. 'Ik beloof je dat je er geen spijt van zult krijgen.'

Celina wist dat ze van één ding wel spijt zou hebben, maar het was twee uur te laat om zich daar nog druk om te maken.

Eén heerlijk jaar. De gedachte kreeg vorm en bloeide op als een enkele bloem in het droge landschap van haar ziel.

Nu ze eindelijk had ontdekt waarom Tony nooit naar Italië was teruggekeerd, kon ze niet wachten om door te gaan met haar leven.

18

Lauro zat aan de eettafel tegenover Werner. Ze keken allebei hoe Adele de terracotta trap af liep van hun comfortabele villa die op een heuveltop lag, ze uitzicht hadden op zee.

Werner heeft geluk, dacht hij. Als jonge vrouw was Adele aantrekkelijk geweest, en sinds haar huwelijk was ze dat nog meer geworden. Werner was haar toegewijd, en dat bewonderde Lauro.

Gelukkige relaties zoals die van hen waren een mysterie voor hem. In relaties met veel ruzie was het over het algemeen makkelijk om de tekortkomingen van partners aan te wijzen, al bleven hier in Italië de meeste mensen op grond van hun religieuze geloften trouw aan hun huwelijk.

Lauro had ooit gezworen dat hij zich aan Isabella's geluk zou wijden als ze ooit zou bijkomen. Maar dat was vele jaren geleden; hij moest toegeven dat hij veel was vergeten van wat hem aan haar had aangetrokken. Nu, als volwassen man, zag hij hun relatie als weinig meer dan verliefdheid. Maar hij had een toezegging gedaan, ook al had ze hem boos weggeduwd.

Genietend van de geurige amaretto na een licht avondmaal van *zuppa di cozze* – een gerecht van mosselen met tomaten, paprika en peterselie gestoofd in witte wijn, dat Adele en Werner samen hadden bereid – vroeg Lauro zich af hoe het zou zijn om een vrouw en kinderen in zijn leven te hebben. Zijn vrienden waren hem wat dat betrof ver vooruit. Hij miste het iemand te hebben om 's avonds bij thuis te komen en samen mee te koken, zoals Adele en Werner deden.

Jarenlang had hij tegen zichzelf gezegd dat hij op Isabella wachtte, al hadden zijn ouders zich afgevraagd of hij zichzelf bestrafte, of Nino. Inmiddels was hij bijna vergeten wat het was, maar wat hij niet was vergeten was zijn schuldgevoel over wat Nino had gedaan en, in het verlengde daarvan, dat hij dat goed wilde maken met haar. Tegenover haar familie had hij de plicht er voor haar te zijn. Dat was zijn verantwoordelijkheid.

Tot nog toe had hij die plicht dertien jaar gedragen, al had hij destijds nooit gedacht dat haar toestand permanent zou zijn. Anders dan Nino was hij niet iemand die de benen nam, ook al ging dat ten koste van zijn eigen genot.

Adele ging weer naast haar man in de eetkamer zitten.

'Slapen de kinderen?' vroeg Werner.

'Die vallen zo in slaap. Ze zijn aan het lezen.' Adele glimlachte naar Lauro. 'Hebben jullie twee tijdens mijn afwezigheid alle wereldproblemen opgelost?'

'In elk geval die van dit huishouden,' zei Werner, die over zijn rossige snor streek. 'Lauro zegt dat er voor mijn jongste zus vast en zeker een plek in de fabriek is.'

Er speelde een glimlach om Adeles lippen. 'Ze zou ook aan de slag kunnen bij Stella di Cioccolato.'

Lauro keek verbaasd. 'Nog nooit van gehoord. Een nieuw bedrijf?'

'Het wordt geopend in de ruimte naast mijn boetiek,' zei Adele.

'Nee, je bedoelt toch niet...' Lauro liep rood aan. 'Dat kan ze niet doen.'

Werner keek van Lauro naar zijn vrouw. 'Ik wou dat mijn vrouw me op de hoogte hield. Wie trekt er naast je in?'

Lauro snoof van ergernis. 'Antonino's weduwe, Celina. Ze is chocolatier.'

'Aha, de knappe Amerikaanse,' zei Werner. 'Wat is daar mis mee?'

'Dat moet je Lauro vragen,' zei Adele. 'Ik vind haar heel aardig. En Sara en Carmine hebben de luxe dat ze hun kleinzoon dicht bij zich hebben. Is dat niet fijn?'

Verbijsterd fronste Lauro zijn voorhoofd. 'Wel als je een bedrieger in de buurt wilt hebben.'

'O, lieve hemel,' zei Adele, 'je begint daar toch niet weer over, hè? Ik dacht dat jullie eindelijk met elkaar door één deur konden. Wat is er gebeurd?'

Lauro stak zijn kin uit. Sinds ze in de testkeuken misbruik had gemaakt van zijn zwakheid zat ze voortdurend in zijn hoofd.

'Kom op, te oordelen naar die uitdrukking op je gezicht moet het wel iets vreselijks zijn geweest,' zei Adele op de berispende toon die ze ook tegen hem had aangeslagen toen ze nog kinderen waren. 'Heeft ze een kikker in je bed gestopt? Je schoenveters aan elkaar geknoopt?'

'Het is niet grappig,' zei Lauro met een norse blik haar kant op. Soms ging Adele te ver.

'Adele vindt het leuk mensen van wie ze houdt te plagen,' zei Werner, die zag hoe hij reageerde. 'Het lijkt erop dat Celina van plan is te blijven. Misschien kan ik je helpen de situatie op te lossen. Wat is er gebeurd?'

Lauro gooide zijn handen omhoog. 'Als je het moet weten: ze heeft me gekust.'

In verwarring gebracht staarden Adele en Werner hem aan. Toen konden ze hun gezicht niet meer in de plooi houden en begonnen ze te lachen. 'Hoe is ze tot die vreselijke daad gekomen?' vroeg Adele. 'Is ze uitgedaagd?'

Lauro haalde zijn schouders op. 'We waren in de fabriek. Ze zag er gespannen uit, dus heb ik haar schouders een beetje gemasseerd.'

'Dat doen we vaak om vrouwen zover te krijgen dat ze ons kussen,' zei Werner met een knipoog naar zijn vrouw. 'En, was het een teleurstelling?'

'Helemaal niet. Het was buitengewoon fijn.'

'Fíjn? Dat is al net zo erg als "leuk".' Adele slaakte een zucht. 'Wat verwachtte je dan? Ze is net haar man verloren.'

'Nee, nee, nee, je begrijpt me verkeerd,' zei Lauro, zenuwachtig door het verhoor. Hij was niet snel nerveus, maar dit gesprek verontrustte hem. 'Eigenlijk was het gewoonweg fantastisch.'

Nippend van een digestief keek Werner hem onderzoekend aan. 'Wat is dan het probleem?'

Geërgerd duwde Lauro zich van de tafel af. 'Zijn jullie allebei Isabella vergeten?'

Adele en Werner wisselden een behoedzame blik.

Hij wist wel wat ze dachten. Ze waren er die dag, de dag voor Kerstmis, bij geweest toen signore Guardino hem eindelijk toestemming had gegeven om Isabella ten huwelijk te vragen.

Die kans had Lauro nooit gekregen. Isabella en hij waren niet verloofd. Ze had volop geflirt en toespelingen gemaakt, er vast van overtuigd dat hij haar ten huwelijk zou vragen als haar vader het goedkeurde. Lauro streek met zijn hand over zijn ietwat stoppelige kin.

Wat nou als die hoop haar al die jaren in leven heeft gehouden?

'Hoelang is het nu geleden?' vroeg Adele.

Herinnerde ze zich de datum niet? 'Dertien jaar.'

'Heb je ooit overwogen Isabella los te laten?' Adele staarde hem aan met dezelfde compassie die hij ooit op haar gezicht had gezien toen hij op een skipiste zijn arm had gebroken terwijl hij in een wedstrijdje met haar halsoverkop omlaag was geskied. 'Ze zou willen dat je een volwaardig leven leidt.'

Lauro wierp Werner een blik toe. 'Jij hebt lang op Adele gewacht. Tot na de oorlog.'

'Dat is waar,' zei Werner, en hij streek met een hand over die van Adele.

'Uitgerekend jullie zouden mijn dilemma moeten begrijpen.' Lauro beet op zijn onderlip. Hij had het tegenover zichzelf niet willen toegeven, maar daar had je het: Celina vormde een ernstig dilemma voor hem.

'Als je langs blijft lopen, kun je net zo goed binnenkomen en rondkijken.'

Bij het geluid van Celina's stem draaide Lauro zich om en hij deed alsof hij verrast was. Hij was nieuwsgierig en was langs haar nieuwe cioccolateria gelopen, die precies paste tussen de boetiek van Adele en een populaire koffietent. Goed, hij was een paar keer langsgelopen. Wat dan nog?

Toen hij niet meteen reageerde, haalde ze haar schouders op en draaide zich om om weer naar binnen te gaan.

'Iedereen mag op dit trottoir lopen,' zei hij scherper dan de bedoeling was. 'Het is toch niet jouw eigendom?'

Ze zette haar vuisten in haar zij. 'Nou, ik zet zo tafels en stoelen neer op de plek waar jij nu staat.'

'Hoezo?'

'Wat kan het jou schelen?'

Toen hij zich niet verroerde, blies ze verbijsterd haar adem uit. 'Als je niet weggaat, kun je me op zijn minst helpen.'

'Heb je daar geen werknemers voor?' Weer verhulde zijn toon zijn frustratie over het dilemma waarin hij zich bevond.

'We hebben niet allemaal een leger aan werknemers.'

Hoe ze de deur openhield en wachtte was beslist een uitdaging. Ze liet hem geen andere keus dan haar van dienst te zijn.

En Adele keek door haar winkelraam toe. Zij zou later zeker iets te zeggen hebben. In elk geval was hij er trots op dat hij een gentleman was. Bovendien was het niet meer dan natuurlijk om nieuwsgierig te zijn. Hij wilde zien wat ze met het interieur van de oude winkel had gedaan.

Met haar haar in een paardenstaart zag Celina er jonger uit dan ze was, maar ze liep met de houding van een generaal door de cioccolateria. Ze zag er beter uit dan zou moeten in de zwarte broek met smalle pijpen die haar benen omsloten en haar slanke enkels bloot lieten. Ze droeg platte schoenen, en een oversized wit T-shirt met verfspatten gaf haar een artistieke uitstraling.

De meeste mannen zouden haar aantrekkelijk vinden, dus het kon hem niet kwalijk genomen worden dat hij iets langer bleef dan eigenlijk gepast was.

Celina wierp hem een kille blik toe en wees naar handgemaakte rieten tafels en stoelen. 'Die. Buiten.'

'Ja, meneer.'

Ze trok een gezicht, pakte een kwast en een bus verf en beklom als een lenige bergleeuw een keukentrap. Uit een platenspeler in de hoek schalmde een liefdeslied, en ze begon met de muziek mee te zingen. Hem negeerde ze hardnekkig.

Dat had hij waarschijnlijk verdiend. Achteraf gezien had hij openhartiger moeten zijn over Isabella, maar hij werd verscheurd tussen zijn verlangen naar Celina en zijn plicht tegenover Isabella. Toegegeven: hij had haar met die schoudermassage misleid – volgens Werner – maar hij had haar onweerstaanbaar gevonden, en zij was nog verder gegaan.

Om zich heen kijkend zag hij hoe ze de kleine ruimte had veranderd. Alles was schoon, zelfs de kroonluchter glinsterde in het zonlicht, en door het hoge plafond bezaaid met hemelsterren leek de ruimte veel groter. Onder haar handen was de stoffige oude winkel tot leven gekomen. Hij stond oprecht versteld, maar wilde niet dat ze dacht dat hij snel onder de indruk was.

Hij gebaarde naar de platenspeler. 'Een beetje luid, of niet?'

Ze trok een gezicht. 'Waar heb je gezeten? Dat is Doris Day. Het is haar nieuwste hit. Mijn vriendin Lizzie in San Francisco heeft me vorige week een pakketje platen gestuurd. Misschien hou je meer van Eartha Kitt. Heb je haar *C'est si bon* horen zingen?'

'Nee, ik hou van góéde muziek...'

'Wel uitkijken, hoor.' Celina zwiepte haar paardenstaart over haar schouder. 'Dat is een aardig sexy nummer. Ik weet niet of het wel jouw stijl is.'

'Mijn wat?'

Celina negeerde hem en begon een vrolijk deuntje te zingen.

Lauro schudde zijn hoofd. Dat had hij ook verdiend. Wat was er toch aan haar veranderd?

Ze leek een transformatie te hebben ontgaan, samen met de ruimte die ze had gerenoveerd. Ze was resoluter, expressiever. Beslist Amerikaanser. Hij krabde aan zijn kin, niet zeker of hem dat wel aanstond. Niet dat het er iets toe deed wat hij van haar dacht. Maar er waren slechts een paar weken verstreken sinds hij haar voor het laatst had gezien. Het was hem gelukt bezoekjes aan zijn ouders te mijden wanneer hij wist dat zij er zou zijn.

Als aan de grond genageld stond hij naar haar te kijken.

Wie deed er nu dom? Op zakelijk gebied was hij altijd slagvaardig geweest. Nu waagde hij zich in een gebied met emotioneel drijfzand.

Hoog op de keukentrap stond ze een muur te verven. Zodra het lied was afgelopen, wees ze met een duim naar de platenspeler. 'Kijk maar of er iets anders bij zit wat je wil horen.'

Lauro bekeek de platen. 'Rosemary Clooney, Nat King Cole, Perry Como, Tony Bennett. Wie zijn die mensen?'

'De laatste twee zijn Italiaans.'

'Italiaans Amerikáánsa, bedoel je.'

'Ik durf te wedden dat je ze leuk vindt.'

'Dat betwijfel ik.'

Met de verfkwast in de lucht bleef ze staan. 'Wat ben jij een mopperkont geworden, zeg. Wat is er met je gebeurd? Ik ben degene die boos zou moeten zijn.'

Lauro opende zijn mond, maar ze had hem overrompeld. Misschien had ze gelijk. Hij had veel nagedacht over de dag dat hij haar voor het laatst had gezien, bij Cioccolata Savoia in de testkeuken en daarna in zijn kantoor. Hij had zichzelf moeten tegenhouden, had de situatie eerder moeten uitleggen. Maar hij was een man, geen monnik, en had al lang geen vrouw meer in zijn armen gehouden. Te lang. 'Hoezo, een mopperkont?'

'Kijk eens in de spiegel.' Ze gebaarde achter zich.

Een oude spiegel met schuine randen was schoongeschrobd, en hij boog zich ernaartoe. Een nors kijkende man staarde terug.

Hij leek verbitterd, boos en oud. Zo zag een mopperkont er dus uit. Dat heb ik vast ook verdiend.

'Ik heb het hier leuk,' riep Celina. 'Ik wil graag wat hulp met de tafels en stoelen, maar als je gaat klagen of jezelf aangapen in de spiegel heb ik liever dat je weggaat om ruimte te maken voor iemand die wel wil helpen.'

'Prima.' Lauro pakte met zijn ene hand een tafel en met zijn andere een stoel, en liep door de brede deuropening naar buiten. Nadat hij de zitjes buiten had neergezet, ging hij weer naar binnen.

'Serveer je buiten chocolaatjes?'

'IJs in de zomer. *Cioccolata calda* in de winter. En *bicerin*.'

'Bicerin? Dat serveren ze alleen in Turijn.'

'Waarom? Staat dat soms in een wet?'

'Natuurlijk niet. Maar dit is Amalfi.'

'De toeristen zullen ervan genieten.' Ze draaide zich om. 'Ik heb tegen je gezegd dat ik die mopperkont hier niet wil hebben.'

'*Caffè napoletano*,' mompelde Lauro terwijl hij een tafeltje rechtzette. 'En *cappuccino freddo* in de zomer.'

'Wat?'

'Ik kan beter gaan. Laat maar weten als je meer hulp nodig hebt in de keuken.'

Bij die woordkeus vertrok zijn gezicht. Snel liep hij de winkel uit, voordat ze kon reageren. Toen hij een blik over zijn schouder wierp, zag hij dat ze hem nakeek, met haar mooie lippen uiteen geweken van verbazing. Die lippen... O, wat hunkerde hij ernaar haar weer in zijn armen te nemen.

Eenmaal uit het zicht sloeg hij zich tegen zijn voorhoofd. Hoe kon hij in vredesnaam bij haar goedmaken wat hij had gedaan?

19

'Buongiorno,' riep Celina naar de mensen die ze passeerde terwijl ze op haar mintgroene Vespa door de smalle straat zoefde. De zon was warm op haar schouders en de ziltige zeebries koel op haar gezicht. Citrusbloesems omzoomden de weg en verzachtten de lucht, parfumeerden de heuvel en gaven haar inspiratie.

Wat een mooi leven, dacht ze, bijna bang voor het geluksgevoel dat in haar opbloeide. In de afgelopen weken had ze een wapenstilstand gesloten tussen haar hart en haar hoofd. Ze was blij met haar besluit in Italië te blijven, ook al bleef Lauro een doorn in haar zonnige tuin. Marco was op school begonnen, en ze leerden samen Italiaans. Als het jaar goed verliep, zouden haar zoon en zij blijven. Zo niet, dan kon ze de chocolaterie verkopen of iemand zoeken om die voor haar te runnen.

Bij Stella di Cioccolato aangekomen sprong ze van de scooter en stak ze de sleutel in het slot van de winkeldeur. Ze was vast van plan de voorraad chocolaatjes af te maken die ze de volgende dag nodig had voor haar grote openingsfeest. Zodra ze de deur opende, zweefde de geur van chocola haar verwelkomend tegemoet. Het was haar gelukt bronnen te vinden die haar de hoogste kwaliteit cacaobonen leverden die ze kon vinden. Ze snoof het rijke aroma op. Duur, maar het geld waard.

Nadat ze de lichten had aangeknipt, werd de deur dichtgeslagen en kwam Werners jongste zus enthousiast binnen. Karin, een rossige meid van achttien, was dolblij met haar baan als Celina's assistent.

'*Buongiorno, come stai?*' Celina grijnsde naar de slungelige jonge vrouw. Ze was blij met haar. Naast Duits sprak Karin ook Italiaans, Engels en Frans, wat handig zou zijn met toeristen.

'Hé, wat een goede uitspraak,' zei Karin met een plat Amerikaans accent, terwijl ze haar handtas onder de toonbank weglegde. 'Zodra je het Italiaans onder de knie hebt, zal ik je Duits leren.'

'Tegen die tijd zit jij waarschijnlijk in het diplomatieke korps.' Gezien haar zonnige karakter zou Karin de klanten bedienen. Maar omdat ze een snelle leerling was, hielp ze ook in de keuken, waar ze warme couverture uit de tempereermachine haalde of truffels met de hand afwerkte met geroosterde, fijngemalen amandelen en pistachenoten of kunstige tekeningen van gesmolten chocola.

Met een dromerige blik in haar ogen liet Karin haar kin op haar hand rusten. 'Ik ga liever naar Hollywood om een actrice als Marlene Dietrich te worden. Ken jij iemand daar?'

'Ik heb ooit in een hotelletje aan het strand in Santa Monica gelogeerd, naast het landgoed van Marion Davies. Dichterbij ben ik nooit geweest.' Dat leek nu een eeuwigheid geleden.

'Heb je filmsterren gezien?'

Celina schudde haar hoofd.

Karin kwebbelde door. 'Gregory Peck en Audrey Hepburn hebben een film gemaakt in Rome. Die heet *Roman Holiday*. Romantisch, hè? Gregory Peck is zo knap.' Haar ogen lichtten op. 'Wist je dat die beeldige acteur James Dean verliefd is op een Italiaanse actrice, Pier Angeli? O, hij is nog knapper dan Gregory Peck. Zien alle mannen in Californië er zo uit?'

Celina lachte. Ze kon zich nauwelijks herinneren hoe het voelde zo jong en enthousiast over het leven te zijn. Maar sinds ze had besloten in Italië te blijven, had ze het gevoel dat ze een tweede kans kreeg. Ook Marco had die verdiend.

'Kom me met de truffels helpen voordat we opengaan,' zei Celina. 'Ik begin met de truffels gevuld met frambozen en purechocoladeganache en wil graag dat jij de gekonfijte gember van gisteren in chocolade doopt.'

Karin zette grote ogen op. 'Die frambozentruffels waren de lievelingschocolaatjes van je man, hè?'

'Ik maakte ze voor elke Valentijnsdag.' De sprankelende tiener stelde duizend vragen en had de gave verhalen uit haar te trekken.

Karin liep achter Celina aan de stenen trap af naar beneden en bestookte haar met vragen, totdat ze in de keuken aankwamen.

Met z'n tweeën hadden ze de keuken schoongeschrobd. Vervolgens had Celina met een beetje geluk en een heleboel telefoontjes een keuken bij elkaar gesprokkeld die bestond uit gebruikte apparatuur, koperen potten en gietijzeren mallen, waarvan vele antiek waren. Ze keek om zich heen, tevreden met het werk dat ze hadden verzet. De keuken was misschien niet zo luxe of modern als de testkeuken bij Cioccolata Savoia, maar hij was van haar.

'We hebben een boel te doen vandaag,' zei ze tegen Karin. Ze hoopte dat ze vóór de opening klaar zouden zijn. Sara had ermee ingestemd voor Marco te zorgen als ze tot laat in de keuken moest werken. Ze wilde heel graag alles perfect hebben.

Terwijl ze op een lopendebandmanier aan de slag gingen, wilde Karin alles weten over Californië, verliefd worden en chocolaatjes maken. Ze was zo argeloos en enthousiast dat Celina haar vragen niet kon weerstaan. En eerlijk gezegd werd ze aangestoken door Karins geestdrift.

Hoewel Celina voor een paar van haar bijzonderste truffels zelf cacaobonen had gebrand en verwerkt, had ze voor andere couverture of blokken bewerkte chocolade aangeschaft, klaar voor gebruik.

Ze tilde een au bain-mariepan gevuld met water op het fornuis en smolt er een blok couverture in, waarbij ze zorgde dat het water op de juiste temperatuur bleef. Kijkend naar de als zijde glanzende chocola voegde ze op precies het juiste moment warme room en likeur toe om ganache te maken voor de zachte kern van de truffels.

Door haar haast ging de volgende lading verloren. Ze had het water te warm laten worden, waardoor vocht in de bovenste pan neersloeg en de chocola schiftte tot een kleverige, klonterige massa. Nadat ze het zweet van haar gezicht had geveegd, begon ze opnieuw.

Terwijl de hoopjes ganache afkoelden, tempereerde Celina nog meer couverture voor de harde buitenkant van de truffel. Daarna liet ze Karin zien hoe ze de truffels die ze hadden gemaakt met zijdezacht cacaopoeder moest bepoederen.

'Mag ik er een proberen?' vroeg Karin met een blik op de truffels die ze hadden gemaakt.

'Ik wil dat je alles proeft. Dan weet je precies wat je klanten kunt voorstellen wanneer ze je vragen of je ze iets kunt aanraden.'

Karin beet in een truffel en zette grote ogen op. 'Ik kan niet geloven hoe heerlijk ze zijn. En ik heb geholpen ze te maken!'

Celina lachte. 'We beginnen nog maar net met je opleiding.' Ze gebaarde naar dozen met voorraden. 'Nu moet je de afgekoelde truffels in papieren bonbonbakjes leggen en die in de met goudfolie beklede geschenkdoosjes zetten. Ik wil ruimschoots voldoende voorraad hebben. Een weelderige voorraad zelfs.'

Karin giechelde. 'Klinkt verleidelijk.'

'En onweerstaanbaar.' Celina wierp een blik op de klok aan de muur en fronste haar wenkbrauwen. Ze lag achter op schema, en haar rug en voeten deden nu al pijn van de uren die ze had gemaakt.

'Morgen geven we iedereen die komt een geschenkzakje met truffels.' Celina opende de deur naar een volle koelruimte, waar platen met de lekkernijen die ze hadden gemaakt op precies de juiste temperatuur werden bewaard. Alleen voor de nacht kon ze wat er niet meer bij paste wel in de wijnopslagruimte neerzetten die ze had aangetroffen. Daar was het ook koel en donker.

Ze bekeek haar voorraad. Gekonfijte schijfjes citroen en sinaasappel gedoopt in chocola, gebrande koffiebonen omhuld met pure chocola en kokosbonbons met een laagje melkchocola. Petits coeurs met een vulling van crème fraîche en frambozenlikeur, karameltoffees met rum in een omhulsel van melkchocola en bitterzoete espressotruffels bestrooid met gemalen Siciliaanse pistachenoten.

Daartussen lagen de chocolaatjes die haar handelsmerk waren: sterren van romige melkchocola, pure chocola gevuld met crème fraîche met pepermuntsmaak en witte chocola geglaceerd met gekonfijte citroenschil. Fantasievolle chocoladeschelpen en -zeepaardjes uit antieke smeedijzeren mallen en oesterschelpen van chocola met parels van witte chocola of ganache erin. Telkens wanneer ze een creatie af had, had ze ideeën voor drie volgende. Zou ze ooit klaar zijn?

Boven hen werd op de achterdeur geklopt.

'Verwacht je meer leveringen?' vroeg Karin.

'Verse aardbeien.' Celina veegde plukjes haar van haar zweterige voorhoofd. 'Ik handel het wel af.'

Het was een uitdaging geweest precies de juiste producten te vinden. Gelukkig had Marge haar dringende verzoek opgevolgd. Monsieur had Celina in contact gebracht met de juiste leveranciers van cacaobonen en chocoladesoorten in Venezuela en Ecuador. Hoewel haar bestellingen klein waren, had ze beloofd dat haar behoefte zou groeien. Een andere leverancier stuurde vanille uit Madagaskar die de beste was die ze ooit had gevonden, en via Sara had ze boeren in de buurt gevonden die hazelnoten, pistachenoten en andere boomnoten konden leveren. Elke ochtend was ze naar de lokale markten gegaan om de verste, ongewoonste vruchten, kruiden, likeuren en andere smaakstoffen te zoeken. Ten slotte stemde een aardbeienteler ermee in haar de hoeveelheid aardbeien te leveren die ze nodig had.

Tien minuten later vulde de geur van verse aardbeien de keuken. 'Kun jij ze schoonmaken en van hun kroontje ontdoen, Karin?'

'Wat ga je maken?'

'Ik ga deze drenken in sinaasappellikeur en dan bedruipen met witte en pure chocola.' Celina pakte een paar aardbeien, spoelde ze af boven de gootsteen en gaf er een aan Karin om te proeven. 'Mm, precies de juiste hoeveelheid zoet en sap,' zei ze, bijtend in de aardbei. 'Deze serveren we met gekoelde prosecco.'

Karin ging meteen aan de slag. 'Denk je dat we het morgen druk krijgen?'

'Ik mag toch hopen van wel!' Celina had winkeleigenaren rond het plein uitgenodigd, restauranthouders, herbergiers en een paar mensen met wie ze via Sara bevriend was geraakt. Amalfi was een kleine plaats, maar het nieuws dat er een Amerikaanse chocolatier in het dorp was, was snel rondgegaan. Ze rekende op de nieuwsgierigheidsfactor.

Als ze geluk had, kon ze een lokale klantenkring opbouwen en toeristen trekken. Haar grote plan was ongebruikelijke truffels maken en fantasievol gevormde chocolaatjes voor grote warenhuizen in de VS en Engeland te creëren. Daarvoor was veel meer geld nodig dan ze had, maar ze zou wel een manier vinden om dat voor elkaar te krijgen.

Toen de zon onderging, maakte Karin haar werkplek schoon. 'Weet je zeker dat je me niet iets langer hier wil hebben?'

'Ga lekker eten. Ik ben bijna klaar.' Dat was ze alleen nog lang niet en ze bleef tot middernacht werken omdat ze per se alles tot in de details perfect wilde hebben.

De volgende ochtend zoefde ze bij zonsopgang op haar Vespa door het rustige dorp. Ze had veel meer geld uitgegeven dan ze van plan was geweest om de winkel in te richten en de beste kwaliteit ingrediënten te kopen die ze kon vinden. De grote opening moest dus een succes zijn. Gebaseerd op haar ervaring in San Francisco wist ze dat het aanbieden van een chocolaatje om te proeven tot verkoop leidde. Als mensen eenmaal haar creaties hadden geproefd, konden weinigen de verleiding weerstaan om meer te willen.

De vorige avond had ze zich aan een paar nieuwe smaken gewaagd, zoals haar truffelcombinatie van basilicum, munt en citroen in crème fraîche geglaceerd met pure chocolade en haar truffels met een lichte smaak van Chinese thee. Voor de minder avontuurlijken had ze pure chocolade met een beetje bloedsinaasappel gemengd en de truffels met zeezout bestrooid. En de mensen zouden vast dol zijn op de aardbeien, die altijd populair waren geweest bij de clientèle van La Maison de Chocolat.

Ze liep snel naar haar keuken en dacht aan al het werk dat ze die dag moest verzetten. Hoewel ze uitgeput was, gonsden honderd details door haar hoofd. Toch kon ze het gevoel niet van zich af zetten dat ze de vorige avond iets belangrijks was vergeten. Maar ze wilde graag haar deuren openen voor het publiek en zien of mensen haar creaties lekker vonden. Bij dat vooruitzicht trokken scheuten energie door haar heen.

'Hallo, baas,' zei Karin, die de trap af vloog.

'Dank je dat je vroeg bent gekomen.' Celina legde de laatste hand aan een chocoladefantasie van vogels en bloemen die ze in een vogelnest van gesponnen suiker zou neerzetten.

Met grote ogen keek Karin om zich heen. 'Wauw, wat heb jij gisteravond veel gedaan!'

'Ik zag bijna dubbel tegen de tijd dat ik wegging. Maar ik was zo opgewonden dat ik nauwelijks kon slapen.'

Toen Karin haar schort vast strikte, slaakte ze een gilletje. 'O, wat mooi, die chocoladesterren.'

'We delen ze uit wanneer de gasten aankomen om de opening van Stella di Cioccolato te vieren. Kun jij de geschenkzakjes klaarmaken die we de gasten mee naar huis geven?'

'Wat een mooie naam.' Karin bekeek de zakjes die Celina had laten bedrukken. 'Ik zie dat je ook chocoladepalmen hebt gemaakt.'

'Je hebt geen idee wat ik heb moeten doorstaan om die mallen te krijgen,' zei Celina lachend. 'De vakman heeft ze speciaal voor me gemaakt. Ik wilde iets wat me aan Californië doet denken.'

'De mensen hier zullen er ook dol op zijn.' Karins ogen glansden.

'Toe maar, neem er een.'

Karin schoof een palmboompje bedrukt met bladeren van een koelrek. 'Mm, heerlijk.'

In een soepel ritme gingen Celina en Karin aan het werk. Karin zette de platenspeler aan en koos wat muziek uit, en terwijl liedjes van Doris Day en Tony Bennett werden afgespeeld en de twee vrouwen meezongen, vulden bedwelmende aroma's, gelach en gezang de hele winkel. Ze waren zich nergens anders van bewust.

'Kan ik iets doen om te helpen?'

'O!' Celina draaide zich verbaasd om, en de plaat met truffels die ze droeg vloog uit haar handen. Wat deed *híj* hier?

Lauro ving de plaat in de lucht op en zette hem behoedzaam op een werkblad neer. 'Voorzichtig met de voorraad. Deze zien er zo kostbaar uit als edelstenen.'

Celina slaakte een zucht van verlichting omdat de truffels waren gered. 'Besluip je je concurrenten altijd zo?'

'Vind je dat ik dat ben?' Hij grinnikte. 'Ja, je hebt wel gelijk.'

'Behalve dat ik geen massaproducent ben zoals Cioccolata Savoia.' Celina stak hem een truffel toe om hem te verleiden. 'Probeer deze eens.'

Lauro bracht de truffel naar zijn neus en snoof het aroma op, voordat hij hem proefde. 'Dat is anders.'

Ze keek hem aan en zag het kleine beetje chocola dat nog op zijn lip zat. Snel duwde ze de gedachte weg. 'Anders slecht of anders goed?'

'Heel goed. Hij heeft een rokerig randje. Zoals de rijke grond rond de Vesuvius, vochtig van de ochtenddauw.' Hij bracht zijn vingertoppen naar zijn lippen in een kus van waardering.

Celina glimlachte bij de poëtische omschrijving. 'Dat is de smaak van lapsang souchong-thee.'

'Daar heb je het al eens over gehad.' Hij hield haar blik even vast en verlegde toen snel zijn aandacht. Hij keek om zich heen en zag de koelplaten. 'Je hebt een beste voorraad.'

'Veel daarvan is voor de proeverij.' Celina blies plukjes haar van haar voorhoofd. 'Als mensen ze lekker vinden, komen ze terug.'

'Je klinkt zelfverzekerd.'

'Dat ben ik ook,' zei ze. Cioccolata Savoia had dan misschien legendarische chocolaatjes, maar ze waren niet te vergelijken met die van haar. 'Ik gebruik alleen de beste ingrediënten. En elk chocolaatje wordt met de hand gemaakt. Dit zijn kunstwerkjes.'

Lauro staarde haar aan en knikte langzaam. 'Je gaat de concurrentie intimideren. Die zal alleen nooit toegeven dat ze dat is.'

'Volgens mij heb je dat net gedaan.' Karin onderdrukte gegiechel. 'Ben jij geen concurrent?'

'Nee, nee, nee, hier kunnen we niet tegenop.' Lauro at de rest van de truffel op.

Celina glimlachte.

'Hoe laat open je je deuren?' vroeg Lauro.

Celina wierp een blik op de klok en slaakte een kreet. 'Ik moet me nú gaan klaarmaken.'

'Kan ik iets doen?'

Ze wees naar de zakjes waar Karin mee bezig was. 'Die moeten allemaal naar boven. Wil je ze kunstig op de zilveren schalen rangschikken? Karin zal de truffels een voor een uitdelen zodat de mensen ze kunnen proeven, en ondertussen vertel ik het verhaal dat erachter zit.' Ze duwde haar handpalmen tegen haar slapen. 'Ik heb boven nog zoveel te doen.'

'Maak je niet druk. Karin en ik zullen zorgen dat het er prachtig uitziet,' zei Lauro. 'En de muziek?'

'Ik denk dat iedereen de lp van Tony Bennet wel leuk zal vinden,' zei ze. 'Hij is tenslotte Italiaans.'

Lauro grijnsde en vulde zijn armen enthousiast met zakjes. Hij leek vandaag een beter humeur te hebben en behandelde haar hartelijk. Misschien wel te. Daar kon toch niets goeds van komen? Ze schudde haar hoofd en keek naar hem, terwijl ze haar vuile schort wisselde voor een schoon, gesteven exemplaar. Lauro was zo anders dan Tony. Ook al zwoer Adele dat ze veel op elkaar leken, zij kende de man die Tony was geworden beter dan wie van hen dan ook.

Met een weemoedige glimlach bedacht ze hoe belangrijk deze dag was en hoe trots haar man op haar zou zijn geweest, hoewel hij niet had gewild dat ze ging werken terwijl Marco nog jong was. Het was zijn verantwoordelijkheid hen te onderhouden, had hij gezegd. Toch had hij vaak tegenover zijn vrienden opgeschept over haar vakkundigheid. Ze dacht aan haar moeder en wist zeker dat Stella Romano net zo trots zou zijn.

Kijkend naar Lauro en Karin, die druk in de weer waren, probeerde Celina haar zenuwen te kalmeren. Ze was blij met hun hulp, hoewel ze nogal verrast was Lauro hier te zien. Ze blies haar adem uit in een poging kalmer te worden, maar dat leek het tegenovergestelde effect te hebben.

Vandaag was het begin van een groot avontuur. Waar moest ze zich nou zorgen om maken? Maar ze wist dat er meer dan genoeg reden tot zorg was.

Ze had wat risico's genomen met haar chocoladecreaties.

Over een paar uur zou haar reputatie als de Amerikaanse chocolatier in deze kleine kustplaats worden bepaald, in positieve of negatieve zin. Ze was bang dat haar smaak heel anders was dan die van de plaatselijke bewoners, die ondergedompeld waren in traditie en gewend waren aan de beste, verste kost die deze prachtige plek in de natuur te bieden had. Ze hielden van hun gianduiotto, dus besloot ze daarmee te beginnen.

Ze had hoofdpijn en was bang dat ze dit niet aankon of dat ze te ver voorliep op lokale trends. En ze raakte het gevoel maar niet kwijt dat ze iets was vergeten.

Snel stapte ze het kleine toilet in en plensde koud water in haar gezicht. Ze veegde haar weerbarstige haar naar achteren en stak het met een clip boven op haar hoofd vast. Daarna kneep ze in haar wangen voor wat kleur en bracht een felrode lippenstift aan die ze in San Francisco had gekocht. De kleur leek haar ogen helderder te maken. Ze deed een druppel water bij haar cake-mascara, haalde het borsteltje eroverheen en bracht de donkere kleur aan op haar lichte wimpers.

Nadat ze haar schort had afgedaan, trok ze een nieuwe, gesteven, witte koksbuis aan waarop ze met inktblauw garen Stella di Cioccolato had geborduurd, op de plek waar haar hart zat.

Toen ze de keuken in liep, zei het licht in Lauro's ogen alles wat ze moest weten.

Ze zag er misschien uit als een succesvol chocolatier – en ze verstond haar vak beslist – maar had ze de middelen om haar bedrijf uit te bouwen tot wat ze wilde dat het werd?

Ze klemde haar kaken op elkaar en rechtte haar schouders. Wat er vandaag ook gebeurde, ze wist dat ze er het talent en het uithoudingsvermogen voor had. De rest zou ze nog wel uitvogelen.

Boven haar hoofd hoorde ze voetstappen en het geluid van Karin die hun eerste gasten welkom heette.

20

'*Benvenuto a Stella di Cioccolato*,' zei Celina terwijl ze een glas sprankelende prosecco hief naar de menigte die zich in haar winkel had verzameld en de gasten rond de tafeltjes op het trottoir, die Lauro er had neergezet. Om haar heen stond iedereen te babbelen, de zon bescheen de groepjes buiten en Frank Sinatra's nieuwste hit draaide op de platenspeler.

Celina's hart bonsde van opwinding. Ze wierp een blik uit het raam en zag de fraaie, met Byzantijnse tegels beklede toren van de kathedraal boven de daken met terracotta dakpannen uitsteken, als een schildwacht in het hart van het zonovergoten dorp. Ze zond een gebedje omhoog. Ze had hier zo hard aan gewerkt, aan haar droom.

In de afgelopen paar drukke weken was ze door de straten rond het Piazza del Duomo in Amalfi gewandeld en had ze de ondernemers uitgenodigd voor haar grote opening. Ze herinnerde zich haar moeders advies over attente aardigheidjes en had met de hand geschreven uitnodigingen uitgedeeld op fraai *bam-*

bagina; het fraaiste, dikke handgeschepte schrijfpapier, dat hier in Amalfi werd gemaakt.

Ze keek om zich heen, verbaasd over de opkomst. Bijna iedereen die ze had uitgenodigd was er. De winkeliers – de stille eigenaresse van de boekhandel, de stijlvolle man die op maat gemaakte herenkleding verkocht, het sportieve stel dat accessoires voor jachten verkocht – en ook de herbergiers en restauranthouders uit Amalfi. Zelfs een paar uit Ravello, het bergdorp. Ze zag een journaliste die voor een krant in Napels over mode en culinaire zaken schreef, die ze via Adele had ontmoet. Mensen waren gekleed in de sorbetkleuren van een Italiaanse zomer: tinten wit, citroengeel, marineblauw en roze. De winkel was gevuld met kleur en het geroezemoes van gespannen verwachting.

Wat waren er veel mensen in haar kleine winkel met het sterrenplafond bij elkaar gekomen! Ze had één muur met spiegels bedekt om de ruimte groter te laten lijken en haar waren te spiegelen, waardoor het nu twee keer zo druk leek. Ze kreeg een gespannen gevoel in haar borst bij de gedachte hoe klein deze gemeenschap was. Als er iets verkeerd ging, zou ze van meet af aan verloren zijn. Maar nee, die gedachte zette ze uit haar hoofd. Ze had zich goed voorbereid.

Met een blik om zich heen zag ze dat Sara, Carmine, Adele en Werner zich bij Lauro hadden gevoegd. Stralend keken ze haar aan om haar te steunen. Sara liet een hand op Marco's schouder rusten, die van de ene voet op de andere hupte en eruitzag alsof hij niet kon wachten om alles wat ze had gemaakt te proeven. Deze mensen waren nu haar familie.

Háár familie.

Die gedachte bracht een plotselinge golf van emotie teweeg. Niets in haar leven was ooit belangrijker geweest dan familie. Wat zou ze graag willen dat haar ouders hier ook waren. Maar misschien waren ze er op de een of andere manier wel in de geest bij. Die gedachte troostte haar, en ze sloot even haar ogen.

De herinnering aan hun liefde stroomde door haar heen, vervulde haar met het warme gevoel van gouden zonlicht en wierp wolken glinsteringen tegen de binnenkant van haar oogleden. Het gevóél van liefde stierf nooit. Door haar pijn om te zetten in liefde had ze ontdekt dat ze telkens wanneer ze kracht of troost nodig had hun liefde kon oproepen.

Zo gesterkt opende ze haar ogen. Ze knikte naar Karin, die de plaat wisselde, een langzamer, hartverwarmend lied van Caruso opzette en de eerste zilveren schaal oppakte.

Celina tikte tegen haar wijnglas. 'Benvenuto.' Deze keer verstilde de menigte, en ze ging door. 'Hoewel ik ben opgegroeid in San Francisco, heb ik het gevoel dat ik thuis ben gekomen. Stella di Cioccolato is zo genoemd ter ere van mijn moeder: Stella Romano. Vele jaren geleden is haar familie vanuit Rome en Parma naar Amerika gekomen.'

Een beleefd applaus en goedkeurend gemompel klonken door de ruimte.

Nadat ze even stil was geweest, waagde ze zich weer aan haar uitleg. Haar prille Italiaans ontlokte het publiek beleefde glimlachjes en gegrinnik.

Lauro streek met een hand over zijn gezicht; Celina zag dat hij zijn geamuseerdheid verhulde. Ze zou boos moeten zijn, maar hij was de afgelopen dagen heel behulpzaam geweest, echt een steun. Wat had ze in vredesnaam gezegd?

Karin, die gegiechel onderdrukte, boog zich over haar schouder. 'De meeste mensen in de horeca en het toerisme hier verstaan Engels. Laat me je alsjeblieft helpen met het Italiaans.'

'Vertel me nou niet dat ik mezelf nu al voor gek heb gezet.'

Karin grijnsde. 'Het is niet erg. Zodra de gasten chocola eten vergeten ze het wel.'

Celina keek voor zich uit en merkte dat haar blik automatisch naar Lauro werd getrokken. Adele en hij grijnsden nog steeds, maar ze zag ook trots in hun ogen.

Een bemoedigend knikje van Lauro was genoeg om haar beschaamdheid de kop in te drukken. Wat kon het haar schelen dat ze een domme fout had gemaakt? Ze ving Lauro's aandacht, trok een schouder op en liet hem weer zakken. Ondanks hun moeilijke geschiedenis met elkaar gaf zijn aanwezigheid hier haar zelfvertrouwen.

Met een schaapachtige glimlach zei ze: 'Wat ik ook heb gezegd, weet alstublieft dat ik nog aan mijn Italiaans werk. Goed, kom nu samen met mij de wonderen van chocola verkennen. We beginnen aan een reis, en elke delicatesse die u vandaag proeft heeft een bijzondere betekenis voor me. Karin deelt nu het eerste chocolaatje uit. De eerste halte op onze reis is Noord-Italië, Parma, waar een overvloed aan viooltjes groeit. Ik leg het zo uit.'

Karin bood hun gasten een zilveren schaal met chocoladevierkantjes aan die Lauro erop had gerangschikt.

'Eerst een korte les over kwaliteit. Ik wil graag dat u echt naar het chocolaatje kijkt. Bestudeer het, zie hoe het glanst. Dat betekent dat de chocola goed getempereerd en van een goede kwaliteit is.

Breek het chocolaatje nu in tweeën. Bij een goede kwaliteit geeft pure chocola een harde knak en melkchocola een zachtere.' Ze brak een vierkantje doormidden.

'Adem in door uw neus en voel het aroma.' Ze hield de licht geurende chocola even onder haar neus, en de menigte deed hetzelfde.

'Dit chocolaatje, geïnspireerd door Parma, is ter ere van mijn moeder op smaak gebracht met het etherische extract van viooltjes. Zij hield van hun frisse, subtiele geur en droeg vaak het parfum Violetta di Parma. Als chocolatier rook Stella natuurlijk naar chocola, en die geur vermengde zich met de delicate viooltjesgeur. Dat magische aroma herinner ik me van wanneer ze me 's avonds welterusten kuste.'

Zachte zuchten golfden door de ruimte. Celina zag tranen

in de ogen van de boekverkoopster opwellen toen ze naar haar glimlachte.

'Ten slotte gaan we proeven. Voel de zachtheid op uw tong... Sluit uw ogen en laat de chocola smelten in de warmte van uw mond... Let op de smaken die zich ontvouwen op het puntje van uw tong... Proef de diepere, rijkere smaken die zich ontwikkelen.'

Tevreden gemompel verspreidde zich onder de aanwezigen.

Opgelucht keek Celina naar de menigte. Enthousiast knikkend haalde de journalist een blocnote uit haar handtas en krabbelde er wat aantekeningen op.

'Karin deelt nu schijfjes frisse appel uit, zodat u tussen de haltes op onze reis uw smaakpapillen kunt reinigen.'

Celina had gezorgd dat de proeverij van verfijnde naar intensere smaakprofielen ging. Ze had de chocolaatjes ook zo gegroepeerd dat ze door verschillende regio's 'reisden'.

'Nu gaan we verder door Noord-Italië,' zei ze. 'Hier hebben we een handgemaakte gianduiottotruffel van melkchocola bestrooid met geroosterde hazelnoten, geïnspireerd op de tradities van Piëmont. Deze heb ik ter ere van de familie van mijn overleden man, de Savoia's, gemaakt.'

Toen Sara en Carmine de truffels proefden en goedkeurend knikten, slaakte Celina een zucht van verlichting.

'Nu gaan we de zoete citroensmaak van de *sfusato amalfitano* proeven in een truffel met de vorm van een citroen, bestrooid met zeezout om de smaak te versterken.' Nadat ze had uitgelegd wat haar inspiratie voor deze plaatselijke favoriet was en goedkeuring had gekregen, gebaarde ze naar Karin en ging ze door met de volgende.

'Deze is een variatie op basilicum, munt en limoncello. De smaken zijn gehuld in Venezolaanse pure chocola. Ik heb de cacaobonen geïmporteerd en beneden in mijn keuken gebrand.'

Er trok verbazing over een paar gezichten, gevolgd door groeiende verrukking.

‘Nu gaat u een truffel proeven met bloedsinaasappel en geroosterde pistachenoten uit Sicilië, gezoet met vanille uit Madagaskar,’ ging Celina door.

Golven van goedkeuring werden onderbroken door het gekauw op groene appels van de menigte, die verlangde naar meer. De journalist bleef aantekeningen maken, en de Savoia’s slaakten kreten onder elkaar over haar creaties. Marco grijnsde en wiebelde met zijn chocoladevingers naar haar. Dat haar zoon trots op haar was, gaf haar een warm gevoel.

‘We zijn aangekomen bij de truffel waardoor mijn man volgens eigen zeggen verliefd op me is geworden. Hij is bestrooid met zijdezacht cacaopoeder, heeft een kern van purechocoladeganache met een aftreksel van frambozen en is omhuld door couverture van pure chocolade.’

Geluiden van vervoering rimpelden door de menigte.

Daardoor aangemoedigd stapte Celina met zelfvertrouwen over op haar gewaagdere combinaties.

‘Het volgende paar is geïnspireerd door mijn geboorteplaats San Francisco, waar ik in Chinatown vaak naar zeldzame kruiden en theevarianten heb gezocht. Mijn Chinesetheelijn begint met een truffel van pure chocola met een aftreksel van lapsang souchong. De thee wordt geteeld in het berggebied Wuyi in China. De blaadjes worden gedroogd boven een vuur van dennenhout, waardoor ze een rokerige, aromatische smaak krijgen.’

Ze vond Lauro in de menigte en herhaalde zijn beschrijving. Met een glimlach die aan haar lippen trok voegde ze eraan toe: ‘Hij doet u misschien denken aan de rijke aarde rond de Vesuvius, vochtig van de ochtenddauw.’

Lauro bracht zijn hand naar zijn lippen en stuurde haar over de menigte heen een blije kus toe.

‘Oolong-thee, die fruitig, groen of zoet kan zijn, komt ook uit het Wuyi-gebergte in het noorden van Fujian. Deze oolong is een zoete, geroosterde, houtachtige versie. Het is het laatste chocolaatje op onze smaakreis. Geniet ervan.' Dit was haar grand finale.

Zodra de gasten in de stervormige chocolaatjes beten, sloeg hun gezichtsuitdrukking om van genot naar walging.

Wrang kijkend spuugde de boekverkoopster het chocolaatje uit.

Er was iets vreselijk mis.

Na moeizaam geslikt te hebben fronste de verkoper van herenmode zijn wenkbrauwen en wapperde met zijn hand.

Celina stond paf. Kwam het door een slecht ingrediënt?

Karin nam een hap van een van de truffels die ze had uitgedeeld. 'Te bitter.' Ze spuugde de chocola uit in een servet en haalde snel de rest bij de gasten weg.

'O nee!' Meteen wist Celina wat haar was ontgaan. Suiker. Ze was vergeten het toe te voegen aan het laatste recept dat ze had gemaakt. Ze had snel gewerkt en was moe geweest. Zonder suiker waren de smaken van chocola en thee veel te bitter.

Lauro, die ook een van de gewraakte truffels had geproefd, liep snel naar haar toe. '*Zucchero*. Celina, volgens mij moet hier suiker in.'

De krantenschrijfster schudde haar hoofd, veegde haar mond af en maakte aantekeningen op haar blocnote. Een ander stel snelde naar de deur. Een man drukte een zakdoek tegen zijn mond.

'Het is te laat.' Celina zag hoe de ramp zich ontvouwde. Had ze met haar gehaastheid haar winkel tot mislukken gedoemd, voordat die ook maar de kans had gekregen een succes te worden?

'Het is nooit te laat,' zei Lauro met klem. 'Zeg nu iets.'

Terwijl ze hete tranen van frustratie wegknipperde, pakte ze rap een schaal met aardbeien. 'Het spijt me vreselijk, maar aan de oolongtruffels ontbrak het belangrijkste ingrediënt in de kunst van het chocolade maken: suiker. Ik moet toegeven dat ik tot laat op de avond heb doorgewerkt om alles voor u klaar te krijgen en heb simpelweg een fout gemaakt. Vergeef me alstublieft, maar blijf. Reinig uw smaakpapillen met appel en water.'

'En ik trek nog een fles prosecco open.' Lauro lachte om de spanning te doorbreken.

Terwijl Lauro snel nog een fles opentrok voor de gasten, zoefde Karin rond met water en schijfjes appel.

'Ik heb het beste voor het laatst bewaard,' zei Celina in een poging mensen in haar winkel te houden. 'Bovendien heb ik een geschenkzakje voor ieder van u om mee naar huis te nemen. En ik beloof u: geen bittere zoetigheid als verrassing.'

Sara begon te klappen, en Adele en Carmine volgden haar voorbeeld. Al snel applaudisseerden de gasten en lachten ze om haar vergissing.

Celina wist dat ze altijd aan deze grote opening zou worden herinnerd. Met een schaapachtige grijns deelde ze haar aardbeien besprenkeld met chocola uit aan de gasten die weer waren bijgekomen. Eén vrouw sloeg haar aanbod af, maar haar man nam er eentje extra en beloofde dat die voor later was. Ze zou hem met graagte de rest van de schaal hebben gegeven.

Ze pakte een speciale aardbei gedrenkt in sinaasappelsap, die ze voor Marco had bewaard. Carmine leidde de jongen trots naar een van zijn broers toe om Marco aan een oudoom voor te stellen, en Werner voegde zich bij hen.

Nadat Celina al haar moed bij elkaar had geraapt, vertelde ze het verhaal van de aardbeien die ze had klaargemaakt.

'Deze aardbeien heb ik gedrenkt in sinaasappellikeur en besprenkeld met de beste pure chocola om de zomerse zoetheid van de natuur in balans te brengen. Ik noem ze Antonino's ter ere van mijn overleden man, geboren in Amalfi, die de meesten van jullie wel hebben gekend. Ze waren zijn favoriet.'

Terwijl gasten de aardbeien proefden weerklonk er een golf van applaus in de winkel. '*Brava, deliziose*,' klonk het.

Opgelucht liep Celina naar Sara en Adele. Ze bood Adele een aardbei aan, maar die stak een hand op en sloeg het aanbod af. Ineens leek er iets tot Adele door te dringen. Ze fronste haar wenkbrauwen en draaide zich met een vragende blik in haar ogen naar Celina toe. 'Waarom vertel je dat verhaal over Nino? Het is niet waar.' Haar stem had iets kwetsbaars wat Celina er nog niet eerder in had gehoord.

'Natuurlijk wel. Waarom zeg je dat?' Celina was verbijsterd over de provocerende toon waarop Adele het zei.

'Omdat het een aperte leugen is.' Adeles donkere ogen fonkelden van woede.

'Het is waar. Waarom ben je er zo boos over?'

Met een grimmige uitdrukking op haar gezicht praatte Sara zacht maar op dringende toon in het Italiaans tegen Adele. Adele schudde haar hoofd, zette een pas achteruit en staarde Celina vol afkeer aan, alsof ze haar nu pas voor het eerst zag.

Celina zette een stap naar haar vriendin toe. 'Wat is er mis, Adele?'

'Als je dat niet weet, heeft Lauro gelijk.' Beschuldigend hief Adele een vinger naar haar op. 'Nino en ik waren allebei...'

'Sst, er is niets,' siste Sara, die Adele bij een arm pakte. Snel handelend dwong ze Adele naar buiten te gaan, weg bij andere mensen.

Wat was er in vredesnaam aan de hand? Geschokt liet Celina ze achter en baande zich een weg door de menigte. Ze moest mensen begroeten om haar blunder met de suiker goed te maken. Maar het was diep verontrustend Sara en Adele buiten te zien kibbelen.

Lauro was vlakbij in gesprek met de journalist, en alle andere gasten leken van de aardbeien te genieten. Nadat Celina met wat mensen had gepraat, kreeg ze een akelig voorgevoel dat almaar sterker werd. Ze moest weten waarom Adele zo van streek was, dus stapte ze naar buiten.

Sara en Adele voerden nog steeds op gedempte toon een verhitte discussie voor Adeles winkel.

'Wat is er daarbinnen gebeurd?' Celina had het recht te weten waarom Adele was ontploft.

Sara stak waarschuwend een hand op.

Celina zette haar handen in haar zij. 'Waarover heeft Lauro gelijk?'

'Over jou,' zei Adele. Ze spuugde het laatste woord uit. 'Je bent een...'

'Niet doen,' kapte Sara haar af. 'Ik zou je moeder een heleboel over jou kunnen vertellen wat ik voor mezelf heb gehouden.'

Adele sloeg haar armen over elkaar en draaide zich met een ruk om.

'En jij, Celina,' begon Sara op een strenge, afgemeten toon, 'jij gaat naar binnen om tegen Werner te zeggen dat mijn nichtje zich niet lekker voelt. Ze moeten onmiddellijk weg.'

Er trok een kilte door Celina heen. Dit was een kant van haar schoonmoeder die ze nog nooit had gezien. 'Maar...'

Met een scherpe snijbeweging van haar hand legde Sara haar het zwijgen op. 'We hebben het hier nooit meer over. Begrepen?'

21

'Mama, hier is een goede.' Op zijn tenen strekte Marco zich uit naar een rijpe grapefruit.

'Ik help je wel.' Celina liep in de schuin vallende middagzon naar hem toe. Ze verzamelden grapefruit voor het ontbijt en om uit te persen.

Veel winkels in Amalfi gingen 's middags dicht voor een lange lunch, dus deed zij dat ook. Ze vond het heerlijk om Marco van school te halen en met hem naar huis te lopen; iets wat ze bij haar oude baan in San Francisco niet had kunnen doen.

In de weken sinds de grote opening van Stella di Cioccolato bleven de scherpe woorden die tussen Adele, Sara en haar waren uitgewisseld haar zorgen baren. Op een avond na het eten hielp Celina Sara de tafel af te ruimen en liep ze achter haar aan naar de keuken om het er met haar over te hebben. Toen ze het onderwerp aansneed, leek Sara ontsteld dat ze erover begon.

'Daar praten we nooit meer over,' zei Sara met een snel, onvermurwbaar snijgebaar van haar hand.

Met een brok in haar keel slikte Celina. 'Ik weet dat je tegen me hebt gezegd dat ik het niet moest doen, maar ik heb Adele opgezocht in haar boetiek.'

Sara keek bezorgd. 'Zei ze iets?'

'Ze zei dat ze er niet over kon praten en dat ik haar met rust moest laten.' Zo boos als Adele op de dag van de grote opening was geweest, zo koel deed ze nu tegen haar. Celina had ernaar uitgezien in de winkel naast die van haar goede vriendin te werken, maar dat was nu voorbij.

'Dat is het beste.' Er verscheen een onverbiddelijke uitdrukking op Sara's gezicht.

Celina begreep niet wat ze had gedaan. 'Wil je dat Marco en ik weggaan?'

'Helemaal niet, lieverd. Carmine zou er kapot van zijn. Laten we gewoon doorgaan. We zijn toch gelukkig? Adele komt er wel overheen.' Ze haalde een schouder op. 'Of niet. Het is haar probleem, niet dat van jou.'

Celina was verbijsterd. Ze merkte dat Sara veel tijd buiten de villa leek door te brengen. Ze zag haar schoonmoeder nauwelijks meer in de Villa Savoia, behalve wanneer ze bij elkaar kwamen voor het avondeten. Ze vroeg zich af wat het allemaal betekende en miste haar hechte relatie met Sara en Adele.

Hoe vreemd die omslag ook was, haar relatie met Lauro was net zo goed veranderd.

Toen ze voor Marco naar de grapefruit reikte, ritselden er ineens bladeren achter haar. Met een ruk draaide ze zich om.

Lauro rende op Marco af, greep hem om zijn middel beet en tilde de jongen op, zodat hij de hooghangende vrucht kon plukken. 'Alsjeblieft, mijn kleine man.'

Bij de aanblik van Lauro gierde Marco van vreugde.

De laatste tijd besteedde hij veel aandacht aan Marco, alsof hij probeerde goed te maken hoe hij haar eerder had behandeld. En Marco vond het heerlijk tijd door te brengen met zijn oom.

'Ik schrok me bijna dood van jou,' zei Celina berispend, maar stiekem was ze blij dat hij er was. Ze had zich al de hele dag afgevraagd of ze hem die avond weer zou zien. Vandaag zag hij er buitengewoon knap uit. Hij droeg vrijetijdskleding, een broek en een roomwitte trui die zijn donkere haar en olijfgroene ogen mooi deed uitkomen.

'Ik maak gewoon pret,' zei Lauro, die haar de traditionele dubbele kus op de wangen gaf. Deze keer bleef hij even hangen. Hij voegde er een derde wangkus aan toe en drukte zijn gezicht tegen dat van haar. 'Ik heb je gemist, weet je. En je ruikt naar chocola.'

'Ik heb vandaag in de keuken gewerkt.' Warmte verzamelde zich in haar borst onder de luchtige trui die ze droeg. 'En er is nog maar een dag verstreken.' Toch had ze zijn lach en nabijheid gemist.

Terwijl Marco in een boom klom, veegde Lauro speels met een hand over haar arm. 'Een dag zonder jou is een dag dat de zon niet schijnt in mijn leven.' Hij streek met zijn lippen over haar blote nek.

'Doe niet zo mal,' zei ze met een lach. 'De zon schijnt hier bijna elke dag.'

'Zie je? Je magie werkt.'

Aangezien Lauro in de fabriek in Napels werkte, had ze hem in het verleden doordeweeks zelden gezien. Nu merkte ze dat hij zich steeds vaker bij zijn ouders – en Marco en haar – voegde voor het avondeten en bleef overnachten.

Dat was zijn moeder vast ook opgevallen. Maar Sara hield een muur van vriendelijkheid in stand waar Celina gek van werd. Hoe warm Sara ooit ook tegenover haar was geweest, nu was ze een kern van ijs met een vernisje geforceerde vriendelijkheid.

Als Carmine zich bewust was van de verandering in hun relatie liet hij dat niet blijken. Hij behandelde Marco en haar met dezelfde genegenheid als altijd.

Ze had nog steeds geen idee wat het kille gedrag tegenover haar had veroorzaakt.

Lauro bleef bij haar staan om naar Marco te kijken. 'Ik vind dat je binnenkort een cioccolateria in Napels moet openen. Daar zou Marco veel meer vriendjes hebben.'

'Wil de concurrentie me in de gaten houden en misschien mijn recepten stelen?' Ze vond het fijn hem te plagen en zijn reactie te zien. 'Trouwens, Marco vindt zijn school hier in Amalfi leuk.'

'Hij is een slimme jongen,' zei Lauro. 'Hoe gaan de zaken in je winkel?'

'Beter dan ik had gedacht, eigenlijk.' Ze schudde haar hoofd. 'Al zullen ze me mijn fout op de openingsdag nooit meer laten vergeten. Veel mensen vragen nadrukkelijk om chocolaatjes *con* zucchero.'

Hij moest lachen. 'Mét suiker. Dat ze grapjes met je maken betekent dat ze je hebben geaccepteerd. Ik heb goede verhalen gehoord over de Amerikaanse rock 'n roll-chocolatier. De tieners komen naar binnen om naar Doris Day en Frank Sinatra te luisteren.'

'Niet vanwege de chocolaatjes?'

Hij knipoogde naar haar. 'Laat die platenspeler maar de nieuwste hits draaien.'

Marco liet het fruit voor wat het was en rende vooruit. Hij raasde door de boomgaarden, slingerde aan takken, maakte radslagen en gooide als een jongleur gevallen fruit in de lucht.

'Kijk eens wat een energie hij heeft,' zei Lauro lachend om Marco's wilde capriolen. 'Ik word al moe als ik naar hem kijk. Maar hij ziet er gelukkig uit.'

'Dat is hij ook.' Celina was heel blij met de nieuwe lichtheid van geest van haar zoon. De afgelopen weken leek hij veel van zijn verdriet van zich af te hebben gezet. 'Hij zegt dat hij school heel leuk vindt en heeft veel nieuwe vriendjes gemaakt. Rekenen en tekenen zijn zijn beste vakken, en zijn Italiaans is nu heel goed.' Ze lachte. 'Beter dan dat van mij.'

'Kinderen leren talen veel makkelijker. En rekenen en tekenen zijn universele vakken.' Lauro knikte bedachtzaam. 'Italië is goed voor hem.'

'Daar lijkt het wel op.'

Lauro pakte haar hand en streek met zijn lippen over haar knokkels. 'En voor jou?'

'Italië is heel goed voor me.' Zijn tedere actie maakte gevoelens bij haar los.

De afgelopen maanden hadden ze zich terughoudend opgesteld en elkaar beter leren kennen. Lauro was zo anders dan Tony dat ze ze nauwelijks met elkaar kon vergelijken. Toch kon ze de gevoelens die ze voor hem ontwikkelde niet negeren.

Ze zei niets over Sara of Adele tegen hem. Als de twee vonden dat Celina hen op de een of andere manier had gekleineerd, zou dat vast snel overwaaien. Maar zodra ze genoeg geld had verdiend met de winkel, was ze van plan naar een knus flatje te verhuizen. Ze had er al een in gedachten, met een fantastisch uitzicht en op loopafstand van zowel Marco's school als de winkel. Het werd tijd dat ze weer een thuis kregen.

'Ik ben blij dat je hebt besloten te blijven.' Met haar hand in die van hem wandelden ze achter Marco aan door de boomgaard. 'Heb ik er ooit mijn excuses voor aangeboden dat ik zo'n *jerk* was toen ik voor het eerst over je winkel hoorde?'

Celine lachte. 'Nu ik erover nadenk: nee. Je bent wel heel traag met je excuses.'

'Ah, dwars door het hart deze keer.' Hij greep naar zijn borst en strompelde achteruit. Toen greep hij haar hand beet en liet zich op een knie zakken. 'Hierbij bied ik mijn excuses aan voor de hoop die ik had dat je zou weggaan en voor alle jerky dingen die ik eventueel nog in de toekomst zal doen.'

'Hoe welbespraakt,' zei Celina, die een lach smoorde. 'Je weet dat "jerky" gedroogd vlees is, hè?'

'Als we nou eens over onze taalbarrière heen kunnen komen, maken we misschien een kans.'

Hij draaide nu al een paar dagen om het onderwerp 'de toekomst' heen. Celina trok hem omhoog en sloeg haar armen om hem heen. 'Wat bedoel je daarmee, Lauro Savoia?'

Hij drukte een hand tegen zijn hart en zei al net zo serieus als zij: 'Precies wat ik zeg.'

Ze zette een stap achteruit en hield zijn handen op een armlengte afstand vast. 'Dat wil ik niet horen, tenzij je het deze keer meent.' Maar als ze eerlijk was tegen zichzelf, wilde ze het dolgraag horen. Tony was nu tien maanden dood – een minuut en een eeuwigheid.

Zo vaak kwam de liefde niet op je pad.

'Pas als je een besluit hebt genomen over je andere toezegging,' voegde ze eraan toe. Dergelijk hartzeer kon ze niet meer riskeren.

Lauro knikte en kwam naast haar lopen, terwijl hij nadacht over haar woorden.

Celina ademde diep en kalm in. Hoeveel pijn het ook zou doen hem te horen herhalen hoe toegewijd hij Isabella was, het zou niets zijn vergeleken met de pijn die ze zou voelen als ze weer voor hem viel.

Maar goed, ze was bang dat dat al was gebeurd. Wachtend op zijn reactie beet ze op de binnenkant van haar lip.

In één jaar tijd twee mannen verliezen zou bijna meer zijn dan ze kon verdragen. Ze hief haar kin naar de kille zeebries en verwelkomde het prikkende gevoel op haar voorhoofd en wangen.

Lauro koos zijn woorden zorgvuldig. 'Je hebt het recht het te weten.'

Wat hij niet zei, sneed door haar hart. Dom genoeg was ze meer om hem gaan geven dat ze had beseft.

Ze liepen door, met alleen hun voetstappen en het verre gebulder van de zee om de zware stilte tussen hen in te verlichten.

Celina hield een hand boven haar ogen tegen de zon en zag Marco achter een konijn aan schieten.

Uiteindelijk begon Lauro te praten. 'Een tijdje geleden ben ik 's avonds bij Adele en Werner gaan eten.'

Ze vroeg niet hoe het met ze ging en zei ook niet dat Adele en zij elkaar sinds haar openingsfeest niet meer hadden gesproken. Of dat ze hun vriendschap miste. Het was wel duidelijk dat Adele haar volhardend meed. Als ze tegelijkertijd aankwamen om hun winkel te openen, snelde Adele zonder ook maar een blik in haar richting naar binnen. Haar bruuskering deed veel pijn. Adele had altijd aan haar zijde gestaan, en Celina was haar gaan bewonderen en van haar gaan houden alsof ze familie was. Ach, misschien had ook zij een andere kant, net als zoveel Savoia's.

Lauro gaf een kneepje in haar hand. 'Adele zei iets wat me aan het denken zette.'

'Wat dan?'

'Ze zei dat Isabella zou hebben gewild dat ik een volwaardig leven leidt. In eerste instantie dacht ik dat die woorden niet meer dan een loze geruststelling waren, maar toen begon ik na te denken over wat Isabella zou willen. Ik heb alleen aan mijn plicht gedacht.' Hij gebaarde net een hand naar het panorama voor hen. 'Isabella was als het felste vuurwerk in de lucht. Ze spatte van het toneel af, spotte met haar plicht en verantwoordelijkheid en de mensen die hun leven op die manier leiden. In veel opzichten was ik te bezadigd, te verantwoordelijk voor haar. Ze was een vrije geest, die alles verafschuwde wat haar beperkte. In dat opzicht waren Nino en zij hetzelfde.'

Hij viel weer stil.

Voor hen zag Celina Carmine de open plek achter de boomgaard op lopen. Marco rende naar hem toe. Nadat hij Marco op zijn heup had getild, staarde hij hun kant op, alsof hij hun intieme pose had opgemerkt.

Met haar hand nog in die van hem duwde Lauro hun handen achter zijn rug.

Carmine zwaaide en wandelde met Marco naar de villa.

'Marco houdt van zijn nonno.' Celine, die hun gesprek over Isabella graag wilde voortzetten, probeerde zo voorzichtig mogelijk te praten. 'Tony was degene van wie ze echt hield, hè?'

'Je moet een sterke vrouw zijn om die vraag te stellen.'

'Dat was ver voordat wij elkaar ontmoetten. Het verandert niets aan mijn liefde voor hem.'

Lauro staarde de verte in. 'Je kunt je niet voorstellen hoe van streek ze die avond was toen ze Nino op het feest zag. Ze zei tegen me dat ze vanwege Nino niet met mij kon trouwen. Ik vind het niet makkelijk dat toe te geven, want ik dacht dat ik verliefd op haar was. Maar ook omdat ik degene ben die meestal de verantwoordelijkheid op me neemt om dingen goed te maken.'

'Dat zeg je omdat hij is weggegaan.'

Lauro knikte.

'Tony heeft zijn verantwoordelijkheid ook genomen, hoor. Is het ooit bij je opgekomen dat hij is weggegaan zodat Isabella en jij samen konden zijn? Misschien dacht hij dat ze bij zou komen en wilde hij jullie geluk niet in de weg staan. Zo zou de man die ik kende hebben gehandeld.' Hoewel ze het pijnlijk vond het te zeggen, was het waar.

Knikkend nam Lauro haar woorden in zich op, en hij dacht erover na. 'Achteraf gezien weet ik niet of Isabella ooit met een huwelijk met mij ingestemd zou hebben. Zelfs zonder dat mijn broer hier was. Haar moeder zou haar misschien onder druk hebben gezet, maar Isabella deed altijd wat ze zelf wilde. Wat ze wilde was zo snel mogelijk zo vurig mogelijk branden, en dat heeft ze gedaan.'

'Waarom denk je dat ze er nog is?'

Lauro haalde zijn schouders op. 'We kunnen niet weten wat Gods wil is.'

Ze kwamen aan bij een rotswand aan de rand van de terrasvormige klif die uitzicht bood op zee. Net aan de andere kant van de lage muur stond een houten bankje met aan weerszijden verhoogde bloemperken, waar Lauro haar heen leidde. Ze gingen zitten en keken hoe de zon in de richting van de horizon zakte.

Hij liet zijn vingers over haar arm glijden. 'Een paar weken geleden ben ik bij Isabella's vader, signore Guardino, langsgegaan met de vraag of hij wilde overwegen me te ontheffen van de intentie die ik tegenover zijn dochter had.'

'Wat zei hij?' Celina greep de zongebleekte houten latten bij haar benen beet.

Met samengeknepen ogen tuurde Lauro naar de zee, en hij haalde een hand door zijn haar. 'Zijn vrouw en hij wisten dat ik regelmatig bij Isabella langsging. Ze zeiden dat ze zich al jaren schuldig voelden omdat ik erop stond mijn toezegging na te komen. En ze schonken me hun vergiffenis als ik mijn leven met een andere vrouw wilde voortzetten. Ze zeiden dat ze Nino ook hadden vergeven.'

'Kun je leven met je besluit?'

'Net als Isabella heb ik besloten dat ik nú wil leven – vurig, schitterend – met de vrouw van wie ik hou aan mijn zijde. We hebben geen garantie hoeveel dagen we nog hebben; dat weten we allebei, of niet?'

Ze leunde tegen hem aan, knikte en pakte zijn hand beet. Ze kon voelen hoe hard zijn hart klopte tegen dat van haar.

'In het leven krijg je spijt van kansen waar je niet voor gaat. Er is moed voor nodig de status quo te veranderen en een droom te volgen.' Ze wist wat ervoor nodig was een levensveranderende beslissing te nemen; dat had ze gedaan toen ze besloot hier te blijven.

Hij sloeg zijn armen om haar heen en drukte een kus op haar voorhoofd. 'Ik ben bij Isabella langsgegaan en heb haar verteld dat ik haar moest laten gaan, dat ik door moest met mijn leven. Ook heb ik haar verteld dat ik er altijd voor haar zal zijn als ze me nodig heeft. Begrijp je dat? Niet als echtgenoot, maar als vriend.'

'Ja, dat begrijp ik,' fluisterde Celina. Ze begreep heel goed wat een immense beslissing dat voor hem was.

'En volgens mij hoorde ze me. Ik zweer dat ik een vredige uitdrukking over haar gezicht heen zag komen, bijna alsof ze glimlachte. Van opluchting, stel ik me zo voor.' Hij lachte zacht bij de herinnering. 'Ook al was ze een geweldige meid, jij bent de vrouw met wie ik wil trouwen. En ik wilde zonder complicaties uit het verleden naar je toe komen.'

'Weet je het zeker, Lauro? Is dit niet slechts een zomerromance?'

'Quanto ti amo. Onze romance zal er een zijn voor alle seizoenen en de eeuwigheid, amore mio. Ik respecteer dat je nog rouwt, maar wanneer de tijd rijp is, zou je dan willen overwegen mij als je echtgenoot te nemen?'

Zijn woorden weerklonken in haar ziel. Ti amo... Ik hou van je. Celina drukte haar hand eerst tegen haar eigen hart en toen tegen dat van hem, terwijl ze het woord fluisterde waarop hij wachtte. 'Ja. O, ja.' Ze verslikte zich in haar woorden maar meende ze, misschien wel meer dan ooit tevoren. 'Ik had nooit gedacht dat ik ooit nog van iemand zou kunnen houden.'

Terwijl de ondergaande zon hen onderdompelde in een schitterende gloed boog Lauro zijn hoofd naar haar toe en nam hij haar gezicht tussen zijn handen. Deze keer wachtte hij niet tot ze hem kuste.

Ze reageerde op zijn lippen en nodigde hem uit haar leven binnen te komen. Ze drukten zich tegen elkaar aan en twijfelden er niet aan dat dit juist voor hen was, voor hen allemaal, voor hem, voor haar en voor Marco. Ze zouden een gezin zijn. Op de een of andere manier voelde ze dat Tony dat zou goedkeuren.

Ze liet zich gaan in Lauro's armen, genietend van de zachtheid van zijn volle lippen en de kracht van zijn omhelzing. Hun beider leven was op een magische manier op één lijn komen te liggen. Een paar maanden geleden had ze zich deze uitkomst niet kunnen voorstellen, en nu stonden ze op de rand van een nieuw leven samen.

Tijdens het avondeten was Sara best vriendelijk, al voelde Celina wel een onderstroom van koelte, niet vijandigheid, maar er was iets veranderd. Hoewel Sara en Carmine opgetogen leken om Lauro weer te zien, vroeg ze zich af of zij wilden weten waarom hij hier zoveel tijd doorbracht.

Nadat Celine Marco in bed had gestopt liep ze terug naar het terras, waar ze hadden gegeten. Ze passeerde de huishoudster, die de tafel afruimde. 'Het is een mooie avond,' fluisterde Matilde tegen haar. 'Lauro geniet van je gezelschap. Zo'n aardige jongeman. Als Lauro en jij uit willen gaan, pas ik wel op Marco voor je.'

'Dat is aardig van je. We waren alleen niet van plan ergens heen te gaan.'

De ogen van de oudere vrouw sprankelden. 'Het is een mooie avond voor een wandeling. Jullie zijn jong. Ga toch!'

'Ik zal wel even zien. Misschien.'

De oudere vrouw knikte samenzweerderig en liep snel weg.

Celina vroeg zich af of Lauro en zij zo doorzichtig waren.

Ze bleef even staan bij de openslaande deuren naar het terras, waar Lauro en Carmine over het bedrijf praatten. Toen ze naar buiten liep, stopte Lauro halverwege zijn zin. Hij stond op en stak een hand naar haar uit. 'Kom, ga zitten. Wat wil je hebben? Een glaasje limoncello of amaretto?'

'Amaretto klinkt goed, grazie.' Hoewel hij haar stoel dichter naar zich toe had getrokken, duwde ze die uit respect voor zijn ouders een stukje verder weg. Zouden zij hun relatie goedkeuren?

Sara had naar de lichten in de haven staan staren. Ze draaide zich om en zei luchtig: 'Jullie twee lijken veel beter met elkaar overweg te kunnen. Ik ben heel blij dat te zien.'

Celina wist nauwelijks hoe ze moest reageren.

Lauro grijnsde en raakte haar schouder aan, terwijl hij opstond. 'Je hebt gelijk, mamma. Celina en ik blijken veel met elkaar gemeen te hebben.' Hij bracht vier glazen en een fles amaretto naar de tafel en schonk voor iedereen een glaasje in.

'Grazie.' Sara hief haar glas. 'Op Celina, en het succes van je nieuwe bedrijf. Sinds jouw komst is het voor ons allemaal een interessante reis geweest.'

'En op jou, papa, omdat je deze familie door dik en dun bij elkaar hebt gehouden. Volgens mij heb je in Marco je gelijke gevonden. En hij is dol op je.'

Even trok er een bepaalde uitdrukking over Carmines gezicht. Was het verdriet of spijt? Celina kon het niet zeggen, maar de oude man leek niet zo expressief als anders.

'Eén ogenblikje. Ik moet met Matilde praten,' zei Sara om zich te excuseren.

Carmine keek hoe zijn vrouw wegliep. Zodra ze binnen was, wendde hij zich tot Lauro.

'Zoon, ik zag Celina en jou vanmiddag in de boomgaard.'

Celina zette zich schrap. Ze vermoedde al dat hij hen had gezien.

Glimlachend haalde Lauro zijn schouders op. 'Celina vertelde me hoe goed de cioccolateria draait. Ik ben trots op haar.'

Carmine knikte naar haar. 'O, vast. Je bent een getalenteerde vrouw, Celina, en ik mag je. Ik zou willen dat Nino je eerder mee hiernaartoe had genomen, zodat we je beter hadden gekend. En wat Marco betreft: hij is echt een geschenk. Dank je wel. Ik ben er heel trots op dat ik zijn grootvader ben. Daarom doet het me pijn dit te zeggen.'

'Wat, papa?'

Carmine streek met een hand over zijn voorhoofd. 'Ook al hebben Celina en jij elkaar net ontmoet, in de ogen van de kerk zijn jullie familie.'

'Papa, we hebben een verrassing voor mama en jou.' Lauro

draaide zich naar Celina toe. 'Ik vind dat we het hun moeten vertellen.'

Carmine leek allesbehalve enthousiast over het potentiële nieuws. Celina voelde een kilte door zich heen trekken.

Lauro hield haar hand onder de tafel stevig vast.

Met zijn vingers in een V-vorm voor zich op de tafel tikkend ging Carmine door. 'We houden allebei van Marco, de zoon van je dierbare broer. Sara zou alles doen om hem bij ons te houden. *Capice*?'

Bezorgdheid stond op Lauro's voorhoofd gegrift. 'Celina wil blijven.'

'Natuurlijk. Jongen, je moeder is een romantica. Ik heb wel gemerkt dat ze een relatie tussen jullie twee heeft aangemoedigd. En dat is dan ook gebeurd.'

Steeds ongeruster luisterde Celina naar het gesprek.

Lauro's gezicht lichtte op. 'Het was niet gepland, maar we voelen hetzelfde voor elkaar. Volgens mij zou Nino er zijn goedkeuring aan hebben gegeven. Ik zal er voor altijd voor zijn zoon zijn.'

'Dat kan nog steeds, maar dit...' Carmine gebaarde tussen Lauro en Celine heen en weer. 'Dit kan niet doorgaan. Jullie zijn familie. Het wordt absoluut verboden door de kerk.'

'Dat is een oude, ouderwetse overtuiging.' Lauro boog zich over de tafel heen. 'Niet voor vandaag de dag. Papa, we willen trouwen.'

Carmine sloeg met zijn handpalm op de tafel. 'Oud of niet, ik sta niet toe dat je tegen de kerk in gaat en onze familienaam bezoedelt.'

'Bezoedelt?' Met bonkend hart kneep Celina in Lauro's hand. 'Ik begrijp het niet.'

'Ik wel.' Lauro drukte een kus op haar hand en liet hem los. Hij stond op, sloeg zich tegen het voorhoofd en beende om de tafel heen. 'Dat kun je niet menen, papa.'

'We zijn katholiek en moeten ons houden aan de codex van

het kerkelijke recht.' Carmine richtte een doordringende blik op Celina. 'Nino en jij zijn in de kerk getrouwd. Daardoor zijn onze families tweedegraads verwanten. Het is ten strengste verboden onderling te trouwen.'

Lauro slaakte een kreet van smart en stompte met een vuist in zijn handpalm.

'Het spijt me,' zei Carmine tegen Celina. 'Als hoofd van deze familie is het mijn plicht het jullie te vertellen. Celina, Marco en jij maken deel uit van onze familie, maar Lauro en jij moeten je niet laten leiden door jullie gevoelens voor elkaar. Als jullie dat wel doen, zal het niet goed aflopen. Rust in het gezin is van het grootste belang.'

'Het gezin?' riep Lauro uit. 'En mijn kans dan om een eigen gezin te stichten?'

Carmine fronste zijn voorhoofd. 'Ik wil het niet hebben.'

'Maar papa, er moet toch een dispensatie mogelijk zijn, iets zijn wat je kunt doen?'

Carmine stond op van de tafel om met zijn indrukwekkende verschijning aan te geven dat het gesprek was beëindigd. 'Je moeder stelde dezelfde vraag. Het antwoord is nog steeds nee.' Hij liep weg en onderschepte Sara op weg het huis in.

Perplex zoog Celina lucht in haar longen. Haar wereld was opnieuw onder haar voeten vandaan gescheurd. Haar schoonvaders rigide verordening deed haar duizelen.

Lauro had een wilde blik in zijn ogen. 'Ik moet hier weg.'

'Waar ga je naartoe?'

'Dat maakt niet uit.' Hij draaide zich met een ruk om en stormde weg.

Celina liep snel achter hem aan om de zijkant van de villa heen naar de begrinte binnenplaats waar zijn coupé geparkeerd stond. Ze stak een hand naar hem uit. 'Ik ga met je mee.'

'Nee,' riep hij, en hij duwde haar weg. 'Ik moet nadenken.'

Met ronkende motor draaide hij het smalle laantje op, waarbij hij een regen van grind de duisternis in zond.

Toen de auto haar passeerde, greep Celina het portier aan de passagierskant vast en trok het open. Het lukte haar maar net in de auto te springen.

'Wat doe je!' riep hij.

'Ik laat jou zo niet rijden. Zet de auto nu aan de kant.'

'Stap uit.' Hij trapte hard op de rem, zodat de auto tot stilstand kwam.

Celina verroerde zich niet.

'Jij je zin.' Hij scheurde weg. Toen hij de eerste haarspeldbocht nam, stompte hij met een vuist tegen het stuur. 'Dit zijn de jaren vijftig, niet de middeleeuwen. Ze kunnen ons niet gescheiden houden. Zeg alsjeblieft dat je me niet verlaat.'

In vliegende vaart namen ze de bocht, en Celina zette zich schrap tegen de kracht. Een band raakte heel even de smalle grindberm van de weg, waardoor de auto begon te slingeren. Met een ruk aan het stuur zette Lauro de wielen recht, en hij trapte op het gaspedaal.

Celina klampte zich aan de stoel vast en knarste met haar tanden. 'Ik wíl je niet verlaten.' Ze wilde haar schoonvader ook niet nog bozer maken.

Maar wat voor soort liefde was nou niet de moeite waard om voor te vechten?

Zeker niet het soort dat zij wilde.

Ze schreeuwde om boven het geluid uit te komen van de wind die door de raampjes suisde en de piepende wielen in de bochten. 'Ik ben door een hel gegaan toen Tony overleed, en er is geen denken aan dat ik me nu nog door iemand laat vertellen van wie ik mag houden. De kerk kan me ook niet schelen, of wat je familie denkt.' De geur van brandend rubber drong haar neus binnen. 'Rem alsjeblieft af, Lauro. Alsjeblieft.'

Hij scheurde nog een bocht om. 'Die kunnen mij wel wat

schelen. Het is een deel van wie we zijn. Maar ik zál een manier vinden.' Weer stuurde hij de auto hard een bocht door.

Meteen flakkerden koplampen voor hen op. Banden gierden in de zwarte nacht.

Celina schreeuwde het uit en sloeg haar armen om haar hoofd.

22

Met een pijnlijke, oorverdovende klap ontplofte de wereld. Daarna viel er een griezelige, rokerige stilte, slechts onderbroken door een vreemd, zoemend geluid.

Versuft lag Celina op haar rug. Het duizelde haar, en ze was maar vaag bij zinnen. De geur van aarde en gras vulde haar neusgaten. Op de een of andere manier leken haar voeten hoger te liggen dan haar hoofd. Hoe kan dat?

Ze voelde dat ze een prettige leegte in gleed.

Celina, word wakker! De stem van een onzichtbare galmde in de duisternis.

Tony?

Met veel moeite probeerde ze haar ogen te openen. Doe ze open.

Voor haar zweefden wazige speldenprikken licht op de heuvel. Ze knipperde met haar ogen. Sterren draaiden als vuurraderen boven haar hoofd, vertraagden en werden helderder zichtbaar.

Waar ben ik?

Ze lag languit op een helling, als een lappenpop neergesmeten op een stekelig kussen van struiken en kreupelhout. Het kostte haar moeite zich om te draaien, maar ze rolde op een zij. In een verblindende flits die haar de adem benam explodeerde een vreselijke pijn in haar lijf. Nadat ze met moeite was opgekrabbeld, stond ze naar lucht te happen.

Snel. Tony's aanwezigheid spoorde haar door te gaan. Snel, snel, snel.

Plotseling werd alles helder. De verminkte coupé lag verwrongen bij een boom langs de kant van de weg.

Lauro.

Ze snelde de heuvel af en rende over de stoep. Voor haar op de weg minderde een andere auto die de heuvel af kwam vaart.

'Help! Stop!'

Bij de bestuurderskant van de coupé aangekomen gooide ze het portier open en sjorde ze aan Lauro's slappe lichaam om hem achter het stuur vandaan te krijgen.

Rook sijpelde uit de auto.

Met haar lijf als hefboom trok ze hem eruit. Hij tuimelde op het asfalt neer, een dood gewicht op de weg.

Koplampen verblindden haar. Mensen riepen dingen in razendsnel Italiaans, maar ze kon niet volgen wat ze zeiden.

Rook drong haar neus en longen binnen. Naar adem happend sprong ze uit de auto en gooide zich over Lauro heen. Ze sloeg haar armen en benen om hem heen en zette zich van de grond af om hem weg te rollen.

Achter haar vloog de auto in brand. Plots ontplofte hij, met een stortvloed aan vlammen. Verzengende hitte geselde haar benen.

Ogenblikken later strekten sterke armen zich uit en werden ze het koele gras in getrokken.

Meteen waren er mensen bij hen. Ze haalden Lauro en haar uit elkaar, duwden vingers tegen haar keel en stortten zich op Lauro.

'Nee, nee, nee.' Celina graaide naar Lauro. Een vreemde sloeg een arm om haar schouder ter ondersteuning.

Ze probeerde rechtop te gaan zitten, maar het tafereel om haar heen leek merkwaardig gevlekt. Het flakkerde voor haar ogen, totdat alles donker en toen zwart werd.

Celina werd wakker in een smal ijzeren bed in een witgekalkte kamer. Haar hoofd bonsde, en alle vezels in haar lijf schreeuwden het uit van de pijn. Er hing een antiseptische geur in de lucht, en ze knipperde met haar ogen tegen het verzengende ochtendlicht.

Naast het bed stond een vrouw met een schort over een witte overhemdjurk heen die tot onder de knie viel. Ze drukte een koude hand tegen Celina's voorhoofd.

Celina drukte zich op een elleboog omhoog en probeerde iets te roepen, maar er schoot een vlammende pijn door haar schouder en ze liet zich met een kreet weer op de stevige matras vallen. Toen vage beelden van wat er de vorige avond was gebeurd door haar hoofd trokken, werd ze bevangen door angst. Wild draaide ze met haar hoofd op het ruwe, gesteven kussen.

'Nee, nee, je hebt rust nodig.' Ervaren en resoluut sloeg de verpleegkundige een glazen thermometer af en bekeek die. Ze hield hem tevreden omhoog, klaar om Celina's temperatuur op te nemen.

'Wacht,' riep Celina. 'Lauro. Alsjeblieft. Hoe is het met hem?'

Gehaaste voetstappen klikklakten op de stenen vloer, en Sara verscheen in de deuropening.

'*Grazie a Dio*, ze is wakker,' zei Sara, en ze liep snel naar het bed.

Carmine volgde zijn vrouw. Ze droegen de verkreukelde kleren van de vorige avond en zagen er allebei uit alsof ze niet hadden geslapen.

Celina zocht antwoorden op Sara's afgematte gezicht. Er klopte een ader op haar schoonmoeders voorhoofd. Terwijl ze de vermoeide ogen van de oudere vrouw afzocht, verzette ze zich zwijgend tegen wat ze niet kon verdragen te horen en toch echt moest weten. 'Is hij...?'

Sara bracht Celina's hand naar haar lippen, drukte er een kus op en streelde hem. 'O, mijn arme, dappere meid.'

'Lauro ligt te rusten,' zei Carmine met een ernstige uitdrukking op zijn gezicht.

Ze slaakte een schorre zucht van verlichting en liet tranen over haar wangen biggelen. Ze veegde ze weg, waardoor haar warrige haar vochtig werd. 'Hoe erg is hij eraan toe?'

'Hij heeft een paar schrammen, meer niet. Een wonder.' Sara glimlachte naar haar. 'Hij zal nog wel even pijn hebben, maar dankzij jou leeft hij nog.'

'Dat was een dwaze actie,' zei Carmine met schorre stem.

'Basta!' Sara wierp haar man een strenge blik toe. 'Wat hadden we nou afgesproken?'

Carmine streek met een hand over zijn met zilver doorschoten haar en knikte met tegenzin.

Sara wendde zich weer tot haar. 'Celina, ik zal nooit begrijpen hoe je Lauro uit die auto hebt gekregen.'

'Heb... Heb ik dat gedaan?' Flarden herinneringen zweefden als puzzelstukjes door haar hoofd en schoven langzaam op hun plek.

Gierende banden. Een enorme klap. De wazige nacht... Sterren aan de hemel. Een knal in de duisternis.

'O, lieve hemel. Ik herinner me de brand weer.' Ze drukte een hand tegen haar mond.

'Je werd uit de auto geslingerd. Maar mensen in de andere wagen zagen je terugrennen naar Lauro.' Met een liefdevol gebaar streek Sara Celina's haar van haar voorhoofd, net als haar moeder vroeger had gedaan. 'Mijn lieve Celina, je hebt het leven van mijn zoon gered.' Haar stem brak. 'Die vreselijke, afschuwelijke bocht... Dat is precies de plek van Isabella's ongeluk.'

Celina sloot haar ogen en dacht terug aan de woede en teleurstelling die door Lauro heen hadden gekolkt. De wijn en de amaretto die hij had gedronken. De ruzie met zijn vader. Carmines vierkante ontkenning van hun liefde voor elkaar.

Haar maag draaide zich om in verzet tegen Carmines beslissing, en ze verkrampte. Met een hand boven haar ogen tegen het felle licht fluisterde ze: 'Waar is Marco?'

'Matilde zit bij hem,' zei Sara. 'Maak je geen zorgen, het gaat goed met hem.'

'Weet hij dat ik in orde ben?'

'Hij sliep. Op dit moment maakt Matilde waarschijnlijk ontbijt voor hem klaar. We zullen het aan haar doorgeven.'

'Ik moet hem zien. En Lauro ook.'

Carmine spande zijn kaken, stond op en doorkruiste de kamer. 'Jullie komen vandaag allebei naar huis.'

Naar huis. Maar hoeveel langer mocht ze blijven? Bij haar schoonvader voelde ze nog steeds de spanning van de vorige avond. En ze zag het in zijn strakke, afgetobde gezicht.

Er was niets veranderd. Zijn verordening was nog steeds van kracht.

23

'Buongiorno,' zei Lauro, en hij streek met zijn lippen over die van haar. 'Latte?'

De roze blos van het ochtendgloren stroomde door Celina's slaapkamerraam naar binnen. Ze rekte zich uit en wiebelde met haar neus bij de geur van koffie en Matildes verse, warme brioche. Ze was blij terug te zijn in de villa, maar had nog steeds erg veel pijn door het ongeluk, zelfs na drie dagen. 'Hoe ben je hier binnengekomen?'

'Je hebt gisteravond vast het hangslot van de deur af gelaten.'

'Je hoort hier niet te zijn. Je vader...'

Met een kus legde Lauro haar het zwijgen op. Hij droeg een verband over de wang waarmee hij de grond had geraakt, wat hem een onbesuisde uitstraling gaf. 'Ik kon het niet weerstaan. Je ziet er 's ochtends prachtig uit.'

'Mm, hier zou ik wel aan kunnen wennen.' Een slaperige glimlach trok aan haar lippen toen ze de subtiele geur van gekruid sandelhout opsnoof dat in zijn witte katoenen hemd hing. Ze ging rechtop zitten en drukte haar knieën tegen haar borst, zich scherp bewust van de dunne, zijden nachtjapon die ze droeg.

Lauro drukte een kus op haar wang. 'Ik hoop dat je dat ook doet.'

Toen dacht ze terug aan Carmines verordening en verdween de glimlach van haar gezicht. 'Wat gaan we doen?'

'Ik heb een paar ideeën.' Lauro bracht haar hand naar zijn lippen en kuste haar vingertoppen. 'Waarom ontsnappen we niet even om frisse lucht door ons hoofd te laten waaien? Zie ik je over een uur in de jachthaven? Dan kunnen we er met een van onze boten op uit gaan.'

Het idee op zee te zijn klonk hemels, want ze had het gevoel dat haar leven opgeschort was. Karin runde de cioccolateria voor haar, en Matilde bracht Marco naar school en haalde hem op. Celina kreeg de indruk dat Matilde een excuus had gevonden om overdag wandelingen te maken. Niet dat ze het haar kwalijk kon nemen; het klimaat hier was mild en mooi, en Marco was dol op haar. Celina was dankbaar dat ze hulp had. Ze staarde naar Lauro en werd steeds enthousiaster over het vooruitzicht alleen met hem te zijn. 'Ik zou er graag even tussenuit willen.'

'Zeilen of cruisen?'

'Ik hou van zeilen, maar met deze schouder ben ik bang dat ik niet veel hulp kan bieden.' Ze had nog steeds pijn van de harde smak die ze had gemaakt toen ze uit de auto was geslingerd.

'Daar heb je een punt. Dan gaan we met het jacht langs de kust varen. Tot straks.' Lauro kuste haar en sloop haar kamer uit. Hij ging door de gang die naar een achteruitgang leidde, zodat hij niet gezien zou worden.

Carmine hield hen scherp in de gaten. Ze wist dat hij het volste recht had Marco en haar te vragen hun huis te verlaten als Lauro en zij zijn verordening schonden. Bij het avondeten waren ze dan ook op een respectabele afstand van elkaar gebleven. Ze had zich beziggehouden met Marco, en toch had ze de hele avond Carmines blik als een gewicht op zich voelen rusten.

En ook die van Lauro.

Sara's koele houding tegenover haar was in elk geval aanzienlijk veranderd. Ze had op vele manieren haar dankbaarheid tegenover Celina uitgesproken voor haar inspanning om Lauro te redden en behandelde haar bijna weer als een dochter.

Nadat ze haar latte en brioche op had, schoof ze naar de rand van haar bed. Ze ademde door de pijn heen die haar bewegingen vertraagden. Een warm bad zou haar spieren ontspannen.

Ze liep de betegelde badkamer in, draaide de porseleinen warm- en koudwaterkraan open en stelde ze op precies de juiste temperatuur in. Ze goot een geurig mengsel van bloesems en olijfolie erbij dat Sara voor haar had achtergelaten en liet zich voorzichtig in het water glijden.

Toen ze eenmaal behaaglijk in de badkuip op pootjes zat, sloot ze haar ogen en liet ze haar gedachten afdwalen. Ze herinnerde zich de mysterieuze manier waarop ze Tony op de avond van het ongeluk naar haar had horen roepen. Word wakker. Snel. Zijn stem was zo helder geweest dat het was alsof hij over haar heen gebogen had gestaan, en ze kreeg de gedachte niet uit haar hoofd dat ze die avond een goddelijke interventie had meegemaakt. Het was alsof Tony niet had gewild dat ze nog een man van wie ze hield zou verliezen. Op de een of andere manier was zijn geestelijke wilskracht zo sterk dat die zich over de grenzen van de dimensies heen had uitgestrekt om haar in staat te stellen Lauro te redden.

Lauro en zij waren voorbestemd om bij elkaar te zijn. Daar was ze zeker van. Maar hoe? Het was een ernstige zaak om tussen hem en zijn vader in te staan. Op de een of andere manier zouden Lauro en zij een verenigd front vormen.

De afgelopen maanden had ze naar Lauro en Marco samen gekeken, en ze kon zich geen perfectere man voorstellen om haar zoon op te voeden. En nu wist ze in haar hart dat Tony het goedkeurde. De kerk zou de logica van dit plan ook wel inzien. Een man die de zoon van zijn broer opvoedde. Al moest ze hun zaak tegenover de paus bepleiten, dan zou ze dat doen.

Ze knipperde door tranen van dankbaarheid heen, gesterkt in haar verlangen een gezin te vormen met de man van wie ze was gaan houden. Lachend om zichzelf dacht ze terug aan de eerste keer dat ze hem in Napels had ontmoet en de onaangename indruk die ze van hem had gekregen.

Terwijl ze zich afdroogde dacht ze na over hoe tijd en omstandigheden hun beider beeld had veranderd. Ze borstelde haar haar en draaide het in een simpele wrong, die ze vastzette met schildpadkammen. Om haar gezicht liet ze wat plukjes haar loshangen.

Een halfuur later zocht Celina gekleed in een zachtgele zomerjurk met een dunne trui om haar schouders geslagen bij de ingang van de jachthaven naar Lauro. Langs de houten pier lagen diverse boten afgemeerd, waaronder gestroomlijnde Riva-, Benetti- en Baglietto-jachten.

Lauro zwaaide vanaf het dek van een groot jacht naar haar, en Celina liep naar hem toe.

Al snel voeren ze weg. Celina hief haar gezicht naar de zachte zeebries en koesterde zich in de zon. Ze wierp een blik op Lauro, die een ruim, wit katoenen hemd en een vrijetijdsbroek droeg. De zon werd weerkaatst door zijn pilotenbril.

'Je houdt van op het water zijn.' Ze had hem al sinds voor het ongeluk niet meer zo ontspannen gezien.

'Ik ben op boten opgegroeid.' Hij schudde zijn dikke haar in de wind. 'Amalfi was een rijke maritieme republiek, in de zevende eeuw al. Het neemt nog elk jaar deel aan een regatta tussen de vier oude maritieme republieken in Italië en komt uit tegen Genua, Pisa en Venetië. Nino en ik roeiden er vroeger in mee. We waren hevige concurrenten.'

'Dat kan ik me zo voorstellen.' Terwijl ze langs de kust voeren, verbaasde ze zich over de dorpjes die uit het water leken op te rijzen, gegroepeerd op de kliffen. Ze wees naar een verhoogde weg die er vlak langs liep. 'Is dat de kustweg die we naar Napels hebben genomen?'

Lauro knikte. 'Als je ziet hoe mensen daar rijden, denk ik dat de zee veiliger is.'

Ze draaide zich met een ruk om. 'Ik kan niet geloven dat jij dat net hebt gezegd. Ik heb nagedacht over de avond van het ongeluk. Jij weet beter dan wie dan ook hoe verraderlijk deze wegen zijn. Om dan te gaan autorijden in de toestand waarin je verkeerde: boos, dronken...'

'Ik was niet dronken.'

'Maar toch, je reed als een gek. Beloof me dat je dat nooit meer zult doen. Je brengt onschuldige mensen op de weg in gevaar.' Ze sloeg haar armen over elkaar. 'Ik heb al een keer de stoffelijke resten van een echtgenoot moeten identificeren na een ongeval. En je moeder vertelde me dat het de plek is van Isabella's ongeluk.'

Lauro wreef over zijn voorhoofd en liet haar woorden tot zich doordringen. Toen hij uiteindelijk iets zei, was het: 'Vergeef me. Het spijt me. Soms maakt pa me zo boos dat ik gek word. Wat voor recht heeft hij om ons voor te schrijven hoe we moeten leven?'

Dat recht heeft hij niet, wilde ze schreeuwen. Maar dit lag ingewikkelder. Carmine was met steekhoudende argumenten gekomen waarom ze niet in de kerk konden trouwen.

'We moeten onderzoeken hoe het zit met dispensatie,' zei ze. De kerk zou het vast wel begrijpen en hun ontheffing verlenen, nadat ze de logica van hun verzoek hadden afgewogen tegen het kerkelijke recht. 'Dan kunnen we beslissingen nemen. Met wegstormen en rijden als een bezetene los je niets op.'

'Je hebt gelijk. Dat zal ik nooit meer doen.' Lauro grinnikte wrang. 'Je klinkt net als ik. Ik ben meestal de praktische. Maar ik ben het beu te doen wat er van me wordt verwacht. En ik dan?

Mijn leven? Wanneer ben ik aan de beurt om te doen wat ik wil? En wat ik wil ben jij.' Hij pakte haar hand en drukte hem tegen zijn hart. 'Ik wil met je trouwen. Quanto ti amo.'

Ze bracht zijn handen naar haar hart en fluisterde: 'O, mijn liefste. Ik hou ook van jou.'

Hij kuste haar en gebaarde voor zich uit. 'Dat is een goede plek om te praten.' Nadat hij een rustige kleine baai in was gevaren, zette hij de motor uit en legde hij het jacht voor anker.

Steile kliffen rezen aan weerszijden van hen op, en hoog boven hen bogen vijgen- en olijfbomen zich over de rand om gevlekte schaduw te bieden. De geheime schuilplaats dempte verre geluiden van de buitenwereld. Vogels tjilpten boven hun hoofd, en golven kabbelden in een loom ritme tegen de romp.

'Dit is volkomen magisch.' Celina ademde in en vulde haar longen met rustgevende frisse lucht.

'Ik dacht dat we wel wat rust konden gebruiken.' Lauro zette zijn zonnebril af en stak haar een hand toe. 'Kom mee.'

Nadat Lauro in de kombuis een fles wijn had opengetrokken, maakten Celina en hij het zich aan dek gemakkelijk in een grote zithoek met kussens. Hij haalde dekens en kussens uit een voorraadbak en legde ze als een zachte cocon om hen heen.

Ze voelde zich in de watten gelegd en glimlachte toen hij rode wijn inschonk, haar een glas aanreikte en met haar klinkte.

'Op het uitpuzzelen van ons leven en het herwinnen van onze geestelijke gezondheid,' zei hij, waarna hij haar kuste.

Celina nipte van haar wijn. Het zachte schommelen van de boot nam de spanning weg die zich sinds het ongeluk in haar lijf had opgehoopt. 'Wanneer ik geconfronteerd word met een onoverkomelijk probleem zeg ik altijd tegen mezelf dat er een oplossing moet zijn.'

Hij streek met een hand over haar arm. 'We vinden wel een manier om te doen wat ons gelukkig maakt.' Vastberadenheid stond op zijn gezicht gegrift. 'Ben je net zo overtuigd als ik?'

'Ja, maar je vader...'

'Als hij niet van gedachten verandert,' Lauro klonk resoluut, 'ben ik bereid Italië te verlaten om te leven zoals wij dat willen. Ik ben bereid om met jou naar San Francisco te gaan, of waar dan ook. We kunnen een beroep doen op een andere bisschop, misschien eentje in de VS. Amore mio, ik zal alles doen om bij jou te zijn.'

Ze dacht aan het verhaal dat hij haar net had verteld over opgroeien op het water. 'Maar dit is je thuis. Je houdt van deze plek.'

'Ik hou meer van jou.' Hij sloeg zijn armen om haar heen. 'Ik heb mijn hele leven lang mijn verantwoordelijkheid genomen. Ik heb mijn hele leven gewacht om een leven te hebben. Voor ons is dit nu de juiste beslissing.'

'Dan ben ik de gelukkigste vrouw ter wereld, liefste.' Ze wreef met haar neus tegen zijn hals en genoot van de vastberadenheid waarmee hij haar in zijn armen hield.

Lauro streek met zijn handen over haar rug omlaag, en ze sidderde tegen hem aan toen ze zijn stevige lijf door haar dunne jurk heen voelde. Hij nam haar gezicht teder tussen zijn handen, duwde zacht haar kin omhoog en streelde haar lippen met die van hem. 'Zo wil ik elke ochtend van de rest van ons leven beginnen... binnenkort.'

Ze smolt in de geruststellende kring van zijn armen en liet haar vingers zacht als veertjes over het ontblote deel van zijn sleutelbeen tot onder zijn hemd glijden. Terwijl ze dat deed, voelde ze zijn lijf op haar aanraking reageren, en dat van haar ook. Haar trui gleed van haar schouders, en ze leunde achterover in de kussens.

Hij boog zijn hoofd en streek met zijn lippen over haar hals, haar schouders, haar borst. Hij leunde over haar heen en passie laaide in zijn ogen op. 'Hoe kan iets wat zo goed voelt verboden zijn?'

Ze haalde haar handen door zijn golvende haar. 'Ik zie niet in hoe dat kan, wanneer twee mensen verliefd zijn.' Ze verschoof haar been tegen dat van hem en voelde begeerte in hen beiden groeien.

'Die dag in de testkeuken wilde ik je alleen maar laten zien hoeveel ik van je hou.'

Celina liet haar vingers langs de rand van zijn hemd glijden en maakte een knoopje los. 'Heb je dit nog nodig?'

Lauro gooide zijn hemd terzijde. Celina staarde hem aan en nam zijn gespierde borst en armen in zich op. Met zijn gebruinde huid en glanzende olijfgroene ogen was hij nog mooier dan ze zich had durven voorstellen. Ze streek met haar handen over zijn borst, eerst voorzichtig, en kuste de blauwe plekken die hij had opgelopen bij het ongeluk.

Diep vanbinnen groeide een hunkering naar hem. Wat had ze de fysieke aanraking en het vrijen in haar huwelijk gemist. Tony was heel snel bij haar weggerukt, waarna ze koud en eenzaam was achtergebleven, gebroken en verbitterd door de oneerlijkheid van het lot. Nu wilde ze zich weer vrouw voelen, liefhebben en bemind worden, nu en voor altijd, of zo lang als ze samen hadden.

Lauro's handen waren warm op haar huid, en ze hongerde naar meer. Met een schouderbeweging liet ze een bandje van haar schouder glijden, als uitnodiging voor hem.

Met glinsterende ogen keek hij haar aan, en hij fluisterde: 'Weet je zeker dat je dit wil?'

'We willen het toch allebei?' Na het koude gerecht dat het lot haar had geserveerd, zou haar Schepper vast wel haar trek in zoet begrijpen.

Tussen kussen en liefdevolle fluisteringen door nam Lauro de tijd om hen allebei uit te kleden. Hij nam regelmatig even pauze om elke ronding en holte van haar lijf te strelen.

Celina strekte zich uit in het gefilterde zonlicht en genoot van de vrijheid. Een lichte bries kietelde hun verhitte lijven. Ze kwamen heel natuurlijk samen en verstrengelden zich tot één geheel.

'*Amore mio, anima mia*,' fluisterde hij terwijl hij teder met haar vrijde. Hij spreidde haar haar als een aureool uit en streek met zijn vingers over haar gezicht. Hij streelde haar hele lijf en bedekte haar huid met zachte kussen. 'Wat vind ik het heerlijk om jou onder de gouden hemel met kussen te bedekken. Quanto ti amo. Voor altijd mijn geliefde, voor altijd.'

Genietend van zijn gracieuze, sensuele aanrakingen en lieve, lyrische gelofte welfde Celina zich tegen hem aan. Ze klampte zich aan hem vast totdat ze allebei verzadigd van liefde waren.

Naderhand doken ze het koele water in en spetterden ze rond, als de blijste dolfijnen in de afgelegen baai.

Celina had hem haar hart en zichzelf ten volle gegeven, zonder voorbehoud. Maar hoe magisch hun vrijpartij ook was geweest, toch viel haar op dat haar nek prikkelde van voorkennis, een akelig voorgevoel dat niet alles goed was met haar wereld.

Ze vroeg zich af wat ze nu zouden doen. Wat zou er nog komen?

24

De volgende ochtend ging Celina, die nog steeds de hitte van Lauro's onweerstaanbare aanraking op haar huid voelde, in bad en kleedde zich aan. Nadat ze met Marco naar school was gelopen, trok ze een dun, mouwloos ivoorwit truitje en een wijd uitlopende marineblauwe rok aan, met luchtige espadrilles eronder. Ze draaide een shawltje van keperstof een paar keer rond, drapeerde het om haar nek en legde een zijknoop in de felgekleurde zijde.

Sara had haar gevraagd die ochtend met haar op het terras een brioche en een latte te nuttigen. Hoewel de dagen en avonden nu koeler werden, was de zon nog steeds warm op Celina's schouders toen ze naar buiten liep. Gelukkig was Carmine vertrokken, zodat ze het rijk voor zich alleen hadden.

'Buongiorno. Ik ben heel blij dat je vandaag tijd voor me hebt.' Sara verwelkomde haar met een onwillekeurig bestudeerde blik. Celina vroeg zich af wat haar schoonmoeder op haar lever had.

Kon Sara de vreugde in haar hart of de ongerustheid in haar

gedachten voelen? Hoewel het gisteren met Lauro in hun verscholen baai de heerlijkste dag was geweest die ze zich in heel lange tijd kon herinneren, bonsde haar hart als waarschuwingsteken.

Haar schoonmoeder droeg een smalle taupekleurige jurk met een brede zwarte riem. Een zijden paisleyshawl met een knoop in haar nek hield haar glanzende haar uit haar gezicht. Gouden oorbellen bungelden aan haar oren, en om haar hals droeg ze een kleurrijke ketting van Muranoglas en parels. Zelfs uit haar dagelijkse kledij bleek altijd dat ze hoge eisen stelde.

'Omdat je vandaag toch hier bent, dacht ik dat je me wel zou kunnen helpen wat van Nino's oude spullen uit te zoeken,' zei Sara op vriendelijk toon. 'Misschien wil je een paar dingen bewaren voor Marco, als aandenken.'

'Ja hoor, ik help je graag.'

Celine was opgelucht dat ze weer in een goed blaadje stond bij Sara. Terwijl ze achter haar aan door de villa liep, dacht ze aan alles waarvoor ze dankbaar was. Na Tony's dood, toen haar leven gitzwart was, had contact met zijn familie haar leven veranderd. Wat begon met een internationaal telefoontje had haar naar een nieuwe familie geleid en haar hart nieuw leven ingeblazen.

Aangezien haar moeder er niet meer was, was Celina blij geweest met de band met haar schoonmoeder. Net als bij alle relaties was het normaal af en toe van mening te verschillen, maar ze voelde zich hecht met Sara. Ze zou met haar praten over de situatie met Lauro en Carmine.

Haar schoonvader was een ander verhaal. Carmine was de patriarch van de familie, de oudste zoon van zijn vader, die weer de oudste zoon van zíjn gezin was geweest. Hoofd van het familieconglomeraat, een man die zijn zoon en neven in dienst nam in bedrijven opgericht door zijn overgrootvader. Een man tot wie anderen in de familie zich wendden voor advies en steun.

Kon Sara hen helpen, of was de prijs die ze daarvoor zou moeten betalen te hoog?

Sara leidde Celina een slaapkamer in waar ze nog niet eerder was geweest en opende een grote kleerkast. 'Ik heb deze kamer heel lang gelaten zoals hij was toen Nino vertrok, met het idee dat hij snel zou terugkomen.' Weemoedig glimlachend streek Sara met haar hand over een oud jasje. 'Onlangs vonden Matilde en ik een paar spullen die ze had opgeborgen.'

'Zoals de houten treinset.' Celina glimlachte en voelde de spanning tussen hen oplossen.

'Een van Nino's favoriete stukken speelgoed toen hij klein was. Mijn vader heeft hem voor Nino uit hout gesneden. Het maakt ons heel blij Marco ermee te zien spelen.' Sara haalde een doos geschilderde blokken tevoorschijn. 'Deze zal Marco vast ook leuk vinden.'

Celina pakte een versleten blauw blokje en draaide het om. In één vlak waren grof de initialen *A.C.S.* gekerfd. 'Hier zal hij blij mij zijn. Alles wat van zijn vader is geweest, koestert hij.'

Na Tony's dood had Marco wekenlang in een zacht sleets flanellen shirt geslapen dat een van zijn vaders lievelingsshirts was geweest. Tony's geur was nog maandenlang in de stof blijven hangen.

Terwijl ze met een vinger over de afgesleten randen van het blokje ging, zei ze: 'Alleen al door te weten dat zijn vader met deze blokken heeft gespeeld, zal hij zich hechter met hem verbonden voelen.'

Sara rimpelde haar voorhoofd en schonk haar een trieste glimlach. 'Ik kan me voorstellen hoe hij zich voelt. Dit speelgoed vervangt een relatie die er niet meer is. Mijn grootmoeder klaagde ooit dat we, als we lang genoeg leven, de meeste mensen die ons het dierbaarst zijn verliezen. Ze noemde het de vloek van de ouderdom. Ik heb geleerd dat je, tenzij je alleen wil zijn, nieuwe bruggen moet bouwen in het leven.'

Celina bespeurde een diepere betekenis in Sara's woorden. 'Ik heb een brug helemaal naar Italië gebouwd.'

'En ik zal je helpen die af te maken. Hoe dan ook.' Ze drukte haar wang tegen die van Celina. 'We zijn zo gezegend dat we Marco en jou hebben. Je hebt geen idee wat dat voor ons betekent.'

Celina liet zich in een brokaten stoel zakken. Carmine was dol op Marco, maar ze vroeg zich af of hij haar nu minder accepteerde. 'Sara, denk je dat je man van gedachten zal veranderen over Lauro en mij?'

'Misschien veranderen de omstandigheden binnenkort,' zei Sara cryptisch, en ze wuifde de vraag met een handgebaar weg.

Voordat Celina kon vragen wat ze bedoelde, haalde Sara een fijngenerfde houten doos tevoorschijn, zette hem op een bureau neer en haalde het deksel eraf. De licht zoete geur van olijfhout hing er nog in.

'Dit is een deel van Nino's oude schoolwerk van de lagere school. En tekeningen en aquarellen.'

'Dat is vast de reden waarom Marco graag tekent.'

Sara glimlachte treurig.

Celina haalde een vergeeld stuk papier uit de doos. 'Zijn handschrift was…' Ze hield op met praten. Ze wilde 'anders' zeggen. Maar natuurlijk was het anders. Destijds was hij nog een kind.

De letters stonden rechtop, ze hadden niet de overdreven overhelling naar rechts van zijn volwassen handschrift. Sommige letters helden zelfs een beetje naar links. Het schrift was uitgelopen. Terwijl ze ernaar keek, begon het in haar hoofd dof te kloppen.

Ze bladerde door de vellen papier en stopte toen ze bij een vel was aangekomen met een vreemd schrift, dat ze niet herkende. 'Wat is dit? Het lijkt wel achterstevoren.'

Sara nam het papier van haar over en glimlachte. 'Dat is spiegelschrift. Als jonge jongen schreef hij soms zo.'

'Waarom?' Perplex trok Celina een wenkbrauw op.

'Sommige linkshandigen kunnen dat.' Sara grinnikte bij de herinnering. 'We moesten altijd voorzichtig zijn met waar we hem aan tafel neerzetten. Toen Nino en Lauro nog jong waren, kregen ze vaak ruzie omdat ze met de ellebogen tegen elkaar botsten.'

Terwijl Celina het vel bekeek, voelde ze dat Sara's ogen op haar gericht waren, bijna alsof ze een opmerking van haar kant verwachtte. Ze kreeg een beklemd gevoel in haar borst. Tony had er vaak over opgeschept dat hij tweehandig was, al had hij alleen met rechts geschreven. Zou hij vanwege een verwonding gewisseld kunnen hebben? Dat moest het wel zijn.

Ze bladerde naar een getypte bladzijde. 'En dit?'

'Een opstel voor een zomerstudieprogramma dat hij in Londen heeft bijgewoond. Nino blonk in veel dingen uit.'

Terwijl Celina naar het opstel staarde, kwam er een onbehaaglijk gevoel over haar heen. De tekst was zo... welsprekend. Dat was niet een woord dat ze zou hebben gebruikt om Tony te beschrijven, hoewel hij wel slim was. Hij kende veel Latijnse namen van medicijnen waarvan ze nog nooit had gehoord. 'Hij hield van natuurkunde,' zei ze. 'En geneeskunde.'

Sara keek haar met een vreemde gezichtsuitdrukking aan. 'Uiteraard. Hij had biologie gestudeerd in Rome, ter voorbereiding op een studie geneeskunde.'

Dat paste. Celina haalde makkelijker adem.

Maar het feit dat ze opgelucht was, maakte haar nog ongeruster. Was ze er niet zeker van wie haar man was geweest? Stiekem duwde ze met haar vingers tegen een slaap om een kloppende ader te verbergen.

Sara richtte haar aandacht op de kleerkast. 'Wil je misschien wat van Tony's kleren hebben?' Ze haalde een elegant gesneden, muf ruikende broek van lichte wol tevoorschijn.

Celina bewonderde de prachtige stof en stak een hand uit om ermee over de lange pijpen te strijken. 'Hij heeft vast geen kans gehad om hem te dragen.'

'Hoezo?'

Celina lachte. 'Omdat ik uren bezig was zijn broeken korter te maken. Hij had een lang bovenlijf, maar klaagde altijd over zijn relatief korte benen. Ik hoop dat Marco de langere benen van mijn familie heeft geërfd.'

'Deze paste hem precies,' zei Sara zacht.

Celina nam de broek van haar over. Ze legde een broekspijp plat op haar arm, van haar vingertoppen tot haar kin, om hem op te meten. 'Nee, dat kan niet. Deze moet van Lauro zijn geweest. Zo te zien is dit zo ongeveer de juiste lengte voor hem.'

'Ja, omdat ze dezelfde maat droegen.'

'Misschien hebben zijn verwondingen...'

Sara bleef haar aanstaren, alsof ze ergens op wachtte.

Waarop?

Celines hoofdpijn werd erger. Omdat ze zich plotseling licht in het hoofd voelde, liet ze zich op de stoel naast het bureau zakken. Ze staarde naar de verkreukelde broek op haar schoot en toen naar de beschreven vellen in de doos. Met haar handen streek ze over haar gezicht. Ze had het gevoel dat haar zorgvuldig opgebouwde wereld afbrokkelde.

Sara liet even een hand op Celina's schouder rusten, voordat ze de gang in liep en Matilde riep.

Celina hoorde ze niet praten op de gang. Ze knipperde met haar ogen en kreeg de wilde, tomeloze neiging iets te zoeken wat van Tony was geweest dat ze kende.

Daar, onder de papieren die ze had bekeken, lag een versleten, in leer gebonden dagboek met de naam van haar man in reliëf op de voorkant. Antonino Cesarò Savoia. Met angst en beven haalde ze het uit de doos en sloeg het open.

Het handschrift had dezelfde vreemde stijl, en de verslagen waren in het Italiaans geschreven. Ze probeerde zich te concentreren en las het eerste verslag. In de maanden die waren verstreken na haar besluit hier een jaar door te brengen had ze de taal bestudeerd. Haar leesvaardigheid was veel beter dan haar spreekvaardigheid. Terwijl ze het licht uitgelopen schrift ontleedde, begon ze te lezen.

20 april 1937, Venezuela – Papa heeft me gevraagd hem dit jaar te begeleiden op zijn rondreis door Zuid-Amerika. Hij weet hoe graag ik wil reizen en werelden wil zien die anders zijn dan die van ons. Hier produceren boeren de verfijndste cacaovariëteiten: Criollo en Porcelana. Eén dag heb ik geholpen vruchten te oogsten, gewapend met een machete. Ongelofelijk genoeg zijn sommige bomen meer dan honderd jaar oud. De bonen worden maar een paar dagen in houten kisten gefermenteerd, om de verfijnde smaak te beschermen. Nadat ze in de zon zijn gedroogd, worden ze geïnspecteerd op kwaliteit en vervolgens naar onze fabriek in Napels verscheept. Morgen vertrekken we naar Ecuador.

Gefascineerd door het verhaal bladerde Celina door het dagboek en liet ze haar vinger omlaagglijden naar andere handgeschreven verslagen. Ze had nog nooit een cacaoboom in het echt gezien en kon zich voorstellen wat een boeiende reis dit moest zijn geweest.

12 mei 1937, Ecuador – Tot nog toe is het fascinerend geweest de verbouw en verwerking te doorgronden, de boeren te ontmoeten die onze bonen produceren en meer te leren over de Theobroma Cacao; de boom die voortbrengt wat de inheemse bevolking hier het 'voedsel der goden' noemt. We hebben een goede man uit Duitsland ontmoet die dit proces faciliteert door contracten te sluiten met veel lokale boeren en coöperatieven, om de prijs die ze voor hun gewassen krijgen te waarborgen.

Ik heb gemerkt dat ik me in de wilde jungle merkwaardig genoeg meer thuisvoel dan in Italië. Na een inspectie van de cacaobomen hier heb ik met boeren gesproken over hoe ze plantenziektes voorkomen en behandelen. Ze gebruiken ook veel planten die ons vreemd zijn als geneesmiddel.

Celina kon zich voorstellen hoe de reis die haar man had gemaakt moest zijn geweest, maar waarom had hij het er nooit over gehad? Vooral omdat hij wist hoeveel het voor haar zou hebben betekend erover te horen. Ze tilde het dagboek op om verder te lezen.

30 mei 1938, Peru – Na een lange, zware reis leidde papa me naar een gemeenschap van cacaoboeren in de hooglanden van de Andes in Peru, waar we uitstekende, robuuste Trinitario-bomen op de berg aantroffen. Wat een magisch, levendig deel van de wereld, met een indrukwekkende rivier en majestueuze bergen die met de Alpen kunnen wedijveren. In de Marañon-kloof kun je volkomen verdwaald raken en nooit meer worden teruggevonden.

Papa vertelde me het verhaal van een zeldzame cacaoboom waarvan hij vreest dat die uitgestorven is geraakt. Zo'n twintig jaar geleden raasden agressieve hemibiotrofe schimmels door dit gebied, die de bomen aantastten die de verfijndste en smaakvolste cacao voortbrachten, de zeldzame witte bonen, en de cacaoproductie bijna vernietigden. De ziekte, die La Escoba de Bruja of heksenbezem wordt genoemd, verwoest de bonen die ons chocola gaven met delicate, complexe bloemenaroma's en zachte smaken. Helaas hebben we geen blijk van overlevers gevonden.

Net als in Ecuador heb ik meer tijd dan papa graag zou willen met de inheemse bevolking doorgebracht om meer over hun genezingsmethoden te leren. Ik heb ook ideeën uit onze cultuur met ze gedeeld en merkte dat de mensen ervoor openstonden. Zelf vind ik geneeskunde boeiender dan cacaobonen en chocola, maar omdat ik de oudste zoon ben, verwacht papa dat ik het familiebedrijf leer kennen. Hoewel hij vanwege onze zakelijke belangen heeft toegestaan dat ik biologie ging studeren, verlang ik er in mijn hart naar geneeskunde te studeren en de wereld te verkennen, niet gebonden te zijn aan een leven lang ploeteren in de handel. Lauro is veel geschikter voor het familiebedrijf. Zag papa dat maar in.

Celina drukte haar hand tegen haar mond. De woorden wankelden en draaiden voor haar ogen, kwelden haar met hun waarheid. Snel bekeek ze de rest van het dagboek, waar onder andere opmerkingen en tekeningen van lokale planten en hun medicinale gebruik in stonden. Terwijl ze de verslagen bestudeerde, dreef één aspect van het geschrevene de spot met alles wat ze ooit had geloofd. Ze kon het niet langer buiten beschouwing laten.

Sara's voetstappen leken gedempt te klinken op de stenen vloer, nog voordat ze bij het dunne, geweven vloerkleed aankwam. Langzaam liet ze zich op een andere brokaten stoel naast Celina zakken.

'Ik zie dat je Nino's dagboek hebt gevonden,' zei ze. 'Ik hoopte dat je het interessant zou vinden.'

Celina schraapte met haar tanden over haar onderlip en schudde haar hoofd. 'Het handschrift...' Zelfs haar spraakvermogen haperde. Het handschrift was een volwassener versie van zijn schooljongensstijl met de iets naar links overhellende letters.

Het leek in niets op dat van haar man.

Sara knikte en wachtte.

'Dit handschrift... Die broek...' Celina schudde haar hoofd en paste ondertussen de aanwijzingen in elkaar die ze zo lang had geprobeerd uit de weg te gaan. 'Je zei dat Tony Spaans sprak.'

'Ja, heel goed.'

Hete tranen van frustratie wegknipperend ging Celina door. 'Mijn man sprak Italiaans en wat gebroken Spaans tegen de Mexicanen in Santa Monica en San Francisco. Hij zei dat de talen zoveel op elkaar leken dat ze hem wel konden verstaan.'

Omdat zij in Californië was opgegroeid, sprak ze vloeiend Spaans, dus kwam ze vaak tussenbeide, en dan kibbelden en lachten ze erom.

‘Misschien had hij in de oorlog wat hersenbeschadiging opgelopen,’ zei Celina naarstig zoekend naar een excuus, ook al was zijn technische kennis van medicijnen niet afgenomen.

Sara reageerde niet.

‘Zijn houding was zo anders dan hoe jij hem hebt beschreven.’ Ze zoog lucht in haar longen, sloeg een hand voor haar mond en sloot haar ogen.

Dat kan niet.

En toch bleven de feiten overeind staan. En ze waren er de hele tijd al geweest.

25

Terwijl Celina streed met de waarheid die door het belastende bewijs voor haar neus werd bevestigd, liet Sara een hand op haar schouder rusten. Het kostte haar zoveel moeite het te begrijpen dat ze haar gezicht in haar handen liet rusten.

Matilde snelde de slaapkamer in en zette twee glazen met een sterk ruikend drankje op het bureau, voordat ze wegliep.

Sara schoof een glas naar Celina toe. 'Ik dacht dat je misschien wel wat grappa kon gebruiken.'

Verlamd door de onbetwistbare feiten voor zich staarde Celina naar de heldere, verdovende vloeistof in het glas. 'Daar wordt niets mee opgelost.'

Sara boog zich naar voren en pakte Celina's handen vast. 'We zijn toch gelukkig? Waarom moeten we iets oplossen?'

Terwijl angst als duizend kleine insecten over haar zenuwen kriebelde, sprong Celina op uit de stoel, en de broek op haar schoot gleed op de vloer. 'Wist je het?'

'Dat je níét met mijn zoon was getrouwd?' Sara knikte.

'Natuurlijk. Ik ben zijn moeder. Al had ik het een hele poos niet door.'

'Als je het wist, waarom zei je dan niets?' Met bonzend hart ijsbeerde Celina door de kamer. 'Waarom liet je deze... scherts-vertoning dan doorgaan?'

'Tegen die tijd waren we van Marco en jou gaan houden.' Sara's gezicht verzachtte van compassie. 'Waarom zouden we dan niet gewoon doorgaan? We hadden allemaal iets te winnen. Vooral jij.'

Dacht Sara soms dat ze zich vanwege materieel gewin voordeed als de vrouw van hun zoon? Celina's knieën knikten bij het idee. Haar woorden tuimelden naar buiten, een mengelmoes van onsamenhangende gedachten.

'Ik heb nooit aangenomen... Ik dacht... Ik had geen idee. O, hoe heeft dit kunnen gebeuren?' Vernederd en beschaamd zonk Celina op haar knieën neer, en ze sloeg haar handen voor haar gezicht.

De familie die ze dacht te hebben gevonden voor haar zoon, het leven dat ze hier in Italië voor hen beiden opbouwde, de liefde die ze koesterde met Lauro. Het was allemaal niet meer dan een denkbeeldig leven, een huis gebouwd op drijfzand dat nu een leemte in gezogen werd, een niets.

Niets.

Er waren geen relaties. Geen speciale banden. Geen bloedverwanten voor Marco.

Als het ging om familie was de vrouw die voor haar zat een vreemde.

Celina draaide zich met een ruk om. 'Wat doe ik hier?' riep ze uit. Ze was een onwetende medeplichtige in een vreselijke misdaad. 'Geloof me alsjeblieft, ik had geen idee. Ik dacht echt dat mijn man jullie zoon was. Ik heb nooit gedacht dat hij dat niet was.' Ze voelde de pijn tot in de kern van haar wezen en spreidde haar handen in een radeloze smeekbede om Sara's barmhartige begrip.

Alsof ze dat ook maar kon verwachten. Ze had verklaard dat haar man de zoon van deze vrouw was en had zich voorgedaan als haar schoondochter. Voor hetzelfde geld leefde de echte Nino nog. De overtreding die ze had begaan was zo enorm dat het haar begrip te boven ging. En toch wist ze dat de stekende pijn in haar hoofd niets was vergeleken met wat Sara in haar hart moest voelen.

Sara reikte naar de grappa en dronk het glas leeg.

'Ik heb een tragische vergissing begaan,' zei Celina. 'Mijn verontschuldigingen zullen nooit genoeg zijn.'

Sara tilde haar rok iets op en ging voorzichtig op haar knieën naast Celina zitten. Ze sloeg haar armen om haar heen en klakte met haar tong om haar te troosten. 'Ik dacht ook niet dat je het wist,' zei Sara, en haar stem stokte. 'Ik ken vrouwen goed. Je bent oprecht, ongekunsteld en bescheiden. Je wil in het beste van mensen geloven. En je had waarschijnlijk te veel vertrouwen in de man met wie je trouwde.'

Celina drukte een hand tegen haar hoofd. Wie was... Wie was Tony dan wel? Met gefronste wenkbrauwen probeerde ze de stukjes samen te voegen. Sara had het begrepen en moest er al een tijdje van op de hoogte zijn geweest. 'Hoelang weet je het al? Vanaf het begin?'

'Toen hadden we uiteraard onze twijfels.'

Net als Lauro. 'Waarom heb je me dan niet verteld hoe het zat en me weggestuurd?'

Sara streek met een hand over Celina's vuurrood aangelopen gezicht, waarbij ze zorgde dat ze een blauwe plek van het ongeluk meed. 'Je was heel oprecht. Je bent een leuke jonge vrouw, en Marco; tja, Carmine hield al van hem vanaf het eerste moment dat hij hem zag. Door Marco's aanwezigheid is Carmine opgeleefd. Jouw kleine jongen heeft vreugde in ons leven gebracht, in onze familie.'

'Marco is ook dol op Carmine.' En op Lauro. Nog een golf

van emotie overspoelde haar, en een nog scherpere pijn snerpte door haar heen. 'Hoe leg ik dit uit aan mijn zoon? Hij zal er kapot van zijn.'

'Dat hoef je niet te doen. Nog niet, in elk geval.' Sara hielp Celine overeind en zette haar op een stoel neer. 'Het verlies van Nino heeft ons bijna kapotgemaakt. Lauro was gebroken door het gebeuren met Isabella, en Nino kon er niet mee omgaan. Hij is altijd... anders geweest.'

'Lauro heeft me verteld wat er is gebeurd.'

Sara knikte. 'Nino kennende weet ik zeker dat hij dacht dat hij door weg te gaan deed wat het beste was voor Lauro. Hij dacht waarschijnlijk dat zijn aanwezigheid zijn broer eindeloos veel pijn zou doen. En Lauro kon het lange tijd nauwelijks verdragen over Nino te praten of iets over hem te horen. Lauro is gebleven, maar we konden hem vanbinnen niet bereiken. Het was alsof we alle twee onze zonen waren verloren.' Ze was even stil en drukte een hand tegen haar borst.

Als moeder begreep Celina het. Ze zou haar leven geven voor haar zoon en kon zich niet voorstellen dat ze hem ooit zou verliezen.

Sara richtte zich op en ging door. 'Nino was naar Amerika gegaan. Hij werd Amerikaan en keerde zijn familie en geboorterecht de rug toe. Toen kwam de oorlog en meldde hij zich als vrijwilliger aan bij het leger daar. Voor jonge mannen zijn sommige kwesties in het leven te pijnlijk om aan te pakken. En dan heb ik het over allebei mijn zonen. In veel opzichten waren ze sterk en capabel, maar niet als het om gevoelskwesties ging.'

Hoeveel pijn Celina ook voelde, ze begreep hoe complex Sara's leed was. 'Vertel me alsjeblieft meer.'

Met gefronst voorhoofd ging Sara door. 'Door hun ruzie is ons ook veel ontnomen. Nino was verdwenen. Lauro had plechtig beloofd Isabella trouw te blijven. We zouden nooit de mooie schoondochters of kleinkinderen hebben die het leven van oude mensen verlichten met hoop. Dus jouw telefoontje was een wonder. Je hebt ons op vele manieren opgebeurd. Door jou kon Carmine het verlies van Nino verwerken. De man op wie ik verliefd was geworden, is eindelijk terug. En dus besloot ik ook jou te geloven. Zo was het leven veel beter.'

'Maar je wist het.'

'Ik wist het niet zéker. Dat kwam pas op de avond dat je aardbeien serveerde.'

Verbijsterd liet Celina haar hoofd naar een kant hellen. Ze speelde de avond terug in haar hoofd. 'Ik praatte over Tony en Marco en aardbeienijs na het avondeten.' Ze dacht terug aan wat Sara in de keuken tegen haar had gezegd. Toen was het haar niet duidelijk geweest wat ze bedoelde, en nu nog steeds niet. 'Ik begrijp het niet,' zei ze. 'Wat was er mis met de aardbeien?'

'Mijn zoon was zwaar allergisch voor aardbeien.' Een peinzende blik trok over Sara's gezicht. 'Mannen vergeten dat soort details misschien; moeders niet.'

'De aardbeien... Wist Adele het?'

'Lauro kan zoveel aardbeien eten als hij wil, maar Adele is er ook allergisch voor. Bij je openingsfeest kon ze ze uiteraard niet eten. Toen je zei dat ze Antonino's lievelingsfruit waren, herinnerde ze zich de keer dat ze allebei op een verjaardagsfeest aardbeien hadden gegeten. Daar kregen ze jeukende galbulten van, hun keel ging dichtzitten en hun tong werd dik. Mijn zus en ik hebben hen als een haas naar een dokter gebracht.'

Celina's wangen brandden van schaamte. 'Adele geloofde Lauro dus. Hij heeft ooit gezegd dat ik een bedrieger ben. En hij had gelijk, zo blijkt.' Dat zou ze hem nu moeten vertellen.

Omdat haar smart alleen maar toenam, pakte ze het glas grappa en dronk het in één teug leeg. Het brandende gevoel in haar keel was haar welkom. Ze zou willen dat het de bonkende ellende in haar hoofd kon verlichten. Op zijn best zou het het scherpe randje van haar pijn wegnemen. Tijdelijk.

'Adele wilde je er die dag mee confronteren, maar dat heb ik verboden.' Sara's stem kreeg een strenge ondertoon. 'We maakten ruzie. Ik heb tegen haar gezegd dat het een zaak was die wij als gezin moesten afhandelen. Ze mocht er met niemand over praten, zelfs niet met Werner.'

Celina beet op haar onderlip en proefde de restjes sterkedrank. 'En nu doen we dat wel.'

'Ja.' Sara deed het deksel op de houten doos. 'Zo te horen was jouw Tony een geweldige man, die van Marco en jou hield. Hoewel ik wilde dat je mijn Nino had gekend, moet je blij zijn dat je een goede man in je leven hebt gehad.'

Er vormde zich een gedachte in Celina's hoofd. 'Je wist dit. Waarom kom je er dan vandaag mee?' Ze maakte een handgebaar naar de broek en de doos met papieren. 'Je wilde dat ik dit bewijsmateriaal bekeek en de waarheid onder ogen zou zien.'

'Ik wist niet zeker of jij al tot dezelfde conclusie was gekomen, maar dat was slechts een kwestie van tijd.' Sara boog zich naar voren en zei met klem: 'Ik heb gezien hoe Lauro en jij naar elkaar kijken. Ik weet dat hij zich al vanaf de dag dat je aankwam tot je aangetrokken voelt. Hij heeft nog nooit van een vrouw gehouden zoals hij van jou houdt, ook al dacht hij dat hij verliefd was op Isabella.' Ze haalde haar schouders op. 'Ze waren heel jong, en zij was een verwende, onstuimige meid die hem nooit gelukkig zou hebben gemaakt. Wel had ik erg te doen met haar familie.'

'Carmine staat niet toe dat we samen zijn.'

'Daarom moesten we vandaag praten.' Sara's stem kreeg een samenzweerderig randje. 'Lauro en jij lijden nodeloos. Zie je dat niet?'

'Ik volg je niet...'

'De codex van het kerkelijke recht is alleen van toepassing als je getrouwd was geweest met Nino. Lauro's bróér. Zelfs als je niet weet wie je man was, kunnen we volgens mij wel bewijzen dat hij Nino niet was.'

Nog een stekende pijnscheut trok door Celina's hoofd, en ze draaide haar handpalmen omhoog. 'O, lieve help, met wie was ik getrouwd?'

Sara greep haar handen beet. 'Het zou helpen als je iets kunt vinden waaruit blijkt wie hij is. Heeft hij misschien vrienden aan wie je het kunt vragen? Ik denk dat Adele wel wil getuigen. Gebruik haar boosheid in je voordeel. Uiteindelijk vergeeft ze je misschien wel.'

Celina staarde Sara aan, ontzet over de onvoorstelbare acties die ze haar vroeg te ondernemen.

'Je moet de realiteit onder ogen zien. Als je van Lauro houdt, is dit de enige manier om zijn vader over te halen. Dan kunnen jullie in de kerk trouwen.'

'Ik weet niet of we er klaar voor zijn.' Celina schudde Sara's hand af en stond op. 'Maar wanneer we dat zijn, hebben we niemands toestemming nodig om te trouwen. We kunnen naar het stadhuis gaan voor een burgerlijk huwelijk.'

Sara stond op, geschokt door de suggestie. 'Dat is geen gewijd huwelijk.'

'Doet dat er nog iets toe?' Celina voelde zich overweldigd en was moe. Het enige wat ze wilde was bij Lauro zijn zoals ze in de verscholen baai waren geweest. Gelukkig en vrij.

'Doe dat je kinderen niet aan,' snauwde Sara.

'Je maakt je alleen maar zorgen om je kleinkinderen,' kaatste Celina terug. 'Hoe zit het met het geluk van je zoon?'

'Dit gaat om eer en jullie relatie met de kerk, de gemeenschap en jullie familie. Geloof me, het is beter zo. Wat er is gebeurd was een vergissing. Het was de schuld van je man.'

'Wie zal dat geloven? Iedereen zal denken dat ik een bedrieger ben. En vanaf nu ben ik dat ook, omdat ik de waarheid ken.'

'Doe alsjeblieft niet zo.'

Celina draaide zich met een ruk om. 'En Lauro, hoe groot is de kans dat hij dit verhaal zal geloven?' Ze stormde de kamer uit. Zodra ze bij de deuropening aankwam, slaakte ze een gil.

Lauro stond net buiten de deur en had zijn wenkbrauwen gefronst. 'Wat is er aan de hand?'

Hoeveel had hij gehoord?

Dit was niet de manier waarop ze wilde dat hij dit nieuws hoorde, dat net haar hart en ego aan gruzelementen had geslagen. Ze had tijd nodig om weer op krachten te komen. Diep beschaamd en niet in staat hem onder ogen te komen rende ze langs hem heen naar buiten.

26

Celina snelde naar buiten. Haar hoofd deed pijn door de aanval van onweerlegbare feiten. Zodra ze de villa uit rende, gleden haar espadrilles uit over het stenige grind, waardoor ze wankelde op haar benen.

Ze verdronk; haar leven was net gekapseisd op open zee. Ze had geen reddingsboei, niets om zichzelf aan vast te klampen om de beukende golven van de waarheid te kunnen weerstaan.

Ze had geen idee met wie ze getrouwd was geweest, wie Marco's vader was. Waren er twee mannen met de naam Antonino Savoia? Dat kon, maar deze familie Savoia was niet die van haar man. Het waren vreemden.

Waarom had Tony haar verteld dat ze familie waren? Om indruk op haar te maken? Of had hij geweten dat de ware Antonino vermist was? Met een hoofd dat bonkte van de pijn ze de heuvel af. Haar schoenen klapten tegen het trottoir. Omdat ze behoefte had aan tijd om haar gedachten te ordenen, besloot ze naar Marco's school te lopen en daar op hem te wachten.

Boven haar hoofd blokkeerden wolken de zon. Celina huiverde en veegde over haar blote armen. Ze had niet de tijd genomen om een jasje te pakken, maar dat kon haar niet schelen. Het enige wat ze wilde, was afstand nemen van deze ramp. Misschien zou ze ontwaken en ontdekken dat het een nachtmerrie was geweest.

Nee. Diep vanbinnen wist ze dat het waar was. Toen ze eenmaal nadacht over de aanwijzingen die er al die tijd waren geweest, wist ze dat Sara de waarheid sprak. Misschien was ze bang geweest om de kleine verschillen te onderzoeken, te bang om te erkennen dat bepaalde feiten niet in overeenstemming waren met de *dolce* wereld waarin ze zo graag wilde leven.

De kille lucht sloeg tegen haar huid en wekte haar zenuwen met duizend ondraaglijke speldenprikken die De Waarheid aankondigden.

Was ze egoïstisch geweest? Misschien, maar niet vanwege de rijkdom en alles wat daarbij kwam kijken. Wel vanwege de liefde en troost die een familie kon bieden. In het begin had ze gehandeld uit een plichtsgevoel naar Tony en zijn familie toe. Ze was meer gemotiveerd geweest voor Marco dan voor zichzelf, tot Lauro de donkere woestenij van haar hart had verlicht.

Had de liefde de onverzettelijke feiten verhuld die zich voor haar neus bevonden?

Een wervelwind van vragen ging door haar hoofd, dwarrelend als herfstbladeren. Hoe zou de waarheid de liefde beïnvloeden die Lauro haar had verklaard? Welke invloed zou ze hebben op alle andere mensen in de familie Savoia, van Sara en Carmine tot Adele, Werner en Karin? En zelfs de dorpelingen in Amalfi, Marco's leerkrachten, vrienden en klanten van haar cioccolateria.

Ze zou gebrandmerkt worden als leugenaar.

Als bedrieger.

Als opportunist.

Dat was ze niet.

En toch was een klein, gemeen stemmetje in haar binnenste het daar niet mee eens.

Was ze een gewillige medeplichtige geweest in het bedrog van haar man door de aanwijzingen te negeren, omdat dat makkelijker was en ze haar dan zouden blijven accepteren?

En kon haar dat vergeven worden?

Misschien, al zou niets in haar leven nog hetzelfde zijn. Bij dat besef ontbrandde een dunne lont van woede in haar.

Wankelend onder het gewicht van die openbaring strompelde ze naar de rand van de weg onder een knoestige olijfboom en zonk gebroken en snikkend op haar knieën neer. Boven haar uitten zelfs de mussen kwetterend hun verwijt. Ze had onvermoeibaar gewerkt om een leven voor haar zoon en zichzelf op te bouwen. Het was nooit bewust haar bedoeling geweest iemand kwaad te doen of zich voor te doen als iets waarvan ze vond dat ze het niet was. Hoe dúrfden Adele en Lauro haar van dat soort verraad te beschuldigen!

De sputterende lont van woede siste diep vanbinnen.

Haar man was respectabel geweest, geen oplichter of bedrieger, en toch zat ze nu hier, het slachtoffer van zijn daden. Maar ze had nog steeds een keus. Ze kon zich overgeven aan het slachtofferschap of met kracht en waardigheid opstaan, net als toen hij was overleden en zij besloot in Italië te blijven en een winkel te openen. Ze kromde haar vingers en balde haar handen tot vuisten.

Ondanks haar ellende was de lont ontstoken, waardoor ze een vurige vastberadenheid voelde. Die zou ze volgen, waar die haar ook naartoe leidde.

Voetstappen achter haar. Met een ruk draaide ze zich om.

Lauro.

'Amore mio,' zei hij zacht. Hij knielde naast haar neer en nam haar in zijn armen.

Onder de zilvergrijze takken van een eeuwenoude olijfboom

hielden ze elkaar vast. In zijn tedere omhelzing voelde ze de kracht die hij uitstraalde, al was dit voor zover ze wist misschien de laatste keer dat ze Lauro in haar armen hield. Uiteindelijk hief ze haar gezicht naar hem op.

'Het spijt me z…'

'Sst.' Hij drukte een vinger tegen haar lippen. 'Je hoeft je nergens voor te verontschuldigen. Dit verandert niets aan mijn liefde voor jou. Je dacht oprecht dat je man mijn broer was. Ik geloof je.'

Opluchting trok door haar heen. Hij geloofde haar. Ze was er zeker van dat ze verder alles wel kon uitpuzzelen, maar waar moest ze beginnen? 'Ik heb nooit reden gehad om te twijfelen aan de identiteit van mijn man. Hij had zijn militaire identiteitsbewijs en -plaatjes. Hoe zou hij die gekregen hebben?'

'Misschien had hij ze gestolen of op de zwarte markt gekocht. Of ze waren vervalst.'

Celina's nekharen gingen overeind staan. 'Mijn man was geen crimineel. Hij was een goede, hoogopgeleide man.' Ook al was hij een beetje ongepolijst.

'Dat zei ik ook niet, *cara*.' Hij kuste haar op haar voorhoofd. 'Veel mensen hadden vervalste documenten, om welke reden dan ook. Vaak om zichzelf en hun familie te beschermen.'

'Hij vertelde me dat hij lid was van de familie Savoia van de chocola.' Of had hij alleen instemmend geknikt wanneer iemand het zei? Dat kon ze zich niet eens meer herinneren.

'Heb je ooit iemand van zijn familie ontmoet?'

'Eén keer. Toen we Santa Monica bezochten, zei hij dat hij bij een oom langs moest.' Tegen haar slapen duwend probeerde ze zich die dag te herinneren. 'Hij was net naar een kleine bungalow verhuisd, niet ver van het strand vandaan. Tony vroeg me in de woonkamer te wachten, terwijl zij eerst met elkaar praatten. Daarna heb ik hem ontmoet.'

'Hoe heette hij?'

'Hij stelde zich alleen voor als Art.'
Lauro slaakte een zucht. 'Daar hebben we niet veel aan.'
'Terwijl ik zat te wachten, werd de post van die dag door de brievenbus geduwd. Ik heb de brieven opgeraapt en voor hem op de zijtafel gelegd. Ze waren geadresseerd aan Arturo Romani. Dat weet ik nog, omdat zijn achternaam zo op die van mij leek.'
Hij nam haar weer in zijn armen. 'Dat kunnen we als startpunt gebruiken.'
'Nee, dat gaat niet. Na Tony's overlijden heb ik geprobeerd hem te bellen. Hoewel zijn telefoonnummer in het telefoonboek stond, bleek er geen verbinding meer te zijn toen ik het draaide. Ik heb een brief gestuurd en nooit antwoord gekregen.'
Ze had ernaartoe moeten rijden, maar Arturo was zo'n oude man dat ze van het ergste was uitgegaan: dat ook hij was overleden.
'We zijn één keer bij hem langsgegaan, meer niet. Daarna heeft Tony nooit meer iets met hem van doen gehad. Hij zei iets over een ruzie. Ik heb er verder niet over doorgevraagd.' Ze had geleerd bij haar man niet aan te dringen op antwoorden. Wanneer ze iets vroeg over zijn familie ontplofte hij vaak. Zolang ze het onderwerp niet aansneed, was Tony over het algemeen gelukkig.
Nu wist ze waarom.
Bij die herinnering barstten verse tranen door haar nieuwe vastberadenheid heen. Er wáren eerdere aanwijzingen geweest. Ze had ze genegeerd om een vredig huiselijk leven te kunnen leiden. Maar ze had geen idee gehad dat hij niet was wie hij zei dat hij was. Haar woede tegenover Tony – en zichzelf – kwam in vliegende vaart terug, en ze greep Lauro bij zijn revers beet.
'Wat er ook in het verleden gebeurd is, ik vertrouw je,' zei hij terwijl hij over haar rug wreef. 'Ik weet dat je geen gelukszoeker bent die onze familie wil bezwendelen.'
Woedend keek ze naar hem op. 'Alleen al dat je dat zegt, bewijst dat je het wel hebt gedacht.'

‘Dat waren niet mijn woorden of zelfs die van mijn moeder. Maar denk hier eens aan: als je man is overleden, leeft mijn broer misschien nog. Snap je het niet? We hebben niets verloren. We zijn terug bij waar we voor jouw komst waren. En met z’n tweeën kunnen we twee keer zo hard zoeken.’

‘Ik beloof dat ik alles zal doen wat nodig is om je te helpen Nino te vinden.’ Terwijl Celina die woorden uitsprak, viel haar nog iets in. Als haar achternaam niet Savoia was, wat dan wel?

Ze staarde in Lauro’s ogen en zag hoe toegewijd hij haar was. Toch moest ze aan andere zaken denken. Ze moest Marco zo van school halen. ‘Hoe kan ik het ooit aan Marco uitleggen?’

‘Hij is jong. Doen een paar dagen er iets toe, of moet je nu meteen in detail treden?’ Lauro sloeg zijn armen om haar heen en wiegde haar. ‘Wanneer je er klaar voor bent het uit te leggen, ben ik erbij. Ik wil niet dat hij zich in de steek gelaten voelt. Hij maakt deel uit van hoe wij verdergaan. We worden een gezin, Celina. Ik ben nu vastbeslotener dan ooit.’

‘Dat zijn de aardigste woorden die ik ooit heb gehoord.’

‘Het is waar. En het beste nieuws is nog wel dat mijn vader geen ouderwetse katholieke canon kan gebruiken om ons huwelijk te verbieden.’

Die gedachte stelde Celina een beetje gerust. Maar ze had het verontrustende gevoel dat Carmine nu misschien een andere, nog sterkere reden had om er een stokje voor te steken.

27

San Francisco, 1945

Zodra Tony van het troepenschip af was gestapt, knielde hij neer om de grond te kussen. Na een lange diensttijd in de Stille Oceaan, inclusief de Filippijnen, wilde hij alleen nog *terra firma* onder zijn voeten voelen en een echte Italiaanse maaltijd eten. Maar eerst snakte hij naar een welverdiend verzetje om zijn thuiskomst te vieren.

Anders dan sommige andere soldaten had hij geen geliefde die zich in zijn armen zou storten of familie om hem te verwelkomen. Antonio Baldini was bijna alleen op de wereld.

Andere maten waren de eerste de beste goedkope kroeg aan de kade binnengegaan, maar Tony wilde dat zijn eerste drankje op Amerikaanse grond speciaal zou zijn. Hij was trots op zijn legerdienst, maar had lange, lange tijd naar dit moment uitgekeken.

Terwijl de boerenkinkels uit Iowa en Nebraska op de hoek stonden te discussiëren waar ze naartoe gingen, hief Tony zijn arm en hield een gele taxi aan. 'Net als thuis in New York.' Grijnzend nam hij plaats op de achterbank. 'Breng me naar een chique tent. Niet zo'n café als hier in de buurt.'

De taxichauffeur keek in zijn binnenspiegel en schrok van Tony's verminkte gezicht. 'Zware diensttijd, jongen?'

'Ik voel me niet echt een jongen meer.' Tony streek over de lelijke littekens op zijn gezicht. Natuurlijk voelde hij zich soms onzeker. Wie zou dat niet zijn? Maar hij had verdraaid veel geluk om nog te leven. In plaats van een muurbloem te worden – niet dat hij dat ooit was geweest – in de hoop dat niemand hem zou opmerken, was hij vastbesloten het beste te maken van het leven dat hij voor zich had.

Hij had plannen. Grote plannen. Lef had hij zeker, al had hij op dit moment geen idee hoe hij ze moest verwezenlijken, of hoe hij veilig moest blijven. In 1941, vlak na Pearl Harbor, was hij bij het leger gegaan om te ontsnappen aan een gevaarlijke situatie die gedoemd was slecht af te lopen.

Nooit meer, dacht hij.

Voor die tijd had hij al zijn energie gestoken in zijn studie en het opbouwen van een carrière; hoeveel mensen slaagden erin weg te komen uit de rauwe buurt waarin hij was opgegroeid? Maar het was hem gelukt.

Een tijdlang, tenminste.

Terwijl de chauffeur wegreed en invoegde in het verkeer aan de kade, strekte Tony zijn benen. 'Wat dacht je van Nob Hill? Ik heb gehoord dat de Fairmont behoorlijk chic is.'

'Voor een jonge vent als jij?' De taxichauffeur haalde zijn schouders op. 'Die heeft zijn beste tijd gehad. Tegenwoordig vind je er vooral oude mensen. Zeg, heb je nieuwe kleren nodig? Een neef van me heeft een winkel vlak bij Union Square. Hij steekt je zo in het nieuw.'

'Later misschien. Ken je wat chique plekken om een glas champagne te drinken?' Ja, daar zou hij mee beginnen.

De chauffeur duwde zijn pet omhoog. 'Nou, huppeldepup,'

zei hij grijnzend. 'Bubbels zijn nogal zeldzaam sinds de oorlog in Frankrijk. Maar verderop in de straat hebben we goede wijnen uit de Napa- en Sonomavalleien. Dat of bier. Ik heb een bierbudget, als je snapt wat ik bedoel.'

Door het raam bekeek Tony de stad, vol bewondering voor de victoriaanse architectuur en schitterende baaien. De indrukwekkende Golden Gate Bridge, die twee delen van San Francisco met elkaar verbond, torende hoog boven alles uit. Wat een stad.

De taxichauffeur sloeg Market Street in. 'Wat dacht je van hotel St. Francis? Die hebben een chique bar. Met een hoop deftige dames.'

'Klinkt goed.' Tony leunde achterover. Het was precies wat hij in zijn hoofd had. Hij zou aan de westkust blijven tot hij wist of het veilig was om terug te gaan naar New York.

Hij had geprobeerd te ontsnappen aan zijn vroegere bende. Tijdens zijn apothekerstudie had hij drie geestdodende bijbaantjes gehad. Na zijn afstuderen had hij het geld bij elkaar gesprokkeld om samen met een zakenpartner een apotheek vlak bij zijn oude buurt te openen. Maar dat geld had hij duur moeten betalen, en de goed georganiseerde bende had een uitstekend geheugen.

Op een avond, toen zijn oude bendematen drugs en geld van hem hadden geëist en hij had geprobeerd zich te verzetten, hadden ze zijn zaak leeggehaald en hem een aandenken achtergelaten: zijn verminkte oog en wenkbrauw. Hij had al snel ontdekt dat als hij in leven wilde blijven, hij moest toegeven aan hun eisen en hun drugs moest leveren.

Tony had het bedrog gehaat. En wat erger was: zijn zakenpartner had het ontdekt en hem ermee geconfronteerd. Dienst nemen in het leger was een snelle oplossing voor zijn problemen geweest.

Hij stond niet te popelen om terug te keren. Er moest een andere manier zijn, een andere plek om een nieuw leven op te bouwen. San Francisco leek een prima stad.

Nadat de taxichauffeur hem had afgezet, slenterde Tony onder de grote klok van hotel St. Francis door en liep de lobbybar in. Hij droeg nog altijd zijn officiersuniform en was nog niet eens bij de toog aangekomen, toen een man in eenzelfde uniform hem een drankje aanbood. Zijn littekens wekten blijkbaar medelijden op. Tijdens zijn diensttijd was hij ook vaak getrakteerd.

'Wat drink je?'

'Champagne,' antwoordde Tony. 'Ik heb iets te vieren.'

'Je stijl bevalt me.' De man sprak de barman aan.

Uiteindelijk koos Tony voor een mousserende witte wijn uit Californië, al had hij geen idee wat het verschil was. Verdorie, wat smaakte dat goed.

'Ik ben zelf net twee weken geleden teruggekeerd,' zei de man. Hij was lang en goedgebouwd, met een aristocratische uitstraling, en leek oprecht geïnteresseerd in Tony.

Tony kon zien dat hij echte klasse had. 'Jij bent ook Italiaans, hè? Ik heet Tony.'

De man glimlachte. 'Mijn vrienden noemen me Doc.'

'Ben je dokter?'

'Ik studeerde geneeskunde toen ik besloot in dienst te gaan om een groter en dringender belang te dienen. Ben je in de Stille Oceaan geweest?'

Tony knikte. 'Jij?'

'Onlangs nog. Heb je al plannen voor het burgerleven?'

'Behalve een goed Italiaans diner? Gewoon de Amerikaanse droom, vriend. Zoals elke terugkerende soldaat.'

Tony had grote ambities, maar hij had een veilige plek nodig om te werken. Als dat in New York niet zou lukken, zou hij misschien in San Francisco blijven. Een mooie vrouw ontmoeten, trouwen, kinderen krijgen. Een eigen zaak opbouwen, een huis kopen. Een nieuwe start, dat was wat hij wilde. Maar hij had gehoord dat de bendes inmiddels ook de handel aan de westkust hadden overgenomen. Zou hij überhaupt ergens veilig zijn?

Tony nam een slok van zijn wijn. 'En jij? Blijf je hier?'

Doc schudde zijn hoofd. 'Het is tijd om verder te reizen.'

'Het is hier erg fijn. Waar ga je heen?'

'Ik hou van reizen. Ik vertrek naar Zuid-Amerika.'

Tony floot tussen zijn tanden. 'Brazilië, Argentinië? Mooie vrouwen daar, heb ik gehoord.'

Doc lachte. 'Zo te horen heb je een goede smaak.' Hij leegde zijn glas. 'Ik had iets anders in gedachten.'

'Je meent het. Wat?'

Doc streek over zijn kin. 'Ik weet een goed restaurant in North Beach, Fior d'Italia aan Mason Street, als je van de Noord-Italiaanse keuken houdt. Vanavond moeten we daar wel een tafeltje kunnen krijgen.'

'Als ze *ossobuco* en een goede Barolo-wijn hebben, ben ik van de partij.'

'Dat hebben ze inderdaad.' Doc betaalde de rekening. 'Onderweg stel ik je voor aan de beste chocolatier van San Francisco. Ik wil nog een keer bij haar langs voordat ik vertrek.'

'Dus je bent serieus.'

'Morgenochtend. Mijn paspoort is klaar.' Hij tikte tegen zijn borstzak. 'Tijdens het eten vertel ik je over mijn plannen.'

28

Napels, 1953

Toen Celina het café binnenkwam, sloeg Lauro's hart over bij haar aanblik. De gedachte dat zijn vader haar zou wegsturen als hij de waarheid hoorde, had hem de hele nacht wakker gehouden.

Toen Celina hem zag, hief ze haar hand en glimlachte. Ze droeg een witte katoenen blouse, donkerblauwe rok en brede rode ceintuur om haar ranke middel. Haar donkerblauwe sandalen met open teen waren zo uitdagend dat hij ze het liefst meteen had uitgetrokken. Ze had haar kraag opgezet en een zijden shawl omgeslagen. Met haar omhooggeschoven donkere zonnebril op haar dikke blonde haar kon ze makkelijk voor een filmster doorgaan.

Maar Celina betekende veel meer voor hem dan dat. Zuchtend herinnerde hij haar beeldschone gestalte in het gevlekte zonlicht in hun verborgen baai, waar ze zich zo vanzelfsprekend aan hem had gegeven alsof ze altijd voor elkaar voorbestemd waren geweest. Inmiddels kon hij niet meer zonder haar. Hopelijk zou zijn vader toegeeflijker worden als hij het nieuws hoorde. Maar hij moest het zeker weten. Celina had veel zoveel meegemaakt in haar leven; hij wilde niet dat ze opnieuw gekwetst zou worden.

Lauro stond op en boog zich naar haar toe om haar te kussen. Een subtiele geur steeg op van haar haar en hals. Hij bleef dichtbij staan, haar wezen opsnuivend en hunkerend van begeerte naar haar.

Hij voelde zijn moeders blik. Vlug begroette hij haar en schoof stoelen naar achteren voor beide vrouwen.

'Dit leek me de beste plek om af te spreken.' Hij boog zich over de tafel. Hij had zijn moeder en Celina gevraagd in Napels met hem te lunchen om te overleggen hoe ze zijn vader van Celina's onthulling op de hoogte zouden brengen. De meeste winkels in Amalfi sloten tussen de middag. De winkeliers ontmoetten vrienden in het café of gingen naar huis voor een lunch of siësta.

'Ik ben wat eerder weggegaan,' zei Celina. 'Na lunchtijd opent Karin de winkel. Ze is enorm betrouwbaar.'

Sara knikte. 'Ik heb tegen je vader gezegd dat ik in Napels ging winkelen en lunchen met mijn zus. De zus die hij niet mag.'

Nadat de ober hun bestelling had opgenomen, stak Lauro van wal. 'De ontdekking over Nino is een schok, dus we moeten een plan maken.' Hij tikte met zijn vingers op tafel. 'Pa is al tegen ons, dus we moeten hem doen inzien dat het nieuws in feite positief is voor onze familie. Want Nino leeft misschien nog.'

'Daar bid ik om,' zei Sara. 'We hebben zo lang hoop gehouden, dat het ergens een bevrijding was om te rouwen om zijn dood. Maar als hij misschien nog leeft, is er weer hoop.' Ze trok haar witte handschoenen uit en stopte die weg in haar robuuste handtas.

Lauro wisselde een blik met Celina. Het nieuws zou oude wonden openrijten, wist hij.

'Hierdoor kan Celina echt een deel van onze familie worden.' Sara legde haar hand op die van Celina. 'Ik ben egoïstisch. Ik wil jou en Marco niet verliezen. Lauro en jij houden van elkaar. Jullie zouden jullie toekomst moeten kunnen plannen.' Ze keek naar haar zoon. 'Maar dat idee moet van Carmine komen. Hij is het familiehoofd, en hij zal willen denken dat het zijn idee is.'

Celina trok een wenkbrauw op. 'Maar hoe krijgen we dat voor elkaar?'

'Ik doe al mijn hele leven niets anders,' zei Sara.

'Klopt,' zei Lauro. 'Mijn vader denkt dat hij de baas is, maar de familie wordt eigenlijk geleid door mijn moeder. Vertel het alleen niet aan pap, oké?'

Zijn moeder glimlachte bescheiden en keek op naar Celina. Lauro keek bewonderend van de een naar de ander.

De twee vrouwen voor hem waren de sterkste, meest veerkrachtige vrouwen die hij kende. Er werd gezegd dat mannen vaak met vrouwen trouwen die op hun moeder lijken. In zijn geval klopte dat. Zijn moeder was er voor hem geweest toen Isabella bijna was gestorven en Nino verdwenen was en nu, nu zijn toekomst gevaar liep, weer.

'Laat het aan mij over om het gesprek te openen.' Sara streek nadenkend over haar knot.

'Volgens mij moet Celina er niet bij zijn als we het hem vertellen,' zei Lauro.

'Ik kan het onder vier ogen ter sprake brengen,' antwoordde Sara. 'Als het nieuws hem pijn doet, en dat verwacht ik wel, zal zijn trots hem niet toestaan dat in gezelschap te laten merken. Ik ben bang voor wat hij dan zal doen.'

'Ik weet het, maar ik wil erbij zijn, mam,' zei Lauro, een arm om Celina heen slaand. 'Het gaat om míjn toekomst – ónze toekomst – en ik wil zeker weten dat hij begrijpt dat dit nieuws positief is voor onze familie.'

'Dat zal hij,' zei Sara. 'Je vader neemt zijn verantwoordelijkheid serieus. Hij zet altijd het belang van de familie voorop.'

Lauro zag Celina fronsen. 'Wat denk jij?'

'Dat ik erbij moet zijn,' antwoordde ze. Haar goudbruine ogen keken hem recht aan. 'Hoe dol je vader ook op Marco is, ik ben het probleem.'

Lauro streelde haar onderarm. 'Volgens mij ben je de oplossing.'

Sara schudde haar hoofd. 'Ze heeft gelijk. Je vader staat nu vijandig tegenover Celina. Ik bid om een wonder.'

Het diner in Villa Savoia begon stiller dan gewoonlijk. Celina wist zeker dat Carmine voelde dat er iets was, al dacht hij waarschijnlijk dat het te maken had met zijn eis dat Lauro en zij hun relatie zouden beëindigen.

Sara had een uitgebreid zeebanket bereid, met *aragosta*, Carmines lievelingsgerecht, en Falanghina-wijn. Hij genoot ervan, merkte Celina, en zijn sombere stemming klaarde op. Misschien moesten vrouwen van Sara's generatie hun toevlucht zoeken tot indirecte methodes, maar zelf was ze vastbesloten een modernere, gelijkwaardige relatie met Lauro te hebben. Celina keek naar Carmine. In elk geval leken Sara's verwennerij en vleierij te werken, want tegen het einde van de maaltijd was haar man in een opperbest humeur.

Na het eten excuseerde hij zich. Sara stond ook op en liep naar de open haard. In haar dieppaarse wollen jurk met witte parelketting zag ze er statig uit. Haar opgestoken donkere haar omlijstte haar vastberaden uitdrukking.

Met een zelfverzekerde glimlach hief ze haar kin. 'Lauro en Celina, willen jullie ons even excuseren? Ik wil met mijn man praten.'

Lauro veerde overeind uit zijn stoel. 'Ik moet ook met pap praten, mam.'

Zijn moeder was onvermurwbaar. 'Laat dit aan mij over. Ik ken mijn man.'

Celina schoof onrustig heen en weer op haar stoel. Ze had een vroeg diner voor Marco gemaakt en hem voor het familiediner naar bed gebracht. Meer klaar voor de confrontatie met Carmine kon ze niet zijn.

'Neem me niet kwalijk, maar dit is mijn puinhoop,' zei Celina, terwijl ze opstond. 'Ik ben degene die het hem moet vertellen.'

Lauro en Sara wisselden een bezorgde blik.

'Misschien heb je gelijk,' zei Lauro langzaam.

'Dapper,' voegde Sara eraan toe.

Lauro schudde zijn hoofd. 'Amore mio, je hoeft niet...'

'Jawel.' Celina's zelfrespect vereiste dat zij de waarheid aan Carmine vertelde. Roerloos wachtte ze af.

Toen Carmine terugkwam, grinnikte hij in zichzelf. 'Ik was even bij Marco om hem toe te dekken en welterusten te wensen. "*Buonanotte, ti volgio bene.*"' Hij glimlachte stralend. 'Weet je wat hij deed? Met zijn ogen dicht en nog slapend herhaalde hij mijn woorden. "*Buonanotte, ti volgio bene anche io.*" Met een perfect accent ook nog.'

Ze lachten met hem mee, maar in gedachten zette Celina zich schrap.

Sara stelde voor om naar de woonkamer te gaan, waar Matilde een haardvuur had gemaakt om de avondkilte te verjagen.

'Liefste,' begon Sara, 'ik weet dat de relatie tussen Lauro en Celina je zorgen baart, maar Celina moet je iets vertellen. We kunnen het beste allemaal gaan zitten.'

Carmine streek over zijn kin. Toen gebaarde hij naar Celina, die was blijven staan, zodat ze het woord kon nemen.

'Er is een vergissing geweest,' begon Celina op ferme toon.

Geen woorden konden toereikend zijn om de omvang van die vergissing uit te drukken, besefte ze, al zou het nieuws ook hoop brengen dat Nino nog leefde. Terwijl ze de angst onderdrukte die haar dreigde te overmannen, ontmoette ze Carmines doordringende blik. Deze machtige man – die zijn familie koste wat het kost zou beschermen – stond tussen haar en haar dierbare toekomst in.

'Ik heb ontdekt...' Haar stem stokte, maar de gedachte aan Marco, Lauro en Sara gaf haar de kracht om verder te gaan. 'Sara heeft me Nino's dagboek laten lezen,' zei Celina. 'Ik heb zijn aantekeningen gelezen over de reis naar Zuid-Amerika die jullie samen hebben gemaakt. Pas toen drong de waarheid tot me door. Zijn handschrift onthulde wat mijn man voor me heeft verzwegen.'

Carmine spreidde zijn handen en keek naar de gespannen mensen voor zich. Op zachte beheerste toon zei hij: 'En dat was?'

Celina bestudeerde hem zorgvuldig. Hoewel Carmines joviale stemming was weggeëbd, leek hij nog steeds vriendelijk. Terwijl het klamme zweet haar uitbrak, vervolgde ze: 'Mijn man was niet wie ik dacht dat hij was.'

Carmine lachte. 'Dat zijn weinigen van ons. Vraag maar aan mijn vrouw.'

Sara glimlachte hem toe. 'Ga verder,' zei ze tegen Celina.

Celina keek naar Lauro om kracht uit zijn nabijheid te putten. Toen ging ze verder op de ingeslagen weg. Ze vertelde Carmine over Tony's bedrog en haar oprechte geloof dat hij hun zoon Antonino was.

'Toen ik jullie belde, deed ik dat omdat ik het mijn plicht vond jullie te berichten over de dood van jullie zoon. Ik wilde niets van jullie, en nog steeds niet.' Er bestond een kleine kans dat Carmine het zou begrijpen, maar toen Celina hem aankeek, zag ze die vervliegen.

Voor haar ogen veranderde de uitdrukking op zijn gezicht: van liefhebbende grootvader in het machtige hoofd van de Savoia-familie. Zijn glimlach verdween.

'En dat is alles wat ik weet,' sloot ze haar betoog af. 'Het spijt me oprecht enorm.' Met bonzend hart ging ze zitten.

Lauro vervlocht zijn vingers met de hare en kneep solidair in haar hand.

‘Ik weet zeker dat dit niet Celina’s schuld is,’ zei Sara op verzoenende toon.

Carmine keek Celina woedend aan.

De intensiteit van zijn blik was verpletterend. Celina keek hem aan terwijl ze zijn reactie afwachtte. Ze kon nauwelijks ademhalen.

Carmine schreeuwde niet, sloeg niet op tafel en huilde niet. Hij keek haar alleen aan met een kalme woede die ze nooit eerder had gezien.

Ten slotte sprak hij.

‘Dít is wat je te vertellen hebt?’ Carmines afgemeten woorden waren ijzig. ‘Je hebt mij en mijn dierbaren bedrogen.’ Met een armgebaar omvatte hij de anderen. ‘Mijn familie. Mijn kostbaarste bezit in het leven. Je hebt ons niets dan leugens, ellende en verdriet gebracht. Door jou toedoen hebben we gerouwd om de dood van onze geliefde Nino.’

Celina huiverde en dacht terug aan haar eigen verdriet om Tony’s dood. Kon ze de klok maar terugdraaien en hun dat besparen.

Carmine vouwde zijn handen samen en beet haar toe: ‘En je hebt het gedaan voor wat? Voor geld? Zo schaamteloos. En nu, nog geen jaar na de dood van je man – niet dat ik dat nog geloof – heb je het lef om te zeggen dat je van Lauro houdt? De brutaliteit. Ik ben het hoofd van deze familie. Zeg me: wat verwacht je dat ik doe?’

Lauro kneep in haar hand, en Celina voelde de liefde achter het bescheiden gebaar.

Ze wilde zo graag deel uitmaken van deze familie, hen liefhebben en door hen geliefd en geaccepteerd worden. Ze wilde toezien hoe Marco omringd door familie zou opgroeien. En van Lauro houden, de man die in haar geloofde. Meer niet, maar het betekende alles voor haar. Toch zou ze niets van dat alles hebben.

Carmine zou het nooit toestaan. Hij zou nooit toestaan dat zij of Marco deel werden van de Savoia-familie. Ze zag het in zijn ogen: voor hem had ze afgedaan.

Ze had de familie grenzeloos veel verdriet gedaan. Evenveel als ze zelf op dit moment vanbinnen voelde. Vol schuldgevoel keek ze naar Lauro. Ook al dacht hij van haar te houden, als hij de wil van zijn vader niet zou respecteren, zou dat de rest van zijn leven aan hem knagen. Misschien was Nino daarom nooit teruggekomen.

Er was maar één manier om haar conflict met Carmine op te lossen. En dat kon ze niet hier doen.

Celina liet Lauro's hand los en stond op. Ze moest haar laatste restje energie bij elkaar schrapen om Carmine het hoofd te bieden. 'Je hoeft niets te doen,' zei ze zo waardig mogelijk, terwijl ze vanbinnen instortte. 'Marco en ik vertrekken morgen naar San Francisco.'

Terwijl ze de kamer uit liep, hoorde ze Lauro en Sara naar adem happen. Haar tikkende hakken galmden als zweepslagen door de gang.

Bij zonsopgang zette Celina haar laatste bagage bij de deur. Ze was het grootste deel van de nacht opgebleven om de kleren en persoonlijke bezittingen in te pakken waarmee ze waren gekomen. De kleren van Adele liet ze achter. Ze wilde geen souvenirs als aandenken aan haar tijd hier, behalve haar dierbare herinnering aan Lauro en hun verborgen baai.

De vorige avond was Lauro haar gevolgd en had op haar deur geklopt, maar ze had niet opengedaan. Ze had het niet kunnen verdragen.

Marco sliep nog. Hij zou niet blij zijn met hun vertrek – hij zou er zelfs kapot van zijn – maar hij was jong en veerkrachtig. En ze had hem al eerder over een tragedie heen geholpen. We redden ons wel, hield ze zich voor, in de vurige hoop dat ze gelijk had. Ze hadden nog steeds een leven in San Francisco, of misschien ergens anders. Ze stapte het balkon op om de frisse zeelucht te voelen en haar gedachten op een rijtje te zetten.

Bij de klik van de deur keek Lauro naar haar op. Hij stond in de tuin vlak onder haar balkon en zag er gespannen en moe uit.

Celina stapt achteruit.

'Wacht, alsjeblieft.'

In de ochtendschemering fluisterde ze hem toe: 'Wat doe jij hier?'

'Ik heb de hele nacht gewacht. Je kunt niet weggaan, Celina.'

'Je weet dat ik gelijk heb.' Ze kon hem haast niet aankijken zonder te gaan huilen.

Hulpeloos spreidde Lauro zijn armen. 'Wat wil je dat ik doe?'

'Breng ons vandaag naar het treinstation in Napels.'

'Amore mio, no. Alsjeblieft niet. Ti amo.'

Celina haastte zich naar binnen om Marco te wekken. Ze vertelde de slaperige jongen dat ze terug moesten naar San Francisco. 'Mama heeft iets heel belangrijks te doen.'

Marco wreef in zijn ogen en klampte Rocky, zijn geliefde aapje, vast. 'Wanneer komen we terug?'

Ze kon hem geen antwoord geven. Ze had geen idee hoelang het zou duren om uit te vinden wat ze moest weten.

Het was haar enige kans als ze hoopte om ooit terug te keren.

Lauro reed hen in Sara's auto naar Napels. Net als bij hun aankomst in Italië spraken ze weinig onderweg. Zelfs Marco staarde stilletjes met Rocky in zijn armen naar de zee.

Lauro parkeerde op het drukke treinstation. Voordat hij uitstapte bracht hij haar hand naar zijn lippen en kuste die. 'Wil je er niet over nadenken? Je hoeft niet op die trein te stappen.'

'Dat moet ik wel,' zei ze, terwijl haar hart brak. De aanraking van zijn lippen was bijna ondraaglijk.

Nadat Lauro kaartjes voor hen had geregeld tilde hij hun koffers op en liep met hen mee naar de trein. Op het perron omhelsden Celina en Marco hem voor een laatste keer.

Met roodomrande ogen drukte Lauro Marco tegen zich aan. 'We zien elkaar terug, *dolce creatura*. Binnenkort, dat beloof ik.' Hij hing een linnen tas met iets groots erin om de schouder van de jongen.

'Mama, we kómen terug, hè,' riep Marco. 'Wanneer, wanneer?'

Celina schudde haar hoofd naar Lauro, die haar smekend aankeek. Ze viste de sleutel van Stella di Cioccolato uit haar zak en drukte die in Lauro's hand. 'De huur is drie maanden vooruitbetaald. Zeg maar tegen Karin dat ze de winkel mag leiden. Of sluiten.'

'Je komt weer terug,' zei Lauro vol overtuiging.

Celina kon geen antwoord geven. Ze wist niet of ze ooit zou terugkeren.

Hij omhelsde haar zo innig dat ze bijna geen lucht meer kreeg. 'Ik kan niet leven zonder jou.'

Terwijl ze hem vasthield, probeerde ze zich het gevoel van zijn armen om haar heen in te prenten. Het regelmatige kloppen van zijn hart, de kruidige geur van zijn huid. De krachtige en tegelijkertijd tedere greep van zijn gespierde armen.

Verteerd door schuldgevoel over het verdriet dat ze Lauro en de rest van de familie Savoia had aangedaan, drukte Celina haar hand tegen zijn hart. Zou ze het ooit goed kunnen maken?

Ze streek met haar lippen langs de zijne, haar dreigende tranen wegknipperend. 'Als ik terug ben in de Verenigde Staten zoek ik uit wat er met Nino is gebeurd, liefste. Ik zal hem vinden.'

Lauro omvatte haar gezicht tussen zijn handen. 'Laat me je helpen.'

'Kon je dat maar, maar nee.' Ze likte langs haar lippen. 'Ik schrijf je als ik iets ontdek.'

'Wacht niet. Bel me, of stuur een telegram.'

Met pijn in haar hart kuste ze Lauro voor de laatste keer, en ze grifte het gevoel van zijn lippen op de hare in haar geheugen.

Toen pakte ze Marco's hand en stapte in de trein. Ze had kunnen bezwijken van verdriet. In plaats daarvan leidde ze haar zoon met geheven hoofd naar een zitplek, niet in staat achterom te kijken.

Zachtjes snikkend sloeg Marco zijn armen om haar hals en klampte zijn aapje vast. De permanente grijns op Rocky's gezicht leek verbleekt en verloren.

De linnen tas hing nog altijd over Marco's schouder. Toen Celina die openmaakte, zag ze de houten treintjes die ooit van Nino waren geweest. Bij de aanblik werd ze overmand door verdriet, maar ze wist dat Marco blij zou zijn om ze te hebben.

Ze leunde met haar hoofd tegen de rugleuning. Zelfs op de ellendigste momenten dacht Lauro nog steeds aan Marco. De tranen schoten haar in de ogen.

Terwijl de trein schokkend en puffend het station uit reed, sloot Celina haar ogen en dacht aan haar belofte aan Lauro. Haar misplaatste daden hadden de familie beslist veel verdriet bezorgd. Niets zou Lauro en zijn familie rust geven, behalve Nino in leven aantreffen óf het onomstotelijke bewijs dat hij overleden was. Als ze daar niet in slaagde, zou ze Lauro en zijn familie nooit meer onder ogen kunnen komen.

Waar moest ze in vredesnaam beginnen?

Ze staarde naar buiten en zette zich schrap voor de reis die voor hen lag. Zou ze kunnen achterhalen wat er in werkelijkheid met Antonino Savoia was gebeurd?

29

San Francisco, 1953

'Bedankt dat we bij je mogen logeren,' fluisterde Celina tegen Lizzie.

Zonder Marco te wekken maakte ze zijn veters los, trok zijn schoenen uit en dekte haar uitgeputte, nog aangeklede zoon toe met een deken. Bij aankomst in Lizzies appartement had hij zich meteen op de bank genesteld en was in een diepe slaap gevallen.

'Had ik het je maar eerder kunnen laten weten,' zei Celina terwijl ze achter haar vriendin aan de keuken in liep. Ze had Lizzie gebeld vlak voordat ze in Rome op het vliegtuig waren gestapt. Aangezien Celina haar appartement nog steeds had onderverhuurd aan Lizzies vriendinnen, hadden Marco en zij geen verblijfplaats.

'Maak je geen zorgen. Ik ben verrassingen gewend. Ik ben actrice.' Lizzie had inmiddels vuurrood haar. Ze opende de koelbox, zette een fles champagne op het zwart-wit betegelde aanrecht en ontkurkte die met een luide knal.

Marco bewoog niet.

'Het ventje is doodop.' Lizzie schonk de champagne in twee frisdrankglazen en schoof Celina er een toe. 'Ik had deze bewaard voor als ik iets te vieren zou hebben – ik heb niet eens fatsoenlijke glazen – maar je ziet eruit alsof je alcohol nodig hebt. Of anders ík wel zodra ik je verhaal heb gehoord. Dus vertel op, meid.' Ze zette een stokbrood met camembert neer.

Celina trok haar sandalen uit, opgelucht om te kunnen zitten en ontspannen. 'Ik wou dat ik iets te vieren had.' Ze nam een slok van de koude drank en brak een stuk brood af.

Er werd aangeklopt, en Lizzie snelde naar de deur om open te doen. 'Sst,' zei ze met een vinger tegen haar lippen.

'Ik ben gekomen zodra ik de winkel kon sluiten,' zei Marge. Met gespreide armen liep ze naar Celina toe. 'Hemel, jij arme, wat zie je er moe uit!'

Tijdens de lange reis vanuit Italië was Celina vastberaden gebleven, maar bij de aanblik van haar dierbare vriendin stortte ze zich in de armen van de oudere vrouw. Marge had Tony gekend en haar aangemoedigd met hem te trouwen. Wat leek dat inmiddels lang geleden. 'Ik heb jullie zoveel te vertellen dat ik niet weet waar ik moet beginnen.'

'Ik dacht dat je een sexy Italiaanse man aan de haak zou slaan en we je nooit meer zouden terugzien,' zei Marge, die op een kruk ging zitten. Lizzie schonk haar een glas champagne in.

Hoofdschuddend streek Celina over haar gezicht. De tranen schoten haar in de ogen, en ze liet haar onderdrukte emoties de vrije loop. 'Het is nog veel erger.'

'O, hemel.' Marge omhelsde haar opnieuw. Ze pakte een zakdoek uit haar handtas en gaf die aan Celina. 'Stort je hart maar uit, lieverd.'

Haar tranen drogend vertelde Celina Marge en Lizzie over Lauro, de familie Savoia en Stella di Cioccolato. Hoewel ze het pijnlijk vond, hield ze niets achter: Tony's bedrog, Carmines verbod en haar besluit om Italië te verlaten.

'Ik moest wel,' verklaarde Celina, bedrukt terugdenkend aan haar laatste avond daar. 'Niet omdat Carmine het me gevraagd zou hebben, maar omdat ik niet in Amalfi kon blijven in de wetenschap hoeveel verdriet ik hun heb aangedaan.'

'Tony heeft tegen je gelógen?' Marges ogen werden groot, en haar rood gestifte mond viel open.

Lizzie schudde haar haar over haar schouder. 'Mannen doen alles om hun zin te krijgen. Dat weet ik uit ervaring.'

Beduusd leunde Marge achterover. 'Met wie was je dan in hemelsnaam getrouwd?'

'Ik ben bijna bang om dat uit te vinden,' antwoordde Celina. Twijfel overmande haar. Wat als ze weer een vergissing beging? Wat als de familie van haar man oplichters waren? Ze moest ook haar zoon beschermen. 'Maar ik moet de echte Antonino Savoia opsporen. Misschien leeft hij nog.'

Lizzie trok een wenkbrauw op. 'Maar waarom zou je dat doen?'

'Voor Lauro en zijn familie, hè, lieverd?' Vol empathie klopte Marge haar op de schouder. Toen Celina knikte, voegde ze eraan toe: 'Ik ken jou. Je bent een goed mens. Maar het zou wel eens moeilijk kunnen blijken.'

'Het is de enige manier om het goed te maken met zijn vader.' Als dat al mogelijk was. Tijdens de terugvlucht had Celina nagedacht over wat haar te doen stond. 'Als eerste moet ik zijn identiteit zien te bevestigen. Ik zal het legerarchief vragen of er documenten zijn die ze kunnen vrijgeven. Officieel ben ik Antonino Savoia's weduwe.'

Haar vriendinnen knikten.

'Daarna neem ik contact op met vrienden en collega's van Tony. Misschien heeft hij iemand in vertrouwen genomen. En ik kan naar Santa Monica gaan om Tony's oom te bezoeken. Als die nog leeft, tenminste.' Ze vertelde hun over hun toenmalige bezoek aan Arthur Romani.

Marge floot tussen haar tanden. 'Dat is een hoop werk. Hoe wil je naar Santa Monica gaan?'

'We nemen de trein naar Los Angeles en stappen op Union Station over.' Celina had het helemaal uitgedacht. 'Er is een klein pension aan het strand van Santa Monica waar Tony me ooit mee naartoe heeft genomen. Daar hebben we zijn oom bezocht. Ik weet zeker dat ik zijn huis kan terugvinden. Het was niet zo ver van het strand. Een van de zijstraten van California Avenue. Third of Fourth Street, of misschien Fifth. Als ik het zie, zal ik het herkennen. Ik heb kaartgelezen terwijl Tony reed.' Ze zou het vast terugvinden.

Lizzie grijnsde. 'Een toost op de dame met een plan.' De drie vrouwen proostten.

Celina hoopte vurig dat haar plan zou lukken.

'Mocht je je oude baan terug willen, dan wil meneer Jean-Jacques je vast dolgraag hebben.' Marge lachte. 'Hij heeft nog steeds geen geschikte nieuwe chocolatier gevonden en klaagt al maanden over je afwezigheid.'

'Maar dan moet je iemand anders vinden om op Marco te passen,' zei Lizzie. 'De oude mevrouw Jefferson is een paar weken geleden thuis aan een hartaanval overleden.'

Celina zuchtte, ontzet door het nieuws. Ze was van plan geweest mevrouw Jefferson te confronteren en te vragen waarom ze zo gemeen tegen Marco was geweest. Nu zou ze er nooit achter komen. Hoe dan ook moest ze een school voor hem regelen. Gelukkig had hij een voorsprong met lezen en rekenen, dus het zou niet uitmaken als het nog een week zou duren. Het was bijna Thanksgiving, en daarna kwam de kerstvakantie. Als ze zijn lesprogramma bijhield, hoefde hij niets te missen.

Terwijl ze naar Marge keek stelde ze zich voor om over twintig jaar nog steeds bij La Maison de Chocolat te werken en ze huiverde. Sinds ze in Amalfi haar eigen winkel had geopend, had ze ontdekt wat ze allemaal kon, en ze vond het heerlijk. Terugkeren naar haar oude baan zou als een nederlaag voelen, maar als het moest, zou ze het doen.

En toegang hebben tot de keuken van La Maison de Chocolat zou haar helpen een ander deel van haar plan uit te voeren.

'Zou jij deze week een paar dagen op Marco kunnen passen als het theater gesloten is, Lizzie?'

Tot Celina's vreugde stemde Lizzie toe. Hoewel ze zich in San Francisco geen eigen winkel kon veroorloven, kon ze wel bonbons en gebak maken om in restaurants te verkopen. Ze kon thuis beginnen of ergens een deel van een keuken huren. Bij Stella di Cioccolato had ze geleerd te improviseren.

De volgende dag belde Celina de afdeling Oorlogsveteranen om informatie over haar man en de echte Antonino Savoia te verkrijgen. Ze had direct documenten nodig, dus maakte ze de eerst mogelijke afspraak. Overmorgen. Zelfs zo lang moeten wachten was vreselijk.

Intussen nam ze de post door die Lizzie voor haar had bewaard. Het was niet veel: een paar rekeningen van het uitvaartcentrum en condoleancekaarten van kennissen uit hun oude buurt die van haar mans overlijden hadden gehoord. Ze belde ze en vroeg of Tony hun ooit iets had toevertrouwd, maar niemand kon zich iets nuttigs herinneren.

Ze had met opzet een van Marco's favoriete radioprogramma's opgezet om hem tijdens die telefoontjes af te leiden, al zou ze hem ooit de waarheid moeten vertellen.

Wanneer Marco chagrijnig werd nam Celina hem mee naar de bibliotheek of namen ze de tram naar de haven, zelfs bij koel en winderig weer. Ze kleedden zich warm aan en keken naar de schepen in de baai, terwijl ze kreeftenbroodjes of romige vissoep aten. Telkens als Marco vroeg wanneer ze teruggingen naar Italië, probeerde ze zijn aandacht af te leiden. Ze waren allebei verdrietig om gescheiden te zijn van de mensen van wie ze waren gaan houden.

Op zoek naar aanknopingspunten die haar konden helpen om de motieven van haar man te begrijpen, haalde Celina een doos met spullen van Tony op uit haar onderverhuurde appartement. Toen ze die doorzocht vond ze het telefoonnummer van Art Romani. Hoewel het nummer bij haar laatste poging afgesloten was geweest, draaide ze het opnieuw.

De telefoon ging diverse keren over, en Celina wilde net ophangen toen een oudere man opnam. Zou het Tony's oom zijn?

Celina kneep in de hoorn. 'Hallo? Ik bel voor meneer Romani. Het is lang geleden dat ik hem heb gesproken, maar ik ben mevrouw Savoia. We hebben elkaar ontmoet…'

'Ik weet nog wie je bent. Je spreekt met Art. Wat wil je?'

Celina was geschokt. 'Ik dacht dat… Ik bedoel, ik heb al eerder gebeld, maar toen was dit nummer afgesloten.'

'Ja ja, soms vergeet ik de rekening te betalen. Zoals ik zei: wat willen Tony en jij?'

Hij wist niet eens dat Tony dood was. 'Het spijt me vreselijk, maar uw neef is overleden.'

De oude man vloekte en vroeg toen sinds wanneer en waaraan.

'Vorig jaar met oudejaarsavond. Een hartaanval. Ik heb geprobeerd u te bereiken voor de begrafenis.' Ze gaf hem de details, maar Art bromde alleen en snoot zijn neus. Misschien had hij toch gevoel. Of was hij verkouden.

Celina rommelde in de doos met Tony's spullen naast de telefoon en haalde een paar identiteitsplaatjes tevoorschijn die volgens Tony van een vriend waren geweest die in de oorlog was gesneuveld. 'Ik heb hier iets van ene Antonio Baldini. Weet u of dat een vriend of een familielid van mijn man is?'

Er viel een lange stilte. 'Een oude kennis.'

'Is er een manier waarop ik contact met hem kan opnemen?'

De oude man kuchte. 'Hij is jaren geleden vertrokken.'

‘Waarnaartoe?’

‘Peru, voor zover ik weet. Hij is niet te bereiken, capice? Hoor eens, het spijt me heel erg van Tony, maar ik kan je niets geven.’

‘Dat vraag ik ook niet,’ zei ze. ‘Ik wil alleen meer weten over deze Antonio Bal...’

‘Bel me niet meer.’

Ze hoorde een klik, gevolgd door een kiestoon. Hij had opgehangen. Celina legde de hoorn terug op de haak en dacht na over zijn woorden.

Antonio Baldini. Misschien was dat Tony’s echte naam... Toen dacht ze aan wat Art over Peru had gezegd. Dat kon geen toeval zijn. Van alle landen die hij had kunnen noemen, waarom juist Peru? Was het een verspreking?

Haar slapen masserend dacht ze terug aan Nino’s dagboek. Waar een man kan verdwalen... Kon ze het dagboek maar herlezen. Wat had hij ook alweer nog meer geschreven?

Celina keek op de klok. Over een halfuur had ze een afspraak bij de afdeling Oorlogsveteranen. Ondanks haar smeekbede hadden ze aan de telefoon niets over haar mans diensttijd kunnen vertellen, behalve de ontslagdatum. Nadat ze Tony’s overlijdensakte – op naam van Antonino Savoia – in haar handtas had gestopt, haastte ze zich met Marco naar de afspraak.

In het kantoor met kale muren en linoleum vloerbedekking overhandigde ze de akte aan de beambte; een efficiënt uitziende jonge man die haar een officiële kopie van Antonino Savoia’s legerdossier en een bewijs van eervol ontslag gaf. Met het dossier op schoot bladerde ze de bundel papieren door. Hij had een indrukwekkende militaire loopbaan gehad met diverse onderscheidingen voor buitengewone moed. Ze realiseerde zich hoeveel dat voor zijn familie zou betekenen.

Aan één bladzijde zat een oude foto bevestigd. Een onbekende jongeman in uniform staarde haar aan. Hoewel ze het had verwacht, hapte ze onwillekeurig naar adem.

Marco trok aan haar rok. 'Wat is er? Ik verveel me.'

'O, mama is gewoon verbaasd.'

De beambte boog zich over de balie en tuurde door de leesbril op zijn neus. 'Heb ik u wel het goede dossier gegeven?'

'Ja, natuurlijk.' Ze wendde zich tot Marco. 'Papa ziet er gewoon zo jong uit, meer niet.' Starend naar de foto beet ze op haar wang.

Marco tuurde naar de foto. 'Dat is papa niet.'

Vlug dacht ze na. 'Het was voordat hij gewond raakte, schat. En hij was toen erg jong.'

De beambte knikte meelevend.

Marco schopte tegen zijn stoelpoten. 'Is dat Lauro?'

'Nee, lieverd.' Maar ze zag de gelijkenis ook. Wat miste ze hem. Alleen de herinnering aan hun liefde en hun magische uren in de verborgen baai hielden haar op de been.

Celina streek over de grofkorrelige foto waar niet haar echtgenoot, maar een andere man op afgebeeld stond. Hij kwam haar vaag bekend voor, maar ze had in de winkel zoveel mannen in uniform ontmoet. In elk geval was het niet Tony.

Plotseling viel haar iets in. 'Tijdens zijn dienst was mijn man bevriend met Antonio Baldini. Zou ik zijn dossier kunnen inzien?'

'U bent geen familie.'

'Nee, maar als hij familie heeft, kan ik contact met ze opnemen.'

De beambte keek haar peinzend aan. 'Ik mag dit eigenlijk niet doen, maar ik begrijp het.'

Even later kwam hij terug met een ander dossier en gaf dat aan Celina. 'Deze kopie mag u houden.'

Toen Celina de map opensloeg, zag ze een foto van Tony. Ook hij was onderscheiden voor buitengewone moed. Als familie werd alleen zijn oom genoemd. Ze keek naar Marco, die ongeduldig begon te worden. Later, wanneer haar zoon ouder was, zou ze hem dit vertellen. Ze bedankte de beambte, schoof de papieren bijeen en haastte zich het gebouw uit. Geconfronteerd met het bewijs waarnaar ze had gezocht kreeg ze bijna geen lucht meer.

'Op de terugweg moeten we langs het postkantoor en Western Union. Daarna een ijsje?' Omkoping was niet beneden haar niveau als het erom ging Marco rustig te houden.

Met een vrolijk gezicht huppelde Marco naast haar, terwijl ze zich naar het dichtstbijzijnde postkantoor haastte. Ze moest de documenten direct aan Lauro verzenden.

In de rij bij het postkantoor krabbelde ze een briefje aan Lauro waarin ze vertelde dat ze probeerde uit te vinden waar Nino na zijn vertrek uit San Francisco naartoe was gegaan. In elk geval kon zijn familie weer hoop hebben.

Na Nino's dossier te hebben verstuurd verliet ze vlug het postkantoor. Voor de zekerheid ging ze nog naar het telegrafiekantoor van Western Union om een kort telegram te versturen:

Heb Nino's legerdossier met foto per post verstuurd.

Marco trok aan haar rok. 'We zouden een ijsje gaan eten.'

'Dat gaan we ook, heel eventjes nog.'

'Mama, schiet nou op,' jengelde hij.

'Nog even geduld.' Gehaast schreef ze een volgende zin:

Onderzoek een spoor naar Peru.

Ze betaalde voor het telegram en klapte haar portemonnee dicht. 'Laten we nu dat ijsje gaan halen.'

Gedurende de daaropvolgende weken nam Celina contact op met de paar vrienden van Tony die naar zijn begrafenis waren gekomen. Ze vertelde hun de waarheid, hoe pijnlijk die ook was, en vroeg hun of ze informatie hadden die haar verder kon helpen.

Niemand kende Antonio Baldini. Of wist iets over Peru.

Op één na had ze alle aanknopingspunten uitgeput. Ze zou Art Romani moeten confronteren.

Intussen had meneer Jean-Jacques haar gevraagd of ze een paar van haar specialiteiten kon maken voor zijn winkel. Ze had ingestemd, en zoals beloofd had Lizzie een paar dagen op Marco gepast toen ze niet in het theater hoefde te spelen.

Nadat Celina haar werk voor meneer Jean-Jacques had voltooid, maakte ze een paar van haar specialiteiten uit haar eigen winkel in Amalfi, waaronder haar gianduiotto, frambozentruffels en citroenvormige, met zeezout besprenkelde sfusato amalfitanotruffels. Ze stopte ze in goudkleurige kartonnen doosjes, samen met haar fijne viooltjes-, bloedsinaasappel- en geroosterde pistachetruffels, en de bonbons met basilicum, munt en limoncello. Voor de bovenste laag gebruikte ze haar chocoladesterren.

Gekleed in haar beste donkerblauwe mantelpak met witte blouse, een shawltje met sterrendessin en pumps stapte ze met haar creaties op de tram naar Union Square, waar ze langsging bij de warenhuisinkopers die ze had gebeld om een nieuwe lijn chocoladetruffels uit Italië te presenteren: Stella di Cioccolato. Na uren te hebben gewacht om de inkopers van The Emporium, City of Paris en The White House te spreken, was Celina ontzet over hun reacties. Ze waren onwillig om een nieuwe verkoper een kans te geven. Erger nog: ze proefden haar truffels niet eens. Als laatste zat ze te wachten bij I. Magnin.

De modieuze vrouw daar was al even terughoudend als de andere inkopers. 'U hebt ze nog nergens anders verkocht?'

'Stella di Cioccolato bestaat in Italië, maar is nieuw in San Francisco.' Vlug vervolgde ze: 'Ik ben niet alleen verkoper, maar ook chocolatier. Ik heb vroeger bij La Maison de Chocolat gewerkt.'

Haar interesse was gewekt. 'Ik ben dol op hun bonbons. Hebt u ze ook zelf gemaakt?'

Celina knikte. 'Mijn moeder was chocolatier in Parijs, en ik heb het vak van haar geleerd. Hier, ik zou het fijn vinden als u er eentje zou proeven.' Celina bood haar een donkere chocoladetruffel met frambozenvulling aan.

De houding van de vrouw werd positiever, en ze knabbelde aan de truffel. 'O, deze is heerlijk,' zei ze met grote ogen. 'Wat hebt u nog meer?'

'Voor veel van mijn truffels gebruik ik Italiaanse smaken. Dit zijn unieke creaties die uw klanten nergens anders zullen vinden.' Met toegenomen zelfvertrouwen koos Celina een andere truffel uit. 'Deze is gevuld met limoncello, basilicum en munt. Even verfrissend als een cocktail in Amalfi.'

'Amalfi,' zei de vrouw dromerig. 'Ik zou dolgraag naar Italië willen.'

Celina boog zich naar haar toe. 'Ik hoop dat het u lukt. Het is de thuisbasis van Stella di Cioccolato. U zou het er geweldig vinden.'

'Woont u er?'

Woonde ze er nog? 'De familie van mijn man woont er.' Zelfs dat was een leugen, besefte ze. Ze zette druk achter de verkoop. 'Ik kan mijn eerste bestelling voor Valentijnsdag leveren. Uw klanten zullen het enig vinden om Italiaanse chocola te geven. Met welke hoeveelheid wilt u beginnen?'

'Laten we beginnen met onze grootste winkels in San Francisco en Los Angeles.' De inkoper plaatste meteen een eerste bestelling.

Opgetogen verliet Celina de inkoopafdeling. I. Magnin was een van de beste warenhuizen aan de westkust. Dit was de kans waarop ze had gehoopt. Als I. Magnin truffels van Stella di Cioccolato zou verkopen, zouden de andere winkels volgen. Op de een of andere manier zou het haar lukken om de bestelling te leveren.

En dit is nog maar het begin, dacht ze. Ooit zou ze haar truffels verschepen naar de beste winkels in de Verenigde Staten, Europa en nog verder weg. Op de terugweg naar Lizzies appartement stelde ze zich haar schitterende toekomstige imperium voor. Ze was klaar voor het werk dat haar te doen stond. Volgend jaar zou ze haar eerste bestelling aan het exclusieve warenhuis leveren, vanuit San Francisco of Italië. Stella di Cioccolato was op weg naar de top.

Kon ze de rest van haar leven ook maar op orde brengen.

De volgende middag kwam Lizzie opgetogen thuis van een auditie. 'Ik heb de hoofdrol in een nieuw toneelstuk,' vertelde ze enthousiast. 'Zeg maar dag, rood haar, want ik word weer platinablond. Het is een reizende productie, en de repetities beginnen meteen, dus jullie kunnen hier blijven en mijn woning voor jezelf hebben. Op de bank slapen behoort tot het verleden.'

'Gefeliciteerd,' zei Celina. 'Jammer dat we die champagne al hebben opgedronken.' Hoewel haar onderhuurders tot het einde van het jaar hadden verlengd, hadden ze aangeboden andere woonruimte te zoeken als Celina haar woning eerder nodig had. Maar Lizzie was nu al zelden thuis.

Lachend wuifde Lizzie haar woorden weg. 'Ik heb nog meer. Zeg, heb jij nog iets ontdekt?'

'Niet veel. Ik moet naar Santa Monica om met zijn oom te praten. Volgens mij weet die meer dan hij aan de telefoon wilde vertellen.' Celina keek naar Marco, die met Rocky en de treintjes die Lauro hem had gegeven zat te spelen. Die waren van de echte Antonino geweest, wist ze inmiddels. Het deed pijn om zelfs maar naar ze te kijken, want ze moest elke keer aan Lauro denken, maar Marco wilde geen afstand van ze doen.

'Denk je dat die gekke oom met je zal praten?'

'Proberen kan geen kwaad.'

'Je kunt je spullen hier laten,' zei Lizzie. 'Wanneer ga je?'

'Morgen.' Ze had geen reden om te blijven, en ze moest zo snel mogelijk informatie zien te vinden. Binnenkort zou ze weer aan het werk moeten. Ze had een contract afgesloten om truffels te leveren, ofwel vanuit een keuken in San Francisco of vanuit Italië.

De volgende ochtend pakte Celina een kleine reiskoffer voor haar en Marco. Met zijn hand in de hare sloot ze Lizzies appartement af en verliet het gebouw.

Eenmaal buiten hief ze een hand om een taxi aan te houden. Terwijl ze wachtte tot het voertuig stopte, moest een telegrambezorger op een fiets voor haar uitwijken en viel op de grond.

'Heb je je bezeerd?' Celina stak haar hand uit om de jongen overeind te helpen.

'Nee, mevrouw,' zei hij, blozend van schaamte. Hij raapte zijn pet op en zette die terug op zijn hoofd.

'Wees voorzichtig op het trottoir.' Opnieuw pakte ze Marco's hand. Toen stapte ze in de taxi, sloot het portier en gaf de chauffeur het adres van het treinstation.

Toen de taxi voor het drukke station stopte, vroeg ze zich af wat Tony's oom wist. En als hij al iets wist, zou hij het haar dan vertellen?

De chauffeur trommelde op het stuur terwijl ze naar geld zocht en zich tegelijkertijd om Marco en hun koffer bekommerde.

'We zijn er,' riep Marco ongeduldig. In een flits had hij zich losgemaakt uit haar greep en het portier aan de straatkant geopend.

'Stop!' Met bonzend hart greep Celina zijn kraag en trok hem terug de auto in. 'De andere deur. Blijf alsjeblieft bij mama.'

Ze had enorm veel aan haar hoofd, maar ze moest op Marco blijven letten. Als hem iets zou overkomen, zou ze het zichzelf nooit vergeven. Al kon ze niet vergeten dat hun fragiele toekomst afhing van deze reis en van de luimen van een knorrige oude man.

Ze vroeg zich af of Art haar überhaupt te woord zou staan.

30

Santa Monica, 1953

Moe maar vastberaden baande Celina zich een weg door de menigte op het treinperron, met Marco's hand stevig in die van haar. Ze hoopte vurig dat het bezoek aan Tony's norse oom het mysterie tussen haar man en Nino zou ontrafelen.

Tijdens de treinreis had ze Marco voortdurend in de gaten moeten houden, totdat het ritmische geluid van de wagons hem ten slotte in een diepe slaap had doen vallen. Nadat ze 's ochtends op Union Station waren aangekomen, waren ze op de regionale trein naar Santa Monica gestapt. Eindelijk kwamen ze aan bij de kust.

'Wie het eerst op het strand is, mama.' Marco rukte zich los en rende weg in de richting van het grote hotel op het strand.

'Wacht, stop!' Celina liet haar koffer vallen en rende hem achterna. Toen ze hem inhaalde, sprak ze hem bestraffend toe. 'Die kant gaan we niet op. Je moet bij me blijven, begrepen? Kom.'

'Oké,' zei Marco nukkig. 'Maar ik wil daarnaartoe.'

Met dichtgeknepen ogen tegen de felle zon wees hij op een

enorm wit landhuis. Celina herinnerde zich dat het ooit van de actrice Marion Davies was geweest. Aan de borden te zien was het inmiddels een luxehotel en privéclub. Hoewel de zon warm voelde op haar schouders, was het november, het laagseizoen voor strandgangers. Er wandelden een paar mensen op het strand, en een groep tieners met surfboards peddelde de zee op, op zoek naar golven. Voor de rest was het strand nogal verlaten.

'Wij logeren in een ander pension.' Celina woelde door zijn haar en omhelsde hem. Als hem iets zou overkomen, zou ze niet weten wat ze moest beginnen. Wat dit bezoek ook zou opleveren, haar zoon was het belangrijkste in haar leven. 'Waar je vader en ik ooit hebben overnacht.'

Celina hief haar gezicht naar de vochtige zeelucht, haar hoofd gevuld met bitterzoete herinneringen. Hoewel ze van haar man had gehouden en wilde geloven dat hij goede bedoelingen had gehad, moest ze de reden voor zijn bedrog achterhalen.

Ze hield zielsveel van Lauro, maar haar eerste verantwoordelijkheid lag bij Marco. Ze moest haar zoon een stabiel en veilig thuis bieden. Hij begon actiever en nieuwsgieriger te worden. In Italië had hij ervan genoten om nichten en neven en grootouders te hebben, en zoveel te doen en te verkennen.

Als ze Nino kon opsporen en het goed kon maken met Carmine, zouden Marco en zij misschien opnieuw een kans krijgen. Hoewel Lauro haar zijn onvoorwaardelijke liefde had verklaard, zou hij enorm lijden onder een verbanning door zijn vader. Nino vinden was geen gegarandeerde oplossing, maar het was wel de eerste stap om haar probleem met Carmine op te lossen. En een kans voor iedereen om zich met het verleden te verzoenen.

Met hernieuwde vastberadenheid pakte Celina Marco's hand en begaf zich op weg. Met Rocky en de tas met speelgoedtreintjes stevig in zijn hand trippelde Marco dapper naast haar. Ze leidde hem naar de Sunset Poppy Inn, dat sinds haar laatste bezoek weinig was veranderd. De paarse lantana's en roze hortensia's bloeiden nog even weelderig, en het withouten huis had nog meer windklokken.

Vlak bij de ingang knielde ze neer op het zanderige pad om Marco aan te kijken. Ze pakte zijn schouders. ‘Ben je klaar voor het volgende avontuur vandaag, lieverd? Ik ben serieus. Je zult goed naar me moeten luisteren, begrijp je dat?’

Marco keek naar haar op. ‘Ik zal lief zijn. Dat beloof ik.’

‘Straks gaan we een heel oude, chagrijnige man bezoeken. Het zal niet leuk zijn, maar het is belangrijk voor onze toekomst. Beloof je me om niet lastig te zijn en ons te laten praten?’

‘Krijg ik dan een ijsje?’

Celina moest glimlachen. IJsjes waren op dit moment zijn favoriete onderhandelingsmiddel in ruil voor goed gedrag. Wat maakte één keer nog uit? ‘Afgesproken. Na afloop op de pier krijg je er een.’

Ze opende de deur van het pension. De muren waren nog altijd behangen met kleurige schilderijen, en de receptiebalie was met klaprozen versierd. Al kon ze zich de jonge naïeve vrouw die ze was geweest – zo gretig om verliefd te worden en een leven op te bouwen – haast niet meer voorstellen.

Marco trok aan haar hand. ‘Mag ik de schilderijen bekijken? Ik zal niet wegrennen.’

Celina stemde in. Ze wilde hem graag vertrouwen; het ging haar alleen om zijn veiligheid.

‘Een jonge kunstliefhebber, zie ik.’ De eigenaresse verscheen achter de receptiebalie.

‘Ik heb een reservering voor twee. Savoia.’ Celina keek het vertrek rond. Met de vele bloemenschilderijen, bloemetjesstoffen en potplanten leek het net een binnentuin. ‘Mijn man heeft me hier in 1945 een aanzoek gedaan. Het is nog steeds prachtig.’

‘Ik dacht al dat je me bekend voorkwam.’ De vrouw keek de reserveringslijst door. ‘Hier. Hebben jullie een bed nodig voor de kleine?’

'We zijn nog maar met z'n tweeën,' antwoordde Celina, het gastenboek ondertekenend. 'Mijn man is overleden.'

'Savoia. Ik weet het nog. Jij bent de chocolatier. Het spijt me van je man.'

Ze praatten een tijdje, terwijl Marco gebiologeerd de schilderijen van Cassat, Kahlo en anderen bekeek. Celina bestudeerde hem, opgelucht dat hij zich goed gedroeg.

Nadat Celina Marco in hun kamer had geïnstalleerd, belde ze de eigenaresse en vroeg haar een taxi te regelen die hen kon rondrijden door Santa Monica. Het zou zinloos zijn om Tony's oom te bellen en zijn adres te vragen. De oude Art had hun telefoongesprek afgekapt, dus hij zou haar vast niet vertellen waar hij woonde. Maar ze wist zeker dat ze het huis zou herkennen als ze het zag.

Een halfuur later reden Celina en Marco in een taxi door Santa Monica, op zoek naar het huis van Tony's oom. Na een tijd door de genummerde straten te hebben gereden vroeg de taxichauffeur: 'Weet u zeker dat het hier in buurt is, dame?'

Second, Third, Fourth, Fifth. Koortsachtig peinigde Celina haar hersenen af. 'Het was een keurig witgepleisterd huis met palmbomen en roze bougainvilles.' Zou het inmiddels geschilderd zijn? Misschien waren de palmbomen vervangen, of de bougainvilles uitgegraven.

De chauffeur tikte op de meter. 'Ik rij rond zolang u wilt, maar tijd is geld, dame. Uw geld.'

'Dat weet ik,' zei ze ongeduldig.

De taxichauffeur trommelde op het stuur. 'Misschien ligt het ten zuiden van California Avenue, mevrouw.'

'Ik weet nog dat ik de heuvels aan de noordkant heb gezien.' De zon was ondergegaan in zee. Dat wist ze zeker. Maar waar was het?

De oudere man zuchtte. 'Ik zeg alleen maar dat het toch ten zuiden zou kunnen zijn.'

'Nee, ik weet het zeker.'

De chauffeur keek in zijn binnenspiegel en schokschouderde.

Marco keek door het raam naar de overkant van de straat. Voor hem was dit een spelletje. 'Dat huis, mama?'

Ze schudde haar hoofd en drukte een hand tegen haar slaap. Wat kon ze nog meer uit haar geheugen opdiepen? 'Misschien stond er een vogelbad in de tuin.'

De chauffeur lachte. 'Mijn vrouw vermaakt zich kostelijk als ze dit hoort.'

Plotseling ervoer Celina een flits van herkenning. 'Wacht, ik herinner me dat grote oude huis. Ga hier linksaf.'

Ze kwamen in een straat met keurige bungalows en aan het eind een triest uitziend gepleisterd huis.

'Mama, een vogelbad!' riep Marco. Op en neer wippend op de achterbank wees hij uit het raam.

'Ik zie het. Langzamer rijden, alstublieft.' Zou het dat huis zijn?

Twee verwaaide palmbomen stonden als sjofele wachters op het trottoir naast de ingang. Het ooit witte pleisterwerk was vuil en verkleurd. Bougainvilles overwoekerden de veranda en onttrokken de voordeur bijna aan het zicht. Het vogelbad stond er vergeten bij, een droge stenen kom die was scheefgezakt op zijn voetstuk.

'Wacht hier,' zei ze, en ze tilde Marco uit de auto.

'Ik heb de hele dag,' mompelde de chauffeur. Hij zette de radio aan en trok zijn pet over zijn ogen.

Met Marco's hand in de hare liep Celina de trap op. Ze wilde de jongen niet in de taxi achterlaten, maar maakte zich zorgen over wie er zou opendoen. In deze straat met goed onderhouden strandbungalows was dit het enige verwaarloosde huis.

'Blijf dicht bij me, lieverd.' Hem tegen zich aan drukkend klopte ze op de deur. Door een geopend raam met een rafelige hor hoorde ze de radio-uitzending van een baseballwedstrijd.

Ze boog zich naar het raam. 'Meneer Romani, ik ben het, Celina. Tony's vrouw.' Een vieze stank kwam haar tegemoet. Met opgetrokken neus stapte ze achteruit. Ze wachtte en klopte toen opnieuw. 'Als u niet opendoet, bel ik de politie en zeg ik dat u hierbinnen dood ligt.'

'Ga weg,' zei een barse stem. 'Ik heb je niets te zeggen.'

Dit is belachelijk, dacht ze. Ze rammelde aan de deur. Op slot.

Ze hoorde dat de oude man een hoestbui kreeg. Toen die voorbij was, zei hij schor: 'Ik zeg de politie dat je probeert in te breken.'

'Alstublieft, ik heb alleen een paar vragen. Het betekent enorm veel voor mijn zoon.' Nadat ze diverse minuten met hem door het raam had gediscussieerd trok Marco aan haar rok.

'Mama, hij klinkt niet aardig. En het stinkt hier. Ik wil weg.'

Ze kwam geen stap verder met deze onaangename man. Hij wilde geen enkele vraag beantwoorden, al helemaal niet over Peru.

Gefrustreerd leidde Celina Marco terug naar de taxi.

'Gelukt?'

'Helaas niet.' Celina beet op haar lip. Er moest een andere manier zijn.

De taxichauffeur schakelde en trok op.

Op een veranda aan de overkant van de straat zag Celina een vrouw in een tuinbroek met opgerolde pijpen en een rood-wit geblokt mannenhemd. Ze was planten in potten aan het zetten en keek op naar de taxi.

'Stop!' riep Celina. Ze stak de straat over en wuifde naar de vrouw. 'Neem me niet kwalijk, maar weet u iets over de man die in dat huis woont?'

'Knorrige oude Art?' De vrouw schudde haar hoofd. 'Geen idee waarom je al die moeite doet. Het is een nare vent.'

In haar wanhoop om iets uit te vinden schakelde Celina over op een andere benadering. Vrouwelijke solidariteit. 'Ik vraag alleen om...' Celina wees naar Marco. 'Kunt u me helpen?'

'Aha, ik begrijp het. Wat wil je van hem? Een nietsnut van een vader?' De vrouw duwde haar zonnebril in haar bruine krullen en boog zich nieuwsgierig naar Celina toe. 'Ik ben Betty, trouwens.'

'Mijn man, die onlangs overleden is, was zijn neef.' Celina vertelde de vrouw over haar probleem.

'Nou, misschien kan ik je helpen.' Betty dempte haar stem opdat Marco het niet zou horen en voegde eraan toe: 'Ik heb verhalen over hem gehoord die je haren te berge doen rijzen.' Ze knikte naar haar huis. 'Mijn kinderen spelen in de achtertuin. Kom maar mee, dan vertel ik je wat ik weet.'

Opgewonden kneep Celina in Marco's hand. Dit zou de doorbraak kunnen zijn die ze zo hard nodig had. 'Wacht even.' Celina betaalde de taxichauffeur en haastte zich terug naar Betty.

Onderweg naar de achtertuin vertelde Betty: 'Mijn man nodigde die ouwe altijd uit als we pasta aten. Maar we vertrouwen hem niet meer met de kinderen. Niet dat hij gevaarlijk is – tenminste, dat geloof ik niet – maar hij is de grootste vuilspuiter aan deze kant van de Rocky Mountains.'

'En zijn huis stinkt,' voegde Marco eraan toe.

Betty lachte. 'Kinderen spreken de waarheid.'

In de achtertuin vroegen Betty's zoon en dochter, die niet veel ouder waren dan Marco, of hij ook op hun glanzende rode schommel wilde. Weldra was Marco met hen aan het schommelen en het lachen. Betty leek blij met hun bezoek, en Celina vermoedde dat ze snakte naar vriendschap of graag roddelde. Hoe dan ook was ze opgelucht dat Betty haar wilde helpen.

'Frisdrank of sinaasappelsap?' vroeg Betty.

'Sap, alsjeblieft.'

Betty verdween in de keuken en kwam terug met twee glazen sap. 'Uit eigen tuin.' Trots knikte ze naar de citrusbomen achter in de tuin.

'Dus dat is die heerlijke geur.' De zeebries voerde de zoete geur van sinaasappelbloesems mee, die Celina aan de terrastuinen in Amalfi deed denken. Er ging een steek door haar hart. Het was belangrijker dan ooit om niet op te geven.

'Ik moet iets te weten komen over mijn man.' Celina vertelde haar over Tony's dood en haar vermoedens, en het feit dat de man die erbij betrokken was misschien naar Peru was afgereisd.

Betty floot tussen haar tanden. 'Dat is een flinke puinhoop.'

'Heeft Art je ooit iets verteld waaraan ik iets kan hebben?'

'Peru, hè?' Peinzend tikte Betty tegen haar kin. 'Art schepte altijd op over de ruige bende waarmee hij in New York was omgegaan en waarvoor hij hier ondergedoken was. Eerlijk gezegd vond ik het een eng idee om New Yorkse gangsters in onze buurt te hebben, maar George – dat is mijn man – lachte me uit. Volgens hem probeerde Art gewoon indruk op me te maken. George luistert graag naar de verhalen van de ouwe, bij wijze van indirect avontuur, weet je. Zo is hij. Als ze een paar biertjes op hebben, wordt de oude behoorlijk loslippig.'

'Kun je je iets herinneren wat hij heeft gezegd waar ik iets aan zou kunnen hebben?'

Betty begon te stralen. 'Beter nog. Ik ben schrijfster, dus ik noteer vaak wat mensen zeggen. Ze denken dat ik gewoon wat zit te krabbelen, maar ik maak notities voor dialogen. Een tip die ik ergens heb opgedaan. Het maakt verhalen authentieker.'

'Wat schrijf je?'

'Voornamelijk mysterieverhalen. Wacht hier, dan haal ik mijn aantekeningen even. Ik bewaar alles.' Ze giechelde. 'Ik zeg altijd tegen George dat de politie op een dag langs zal komen en dankzij mij een misdaad zal oplossen.' Ze haastte zich naar binnen en liet de verandadeur met een klap dichtvallen.

Celina hoopte dat de vrouw haar kon helpen. Ze had bevestiging nodig van haar vermoedens over Tony's werkelijke identiteit. Ooit zou Marco dat misschien willen weten. Terwijl ze van haar sap dronk keek ze naar de kinderen tot haar nieuwe vriendin terugkwam.

Betty duwde de verandadeur open. 'Je zult het niet geloven. Ik dacht al dat Peru me bekend voorkwam.' Grijnzend zwaaide ze met bladzijden vol notities. 'Dit zijn aantekeningen voor een verhaal dat ik wilde schrijven, gebaseerd op wat Art op een avond aan George heeft verteld. Het was zo intrigerend dat ik alles heb opgeschreven. Het was kort nadat jij en je man hem hadden bezocht, schat ik. Ik was zwanger van mijn zoon, dus dat moet zo ongeveer kloppen. Hier, kijk maar.'

Celina nam de handgeschreven bladzijden aan. Sommige woorden waren doorgestreept en gewijzigd. De tekst was gemarkeerd met redactionele symbolen. 'Zo te zien ben je een echte schrijfster.'

'Er zijn een paar van mijn verhalen in mysterietijdschriften gepubliceerd. Maar ik moet mijn pen nog verfijnen. Ik ben dol op Agatha Christies boeken. Misschien word ik ooit zoals zij.'

Betty boog zich over Celina's schouder en wees naar een aantal doorgestreepte woorden. 'Dit zijn de namen die Art gebruikte, en ernaast staan de namen waardoor ik ze vervangen heb.' Ze lachte ongemakkelijk. 'Want ik wilde echt niet dat iemand achter George of mij zou aankomen.'

Celina pakte de bladzijde op en las hardop.

Tim (Tony) vertelde zijn oom dat hij nu een andere achternaam had. 'Je kunt me geen Beretta (Baldini) meer noemen. Begrepen?'

'Ja, ja. Maar je vader draait zich om in zijn graf,' zei Al (Art). 'Wat heb je uitgevreten, studiebol?'

'Helemaal niets.' Tim wiste het zweet van zijn voorhoofd. 'De jongens uit New York zitten weer achter me aan. Ze bedreigen me. Ik moet een nieuw leven beginnen.'

De oude man wees uit het raam. 'En je scharrel?'

'Ze is geen scharrel. Ze wordt mijn vrouw. Ik moet haar ook beschermen. En het gezin dat we gaan stichten. Maar over mijn verleden zal ze nooit iets weten. Ik heb een nieuw identiteitsplaatje uit het leger.'

'Hoe ben je daaraan gekomen?'

'Dat doet er niet toe. De echte Tony Salucci (Antonino Savoia) is net op de boot naar Peru gestapt.'

De oude man knikte. 'Gejat, zeker?'

'Alsof jij zo'n heilige bent.'

Nauwelijks in staat haar opwinding te bedwingen drukte Celina een hand tegen haar borst. 'Je hebt hem dit horen vertellen?'

'Na een paar biertjes kan die man geen geheim bewaren. Hij schept graag op over hoe ruig hij en zijn vrienden zijn. Maar het enige wat ik zie is een eenzame oude man. Voor zover we weten heeft hij geen familie. Hij heeft ons verteld dat je man de enige zoon van zijn zus was. Zij en haar man zijn al lang geleden overleden, geloof ik, dus je man was echt een wees. En Art was zo onaardig tegen hem dat hij je een dienst heeft bewezen door geen contact te houden.'

Celina moest het wel met haar eens zijn. Tony moest haar en Marco al die tijd beschermd hebben. Ook al had hij tegen haar gelogen, hij had haar nooit pijn willen doen. Het leek erop dat hij weinig keuze had gehad. In Tony's positie zou ze misschien hetzelfde hebben gedaan. Ze wilde geloven dat hij in zijn hart een goed mens was geweest, en ze was ook dankbaar dat ze Tony's ouders niet hoefde op te sporen.

'Herinner je je verder nog iets?'

Peinzend wond Betty een haarlok om haar vingers. 'Een paar maanden geleden vertelde Art dat hij zijn neef had gesproken. Je man dus waarschijnlijk. De jongens uit New York hadden hem opgespoord, zei hij, en hij maakte zich zorgen. Art instrueerde ons om niet te praten met mensen die kwamen rondsnuffelen.' Ze grinnikte. 'Maar ik weet dat jij deugt.'

Celina dacht aan die laatste avond waarop Tony was weggegaan om iemand uit New York te ontmoeten die had gebeld. Ze had gemerkt dat hij zich zorgen maakte, maar hij had niet willen zeggen waarom. Uiteindelijk was de spanning zijn grote hart te veel geworden.

Betty boog zich naar haar toe. 'De mannen in de straat hebben voorgesteld Arts huis op te knappen, maar hij wil er niets van weten. Volgens mij heeft hij ratten.' Ze huiverde. 'Dat is een gezondheidsrisico. Ik zal George zeggen er werk van te maken.'

Ze praatten nog wat, en Celina omhelsde haar. 'Bedankt. Dit is het bewijs dat ik nodig heb.'

'Ik ben blij dat ik je kon helpen.' Betty lachte. 'Weet je, nu ik dit verhaal weer zie, vind ik het nog niet eens zo slecht. Misschien schaaf ik er nog wat aan en verander ik wat dingen. Art komt er toch nooit achter. Volgens mij leest hij alleen nog de uitslagen van de paardenrennen. Maar hier, je mag het meenemen. Ik onthoud het wel.'

Marco had het zo naar zijn zin met Betty's kinderen dat Celina langer bleef, met Betty kletste en meer van haar werk las. Na een lunch op de zonnige veranda bood Betty aan om Marco en haar terug te brengen naar hun pension.

Op de terugweg dacht Celina aan Nino en de mogelijkheid dat hij nog leefde. Ze had geen idee hoe ze hem kon vinden, ze wist alleen dat ze hem móést zien op te sporen.

Met Betty's verhaal in haar zak liep Celina samen met Marco naar hun kamer in de Sunset Poppy Inn. Ze hield stil bij hun deur en stak de sleutel in het slot.

Even verderop stond de eigenaresse zand van het pad te vegen. Ze zwaaide. 'O, mevrouw Savoia. Er is familie van u aangekomen.'

'Familie?' Ze fronste. Toch niet oom Art?

Marco keek naar haar op en schokschouderde.

Misschien had Lizzie besloten zich bij hen te voegen. Zo impulsief was ze wel. Maar zou ze zeggen dat ze familie was?

Toen ze de kamerdeur opende, rende Marco voor haar uit naar binnen. Ze hoorde voetstappen achter zich.

'Celina.'

Hoorde ze spoken? Dat klonk als… Celina drukte een hand tegen haar voorhoofd. Onmogelijk. Ze wilde naar binnen gaan.

'Amore mio.'

Met een ruk draaide ze zich om. 'Lauro!'

Hij overbrugde de korte afstand tussen hen, nam haar in zijn armen en kuste haar. Ze sloeg haar armen om hem heen en klampte zich aan hem vast alsof hij een luchtspiegeling was die haar elk moment kon ontglippen.

31

San Francisco, 1945

Tony was in de zevende hemel. De ossobuco in Fior d'Italia was even zacht en smaakvol als die van zijn moeder vroeger. En de Barolo uit Piemonte: verrukkelijk. Hij had veel gedronken, maar hij had ook iets te vieren, toch?

Hij klopte op zijn volle buik en leunde achterover. 'Goede restaurantkeuze, Doc. Je had gelijk.'

'Mijn vaders familie kwam uit Noord-Italië. Het eten hier doet me denken aan sommige van onze traditionele gerechten, al zijn de zeevruchten op het schiereiland van Sorrento niet te evenaren. Het leek me een goed idee om voor mijn vertrek mijn beste ontdekkingen in San Francisco met je te delen.'

'Hoe laat moet je morgenochtend aan boord?'

'Ik moet er om acht uur zijn. Waar logeer jij?'

Tony streek over zijn kin. Hij zou vast wel ergens een kamer vinden. 'Genoeg pensions in de buurt.'

'En de meeste zitten vol,' zei Doc. 'Je kunt mijn kamer overnemen als ik weg ben. En vannacht kun je op de bank slapen.'

'Goh, bedankt, wat geweldig. Ik zou willen dat je langer bleef, maar die kamer waardeer ik enorm.'

'Wacht maar tot je hem gezien hebt. Het is niks bijzonders, maar de locatie is goed.'

Tony had graag vrienden of familie gehad als Doc, die zo elegant Italiaans sprak met het restaurantpersoneel dat hij liever niet te veel zei. Tony was trots op zijn Amerikaanse nationaliteit, maar zijn familie kwam uit Italië. In zijn tienerjaren waren zijn ouders tijdens een griepepidemie overleden, dus hij had geen familie meer, behalve zijn oom van moeders kant, die volgens zijn laatste informatie naar Santa Monica was verhuisd, ten zuiden van San Francisco en vlak bij Los Angeles. Nee, Tony Baldini was alleen op de wereld.

Tony leegde de wijnfles in Docs glas. 'Hoelang blijf je weg?'

Doc nipte genietend van zijn wijn en zei met een peinzende uitdrukking: 'Ik kom niet terug. Ik ben lang genoeg in Amerika geweest.'

'Wat ga je in Peru doen?'

Docs ogen begonnen te schitteren. 'Volgens de legende groeien er cacaobomen van uitzonderlijke kwaliteit. Die ga ik proberen te vinden.'

'Je weet zoveel over chocola. Je kennis eerder in die winkel was indrukwekkend.'

Doc schokschouderde bescheiden. 'Mijn familie zit in de chocolade-industrie.'

'Je meent het? In Italië?'

'Napels en Turijn, maar het bedrijf heeft de afgelopen jaren stilgelegen. Zodra de ingrediënten weer beschikbaar zijn, zal mijn vader de fabrieken vast weer openen.' Doc zuchtte diep. 'Maar dat behoort tot het verleden. Ik ben meer geïnteresseerd in wat ik voor de boerenfamilies in Zuid-Amerika kan doen. De dorpen liggen afgelegen en zijn verstoken van medische faciliteiten. Er is een grote behoefte, dus ik kan echt iets voor ze betekenen. En ik hoop kennis te vergaren over het verbouwen van cacao en geneeskrachtige kruiden.'

Tony was onder de indruk. 'Dus je wil niet later terugkomen om te settelen?'

'Als ik dat zou willen, zou ik teruggaan naar Italië. Maar helaas kan dat niet.'

'Waarom niet?'

'Zelfs in de beste families bestaat… onenigheid.'

Een intrigerend idee kwam in Tony op. Het zou zijn probleem oplossen, maar erg fraai was het niet, dus verwierp hij het. Desondanks kon een paar vragen stellen geen kwaad, toch?

Hij schraapte zijn keel. 'Heb je familie hier in de Staten, Doc? Vrouw en kinderen? Nichten en neven?'

'Niemand. Ik ben een vrij man. Ik kan gaan en staan waar ik wil.'

Tony glimlachte breed. 'Klinkt goed. Van welke pier vertrek je?'

Terwijl Doc over zijn plannen vertelde, dronken ze hun wijn op en bestelden een dessert: *velluto di cioccolata* en *zabaglione*. Doc vertelde Tony over de research die hij had gedaan en over zijn interesse in geneeskunde. Tony vertelde hem dat hij ooit apotheker was geweest, maar in San Francisco een andere onderneming wilde beginnen.

'De stad groeit snel,' zei Doc. 'Als je geen apotheker meer wil zijn, is er grote behoefte aan nieuwe huizen.'

'Als tiener heb ik in de bouw gewerkt,' vertelde Tony. Zijn idee groeide uit tot een plan, waarvan de jonge chocolatier die hij vandaag had ontmoet zelfs deel van zou uitmaken. 'Zeg, nog even over die knappe chocolatier aan wie je me vandaag voorstelde. Celina. Weet je of haar suiker op rantsoen is?'

Doc lachte. 'Voor zover ik weet heeft ze geen vriend. Ze is een slimme jonge vrouw. En ze maakt de beste frambozentruffels die ik in jaren heb geproefd.'

Nadat de mannen het restaurant hadden verlaten, namen ze de tram naar het victoriaanse huis waar Doc een kamer huurde. Ze liepen de trap op naar de eerste verdieping. Het was stil in huis. Tony nam aan dat de meeste gasten sliepen.

'De eigenaresse is weduwe, en ze verhuurt de kamers,' zei Doc, terwijl hij zijn deur opende. 'De wc en douche zijn aan het einde van de gang. Ik ga vanavond nog douchen. 's Ochtends is er weinig warm water, tenzij je als eerste komt.'

'Ga jij maar eerst,' zei Tony. 'Dan rook ik buiten nog een sigaret. Heerlijk diner, trouwens. Nogmaals bedankt.'

Tony verliet de kamer en liep de trap af naar de begane grond. Opwinding overmande hem. Zoiets had hij in jaren niet meer gedaan.

Hij opende en sloot de voordeur, maar bleef met ingehouden adem binnen wachten. Zodra de badkamerdeur gesloten was en hij de douche hoorde lopen, haastte hij zich terug naar Docs kamer.

Op het dressoir lagen Docs paspoort, zijn militaire identiteitskaart en -plaatjes, en een stapel bankbiljetten. Ernaast stonden de twee dozen met bonbons uit La Maison de Chocolat die Celina voor hen had gevuld.

Tony beet op zijn lip. Moest hij het riskeren?

Die identiteitskaart bood hem de weg naar de vrijheid die hij zo hard nodig had. Toch voelde hij zich schuldig.

Bliksemsnel griste Tony de ID-kaart en naamplaatjes mee. Hij deed zijn Saint Christopher-medaillon af, legde dat naast het geld en rende met bonzend hart de deur uit. Ooit was hij misschien een zware jongen geweest, maar dat was vroeger.

Hij had echter een nieuw begin nodig. Een nieuwe naam die zijn oude bende niet zou kunnen achterhalen. Een nieuw thuis in een nieuwe plaats. Een nieuwe loopbaan. Als de schurken hem opnieuw zouden vinden, zou hij het misschien niet overleven. Hij wist waartoe ze in staat waren. Niemand zou veilig zijn: hij niet, zijn vrouw niet, zijn kinderen niet.

Tony stormde de trap af en de voordeur uit en sprong op een voorbijrijdende tram. Na een tijdje sprong hij eraf, en hij bracht de nacht door in een verlaten park, waar hij nauwelijks een oog dichtdeed. Hij kon niet geloven wat hij had gedaan, bij zo'n oprecht aardige man nog wel, een echte heer.

Hij voelde zich een schoft.

De volgende ochtend stelde Tony zich verdekt op bij de pier waarvan Docs schip vertrok. Toen hij Doc aan boord zag gaan, haalde hij opgelucht adem. De man had alleen zijn paspoort nodig.

Tony had Docs oude leven nodig.

Hij viste de identiteitskaart uit zijn zak. Wat een geluk. Tony's voornaam was Antonio. Bijna hetzelfde als Antonino.

Terwijl hij de frisse zeelucht inademde voelde hij zich zorgelozer dan in jaren. Hij liet zijn nieuwe naam over zijn tong rollen: 'Antonino Cesarò Savoia.'

32

Santa Monica, 1953

'Hoe heb je ons gevonden?' Lauro's aanwezigheid in de Sunset Poppy Inn was een schok voor Celina. Ze kon het haast niet geloven, en streek voortdurend over zijn gezicht en schouders om zich ervan te vergewissen.

Hij kuste haar wang. 'Je bent niet de enige detective.'

Sara verscheen achter haar zoon. 'We zijn zo snel mogelijk gekomen. Ik wilde per se mee.'

Moeder en zoon praatten opgewonden door elkaar heen in het Engels en Italiaans, waardoor Celina hen nauwelijks kon volgen.

Lauro pakte haar hand en kuste haar vingertoppen terwijl hij zijn blik geen moment van haar afwendde. 'Laten we een strandwandeling maken, dan vertellen we je alles.' Hij keek langs haar heen de kamer in en riep: 'Waar is Marco?'

Toen Marco Lauro's stem hoorde, rende hij naar buiten en stortte zich in Lauro's armen. '*Zio*!'

Lachend omhelsde Lauro hem. 'Mijn grote jongen, wat heb ik je gemist. Come sta?'

Als een drenkeling klemde Marco zich aan Lauro vast. Toen hij Sara zag, slaakte hij een kreet van blijdschap en omhelsde haar ook. 'Nonna!'

Als Celina al bewijs nodig had gehad van Marco's gevoelens voor de Savoia's, was dit het. Haar zoon miste hen even erg als zij.

Lauro's en Sara's opwinding aanvoelend dacht ze aan het telegram dat ze had verstuurd. Maar zou het genoeg zijn om het echt goed te maken? Carmine was het hoofd van de familie, en iedereen respecteerde en gehoorzaamde hem. Zou het opsporen van Nino genoeg zijn om het leed dat ze had aangericht uit te wissen?

Toen ze zag hoe innig Sara Marco omhelsde, besefte Celina dat ze Nino moest vinden voor háár. Meer nog dan voor zichzelf of Lauro of Marco.

Met zijn vieren liepen ze het strand op.

Marco maakte zich los en rende naar de branding, waar hij de aanspoelende golven lachend ontweek. Vogels cirkelden krijsend om hem heen toen hij hun kroost te dicht naderde. Sara rende hem achterna en joeg de grote vogels weg.

'Je kunt je niet voorstellen hoe blij ik met je telegram was.' Lauro sloeg een arm om Celina heen. 'Zodra we je pakket hadden bekeken, heb ik een vlucht geboekt.'

Buiten adem voegde Sara zich bij hen. 'Die foto in het legerdossier. Dat was onze Nino. Carmine huilde toen hij hem zag.'

Celina tegen zich aan drukkend zei Lauro: 'Je hebt beloofd dat je ons zou helpen om Nino te vinden, en dat doe je ook. Op het treinstation heb ik je gezegd dat ik wil helpen, dus hier ben ik.'

'En ik kon hem niet alleen laten gaan.' Sara's gezicht straalde vertrouwen uit.

Celina keek van de moeder naar de zoon, zich bewust van hun intense hoop. Na hun langer dan een dag durende reis zagen ze er moe maar optimistisch uit. Celina hoopte vurig dat ze hen niet zou teleurstellen. 'Ik heb niet veel ontdekt, maar ik heb goede hoop.'

'Meer kunnen we niet verlangen.' Met een hand schermde Sara haar ogen af. 'In je telegram noemde je Peru. Toen ik dat las, wist ik het zeker.' Ze drukte een hand tegen haar hart.

'Wacht, mam,' zei Lauro. 'We moeten eerst de rest nog horen.'

'Hij heeft zo onvoorstelbaar van die reis naar Peru genoten,' zei Sara tegen Celina. 'Hij zei altijd: "Mam, ik ben verliefd geworden op de mensen daar." Je hebt zelf zijn dagboek gelezen.'

Celina keek op naar Lauro. 'En je vader? Wat vond hij ervan?'

'Pa heeft het erg moeilijk op dit moment,' zei Lauro zacht.

Sara, die inmiddels samen met Marco naast hen liep, knikte. 'Carmine vindt het te gevaarlijk om naar Peru te gaan, maar met Lauro bij me zal ik me veilig voelen.'

'Mam, blijf jij bij Celina, terwijl ik Nino zoek. Hier, of in San Francisco.' Hij wendde zich tot Celina. 'Maar je hebt onderhuurders in je appartement, hè? Jullie zouden met z'n allen in een hotel kunnen logeren, toch?'

Celina hief haar handen. Het ging haar veel te snel. 'Wacht. Hoe weet je dat allemaal? Hoe heb je ons gevonden?'

Lauro lachte. 'Eerst heb ik je geprobeerd te bellen, maar ik kreeg je onderhuurders aan de lijn. Ze zeiden dat je bij de buurvrouw logeerde en hebben er aangeklopt, maar je was niet thuis. Ik had je adres in San Francisco nog van onze eerste correspondentie, omdat ik vliegtickets voor je had geboekt. Dus zijn we erheen gegaan. Heb je ons telegram niet gekregen dat we onderweg waren?'

Celina schudde haar hoofd en dacht terug aan de telegramjongen die bijna tegen haar opgebotst was. Misschien had hij dat telegram bij zich gehad. Hoe dan ook, ze had maar weinig aanwijzingen gevonden. Hopelijk hadden Lauro en Sara hun reis niet voor niets gemaakt.

Lauro vervolgde: 'Toen we bij je op de stoep stonden, hebben we je twee onderhuurders ontmoet. Ze stelden ons voor aan Lizzie, en die wist nog in welk pension in Santa Monica je logeerde.

Dus hebben we vanochtend een privévlucht geboekt, en hier zijn we.'

'We zijn al eindeloos lang wakker,' zei Sara. 'Maar we konden niet wachten. We zitten onze lieve Nino zó dicht op het spoor.'

Celina wenste dat ze even overtuigd was als zij. Haar enige aanknopingspunt was het verhaal van een boze, dronken, oude man. En Carmine had gelijk over de gevaren van het afgelegen gebied. Zelfs als Art de waarheid had verteld, hoe groot was de kans dat Nino nog in Peru was, of nog leefde?

Ze was vastbesloten hem te vinden, maar vond het toch akelig dat Lauro en Sara al hun hoop op zo'n magere aanwijzing hadden gevestigd.

Blijkbaar zag Lauro de twijfel in haar ogen. Hij wendde zich tot zijn moeder. 'Mam, ik weet dat je gelooft dat we hem zullen vinden, maar net als pa moet ik je waarschuwen. De Andische hooglanden zijn gevaarlijk. Er kan van alles gebeurd zijn. Waarschijnlijk is hij verder gereisd. Ik zal zijn spoor moeten volgen, en het zal een zware tocht worden. Je weet hoe rusteloos Nino was. Hij kan overal zijn.'

'Je kunt het, Lauro. Dat weet ik gewoon.' Sara's ogen straalden een mengeling van standvastige liefde en moed uit. 'Breng Nino thuis. Op welke manier dan ook. Je vader heeft die afsluiting nodig. Het heeft veel te lang geduurd. Dat heeft Celina ons doen beseffen.'

Overmand door emotie omhelsde Lauro zijn moeder. 'Ik zal mijn best doen.'

Celina had hun meer te vertellen, maar ze zag hoe moe Sara was. 'Hebben jullie iets gegeten?'

'Ik weet niet wanneer voor het laatst,' zei Lauro.

'Er zijn diverse restaurants vlakbij. Niets bijzonders, vrees ik.'

Marco gooide zand in de lucht. 'Dan kunnen we ijs eten.'

Lachend zwierde Lauro Marco over zijn schouder. 'Waarom niet? Kom op, kerel.' Met een ernstig gezicht zei hij tegen Celina: 'We hebben veel te bespreken.'

'Vier hamburgers met frites en milkshakes,' zei Celina tegen de serveerster die hun bestelling opnam. Ze had andere restaurants voorgesteld, maar Lauro en Sara wilden per se Amerikaanse hamburgers eten, dus had ze hem meegenomen naar het cafetaria op de pier. Vol enthousiasme bewonderden ze het zwart-wit geblokte linoleum, de rode kunstleren compartimenten en de ronde chromen draaikrukken aan de bar. Een milkshakemachine spoot slagroom op chocolademilkshakes.

Marco zwaaide tevreden met zijn benen. 'En twee bolletjes aardbeienijs.'

'Na het eten. Als je dan nog trek hebt.' Celina keek door het raam naar de ballonnenverkopers en jongleurs op de pier. De jukebox speelde een vrolijk nummer van Rosemary Clooney, *Botch-a-Me*, en Lauro en Sara moesten lachen om de idiote tekst.

Het leek een vreemde plek voor een serieus gesprek, maar Marco vermaakte zich, en Lauro en Sara beleefden een authentieke Amerikaanse ervaring. Nou ja, zo ongeveer.

Ondanks alle drukte onderdrukte Sara een geeuw. 'We zullen straks vast goed slapen, hè, Marco?'

'Mag ik bij nonna op de kamer slapen?' vroeg Marco.

'Een andere keer. Je nonna...' Celina viel stil. Kon ze Sara nog zo noemen? 'Ze is vreselijk moe.'

'Ik zal altijd zijn nonna zijn.' Sara glimlachte om Marco's woordkeus. 'Laten we optimistisch blijven over onze toekomst.'

Een clown kwam de eetzaal binnen, en Marco stuiterde opgetogen in zijn stoel. Toen de clown dierenfiguren uit felgekleurde ballonnen begon te maken, vlogen er kinderen op hem af.

'Ga maar,' zei Celina tegen Marco. Het zou hem bezighouden, zodat zij in alle rust konden praten en een plan konden smeden.

'Ik loop wel met hem mee.' Lauro schoof van de bank af.

Marco sprong op om zich bij de andere kinderen te voegen.

Toen Lauro en Marco weg waren, wendde Sara zich tot

Celina. 'Ik heb goed nieuws over Isabella. Ze vertoont tekenen van leven. Niet veel. Een vingerkneepje, een krullende mondhoek, misschien een glimlach. Het is niet veel, maar het is in elk geval een ontwikkeling.'

Celina liet de informatie tot zich doordringen. 'Weten ze hoe of waarom?'

'Lauro is bij haar langs geweest en heeft haar over Nino verteld. Hij heeft een platenspeler meegenomen en muziek gedraaid waar ze van hield. Schijnbaar heeft het iets in haar hersenen doen ontwaken. Misschien is ze zich ergens altijd bewust gebleven van haar omgeving. Hij kon zweren dat ze glimlachte.'

'Dat is geweldig nieuws voor haar familie.'

'Een heus wonder, Grazie a Dio. Ik dacht dat je het zou willen weten.'

'Ik ben blij dat je het me hebt verteld,' zei Celina. De tragedie moest een loodzware last voor Isabella's familie zijn geweest. Ze dacht aan hoelang Lauro op Isabella had gewacht en fronste.

Sara legde geruststellend een hand op de hare. 'Lauro zal voor jou kiezen. Geloof me.'

Bij het geluid van zijn stem draaiden ze zich allebei om.

'Als het om Marco's aandacht gaat, kan ik niet op tegen de ballonnenman.' Lauro lachte. 'Hij is voorlopig zoet.' Hij boog zich over de formicatafel heen en keek Celina onderzoekend aan. 'Vertel ons nu alsjeblieft alles wat je weet.'

'Ik vrees dat het niet veel is.' Celina haalde Betty's verhaal uit haar zak. 'Het stelt weinig voor, maar in combinatie met Nino's dagboek kan het iets betekenen.' In werkelijkheid was het hun enige aanknopingspunt.

Terwijl Sara de handgeschreven bladzijden ontcijferde, vroeg Lauro: 'Wat is dat?'

Celina vertelde hun over Tony's oom en haar telefoongesprek met Art, en over haar ontmoeting met Betty. Ze legde uit hoe de persoonsverwisseling tot stand was gekomen en hield niets achter, al kwam Tony niet in een erg goed daglicht te staan. 'Dit verhaal klopt met wat Art me aan de telefoon vertelde. Peru is twee keer genoemd: door hem en door Betty. In combinatie met Nino's dagboek en met wat jullie hebben verteld, vormt het een spoor dat het onderzoeken waard is. Ik zou alleen willen dat het specifieker of recenter was.'

'Het is meer dan we ooit hebben gehad.' Lauro vervlocht zijn vingers met de hare.

'Als we zijn dagboek zouden hebben, zouden we misschien nog meer aanwijzingen vinden,' zei Celina.

Sara glimlachte. 'Ik heb het bij me. In mijn make-upkoffer op mijn kamer. Ik heb het de hele weg als handbagage bij me gedragen.' Sara's aandacht werd afgeleid door Marco, en ze keek glimlachend naar haar kleinzoon.

'Dit keer zijn we klaar om antwoorden te vinden,' zei Lauro.

'Ik ook,' zei Celina. Sara zwaaide naar Marco, en de jongen zwaaide terug, zag ze. 'Ik wil Nino net zo graag vinden als jij. Ik ga mee.'

Sara draaide zich naar haar om. 'En Marco dan?'

'Die neem ik mee.'

Lauro schudde zijn hoofd. 'Die reis is veel te zwaar voor hem. Hij is nog maar een kind. Moet hij niet naar school?'

'Ik móét erheen.'

'Amore mio, ik...'

'Het is belangrijk voor me om dit te doen. Voor jullie allemaal.' Vastberaden klemde Celina haar kaken op elkaar. Ze was stellig overtuigd, al ging haar hart als een bezetene tekeer.

Vol respect pakte Lauro haar handen. Toen knikte hij, met een mengeling van tegenzin en bewondering.

Celina wendde zich tot Sara. 'Als ik met Lauro mee ga, wil jij dan op Marco passen?'

'Nou, ik weet het niet.' Fronsend keek Sara hen beurtelings aan.

Celina begreep haar dilemma. 'Ik vraag je niet om tussen Nino en Marco te kiezen. Maar we moeten wel bedenken wie het meest geschikt is voor deze reis.'

'Ik ben er nog nooit geweest, maar volgens pa is het een ruig land.' Lauro gebaarde in hun richting. 'Het zou voor jullie allebei zwaar zijn.'

Celina keek hem boos aan. 'Voor iedereen, denk ik. Niet alleen voor vrouwen.'

Lauro hief zijn handen. 'Ik neem mijn woorden terug.'

'Natuurlijk moet jij gaan,' zei Celina tegen hem. 'Maar hoe ga je je weg vinden?'

'Ik neem wel een gids.'

'Spreek je Spaans?'

Lauro schokschouderde. 'Italiaans is verwant. Ik kan mezelf verstaanbaar maken.'

'Het is anders als je probeert te onderhandelen, en dat zullen we moeten,' zei Celina. 'De meeste mensen geven niet graag informatie prijs. Stel dat Nino verder is getrokken of niet gevonden wil worden? Het zal een voordeel zijn als je de taal spreekt. Mijn Italiaans is misschien slecht, maar ik ben opgegroeid in Californië en heb er Spaans leren spreken. Je zult me nodig hebben.'

'Goed punt.' In Lauro's blik lag een mengeling van berusting, bewondering en liefde.

Sara bestudeerde haar. Na lange tijd knikte ze. 'Ik blijf bij Marco. Of ik neem hem mee terug naar Amalfi. Jullie weten niet hoelang jullie wegblijven, hè?'

Amalfi! In eerste instantie wilde Celina protesteren. Toen leunde ze achterover en overpeinsde de situatie. Terwijl Sara op haar zoon paste, zou zij op zoek gaan naar Sara's zoon en een oogje op Lauro houden. Ze waren twee moeders die elkaar hun dierbaarste schat toevertrouwden. Celina wist dat het een gevaarlijke tocht zou worden. En als – de hemel beware hen – het noodlot zou toeslaan en ze niet zouden terugkeren, zou Marco een liefdevol thuis hebben. Ze kon niets beters voor hem wensen.

Ernstig keek Celina naar Sara. 'Volgens mij zou Marco graag met je teruggaan naar Amalfi.'

Sara kneep in haar handen met een kracht die Celina verraste. 'We begrijpen elkaar. Mille grazie,' zei Sara, haar woorden zorgvuldig kiezend. 'Het zal Carmine ook helpen om Marco in de buurt te hebben.'

'Dank je. Je bewijst me een grote dienst.' Celina waardeerde Sara's complexe redenering. Als ze Nino niet zouden vinden, of alleen zijn stoffelijk overschot, zou Marco Carmine een reden geven om te willen leven. Naast liefde was hoop een van de sterkste emoties. Celina wist hoe ontmoedigend en zinloos het leven zonder hoop was.

'En jij bewijst mij een grote dienst,' antwoordde Sara.

Celina zag in Sara's ogen dat die nog steeds hoopte dat Carmine zijn besluit tegen haar zou opheffen. Sara had haar verwelkomd in de familie, en haar verdedigd en gesteund, zelfs na de ontdekking dat Celina's man haar zoon niet was.

Celina hield van deze vrouw en vertrouwde haar. Ze boog haar hoofd en kuste hun verstrengelde handen. 'We zullen elkaars zoons beschermen, hè?'

Glimlachend door haar tranen knikte Sara. 'Met ons leven.'

'Dan zijn we eruit,' zei Lauro, die de vergaande implicaties van hun keuze begreep. 'Weerhoudt iets ons nog om te vertrekken?'

Celina popelde om te gaan. 'Hoe eerder, hoe beter.'

33

Marañón-kloof, Peru, 1953

'*Ten cuidado*!' riepen stemmen op het pad boven hen. Celina drukte zich tegen een dikke bananenboom met brede bladeren.

'*Stai attento*,' riep ze naar Lauro, die hinkend dekking zocht. Ze fronste bezorgd. Twee dagen geleden was hij op een modderig pad uitgegleden en had hij een akelige snee in zijn been opgelopen.

Hoog in het dichte geboomte krijsten vogels, en wollige parelhoenderen renden door het struikgewas. Gidsen schreeuwden en sloegen met houten stokken tegen boomstammen. De twee lama's die hun tenten en bagage droegen schrokken van het geluid.

Even later schoot er een indrukwekkende bergpoema langs hen heen. Hopelijk zou het dier hen bij zijn achtervolging van het ongelukkige wezen niet opmerken, dacht Celina.

Een schrille kreet doorboorde de ijle berglucht.

'*Vizcacha*,' benoemde Ernesto het slachtoffer. Hun pezige gids, een afstammeling van de oude Inca's, droeg felgekleurde geweven kleding en had een gulle glimlach. Zijn verweerde gezicht verhulde zijn relatief jonge leeftijd. '*Está bien*,' zei hij geruststellend terwijl hij zichzelf koelte toewuifde met zijn hoed. '*Son abundantes*.'

Celina knikte. Het arme dier was zo overvloedig, dat het niet gemist zou worden. In tegenstelling tot de menselijke soort.

Het zweet parelde op haar voorhoofd in het tropische equatoriale hoogland, en ze hijgde van inspanning. Toen het gevaar voorbij was hees ze haar beenbeschermers over haar knieën en keerde terug naar het steile, modderige pad om vastberaden haar klim te vervolgen. Naarmate ze hoger kwamen, werd het gelukkig iets koeler.

Ze stond stil en wachtte op Lauro. 'Je loopt manker vandaag.'

'Het geneest wel.' Met hulp van Ernesto hadden ze de wond schoongemaakt en met geneeskrachtige kruiden bedekt, en de diepe snee met repen stof afgebonden.

'Moeten we echt wel verdergaan?' vroeg ze.

'Ik ben niet zo ver gekomen om vanwege wat ongemak op te geven.'

Celina zag hoe hij grimassend zijn pijn probeerde te verbergen. Een paar dagen geleden, na de zoveelste tropische regenbui, was het steile pad modderig en glad geweest. Afgeleid door de bonte kleuren van een geelvleugelara was ze bijna op een slang gestapt. Lauro had haar weggetrokken, waardoor hij was gevallen en zijn been aan een uitstekende rots had opengehaald.

Zwaar ademend liep hij naast haar. 'Wilde katten, slangen. Had je me maar alleen laten gaan. Dan hoefde ik me nu geen zorgen om je te maken.'

Celina keek hem boos aan. 'Zonder mij was je nooit zo ver gekomen.'

'We zullen zien of we op de goede weg zijn, hè?'

De zware tocht door het uitgestrekte verraderlijke Andische berglandschap had spanningen tussen hen veroorzaakt. In het afgelegen Peruaanse gebied waren ze omgeven door adembenemende bergen. Op de dichtbegroeide hellingen groeiden wilde cacao- en koffiebonen; de bron van inkomsten van de plaatselijke boeren. Boven de jungle rezen hoge dorre rotsformaties op, waar magnifieke besneeuwde bergtoppen boven uittorenden.

Aan het begin van de tocht had Lauro Ernesto ingehuurd om hen te helpen Nino op te sporen. Ze hadden een route uitgestippeld op basis van de – door hen in drie talen vertaalde – notities en tekeningen uit Nino's dagboek en de leemdorpen die hij onderweg kon hebben aangedaan.

Ernesto benaderde de dorpsmannen en trad op als tolk, om het Quechua voor hen naar het Spaans te vertalen. 'Een Italiaanse man die goed Spaans sprak, zeer geïnteresseerd was in medicijnen en veel over cacao wist. Heeft u hem ooit gezien?'

Ondanks de vele jaren die waren verstreken, hadden de dorpelingen een goed geheugen. De antwoorden liepen uiteen, maar de consensus was dat Nino op zoek was geweest naar het gebied waar hij met zijn vader was geweest, om cacao en andere zeldzame planten te vinden.

Celina praatte met de in traditionele *pollera*-rokken en bontgeweven truien geklede vrouwen. 'Hebben jullie hem pas nog gezien?'

De vrouwen keken naar de mannen, maar zeiden weinig. Celina vermoedde dat ze iets achterhielden. Ze ontdekte een wat zonderlinge vrouw die in haar eentje zat te weven en smeekte haar om informatie.

Met verweerde vingers streek de vrouw over de franje van de ragfijne oranje paisleyshawl om Celina's haar. Ze deed haar eigen prachtige handgeweven omslagdoek af en hield die Celina voor.

Celina deed vlug haar shawl af en gaf die aan de vrouw, die met een dankbare glimlach de stof langs haar wang wreef.

'Als je de *gran blanco* vindt, vind je ook de man die je zoekt,' zei de vrouw.

De zeldzame witte cacaobonen. 'Waar?' Celina dacht terug aan Nino's dagboekaantekeningen. 'Zijn die niet uitgestorven?'

'*Es muy peligroso.*' Ze gebaarde naar de berg alsof de goden het er voor het zeggen hadden.

Ernesto had inderdaad geweigerd ze verder de bergen in te nemen totdat ze tijdens een traditioneel ritueel door een sjamaan waren gezegend.

De in Nino's dagboek beschreven route en aanwijzingen van de dorpelingen volgend waren Celina en Lauro de Marañónkloof in getrokken, ten noordoosten van de moderne gelaagde stad Lima met zijn wolkenkrabbers en barokke kerken, ten oosten van Chiclayo en diep in de Andische hooglanden.

Maar naarmate ze verder waren gekomen, hadden ze geen nieuwe informatie meer uit de plaatselijke bevolking kunnen krijgen. De meeste dorpelingen hadden alleen hun hoofd geschud. Celina en Lauro hadden gediscussieerd over welk pad ze moesten nemen, en Lauro was uiteindelijk gezwicht voor Celina's argumenten.

Nu de bergpoema verdwenen was en het pad weer veilig leek, vervolgden ze hun weg, met de lama's in hun kielzog.

Celina hoopte vurig dat ze het goede pad hadden gekozen. Maar waar waren de cacaobomen die de vrouw had beschreven?

Ze liep vooruit en sprak Ernesto aan. 'Ik wil alle cacaobomen die we op deze hoogte aantreffen onderzoeken.'

Ernesto stond stil en bestudeerde haar nieuwsgierig. 'Ze zijn allemaal hetzelfde.'

In het lagergelegen gebied had hij al diverse cacaopeulen opengehakt en de te verwachten paarse zaden aangetroffen.

De pezige mannen die Ernesto aan de voet van de berg had ingehuurd om te helpen, schudden al even terughoudend hun hoofd.

Lauro haalde haar in en stond stil om op adem te komen. 'Moet je ze dat echt steeds vragen?'

‘Ik zoek de gran blanco. Je hebt gehoord wat die vrouw zei.’

‘Ik weet niet of ze wel bij haar volle verstand was.’

‘Nou, ik wel, en ik wil die cacaopeulen zien.’ Celina zette haar handen in haar zij. ‘Als het moet, hak ik ze zelf open.’

‘Volgens mijn vader zijn de witte cacaobomen uitgestorven.’

‘Door de heksenbezemziekte, ik weet het.’ Maar misschien hadden sommige bomen het overleefd. Misschien had die kleine zonderlinge vrouw de waarheid gesproken.

Of misschien hield ze zichzelf voor de gek door te hopen, net als bij haar aankomst in Italië. Toch had ze een kern van waarheid in de glazige ogen van de vrouw gezien.

Lauro schokschouderde instemmend, en zwijgend vervolgden ze hun weg over het modderige pad.

Hijgend en met brandende kuiten van de klim keek Celina strak naar een van de magere mannen voor haar die als een berggeit het smalle, steile pad besteeg. Ze probeerde niet te denken aan wat er van deze tocht afhing of aan wat er voor hen lag.

Zodra hun vliegtuig in Lima was geland, had ze mentale oogkleppen opgezet om zich op haar taak te concentreren. Marco was veilig bij Sara, en ze had hem voor hun vertrek uit Lima nog gebeld. Tijdens de vlucht had ze Nino’s dagboek bestudeerd en zijn route uitgestippeld op een kaart. Ze was er vrij zeker van dat dit het pad was dat Carmine en hij voor de oorlog hadden gevolgd.

Ze stelde zich voor dat Nino en zijn vader deze weg met evenveel vastberadenheid hadden afgelegd. Waarschijnlijk was er sinds die tijd weinig veranderd. Celina was uitgeput en kon de fysieke inspanning nauwelijks aan, maar als Lauro ondanks zijn verwonding verder kon gaan, kon zij dat ook. Ze weigerde achter te blijven.

Celina bekeek de dikke vegetatie om haar heen die haar zo onbekend was. Ze streek kleine irritante vliegjes uit haar gezicht en dook weg voor een vliegend insect zo groot als een mandarijn. Terwijl ze dat deed, viel haar blik op de eigenaardige boom die ze zochten, verscholen onder het bladerdak van met fruit beladen bananenbomen.

'Wacht.' Over afgevallen rottende peulen liep ze naar de cacaobomen toe. Zouden dit de kostbare witte cacaobonen zijn waarvan de legendarische chocolade was gemaakt die de Aztekenkoningen hadden gegeten? Produceerden deze bomen de fijnste, meest smaakvolle en geurige cacao die de ultieme lingua franca had gevormd tussen chocoladeliefhebbers, chef-koks en telers over de hele wereld?

Alleen deze wereldberoemde cacao zou Nino's wetenschappelijke passie hebben bevredigd, vermoedde ze.

Was dit die ongrijpbare boomsoort? Ernesto had verteld dat zijn familie al generaties lang cacao verbouwde in deze uitgestrekte regio. Hij was het met Lauro eens geweest. De witte cacaobonen van zijn land waren uitgestorven.

Maar was dat zo? Celina inspecteerde de boom, die er veel ouder uitzag dan de bomen op lagergelegen terrein. Peulen staken uit van de stam en de hogere takken. Vol eerbied strekte ze een arm uit en streek over een dikke peul zo groot als een voetbal, waarvan de geribbelde groengeel gevlekte schil de bron van haar ambacht omvatte.

Haar nekharen gingen overeind staan.

Ze werd overspoeld door opwinding, en haar vingertoppen begonnen te tintelen. 'Ik wil deze bonen zien.'

Lauro en Ernesto waren haar gevolgd naar de bomen.

Ernesto schudde zijn hoofd. 'Ze zijn hetzelfde als de bonen die u eerder heeft gezien, señorita. We moeten voor donker onze tenten opzetten, dus we moeten hier niet stoppen.'

'Señora,' verbeterde ze hem. 'En ik heb een voorgevoel over deze boom.'

Schoorvoetend sloeg Ernesto met zijn machete de peul van de boom. Hij hakte die open en liet de zaadmantel ter bemesting op de grond vallen.

Celina boog zich voorover. Toen de vlezige schil wegviel, hapte ze naar adem. In het melkwitte vruchtvlees bevond zich een ring met bonen, maar die hadden niet de gewoonlijke paarse tint van de bonen die ze op lagergelegen terrein hadden gezien, of in de lange, lage dorpskassen waar ze arbeiders de paarse zaden in houten schalen hadden zien scheppen, waar die op natuurlijke wijze zouden fermenteren alvorens in jute zakken over de hele wereld te worden verscheept.

Nauwelijks in staat haar opwinding te beheersen rook ze aan de bonen, die een bloemige geur verspreidden. 'Het is gran blanco.'

Vol ontzag liet Lauro een hand over de bonen glijden. 'Ik dacht dat ze uitgestorven waren.'

'*Si*,' hield Ernesto vol. 'Dat zijn ze ook bijna overal.' Hij wisselde een blik met zijn helpers.

'Nou, niet hier.' Ze waren allesbehalve uitgestorven, maar Celina had geen zin om te discussiëren. Ze keek rond. Zou Nino in de buurt kunnen zijn?

Lauro greep haar hand. 'Wat een wonder.'

Ze keek hem aan, zijn gedachten lezend. Vind de witte boon, dan vind je ook de man die je zoekt.

Met een ruk draaide Lauro zich om. 'Hoeveel van deze bomen zijn er?' vroeg hij aan Ernesto.

Tijdens een van de nachten samen in hun tent hadden ze over het belang van een mogelijke ontdekking gepraat. Behalve dat die hen naar Nino kon leiden, zou die veel betekenen voor wetenschappers, en veel geld waard zijn voor chocoladefabrikanten en chocolatiers.

Celina keek om zich heen. Wie zou er nog meer van deze schat op de hoogte zijn? Het was duidelijk dat Ernesto en zijn mannen deze ontdekking niet bekend wilden maken.

'*Ven aqui commigo*.' Ernesto trok Lauro mee, weg van hun kleine groep.

Celina wilde volgen om te vertalen, maar Lauro hief afwerend zijn hand. 'Sommige gesprekken kunnen hier beter tussen mannen onderling worden gevoerd,' had hij op een avond in hun tent tegen haar gezegd. Ze was naar buiten gestormd, om vervolgens door een zwerm insecten terug naar binnen gedreven te worden. Hoe dichter ze de lange Marañón-rivier naderden die de bovenloop van de Amazone vormde, hoe meer insecten. 'Ik zeg niet dat ik dat goed vind,' had Lauro tegengeworpen, 'maar op sommige plekken is het gewoon zo.'

Zoals in Italië, en in Peru, had Celina gedacht. Verontwaardigd had ze zich omgedraaid en was gaan slapen.

Toch probeerde ze begrip op te brengen, en ze had een goed gevoel ontwikkeld voor wanneer ze kon deelnemen aan een gesprek, en wanneer ze zich erbuiten moest houden. Was dit zo'n rode lap waarover Marge en Lizzie het vaak hadden gehad? Of was het de stress, de tropische vochtigheid, het cultuurverschil?

Toekijkend zag ze Lauro geld uit zijn zak halen en het Ernesto in de hand drukken.

Ernesto wenkte zijn twee helpers. Nadat hij ze had toegesproken in het Quechuan, Runasimi, de taal van de bevolking van de Andische hooglanden, schudden de mannen hun hoofd. Ernesto liep terug naar Lauro en stopte het geld terug in zijn hand.

Deze cacao was niet te koop. Voor geen enkele prijs. Het was hun privéplantage, besefte Celina. Veilig afgeschermd tegen de verwoestende buitenwereld.

Lauro hinkte naar haar toe. 'We mogen met niemand over deze witte cacaobonen praten.'

'Dat had ik al begrepen.' Ze sloeg haar armen over elkaar.

Terwijl hij haar aankeek streelde hij haar kaaklijn. 'Je had gelijk. Het spijt me dat ik niet op je oordeel heb vertrouwd.'

Ze sloeg haar armen om hem heen en gaf hem een vederlichte kus. 'Misschien is Nino wel in de buurt.' Ze herhaalde de woorden van de zonderlinge vrouw: '*Cuando encuentres el gran blanco, encontrarás a tu hombre.*'

Lauro keek op naar de uitgestrekte bergwand. 'Maar waar?' Hij strekte zijn been. 'Ik weet niet hoelang we het hierboven nog overleven.'

Celina bad dat de witte cacao de sleutel was.

Terwijl de mannen hun tentenkamp voor de nacht opzetten, pakte Celina hun spullen uit en zette lantaarns neer tegen de invallende schemering.

De gidsen overnachtten onder de blote hemel, maar Lauro en zij sliepen voor hun veiligheid samen in een tent. Aangezien de tent van dunne stof was gemaakt, was elk geluid buiten te horen. Lauro wilde niet dat ze zich ongemakkelijk zou voelen tijdens het vrijen, dus hielden ze zich in. In plaats van de liefde te bedrijven lagen ze 's nachts verstrengeld in elkaars armen, een troostende herinnering aan hun tijd in de magische baai. In Lauro's armen en luisterend naar zijn kalme ademhaling tijdens zijn slaap voelde Celina zich hechter met hem verbonden dan ooit.

Met een lantaarn in haar hand ging ze op een rots zitten en tuurde de bergen om hen heen af.

Laura kwam naast haar zitten. 'Mooi, hè?'

'En zo afgelegen...' In de schemering staken de dichtbegroeide bergen donkerpaars af tegen de felroze en oranje hemel. De overweldigende schoonheid van het uitgestrekte landschap ontroerde haar diep.

Ze nestelde zich in de kromming van zijn elleboog. 'Waarom heeft je vader jou niet meegenomen tijdens zijn reis met Nino?'

Lauro tilde haar haar uit haar nek, legde zijn handen op haar schouders en begon haar spieren te masseren zoals hij op die dag in de testkeuken had gedaan. 'Ik was jonger, en Nino zou toen nog de chocoladefabriek overnemen. Pa wilde dat ik de citroengaarden zou beheren. Dat doet een van mijn neven nu.'

'Ooit zul je je vader opvolgen, hè?' Genietend van zijn massage rolde ze haar hoofd in haar nek.

'Het gaat van generatie op generatie. Het leiden van het familiebedrijf en het beheren van de fruitboomgaarden.'

'Het is nogal een verantwoordelijkheid. Mis je het niet om zelf je toekomst te kunnen kiezen?'

'Ik heb mijn toekomst gekozen, amore mio.' Lauro kuste haar schouders. 'Mijn werk betekent enorm veel voor me. Het is een voorrecht om de traditie te mogen voortzetten.'

'Dat vond Nino niet.'

Hij sloeg zijn armen om haar heen. 'We zijn allemaal anders, hè?' Toen drukte hij zijn lippen op de hare.

Ze kon niet anders dan zijn kus beantwoorden. Aan het oog van de anderen onttrokken door het dikke gebladerte sloeg ze haar armen om zijn nek en trok hem tegen zich aan. Ze had hun tijd in Italië zó gemist. Hier, op dit moment, was het overweldigende verdriet om hem op het station van Napels achter te laten slechts een vage herinnering.

Hun toekomst hing af van deze reis en wat ze zouden ontdekken. Als ze zouden terugkeren zonder Nino – of het onomstotelijke bewijs van zijn overlijden – vreesde ze dat Carmine haar uit de familie zou verbannen. En dit keer zou het ongetwijfeld definitief zijn. Ze kon Lauro niet van zijn familie scheiden, want ze wist hoe hij en zijn ouders daaronder zouden lijden. Was haar liefde voor Lauro dat enorme potentiële verdriet wel waard?

Toch kon ze hem niet weerstaan.

Hem vuriger kussend liet ze de dag en de wereld om zich heen van zich af glijden. Alleen dit moment bestond. Terwijl ze met elkaar versmolten, voelde ze zijn gloeiende huid tegen de hare.

Hij streek zijn lippen langs haar hals en trok haar op schoot. 'Weet je nog, onze verborgen baai?'

'Hoe zou ik die ooit kunnen vergeten?' Ze drukte haar voorhoofd tegen het zijne en streelde zijn gezicht.

'Señor, señora,' riep Ernesto hen. '*Muy importante.*'

Lauro kuste haar, voordat hij haar met tegenzin losliet. Ze

beroerde haar lippen, nagenietend van de warmte en lichte ziltheid van zijn kus.

Ernesto, die een lantaarn ophield tegen de invallende duisternis, gebaarde dat ze hem moesten volgen. Zijn twee helpers wachtten voor de aan het zicht onttrokken ingang van een grot op hen.

Lauro raapte een andere lantaarn op en hinkte achter de mannen aan naar binnen terwijl hij het pad vrijmaakte van spinnenwebben. Een gronderige muffe geur drong hun neus binnen. De geluiden van vogels en andere dieren waren alleen nog gedempt te horen.

Haar lantaarn ophoudend stond Celina stil, diep onder de indruk van de binnenkant van de grot. De hoge rotsplafonds boven hen waren versierd met rotsschilderingen van primitieve vis-, strijd- en jachttaferelen. Een andere rotswand was bedekt met meer verfijnde afbeeldingen van slangen en lama's; sommige vergezeld van symbolen die Celina niet kende.

'Dio mio,' fluisterde Lauro, zich vooroverbuigend om de markeringen beter te bekijken. 'Van de Inca's?'

'Misschien,' antwoordde Ernesto. 'Deze regio kent een lange bevolkingsgeschiedenis.'

Het flakkerende schijnsel van Celina's lantaarn verlichtte de grotwanden en viel op Lauro's profiel. In zijn verwonderde en eerbiedige uitdrukking zag ze de gevoelens gespiegeld waardoor ze zelf overmand werd. Ondanks de ontberingen van hun reis bestonden er nog wonderen. Deze tekeningen waren afkomstig van een oudere, mogelijk eeuwenoude antieke beschaving. Zelfs na al die tijd was deze berg bijna onveranderd.

Ze boog zich naar de rotswand toe om het kunstwerk beter te bekijken. 'Dit ziet eruit als een dans. En op deze zijn vrouwen voedsel aan het oogsten.'

Hand in hand vervolgden Celina en Lauro hun verkenning van de grot. Toen Celina achteruit stapte om een indrukwekkend tafereel in zijn volle omvang op zich te laten inwerken, schraapte haar laars over iets op de rotsvloer. Een kletterend geluid echode door de beschaduwde ruimte.

'Wat is dit?' Ze raapte het voorwerp op. 'Een vulpen. Wat vreemd.'

'Blijkbaar zijn hier al andere mensen geweest.'

'Misschien om deze grottekeningen te schetsen.' Met haar blouse veegde ze de pen schoon en hield haar lantaarn erbij om die te inspecteren. '*Montegrappa*, staat erin gegraveerd.'

Lauro's mond viel open. 'Die worden in Italië geproduceerd.'

Celina hapte naar adem. 'Is dat niet érg toevallig?'

'Laat zien.' Hij pakte de pen aan en veegde het in de loop der jaren verzamelde stof weg, het verfijnde schrijfgerei onthullend. Naar adem happend keek hij naar haar op. 'Deze pen is van Nino.'

'Weet je het zeker?'

Toen hij nog meer vuil wegveegde, kwamen Nino's initialen tevoorschijn. A.C.S. 'Het was een verjaardagscadeau van mijn vader.'

34

Met de vulpen voorzichtig in zijn hand, alsof hij een kostbaarheid was, omhelsde Lauro Celina en bezaaide haar gezicht met kussen. Zijn hart bonkte van vreugde. De vulpen was zonder enige twijfel van Nino geweest.

'Dit is het bewijs dat we nodig hebben,' riep Celina uit. In het gouden lantaarnlicht in de grot glansden haar geelbruine ogen als een tijgeroog. 'We zijn op de juiste weg.'

Ze gingen verder met het doorzoeken van de grot, omdat ze meer bewijs wilden vinden.

Lauro wilde dolgraag geloven dat ze dichter bij Nino kwamen. Maar wanneer had zijn broer die pen laten vallen? Toen hij hier op reis was met hun vader, of jaren later, toen hij in zijn eentje hier terugkwam? Of korter geleden?

Nadat ze een poosje hadden gezocht en geen andere aanwijzingen hadden gevonden, werd hij door twijfel bevangen. Was Nino hier wel geweest? Zijn broer gaf vaak geschenken aan andere mensen. Had een andere gids of een cacaoboer hem soms laten vallen?

Celina stopte en bleef met haar handen op haar hart roerloos staan. 'Misschien kwam het door de zegening van de sjamaan. Op dit moment voel ik dat we heel dichtbij zijn. Ik wéét dat Nino hier is geweest.'

'Misschien wel,' gaf hij toe, omdat hij haar hoop niet de bodem wilde inslaan en die van hem niet negatief wilde beïnvloeden. Zouden ze Nino in leven vinden? Of zouden ze zijn stoffelijke resten aantreffen? Zijn ouders moesten op zijn minst het verlies van hun oudste zoon kunnen afsluiten. Het ergste van alles zou zijn dat ze niets zouden vinden, geen spoor van Nino's latere reis hiernaartoe of aanwijzingen die hen ergens anders heen zouden leiden.

Nino was de broer tegen wie hij zijn hele leven had opgekeken. Toen hij jong was, had hij zich niet kunnen voorstellen dat hij de rest van zijn leven zou doorbrengen zonder de broer die hij zo bewonderde.

Hoe dichterbij ze kwamen, hoe kwetsbaarder hij zich voelde, nu oude wonden van verlies weer opengingen.

Nadat ze de grot uit waren gelopen, bereidden Ernesto en zijn mannen het avondeten voor hen boven een vuur. Ze aten aardappelen die op hete stenen waren geroosterd, samen met gevogelte en granen, en sloten de maaltijd af met sappige mango's geplukt uit nabije bomen. Ernesto brouwde *mate de coca* en benadrukte dat die hen zou helpen omgaan met de ijle lucht op deze grote hoogte.

Na het eten speelden de Quechua-mannen in kleermakerszit op de *zampoña*, een planfluit waarvan Lauro de muziek door haar zuiverheid betoverend mooi en elegant vond klinken. Een andere man bespeelde met lichte, snelle aanslagen een snaarinstrument.

Hij wierp een blik op Celina, die ook betoverd leek door de hemelse muziek. Op deze hoogte was het koeler, dus had Celina een kleurrijke *lliclla* om haar schouders vastgemaakt die de vrouw uit het dorp haar in ruil had gegeven. Met haar blonde haar dat over de felle kleuren van de handgeweven stof viel zag ze er betoverend uit in het licht van de flakkerende vlammen. Hij hunkerde naar haar en kon zich niet voorstellen dat hij zonder haar naar Italië zou terugkeren. Ondanks de ruzies en de frustratie die er op deze reis af en toe waren, besefte hij hoe graag hij haar in zijn leven wilde, of zijn vader het nou goedkeurde of niet.

Ernesto haalde een soortgelijke geweven doek tevoorschijn en sloeg die om Lauro's schouders. Toch huiverde Lauro in de avondlucht, ook al was zijn gezicht klam van het zweet. Hij strekte zijn pijnlijke been uit. Het ene moment had hij het gloeiend heet, het andere ijskoud.

Terwijl ze zich ontspanden, keek Celina hem met een bezorgde frons aan. 'Voel je je slechter?'

'Mijn been is misschien een beetje gezwollen.' Lauro haalde zijn schouders op over de pijn. 'Maar jouw schoonheid is zalf voor mijn pijnlijke ziel.'

'Immer mijn dichter.' Ze grinnikte zacht. 'Mag ik even kijken?'

Hij knikte, en ze rolde zijn gescheurde broekspijp op. Aan de blik op haar gezicht zag hij dat ze ongerust was. Ze zette de lantaarn dichterbij om zijn wond goed te kunnen bekijken. De snee was opgezwollen en ontstoken geraakt.

Celina fronste haar wenkbrauwen. 'Hij moet weer worden schoongemaakt.' Met vers water uit een nabij bergmeer dat Ernesto's mannen hadden meegenomen spoelde ze de wond. Bezorgd leidde ze Ernesto naar hem toe om ernaar te kijken.

'Morgen is het weer goed.' Lauro lachte om hun bezorgdheid. 'Ik ga niet dood, hoor.' Maar nu hij de wond op zijn scheenbeen zelf goed bekeek, zag hij wel waarom Celina bang was.

'Ernesto heeft wat medicinale planten waarmee hij je been wil behandelen.' Celina spoelde een lap uit met koel water en legde die op zijn voorhoofd.

Toen Ernesto terugkeerde, had hij een stapeltje bladeren bij zich, die hij eerst liet weken en waarmee hij vervolgens over de plek van de wond streek. Een andere plant zag eruit als een soort cactus, terwijl uit weer een andere donkerrood sap sijpelde. Hij legde aan Celina uit waarvoor ze werden gebruikt, en zij vertaalde het. 'Dit zijn hun traditionele kruiden. Cordoncillo tegen pijn en Sangre de Grado voor genezing. Bij het krieken van de dag stuurt hij een van zijn mannen eropuit om een genezer voor je te halen.'

'Ik heb geen sjamaan nodig. We zijn al genoeg gezegend, of niet?'

'Ernesto zegt dat deze man meer is dan een sjamaan. Hij wordt de *doctor de milagros* genoemd.'

'*Miracoli.*' Lauro grinnikte. 'We kunnen altijd meer wonderen gebruiken.'

Celina wikkelde een schone katoenen doek om de wond en hielp hem de beschutting van de grot in. 'Vannacht slapen we hier.'

Ernesto en zijn mannen hadden geweven beddengoed op de stenen vloer uitgespreid.

Toen de avond viel en de lucht werd verlicht door miljoenen sterren, wierp de maan een ragfijne gloed over de bergen en hooglanden. Lauro sloeg zijn armen om Celina heen en trok haar dicht naar zich toe ter vertroosting. Hij draaide zijn gezicht naar de bries die zo nu en dan door de grotopening naar binnen waaide.

Celina nestelde zich tegen hem aan en spreidde haar vingers op zijn borst. 'Je gloeit van de koorts.' Ze gaf hem vederlichte kusjes op zijn voorhoofd, wangen en lippen.

Ondanks de hevige pijn reageerde zijn lijf op haar aanraking. Dat zal moeten wachten, zei hij tegen zichzelf.

'Denk je dat je kunt slapen?'

'Ik weet het niet.' Maar hij betwijfelde het, met het felle kloppen van zijn been. In slechts een paar uur tijd was dat tien keer zo erg geworden.

Ze haalde een paar blaadjes uit een kleine leren buidel die Ernesto haar had gegeven. 'Kauw hierop. Ze nemen het scherpe randje van de pijn weg en helpen je slapen.'

Hij kauwde op de bittere bladeren en zakte al snel weg in een wazige droomtoestand, waarin hij moeite had met onderscheiden wat echt was. Celina was er, ze bevochtigde zijn gezicht, armen en benen met koud water, en toen waren ze in Amalfi, waar ze in een aquamarijnkleurige zee zwommen, omringd door zilverkleurige dolfijnen.

Celina zong voor hem met de mooiste engelachtige stem die hij ooit had gehoord… of waren het sirenen die hem naar een rotsige oever lokten? Een ogenblik later vloog hij over sneeuwtoppen die de hemel kusten en een sublieme, kristalheldere sonate weerkaatsten. Terwijl de lucht lichter werd, veranderde de muziek in een treurige klaagzang. Lauro kwam zijn wereld vol kwelling weer binnen en schreeuwde het uit van de pijn.

Naast hem duwde Celina zijn klamme haar van zijn voorhoofd. 'Ernesto is zo terug. Als het niet snel beter met je gaat, neem ik je mee de berg af. Je hebt een arts en waarschijnlijk penicilline nodig.' Hij had haar nog niet eerder zo ernstig zien kijken.

'Nee,' zei hij schor. 'We zijn heel dicht bij Nino. Dat voelde je.'

'We kunnen terugkomen…' Haar stem stierf weg.

Lauro wist dat ze hier niet zouden terugkomen. Hij greep haar hand beet. 'Dat doen we niet. In mijn droom vloog ik over de bergen. De Andes heeft gezegevierd.'

'Zeg dat niet,' snauwde ze, terwijl ze met haar ogen knipperde en er met de muis van haar handpalm door wreef.

Hij dutte even in – hij kon niet zeggen hoelang – en de nacht omhulde hen weer. Hij hoorde Celina buiten de grot met iemand discussiëren, al kon hij zich niet voorstellen met wie.

Boven dat alles uit hoorde hij de symfonie van de natuur, die hem ontroerde. De wind deed de bomen ritselen, het lied van krekels liep op tot een climax en de verre rivier die nooit sliep bulderde in zijn oren. De aarde liet zijn frisgroene parfum de vrije loop op de bries om de stank van zijn wond te verhullen.

Die avond nam hij Celina in zijn armen. In zijn hoofd verheerlijkte hij zijn liefde voor haar. Binnenkort zijn we vrij, amore mio. Hevig opgewonden verslond hij haar lippen, haar schoonheid, haar wezen, en samen werden ze één, zwevend door een eindeloze nacht vol fonkelende constellaties. Hij streelde haar prachtige lijf en genoot van elke ronding en holte, die hij zich tot in de eeuwigheid zou herinneren. Met elke streek van haar vingers bedwelmde de geur van haar huid hem, en hij verloor zich in haar zijdezachte haar.

'Lauro, Lauro,' zei ze zacht om hem terug te roepen. 'Blijf bij me, liefste. Ik hou van je, ti amo. Laat me alsjeblieft niet in de steek.'

Lauro glimlachte vredig. Haar lippen waren zo zacht als rozenblaadjes op zijn gloeiende voorhoofd, en haar tranen spatten als een zachte lentebui op zijn wangen.

Toen boog een donkere, bebaarde man zich op zijn knieën over hem heen: een sjamaan voor de laatste riten.

Het was tijd.

35

'Alsjeblieft, mijn liefste, blijf vechten.' Met zijn hoofd op haar schoot boog Celina zich over Lauro heen. Hij mocht niet doodgaan. Er brandde zo'n razernij in haar borst dat ze amper kon kijken naar de lange, benige genezer die uiteindelijk door Ernesto was overgehaald om hen te helpen.

De bebaarde man keurde haar nauwelijks een blik waardig en knielde voor Lauro neer om de ontstoken wond en het aangetaste been te bekijken.

Toen de man die eropuit was gegaan om de *curandero* te halen – hij die geneest – gisteren in zijn eentje terugkeerde, was Celina woedend geweest.

'Hij behandelt geen witte mannen,' had Ernesto gezegd, alsof dat alles verklaarde. 'Hij heeft een jongere man opgeleid, een leerling. Hij zal hem sturen...'

Ze kapte hem af. 'Nee,' schreeuwde ze. 'Zeg tegen hem dat ik Lauro zelf die berg op zal sleuren als het moet, maar hij zál hem behandelen.'

Helaas was Lauro nu zo ziek en ijlde hij zo erg dat ze bang was dat hij nooit meer de Andes uit zou komen. Puttend uit haar krachtreserve riep ze de vastberadenheid op die haar in staat had gesteld de vroegtijdige dood van haar man en het overlijden van haar ouders te overleven. Maar deze keer zou het anders gaan, zwoer ze.

'Ik sta niet toe dat deze bergen nog een Savoia voor zich opeisen.' Ze weigerde Ernesto's excuses te aanvaarden en stuurde hem weer de berg op om de man te halen die hij de doctor de milagros had genoemd.

De hele nacht had ze gehuild van woede en verdriet, denkend aan Lauro's ouders en alle redenen die hij nog had om te blijven leven. Waarom gebeurt dit? vroeg ze het universum. Was het haar schuld? Was dit de ultieme wraak voor het leed dat ze de familie Savoia had aangedaan door de waarheid te negeren?

Toen Lauro zich in de nacht naar haar toe had gedraaid, met ogen glazig van koorts en begeerte, had ze hem getroost door hem het heilige deel van zichzelf te schenken. Maar ze zou de hoop op zijn genezing niet opgeven zonder met elke vezel van haar wezen te strijden voor zijn overleving. Net als Sara voor Marco zorgde en gezworen had hem te beschermen, zo zou zij ook voor Lauro zorgen.

Nu keek ze met bloedend hart toe hoe de donkerharige, bebaarde man met behulp van kruidengeneesmiddelen Lauro's wond draineerde en schoonmaakte. Hij werkte zo vaardig als een arts, zonder de rituelen waarmee de andere sjamaan hen had weggestuurd. Daarna pakte hij beschimmeld brood, waarvan hij de schimmel af schraapte, en legde een schimmelkompres rechtstreeks op de lelijke snee.

'Wat doe je?' riep ze uit, en ze sprong op om Lauro te beschermen.

Zonder haar aan te kijken sprak de man tegen Ernesto in de taal van hun volk.

Ernesto zei in het Spaans tegen haar: 'Hij zegt dat je moet weggaan.'

'Dat doe ik niet. Ik heb hem al die tijd in leven gehouden, en dat is niet aan die man te danken.' Met een ruk draaide ze haar hoofd naar hem toe. 'Kijk me aan en vertel me wat je aan het doen bent,' riep ze in het Engels, hoewel ze wist dat de man haar niet zou verstaan.

Zonder zijn ogen op te slaan zei de man kalm: 'Ik probeer hem te genezen. Hij is ernstig ziek.' Ook al sprak hij Engels, zijn intonatie had een bekend ritme.

Zijn zacht uitgesproken woorden bezorgden haar een schok. Haar lippen weken uiteen, maar ze kon geen woord uitbrengen. Plotseling drong er iets tot haar door, en ze rilde toen een kilte langs haar ruggengraat trok. Deze man was geen sjamaan. Hij was… iets anders, kwam ergens anders vandaan. Hij was hiernaartoe getrokken door pure wilskracht van haar kant en geleid door de hand van God.

Ze volgde de aanwijzing van de man op en greep Lauro's hand beet. Hij was zo buiten zinnen dat zijn gezicht bijna onherkenbaar was. Met gebeden op haar lippen probeerde ze hem iets van haar levenskracht te geven en bevochtigde ze zijn gezicht met haar tranen. Ze boog zich over hem heen, herhaalde dat ze van hem hield en beloofde dat ze hem niet zou laten gaan.

Toen de genezer klaar was met zijn werk pakte hij zijn spullen bij elkaar. Hij bleef even staan, stak een hand onder de geweven wollen sjaal die hij droeg en haalde een kettinkje met een zilveren medaillon tevoorschijn. Nadat hij het had afgedaan, draaide hij zich naar Celina toe. Hij pakte haar hand, liet het kettinkje in haar handpalm vallen en sloot zijn handen over die van haar. 'Nu heeft hij hogere machten nodig.'

Huilend klampte Celina zich aan de handen van de genezer vast, en ze voelde de kracht die ze uitstraalden. Zijn kalmerende stem was als een herinnering die ze niet goed kon ophalen. Het lange, donkere haar van de man was doortrokken met zilvergrijs en zijn ruige baard was onverzorgd, maar er zat iets in zijn stem en manieren wat zich in haar geheugen groef en het schuurde, als zand in het grijze vlees van een oester.

Ze knipperde met haar ogen en staarde door haar tranen heen naar het medaillon, waarop een man stond afgebeeld met een staf in zijn hand en een kind op zijn schouder. De heilige Christoffel. Ze kuste het sleetse zilver en haalde vervolgens de koele doek van Lauro's voorhoofd. Terwijl ze zijn hoofd voorzichtig optilde, maakte ze het kettinkje om zijn hals vast.

'Dank je,' zei ze zacht.

De man draaide zich naar Lauro toe, streek met een hand over zijn gezicht, aarzelde even en nam zijn gelaatstrekken in zich op. Toen sloot hij zijn ogen en boog eerbiedig zijn hoofd.

De genezer bukte zich naar Lauro toe en mompelde iets in zijn oor; zijn woorden klonken nauwelijks luider dan gefluister.

Celina spitste haar oren om het op te vangen. Hoewel ze niet kon horen wat hij zei, was één ding onmiskenbaar.

Hij sprak Italiaans.

De man streek met zijn hand over Lauro's gezicht en controleerde zijn hartslag in zijn hals. Met zijn linkerhand.

Celina drukte een hand tegen haar hart.

Haar ademhaling werd oppervlakkig, en ze bekeek de man die bij Lauro neerknielde nauwkeuriger. Zijn profiel werd gedeeltelijk afgeschermd door zijn lange haar, maar ze kon de vorm van zijn voorhoofd zien, de ronding van zijn jukbeenderen en de hoek die zijn wenkbrauwen maakten.

Kon het waar zijn? Ze durfde het amper te hopen.

Ze herinnerde zich Nino's verslag in zijn dagboek. 'In mijn hart verlang ik ernaar geneeskunde te studeren en de wereld te verkennen.'

Wie was deze doctor de milagros? Ze aanschouwde de man en durfde zich het bijna onmogelijke voor te stellen. Wat haar opviel waren zijn attente houding en elegante bewegingen. Ze probeerde zich te herinneren wat Sara over haar zoon had gezegd.

Er waren vast anderen die zich aangetrokken hadden gevoeld tot de wilde, majestueuze schoonheid van dit land om de eeuwenoude mysteries van de botanische schatten te bestuderen.

Maar zou het waar zijn?

Als er ooit een juiste tijd was voor een wonder, was het nu wel.

Ze stak een trillende hand uit naar de man en raakte zijn mouw aan. 'Ben jij Nino?' vroeg ze, haar stem nauwelijks luider dan gefluister.

Met een diepbedroefde blik in zijn ogen slaakte de man een zucht en boog zijn hoofd.

Celina wachtte met ingehouden adem.

Zijn hoofdknik was bijna onwaarneembaar.

Nino. Ze klemde haar hand over haar mond om te voorkomen dat ze een kreet slaakte.

Nu zag ze de gelijkenis, ook al verhulde een donkere baard de onderste helft van zijn gezicht. En toch had deze dokter van wonderen nog iets anders, iets wat in de verre uithoeken van haar herinnering zat.

'Je familie is altijd van je blijven houden,' zei ze.

Nino keek haar aan, en ze wisselden een kalme blik van verstandhouding. Hij richtte zijn aandacht weer op Lauro, streek over het koortsige voorhoofd van zijn broer en bleef tegen hem fluisteren terwijl hij doorging met hulp verlenen. Met de grootste zorg tilde hij Lauro's hoofd op, en het lukte hem een donkere vloeistof tussen de uitgedroogde lippen van zijn broer te laten vloeien.

Celina, die er helemaal doorheen zat, voelde haar ledematen slap worden toen opluchting door haar lijf trok. Ze had langer aan Lauro's zijde gezeten dan ze zich kon herinneren, dus stond ze op. Haar benen tintelden en deden pijn. Het was zo heftig geweest om over hem te waken en te vechten om hulp dat ze was verzwakt. Ze stapte het daglicht in en liet Nino bij zijn broer achter.

Inademend snoof ze de zoete geur van een regenbui op die in de buurt hing. Toen ze bij de opening van de grot naar de twee mannen keek, kwamen de overeenkomsten tussen hen scherper in beeld. Nino was veel dunner, en zijn huid was donkerder doordat hij op deze hoogte dicht bij de zon leefde, maar uit zijn gracieuze bewegingen sprak zijn afkomst.

Adele had gelijk. Twee broers, die zo op elkaar lijken.

Boven haar hoofd belemmerden vlekkerige wolken de zonnewarmte. Celina rilde. In de verte leken breed gevleugelde condors donkere etsen tegen een doek van besneeuwde bergen. Van ergens op de berg bracht de betoverende melodie van een fluit hun een serenade. Ze kon bijna voelen dat Lauro's ziel – gewenkt door de pure, hemelse muziek – zich scheidde van haar en deze wereld.

Gealarmeerd snelde ze de grot in en knielde naast Nino aan Lauro's zijde neer. 'Is hij…'

'Ga rusten. Ik blijf wel bij hem.'

Opluchting streek de rafelige randen van haar geest glad. Duizelig van spanning en slaapgebrek zakte ze vlakbij op uitgespreide geweven dekens neer. Terwijl regen de jungle geselde, gaf ze zich over aan de heerlijke bedwelming van de slaap.

Celina wist niet hoelang ze had geslapen toen ze wakker schrok door een schorre kreet. Ze draaide zich met een ruk om en begon overeind te krabbelen om naar Lauro te gaan.

Eenmaal op haar knieën gezeten stopte ze, verlamd door de aanblik voor zich.

Lauro was volledig bij bewustzijn en klampte zich aan Nino vast. Terwijl hun ogen vol tranen liepen, omhelsden de broers elkaar vurig. Verblijd door hun hereniging wiegden ze heen en weer. Ondertussen streek Nino met zijn armen beschermend om Lauro heen over zijn haar en bekeek hij onderzoekend zijn ogen.

Celina haastte zich naar hen toe, en Lauro sloeg een arm om haar heen, zodat ook zij onderdeel was van hun feestelijke hereniging.

'Grazie a Dio, we hebben hem gevonden,' riep Lauro uit. Hoe afgemat hij ook was, hij lachte vreugdevol door de tranen heen die over zijn wangen stroomden.

Zwak van dankbaarheid kuste Celina Lauro zacht. Toen wendde ze zich tot Nino. 'Komt het goed met hem?'

36

'Lauro's wond moet worden behandeld,' zei Nino, die buiten de grot op zijn hurken zijn handen waste, nadat het was gestopt met regenen. 'Je moet hem naar Lima brengen.'

Celina schermde haar ogen af tegen de zon die vanachter de wolken vandaan kwam. 'Je moet met ons meekomen. We zijn hiernaartoe gekomen om jou te vinden, en Lauro gaat niet zonder je weg.'

Met zijn ogen half dichtgeknepen keek Nino haar aan, en hij schudde zijn hoofd. 'Ik ga niet naar Lima.'

'Waarom niet?'

Hij staarde haar aan alsof ze iets voor de hand liggends miste. 'Ik heb sinds mijn aankomst hier de Andes niet meer verlaten.'

'Lauro heeft je nodig. Hij had dood kunnen gaan.' Celina staarde terug, vol ongeloof over zijn gebrek aan bezorgdheid.

'Maar dat is niet gebeurd.' Nino goot vers bergmeerwater over zijn handen.

'Je hebt hem van het randje van de dood teruggebracht. Niet

alleen met je medische zorg, maar ook met je liefde. Die heeft hij nodig.'

'Hij heeft jou toch?'

'We zijn gekomen voor jóú.' Hoe kon hij nou niet begrijpen hoeveel het had gevergd om hem te vinden? 'En voor je ouders.'

Nino werd stil en keek uit over de bergen. 'Hoe gaat het met ze?'

Ze zou willen dat ze kon liegen en hem vertellen dat ze ziek waren en hem onmiddellijk nodig hadden. Maar Lauro had hem ook nodig. 'Ze zijn goed gezond. Ze hebben je vreselijk gemist, en er zitten gaten in hun hart die alleen jij kunt vullen.'

Nino zuchtte ter erkenning van dat feit. 'Er was een vrouw.'

Celina knielde naast hem neer. 'Ik weet alles over Isabella.'

'Dan weet je dat haar dood mijn schuld is.'

'Nee, dat is ze niet. Ze is niet dood.' Zelf had ze dat ooit ook gedacht.

Nino's mond viel open. 'Hoe kan dat? Ik heb haar zien sterven.'

'Dat weet ik niet. Ze heeft het ongeluk overleefd. Ze ligt in coma, maar de laatste tijd is ze wat gaan bewegen.'

Nino gaapte haar aan. 'Dan hebben artsen haar vast weer tot leven gewekt.' Hij bedekte zijn gezicht met zijn handen. 'Dio mio. Al die jaren... Ik hield van haar, weet je.'

'Je bent meteen na het ongeluk weggegaan?'

Met een afwezige blik in zijn ogen knikte hij. 'Ik was er zo kapot van dat ik onze families niet onder ogen kon komen. Ik was de oorzaak van alles, zie je. Daarom heeft een vriend me die avond naar Napels gereden, waar ik de trein naar Rome nam. De volgende dag heb ik een vlucht naar New York genomen.'

'Kom op zijn minst op bezoek.' Vol medeleven raakte ze zijn schouder aan. 'Je ouders zullen je met heel veel liefde verwelkomen.'

Nino schudde water van zijn handen en stond op. 'Ik kan mijn werk hier niet achterlaten.'

Hoe kon ze ooit tot hem doordringen? En, belangrijker nog: zorgen dat hij met Lauro mee ging naar Lima? 'Wat is belangrijker dan je broer? Dan je familie?'

'Mijn onderzoek naar eeuwenoude geneesmethoden is uiterst belangrijk,' betoogde Nino. 'Niet alleen voor de bewoners van de Andes, maar ook voor anderen die baat hebben bij mijn onderzoek. Ik ben nog niet klaar.'

'Deel dan wat je nu hebt. Ook al is je werk niet afgerond, stel je eens voor hoeveel mensen baat kunnen hebben bij wat je tot dusver hebt. Met jouw vaardigheden heb je het leven van je broer gered.' En Lauro had hem nog steeds nodig.

Uitkijkend over de bergen dacht Nino over haar woorden na. 'In de Andes groeien planten met helende krachten die ik nog nooit had gezien. Ik heb hier mijn bestemming gevonden.'

Ze werd steeds ongeruster. 'Door een kluizenaar te worden en je bevindingen niet met anderen te delen? Ernesto vertelde me dat je alleen de Quechua behandelt.'

'Ik wilde niet gevonden worden. Op die manier voelde ik me veiliger, zodat ik me kon wijden aan onderzoek en testen.'

'Met je kennis heb je Lauro's leven gered. Je kunt je toch wel voorstellen dat er mensen zijn die datgene wat je nu weet nodig hebben. Hun toekomst, hun lot ligt in jouw handen.' Ze vouwde haar handen open en hield ze naar hem toe. 'Ook Lauro's lot ligt daarin. Als je je broer niet helpt deze berg af te komen, zal hij zijn wil om te leven verliezen.' Toen Nino niet reageerde, zei ze: 'Als jij het lef hebt jezelf arts te noemen, doe je wat het beste is voor je patiënt.'

'Ik ben geen arts.'

'Ernesto noemde je *el doctor de milagros*.'

Hij trok een mondhoek op. 'Zijn dochtertje was ernstig ziek. Ik heb haar geholpen, meer niet.'

'Help je broer dan ook. Lauro heeft de dood geriskeerd om je te vinden. Hij heeft je nog steeds nodig.' Het was alsof haar borstkas in een bankschroef zat die werd aangedraaid, zo paniekerig voelde ze zich. Ze probeerde het nog eens. 'Je ouders zijn goede mensen. Laat ze alsjeblieft geen tweede zoon verliezen.'

Nino draaide zich om naar de opening van de grot. Uiteindelijk knikte hij. 'Ik zal met hem mee gaan.'

'Mille grazie.' Ze streek met haar wang over die van hem.

Toen Nino haar vertelde dat hij de tocht terug naar zijn huis moest maken om zijn onderzoek en materialen op te halen, bad ze dat hij zou terugkomen.

Gelukkig deed hij dat.

Celina was heel blij dat Nino ermee instemde met hen mee te komen. De terugtocht ging gepaard met veel moeilijkheden, en ze maakten langzaam voortgang. Het grootste deel van de weg zocht Lauro fysieke steun bij Nino door op hem te leunen. Nadat ze tegenover Ernesto en zijn mannen hun waardering hadden uitgesproken en een royale vergoeding hadden gegeven voor hun hulp, vertrokken Celina, Lauro en Nino naar Lima. Eenmaal in de stad aangekomen leidde Nino ze naar een moderne kliniek.

Nadat Lauro zijn ongeluk had beschreven en Nino details over zijn behandeling en Lauro's toestand had doorgegeven, begon het medisch personeel met hun onderzoek. Ze waren zichtbaar onder de indruk van hoe Nino voor zijn broer had gezorgd.

De artsen maakten Lauro's been schoon, verbonden het en schreven penicilline voor om een mogelijke terugkeer van de infectie tegen te gaan. 'Je hebt zijn been gered, en zijn leven,' zei een arts tegen Nino.

Zodra ze een telefoon vonden, belde Lauro zijn ouders op om hun het goede nieuws te vertellen. Hij gaf de telefoon aan Nino, zodat hij met ze kon praten. Celina kon hun gejubel door de telefoon heen horen. Bij de vreugde en opgetogenheid van zijn ouders sprongen opnieuw de tranen in haar ogen. Ze was heel blij dat ze Nino hadden gevonden en dat zij haar belofte was nagekomen. Na een paar minuten gaf Sara de telefoon aan

Marco. Met de hoorn in haar hand geklemd vertelde Celina hem dat ze snel terug zou zijn en heel veel van hem hield.

Om Lauro te laten rusten nam Celina contact op met een reisagent, die een terugvlucht naar Rome boekte en een hotel voor hen vond. Uitgeput door hun beproeving checkten Celina en Lauro samen met Nino in, en ze sliepen allemaal goed. Nadat ze was opgestaan, genoot Celina van een warm bad voordat ze Lauro hielp met het wassen van zijn haar en de rest van zijn lichaam zonder zijn verband nat te maken.

Ze trok haastig haar lichtgewicht grijze pak en pumps aan, die vreemd aanvoelden na zo'n lange tijd stevige rubberlaarzen en een kaki broek te hebben gedragen. Een blik op de klok op het dressoir vertelde haar dat ze niet lang meer hadden tot hun vlucht vertrok. 'Is Nino klaar? Heeft hij gebeld toen ik in bad zat?'

'Ik kan hem niet bereiken. Hij zit vast ook in bad. De eerste badkuip die hij in jaren heeft gezien.' Lauro grinnikte, maar Celina merkte dat hij ongerust was.

Een halfuur later klopte Celina op zijn deur. Omdat ze zelf ook ongerust werd, deed ze navraag bij de receptie. Tot haar ontzetting had hij die ochtend vroeg uitgecheckt.

Nino was zijn belofte nagekomen om Lauro de berg af te helpen en de reis naar Lima te maken. Hij had met artsen gesproken en gezorgd dat Lauro werd behandeld. In zijn ogen had hij zijn plicht vervuld. Celina was woedend dat Nino zijn belofte om met hen terug te keren had verbroken. Gaf hij dan niets om de familie die zoveel op het spel had gezet om hem te vinden?

In een waas van woede en teleurstelling beende Celina terug naar hun hotelkamer. Hoe zou Lauro dit opvatten? Hoe zou het hem treffen?

Zodra ze de deur opende, keek Lauro op. 'Hij is verdwenen, hè?'

Ze knikte en liep naar hem toe. 'Ik weet niet wat er is gebeurd.

Nino had me verzekerd dat hij met ons mee terug zou gaan. Hij had zelfs zijn onderzoeksmateriaal meegenomen.'

Terneergeslagen staarde Lauro uit het raam. 'De laatste keer nam hij de benen omdat hij het niet aankon onze ouders of mij onder ogen te komen, nadat hij dacht dat Isabella was gestorven.'

'En waarom nu?'

Hij haalde een hand door zijn nog vochtige haar. 'Misschien is hij al te lang hier.'

'We hebben niet veel tijd meer voor onze vlucht vertrekt. Straks moeten we zonder hem gaan.'

Hij fronste zijn voorhoofd en schoof zijn handen in zijn broekzakken. 'We kunnen nog wel iets langer wachten.'

De tikkende klok naast het bed markeerde de minuten, totdat Celina zich uiteindelijk gewonnen gaf. Ze pakte berustend haar handtas en ging naar Lauro toe. Toen ze een arm om zijn schouders sloeg, voelde ze de spanning in zijn lijf.

'We moeten gaan,' zei ze zo voorzichtig mogelijk. 'We laten een bericht achter bij de receptie. Misschien treffen we hem wel op het vliegveld.' Hopend tegen beter weten in nam ze zijn handen in die van haar en hield ze stevig vast, want ze wist dat zijn verdriet nog groter was dan dat van haar.

'Nou, we hebben alles op alles gezet, hè?' zei Lauro met zijn ogen knipperend tegen zijn hartzeer. 'Ik vertel papa wel hoe geweldig je was. Als jij er niet was geweest, en Nino, zou ik nu niet naar huis gaan.' Hij slaakte een zucht en hinkte naar de deur. 'Kom, dan gaan we.'

'Wacht, ik ben mijn haarborstel vergeten.' Ze was net de badkamer in gelopen, toen er op de deur werd geklopt. Laat het alsjeblieft Nino zijn.

Lauro slaakte een kreet van vreugde en floot. 'Celina, dit ga je niet geloven.'

Ze pakte snel de borstel en rende de badkamer uit.

Er stond een andere versie van Nino voor hen: gladgeschoren, haar geknipt, nieuw pak. Lauro omhelsde hem en leidde hem naar binnen.

'We waren bang dat je je had bedacht,' zei Lauro zichtbaar opgelucht.

'Ik heb je vrouw beloofd dat ik in dat vliegtuig zou zitten,' zei Nino. 'Dat kon niet zoals ik eruitzag.'

Celina en Lauro wisselden een blik. 'We zijn niet getrouwd.'

Nino leek verbijsterd. 'Bij de receptie gaf je als achternaam Savoia op. Ben je familie van ons?'

Celina wierp Lauro een blik toe. Die vraag moest nog beantwoord worden.

'Ja,' antwoordde Lauro zelfverzekerd. Hij legde een hand op Nino's schouder. 'Ik moet zeggen dat je er heel goed uitziet. Je hebt veel weg van de oudere broer die ik altijd heb bewonderd.'

Nino trok een mondhoek op. 'Hij is erg veranderd.'

'Dat zijn we allemaal, jongen.'

Nino ving een glimp van zichzelf op in de spiegel. Hij keek een beetje geschrokken, alsof hij een vreemde zag staan. Met een onbehaaglijk gevoel maakte hij zijn das iets losser, trok hij aan zijn broekspijpen en herschikte hij de revers van zijn sportjasje. 'Dit soort kleren heb ik al jaren niet meer gedragen.'

Celina staarde naar Nino in de spiegel en knipperde met haar ogen omdat hij haar heel bekend voorkwam. Het gladgeschoren gezicht paste nu bij de stem die vaag bekend had geklonken in de grot. Terwijl ze hem aanstaarde, kwam een oude herinnering tot leven. Doc. Ze schonk hem een warme glimlach. 'Staat je goed, Doc. Zelfs beter dan je oude uniform.'

Nino keek haar een poosje aan. 'Zo ben ik al jaren niet meer genoemd.'

'Na de oorlog was je in San Francisco.' Celina glimlachte. Hij had niet gevraagd hoe ze hem hadden opgespoord. Nino was ouder en slanker dan de man die haar had bezocht, maar nu zag hij er ongeveer hetzelfde uit.

Nadenkend kneep Nino zijn ogen samen. 'Heb je ooit truffels gemaakt?'

'In een kleine chocolaterie genaamd La Maison de Chocolat.'

Zijn ogen lichtten op bij de herinnering. 'Met frambozenessence en purechocoladeganache. Een van de beste truffels die ik ooit heb gegeten.'

Lauro keek nu van de een naar de ander. Hij begreep nog steeds niet wat hun verband was.

'De laatste dag dat je naar de winkel kwam, had je een vriend bij je die Tony heette.'

'Ik had hem die dag pas ontmoet.' Nino schudde zijn hoofd bij de oude herinnering. 'Ik was met hem bevriend geraakt, heb hem mijn lievelingsplekken laten zien en hem een slaapplaats aangeboden.'

Celina trok een wenkbrauw op. 'Hij heeft iets van je gestolen, hè?'

'Mijn militaire identiteitsbewijs en naamplaatjes,' zei Nino verrast. 'Wat ik hem moet nageven is dat hij een dief met een geweten was. Hij heeft mijn geld en paspoort niet aangeraakt. En hij heeft een kettinkje met de heilige Christoffel achtergelaten. Dat,' zei hij, wijzend naar het zilveren medaillon dat Lauro nu droeg.

Verbaasd sloeg Lauro met een hand tegen zijn voorhoofd.

'Hoe weet je dat?' vroeg Nino met gefronst voorhoofd.

'Hij noemde zich Tony Savoia,' antwoordde Celina. 'Een paar maanden na je vertrek zijn we getrouwd.'

Nino wreef over zijn gladde kin. 'Zo ben je dus een Savoia geworden.' Hij wees van Lauro naar haar en terug. 'Hoe hebben jullie elkaar ontmoet?'

'Tony is overleden,' zei Celina. 'Nu bijna een jaar geleden. Hij heeft me nooit verteld wat hij heeft gedaan. Tijdens ons huwelijk weigerde hij over zijn familie te praten, hoewel de connectie met Cioccolata Savoia in het begin wel een keer ter sprake kwam.'

'Wat naar voor je dat je man is overleden.' Terugdenkend aan die avond tikte Nino tegen zijn slaap. 'Tijdens het eten vroeg hij naar je en hebben we veel over chocola gepraat. Toen heb ik hem vast over mijn familie verteld.'

In haar hoofd schoven de laatste puzzelstukjes op hun plek. 'Mijn man kreeg een hartaanval en overleed. Daarom heb ik contact opgenomen met zijn familie, of wat ik dacht dat zijn familie was, om ze te laten weten dat hij was overleden. En dat hij een zoon had.' Ze keek omlaag en friemelde aan haar vingernagels. 'Ik wist niet dat ik met een leugen had geleefd.'

Lauro sloeg een arm om haar heen. 'Je wist het niet. Het was niet jouw schuld.'

Celina knikte en wendde zich weer tot Nino. 'Pas toen je moeder me je dagboek over je reis naar Zuid-Amerika liet zien, besefte ik dat Tony niet de zoon was die ze waren verloren. Jouw handschrift was heel anders dan dat van mijn man. En hij was niet linkshandig.'

'Dat moet een schok zijn geweest,' zei Nino.

'Ja, maar je moeder had het ook door.' Ze vertelde hem snel over de aardbeienallergie en de aanwijzingen die ze had samengesteld uit opmerkingen van Tony's oom en Nino's dagboek.

Een van Nino's mondhoeken ging omhoog in een grijns. 'En toen werden mijn broer en jij verliefd op elkaar.'

Lauro kuste Celina en keek op zijn horloge. 'Daar vertellen we je onderweg naar het vliegveld wel over. We moeten ons nu haasten.'

'Mama!' Zodra Marco zijn moeder op het vliegveld van Rome zag, rende hij bij Sara en Carmine weg om als een pijl uit de boog naar Celina te schieten.

Celina, die net door de douane was gegaan, rende hem tegemoet. Ze ving hem op en zwaaide hem rond. Afwisselend lachend en huilend nam ze haar zoon stevig in haar armen en wiegde hem, genietend van de kleinejongetjesgeur die ze zo had gemist. Op een gegeven moment in de grot was ze zelfs bang geweest dat ze hem nooit meer zou ruiken.

'Wat heb ik je gemist, mijn lieve prins.' Ze bedekte zijn gezicht met kusjes en was verwonderd dat zijn hart zelfs nog sneller bonsde dan dat van haar.

Sara en Carmine haastten zich achter hem aan. Celina richtte zich op om Sara te omhelzen, die tranen in haar ogen had. 'Ik kan je niet genoeg bedanken voor je goede zorgen voor Marco.'

Sara stond zo te trillen van nerveuze afwachting dat Celina dacht dat ze in haar armen zou instorten. 'Zijn allebei mijn zoons bij je?'

Met een arm om Sara heen ter ondersteuning draaide Celina zich om. Sara smoorde een kreet.

Lauro dook op uit de menigte. Hij hinkte nog na zijn vreselijke beproeving en leunde op een slungelige man naast zich.

Toen Nino en Lauro hun ouders naderden, voelde Celina de liefde tussen hen allen vibreren. Ze waren zich niet bewust van de reizigers die langs hen snelden.

Nino sloeg zijn armen eerst om Sara heen en begroette daarna zijn vader. Carmine – het sterke hoofd van hun familie – stortte in Nino's armen in. Zijn schouders rezen en daalden van emotionele opluchting.

Celina glimlachte door haar tranen heen. Een zoon, teruggekeerd uit de dood. Nog maar een paar maanden geleden hadden ze om Nino gerouwd.

Hoop.

Terwijl ze de familie na zoveel jaren van tragedie en onzekerheid weer bij elkaar zag komen, verbaasde ze zich over de kracht van hoop.

Hoop had haar ertoe aangezet na Tony's dood contact op te nemen met de Savoia's, hopend een band te krijgen met een geliefde familie, in het belang van haar zoon. Hoop had haar in

Californië aangedreven toen ze aanwijzingen zocht voor Tony's motieven. En hoop had Lauro en haar in de bergen op de been gehouden, toen hun omstandigheden niet onveiliger en erbarmelijker konden zijn.

Had ze het recht op een toekomst met Lauro te hopen? Op de berg had Lauro beloofd dat niets hen uit elkaar zou houden als het ze lukte de berg af te komen. Hij zou zijn vaders verordening in de wind slaan om bij de vrouw te kunnen zijn van wie hij hield.

Nu ze toekeek hoe de familie na zoveel jaren van tragisch gescheiden zijn bijeenkwam, wist ze opeens het antwoord, al was het niet wat ze wilde. Als ze diep in haar hart keek, wist ze dat ze niet – met een gerust geweten – tussen Sara en haar zoon in kon staan, hoeveel Lauro ook van haar hield. Want als Carmine zijn verbod oplegde, zou Sara een breuk in haar huwelijk krijgen. Als Lauro zijn ouders uit zijn leven bande, zou Sara haar relatie met Lauro verliezen. De vrouw had al het traumatische verlies van één zoon te verduren gehad; Celina zou haar die pijn niet nog eens aandoen. Nu ze van Marco gescheiden was geweest, hoe kort ook, en niet had geweten of ze zou terugkomen, kon ze zich het hartzeer voorstellen. Dat van Sara zou met vele jaren worden vermenigvuldigd.

Celina kon het niet. Haar menselijkheid stond het niet toe, zelfs niet tegenover Carmine. Nee, als ze nog enig fatsoen in zich had, zou ze meteen naar de ticketverkoper van Pan Am gaan en twee tickets naar San Francisco kopen. Ze knielde neer, gaf Marco een knuffel en bereidde zich erop voor het aan haar zoon te vertellen, die opnieuw volkomen van streek zou zijn.

Ze slaakte een diepe zucht. Ongeacht welk pad ze koos, iemand zou gekwetst worden. Maar ze kon het ook niet aan om terug te gaan naar de villa van de Savoia's en de familie herenigd te zien, eten en wijn met ze te delen en blij te zijn, terwijl ze wist dat ze Lauro's hart – en dat van Marco en zichzelf – moest breken door weg te gaan.

Ze wierp een blik achterom en zag Lauro naar haar glimlachen, waardoor de lont van vastberadenheid in haar opnieuw ontbrandde. Ze was meer van hem gaan houden dan ze ooit voor mogelijk had gehouden. In zijn glimlach zag ze de hoop op een betere toekomst.

Ze richtte haar blik weer op Sara en Carmine.

Welke ouders hebben, wanneer ze naar hun zoons kijken, niet de hoop gevoeld die ingesloten zit in de belofte die hun kinderen vormen? Maar die hoop was vaak gebonden aan trots en plichtsgevoel. Wat de omstandigheden ook waren, er bleef één constante over, en dat was liefde.

Ze rechtte haar vermoeide schouders en woog haar keuzes tegen elkaar af.

Vandaag zou ze voor de liefde kiezen. Morgen zouden er misschien keuzes voor haar worden gemaakt, en dan zou ze die moeten accepteren, maar vandaag zou zij beslissen. En elke dag daarna ook.

Het afgelopen jaar had ze het recht verdiend om het verhaal van haar toekomst te schrijven. En dat verhaal had al die tijd al in haar gezeten.

Ze pakte Marco's hand vast en ging naast Lauro staan.

Lauro sloeg zijn armen om hen heen en kuste hen beiden op de wangen. 'Zonder jou en je wilskracht zou geen van ons beiden hier nu onze ouders begroeten.' Hij wendde zich tot zijn ouders en gebaarde naar zijn been. 'Toen Celina over de doctor de milagros hoorde, was ze onvermoeibaar in haar zoektocht om hem te vinden.' Met een glimlach om zijn lippen voor Nino voegde hij eraan toe: 'Zelfs nadat hij had geweigerd te komen, hield ze voet bij stuk.'

'Ik moet eerlijk bekennen dat ik niet wist dat de gewonde mijn broer was,' merkte Nino op.

Lauro grinnikte. 'Dat was een geluk, want anders had hij me beslist niet willen zien.'

Iedereen moest lachen. Celina was blij dat zich weer een broederband tussen Lauro en Nino ontwikkelde.

Starend naar de kleine groep mensen ging Nino door: 'En mamma, als jij mijn dagboek niet aan Celina had laten zien, zou ik hier vandaag niet staan om jou om vergiffenis te vragen. En papa en Lauro ook.'

Terwijl de familie elkaar omhelsde, drukte Celina een hand tegen haar mond, met een brok in haar keel van vreugde. De scheuren en wonden uit het verleden leken recht voor haar ogen te helen.

Marco voelde de liefde ook. Hij trok aan haar rok. 'Ik hou van je, mamma.'

Celina bukte zich om haar zoon te omhelzen. 'Ik ook van jou, lieverd. Voor eeuwig en altijd.'

Kijkend naar hen streek Lauro met een hand over haar schouder. 'We staan allemaal bij Celina in het krijt. Door haar toewijding om het juiste te doen en contact op te nemen met de familie van haar man is de laatste akte van deze saga in gang gezet. Dat deed ze niet voor zichzelf, maar voor haar zoon en zijn familie.'

'Daar komt nog bij,' zei Nino, 'dat ik Celina's man in San Francisco heb gekend. Al kende ik hem niet lang, hij was een intelligente man met principes.' Toen Marco stralend naar hem opkeek, woelde hij met een hand door zijn haar. 'Je kunt heel trots zijn op je papa, jongen.'

'Dank je,' zei Celina, blij dat Nino dit met zijn familie en Marco had gedeeld. Wie zou ooit hebben gedacht dat één toevallige ontmoeting de loop van zoveel levens ten goede kon veranderen? Tony zou trots zijn. Ze kon geen passender eerbetoon aan hem bedenken. 'Dat zou hij gewaardeerd hebben.' Hoe ironisch. Tony had altijd van een goed verhaal gehouden.

Sara greep met beide handen die van Celina beet. 'Je hebt Lauro's leven gered. En je hebt Nino naar ons teruggebracht. Als je niet had gebeld om ons te vertellen dat je man was gestorven, zouden we nu niet met vreugde Nino welkom thuis heten.' Ze kuste Celina op haar wangen. 'Dank je wel dat je mij mijn jongens hebt teruggegeven.'

Carmine kwam naast zijn vrouw staan. Strijkend over zijn kin nam hij die informatie in zich op. In zijn ogen zag Celina hoe diep zijn liefde voor zijn familie ging. Op dat moment zag ze ook zijn plooibare hart, verstoken van trots.

Celina kon hen nu allemaal samenbrengen. Als ze de moed had om te handelen, kon ze Marco, Lauro en Sara gelukkig maken. Zelfs Carmine. Als ze zich liet belemmeren door angst of trots, zou de kans voorbijgaan en zou ze die nooit meer krijgen.

Ze stak haar armen uit naar Carmine en kuste hem op een wang. '*Stiamo tornando a casa anche noi.*' Wij komen ook mee naar huis.

Terwijl zijn schouder rezen en daalden van emotie, sloeg Carmine zijn armen om haar heen. 'Grazie mille,' lukte het hem te zeggen, voordat de tranen hem over de wangen liepen. Toen hij zich had vermand, pakte hij haar bij de schouders beet. 'Je bent welkom in onze familie. Ik ben misschien de laatste die het zegt, maar laat me de eerste zijn om Lauro en jou mijn zegen te geven voor een lang en gelukkig leven samen.'

Celina kuste zijn wang, blij dat hij haar accepteerde. Ze begreep hoe onbaatzuchtig hij moest zijn geweest om dat punt te bereiken.

Liefde en moed. Dat was alles wat nodig was om een kloof in het hart te overbruggen.

Terwijl Lauro Marco en haar omhelsde, zag Celina dat Sara uit dankbaarheid haar handen over haar hart vouwde.

'Kom, dan gaan we naar huis,' zei Lauro.

Glimlachend hield Celina Lauro en Marco vast. 'We zijn al thuis.'

Epiloog

Amalfi, 1954

'Klaar voor vertrek?' Celina stapte aan boord van Lauro's stijlvolle Italiaanse jacht, opgetogen over de reis die voor hen lag. Adele had haar geholpen haar outfit te kiezen: een wit strapless topje, een korte broek en een pareo met zebraprint. Na hun lievelingswijn in het onderruim te hebben opgeborgen en een tas met nieuwe lingerie in hun hut te hebben gezet, voegde ze zich bij Lauro op de brug.

'Ik ben hier al maanden klaar voor.' Lauro kuste haar. Aan het roer staand stuurde hij zijn nieuwe jacht weg van de steiger en voer langzaam de haven van Amalfi uit. Hij had het jacht zelfs naar haar genoemd: *La Dolce Celina*.

Ze maakte haar breedgerande hoed vast en keek op naar de heldere zomerhemel en de bergen boven Amalfi. Ze kon zich geen mooiere dag voorstellen voor het begin van hun vakantie: een boottocht langs de kust van Sorrento en de eilanden in de Tyrreense Zee. Later zouden ze verder varen, naar Zuid-Frankrijk, Monaco en de Griekse eilanden, maar eerst wilde Lauro haar de spectaculaire schoonheid van zijn geboorteland laten zien.

Toen Celina haar pareo had afgedaan, streelde Lauro haar blote schouders. 'Je ziet er fantastisch uit, mevrouw Savoia. Hm, C.S. Je hoeft je monogrammen niet eens te veranderen, hè?'

'Ik kan haast niet geloven dat we eindelijk getrouwd zijn.' Ze sloeg haar armen om hem heen terwijl hij aan het roer stond. Sara en Carmine pasten op Marco tijdens hun vakantie. Bij de gedachte aan hen glimlachte Celina.

Lauro drukte een vederlichte kus op haar lippen. 'Wat een jaar is het geweest.'

'Vandaag een jaar geleden hebben we elkaar in Napels ontmoet,' zei Celina. Met haar hoofd op zijn schouder dacht ze terug aan het jaar dat hun leven had veranderd. 'Het was geen warm welkom, herinner ik me.'

'Zal ik vanavond weer proberen om het goed te maken?'

Celina knabbelde aan zijn oorlel. 'Heel graag.'

'Of we kunnen voor anker gaan in onze magische baai.'

Door de gedachte aan die dag, waarop ze voor het eerst de liefde hadden bedreven, begonnen haar wangen te gloeien. De sprookjesachtige herinnering had haar op de been gehouden tijdens de zwaarste beproevingen. 'Mm, ik ben dol op die baai.'

Een week geleden waren ze getrouwd in de Duomo, de prachtige Sant'Andrea-kathedraal van Amalfi. Tijdens een intieme plechtigheid onder het hoge gewelfde, met goud en fresco's beschilderde plafond en omringd door fijne marmeren zuilen hadden ze elkaar het jawoord gegeven. Celina had niet gelukkiger kunnen zijn.

Celina had Sara's trouwjurk van ivoorwitte zijde en kant gedragen, die Adele voor haar op maat had gemaakt. Sara en Carmine, Ada en Werner met hun kinderen, Nino en Isabella en enkele andere familieleden waren erbij geweest. Marge en Lizzie waren voor de bruiloft overgekomen, tot grote vreugde van Marco.

Na afloop hadden hun gasten genoten van het rijke buffet met streekgerechten uit Campania, verse vis en zeevruchten, en de chocoladecreaties die Celina speciaal voor de gelegenheid had gemaakt, waaronder truffels met een wijnvulling van de wijngaarden boven Amalfi. Bij zonsopgang waren Celina en Lauro het stenen terras op gestapt, zich verheugend op hun nieuwe leven samen.

Sara en Carmine hadden beloofd tijdens hun afwezigheid op Marco te passen. Glimlachend vroeg Celina zich af wat ze op dit moment aan het doen waren.

'We hebben drie verrukkelijke weken weg,' zei ze, en ze dacht aan de lange weg die ze met familie en vrienden hadden afgelegd.

Na hun terugkeer uit Peru was Adele verbluft geweest om Nino weer te zien. Toen ze hoorde welke rol Celina in zijn terugkeer had gespeeld, had ze Celina meteen opgezocht. De vrouwen hadden hun vriendschap hervat, en sindsdien speelden hun kinderen vaak samen.

Lauro sloeg een arm om haar heen en kuste het topje van haar neus. 'Waar wil je als eerste naartoe? Positano, Capri, Sorrento, Procida, Ischia? Kies jij maar.'

Het jacht versnelde. Celina hief haar gezicht, genietend van de zilte nevel en het gevoel van vrijheid dat op zee zijn haar gaf.

Toen ze niet antwoordde, zei Lauro: 'Of we kunnen de Sentiero degli Dei wandelen, Pompeï of Ravello's tuinen bezoeken of onze voeten in de warme bron van Baia di Sorgeto laten bungelen. Of naar Praiano, Conca dei Marini, Castiglione, Maiori of Salerno gaan.'

'Te veel keus.' Lachend legde Celina een vinger tegen zijn lippen. 'Wat dacht je ervan om in Positano te lunchen en dan door te varen naar Capri? En van daaruit, wie weet?' De komende weken wilde ze zo weinig mogelijk plannen.

'Een geweldig idee.'

'We hebben nog genoeg tijd om de wereld te verkennen,' zei

ze. ‘Vele jaren, hopelijk.’ In Amalfi had ze geleerd te genieten van de kleine dingen. Met Marco naar school wandelen. Op het strand spelen met hem en zijn neven en nichten. ’s Avonds een glas wijn met Lauro drinken. Een nieuwe truffelsmaak creëren. En nu ook nog ’s ochtends naast Lauro ontwaken. Vergeleken met San Francisco verliep het leven in Sorrento in een veel lomer tempo.

‘Op naar Positano,’ zei Lauro. ‘Wat wil je er nog meer doen?’

‘Alles, behalve een berg beklimmen.’ Lachend strekte ze haar armen uit naar de hemel. Ze voelde zich vrij en zorgeloos. ‘Al mis ik ons tentje in de Marañón-kloof. Ooit ga ik weer met je door de modder ploegen. Maar nu wil ik vooral uitslapen, ontbijt in bed en zandstranden.’

‘En massages?’

‘Mm, door jou? Mijn hobby.’

‘De mijne ook.’ Lauro grijnsde haar toe. ‘Ik zat te denken. Capri zou een goede locatie voor een cioccolateria kunnen zijn.’

‘Voor Stella di Cioccolato of voor Cioccolata Savoia?’

‘Wij zijn een pure groothandel, beslist Stella di Cioccolato.’

‘Interessant,’ zei ze. ‘Misschien nadat ik mijn nieuwe winkel in Napels heb geopend.’

Na hun vakantie zouden ze naar Vormero verhuizen, waar Lauro dichter bij de fabbrica di cioccolato zou zijn. Marco zou er meer nichten en neven van zijn leeftijd in de buurt hebben, dus hij was opgetogen. Hun vakanties en de maand augustus zouden ze bij Lauro’s ouders in de Villa Savoia blijven doorbrengen. Na alles wat Lauro en zij hadden doorgemaakt, was Celina blij met hoe hun leven uitpakte.

‘Die vriendin van Adele heeft zo’n laaiend enthousiaste recensie van je cioccolateria in de krant geschreven,’ zei Lauro. ‘Volgens mij wordt je winkel in Napels een groot succes.’

Celina trok haar neus op. ‘Vind je het niet erg om het bed te delen met de concurrentie?’

'Ik vind het zelfs niet erg om in de testkeuken te rotzooien.' Haar billen omvattend trok hij haar tegen zich aan. 'Misschien kunnen we voor anker en naar beneden gaan.'

Lachend kuste ze hem. 'We zijn net Amalfi uit.'

Met Stella di Cioccolato had Celina inmiddels een trouwe clientèle opgebouwd. Haar overzeese bestellingen groeiden. I. Magnin had de hele voorraad die ze had geleverd verkocht. Op basis van dat succes had ze contact opgenomen met verkopers van City of Paris in San Francisco, Gimbels in New York en Harrod's in Londen. Het was stormgelopen met bestellingen, en ze moest hard werken om op tijd te leveren. Karin was een uitstekende kracht gebleken, dus had Celina haar opgeleid tot bedrijfsleider van de winkel in Amalfi. Binnenkort zou ze haar ambachtelijke productie uitbreiden met een grotere winkel in Napels.

Celina vond het heerlijk om te experimenteren met nieuwe smaken en Stella di Cioccolato uit te breiden. Ze had een kruidige chocoladetruffel met milde chilipeper gecreëerd, en witte truffels van cacaoboter met citroen. Maar het geheim van de gran blanco zou dat van de Andische bevolking blijven, totdat die het weer met de wereld wilde delen.

'Nino belde vanochtend,' zei Lauro. Het zonlicht schitterde in zijn zonnebril.

'Goed nieuws?' Celina vond het geweldig hoe hecht Lauro en Nino waren. Ze waren niet alleen broers, maar ook beste vrienden.

'Absoluut. De behandeling die hij met Isabella's arts heeft uitgedacht, begint te werken. Haar geheugen keert langzaam terug.'

Ze haakte haar arm door de zijne. 'Wat enorm fijn.'

'Nino heeft een rooskleurige toekomst voor zich.' Hij streelde haar blote arm, en haar lichaam begon te tintelen.

'Hij zal een uitstekende arts zijn. Ik ben blij dat hij nog een kans krijgt.'

Nino had zich in Rome aangemeld om de studie af te maken waar hij voor zijn diensttijd aan was begonnen en was aangenomen. Hij wilde research gaan doen naar de traditionele geneeskundige kruiden van de Andes-bevolking en andere culturen.

Intussen had hij de zorg voor Isabella op zich genomen. Bij zijn eerste bezoek had hij platen gedraaid waarop ze al die jaren geleden in Rome samen hadden gedanst. Met zijn naam op haar lippen had Isabelle haar ogen geopend. Sindsdien had ze enorme vooruitgang geboekt, al was ze nog steeds zwak. Haar familie en de Savoia's waren opgetogen en dankbaar. En op de bruiloft hadden de twee samen gedanst, zoals Nino haar had beloofd, net als lang geleden in Rome.

Lauro's haren wapperden in de zilte bries. 'Nino en Isabella zijn voor elkaar gemaakt, net als jij en ik. Als ze eenmaal hersteld is, en hij afgestudeerd, zou het me niet verbazen als ze weer samen afreizen.'

Ze voeren langs de steile kliffen, bewonderden het uitzicht en genoten van elkaar. Dit was alles waarvan Celina had gedroomd. Om zich thuis te voelen, lief te hebben en geliefd te zijn. Als ze dat ene telefoontje niet had gepleegd, was dat alles nooit gebeurd.

Toen ze hun verborgen baai naderden, keken ze elkaar grijnzend aan. De magische herinnering deed haar hele lichaam tintelen. Waarom die heerlijke kans voorbij laten gaan?

'Kom, we gaan,' fluisterde ze.

'Quanto ti amo,' zei hij. Lachend kuste hij haar. '*Andiamo.*'

Lees ook van Karakter Uitgevers B.V.

SUE MOORCROFT

Die zomer in Italië

Van de winnaar van *Best Romantic Read Award*

Wat als je helemaal opnieuw zou kunnen beginnen?

Sofia woont in Engeland en zorgt al jaren voor haar doodzieke vader Aldo. Op zijn sterfbed doet Sofia haar vader de belofte om na zijn dood de plek te bezoeken waar hij is geboren. Ze weet dat het nu tijd is om haar eigen leven te leiden. Ze is nooit buiten Engeland geweest, maar vertrekt vastbesloten naar het piepkleine dorp in het Italiaanse Umbrië.

In het slaperige dorpje vol familiegeheimen gaat Sofia aan de slag als serveerster in hotel Casa Felice. Ze leert daar de 18-jarige Amy kennen, een meisje wiens leven overhoop ligt sinds ze ontdekte dat haar vader niet haar biologische vader is. Sofia helpt Amy om haar leven weer op de rit te krijgen. Maar het is de interessante Levi die voor Sofia de grootste afleiding blijkt te zijn.

'Ik hou van alle boeken van Sue Moorcroft.'
– Katie Fforde

'Dit is een fantastisch romantisch zomerboek.
Het verhaal is boeiend tot het eind.'
– Amazon

'Een heerlijk boek dat me meenam naar de bergen in Italië.
De boeken van Sue Moorcroft doen me glimlachen en laten
me goed voelen.'
– Amazon

ISBN 978 90 452 1643 0 | ISBN e-book 978 90 452 1653 9

Lees ook van Karakter Uitgevers B.V.

CIARA GERAGHTY

Uit het dagboek van Grace

Wanneer Grace op een ochtend wakker wordt, in het bed van Bernard O'Malley – haar ietwat sullige nieuwe collega van de IT-afdeling – weet ze dat het mis is. Dat ze door deze actie haar relatie van 1 jaar, 3 maanden, 9 weken en 6 dagen op het spel heeft gezet, wijt ze aan de fles Baileys die ze leeg heeft gedronken (die eigenlijk al een jaar over datum was).

Grace beseft dat haar leven een puinhoop is: een saaie baan zonder uitzicht op beter, een relatie op afstand en een gespannen familieband met haar moeder en zussen. Gedwongen door de werkelijkheid en gesteund door Bernard neemt Grace haar leven weer in eigen hand.

Stukje bij beetje komt ze in het reine met zichzelf en weet ze het enorme schuldgevoel van zich af te zetten waar ze sinds die ene vakantie in Spanje mee rondloopt. En Bernard blijkt uiteindelijk een stuk minder sullig dan ze in eerste instantie had gedacht…

'Geweldig! Grappig en warm, gevoelig, hartverscheurend en bovenal erg goed geschreven.'
– *Daily Mail*

'Ik heb een traantje weggepinkt en hardop gelachen: de ideale combinatie!'
– Heleen Silvis, redacteur

ISBN 978 90 452 1925 7 | ISBN e-book 978 90 452 1945 5